조선 시화에 피어난
신선 이야기

겨레문화32

조선 시화에 피어난 신선 이야기

정수국 지음

이회

머리말

불사不死나 불로장생不老長生이 인간의 원초적 욕망이라는 사실을 부인하는 사람은 거의 없다. 따라서 현세에서 영원한 삶을 유지하는 방법을 체득하고 다양한 초월적 능력을 지닌 신적 존재인 신선神仙은 상대적으로 유한有限한 수명과 제한된 능력을 지닌 인간에게는 끝없는 동경의 대상이었다. 이러한 인간의 염원은 신선도라는 도상圖像 형식으로 일찍부터 그려졌다.

신선도는 도교의 여러 신과 신선 및 불교의 부처나 보살 등을 그린 도석인물화 가운데서 주로 도교의 신선 모습을 형상화한 그림이다. 노장사상老莊思想에 근거한 사상철학 체계였던 도가가 종교적 색채를 띤 도교로 발전해나가고, 다시 민간신앙과 결합하면서 다양한 신선들이 등장한다.

어릴 때 들었던 '삼천갑자 동방삭'이란 말도 사실은 동방삭이 서왕모西王母의 천도天桃를 훔쳐 먹고 삼천갑자를 살았다는 신선설화에서 유래한다. 이러한 중국의 신선설화는 동시대에 조선에도 전해져 수많은 신선들의 이야기가 화공과 시인들의 붓끝을 통해 그림과 시로 회자되었다.

이 책에서는 서왕모를 비롯하여 노자, 수성노인, 적송자, 문창제군, 괴성, 금고, 자영, 동방삭, 마고, 팔선, 유해섬, 종규, 관성제군 등의 신선 이야기를 조선의 그림과 시라는 프리즘을 통해 풀어보았다.

투박한 원고가 한 권의 세련된 책으로 나오기까지는 여러 분들의 수고가 있었다. 원고를 보자마자 선뜻 원고를 받아 주신 겨레문화연구원 윤영노 이사장님, 팍팍한 출판계 사정에도 불구하고 흔쾌히 출판을 허락해 주신 이회문화사 김홍국 사장님, 평생 제자의 사표가 되시는 나의 은사 한

무희 교수님께 고개 숙여 감사드리며, 편집과 인쇄 등으로 수고하셨을 직원 여러분들께도 고마운 마음을 전합니다.

2019년 4월의 따사로운 어느 봄날

정수국

목차

서론

불로장생을 꿈꾸며

1. 현세적 모순의 탈출구, 신화

신화란 신神이나 신적인 존재에 대한 신비롭고 환상적인 이야기, 우주와 민족의 시작에 대한 초인적인 이야기를 의미한다. 이러한 신화적 사유의 근간에는 환상성이 내포되어 있고, 이 환상성은 곧 상상력의 구현이다. 즉, 신화가 반영하고 있는 내용은 인간의 인지認知가 발달하기 훨씬 이전의 고대인들이 자연계와 사회적 표상에 대해 가진 감성적 인식의 결과이다. 당시는 생산력이 그다지 발달하지 못했고, 인간의 이성도 지극히 낮은 수준이어서 모든 생활이 집단형식으로 이루어졌고, 인간은 이러한 집단을 떠나서는 존재할 수 없었다. 동시에 자신과 자연을 분리하여 생각할 수도 없었다. 세상에 존재하는 모든 자연현상이 인간과 마찬가지로 생명과 감정이 있다고 여겼기 때문에 이러한 일체의 자연을 신령화 하고 인격화했다. 따라서 상상력은 인간이 자연을 인격화하는 데 중요한 수단이 된다.

사실 고대인들에게 있어서 자연은 그들이 정복할 수 없는 대상이었다. 번개나 천둥 등 자연의 거대한 힘은 고대인들에게 두려움의 존재로 다가왔고, 사람의 힘으로는 어찌할 수 없는 불가항력의 현실이었다. 고대인들은 이러한 현실을 상상력으로 극복하고자 했다. 인간으로서의 한계에 직면한 그들은 바로 자신의 상상력을 발휘하여 자연을 정복하고, 그들을 지배한 것이다. 그러므로 상상력은 고대인들의 특수한 심리활동으로서, 거기에는 무한한 창조의 힘이 담겨져 있다고 하겠다.

일단 신화가 탄생하면 그것은 정지하여 변하지 않는 것이 아니다. 사회의 발전과 사람들의 사유방식의 향상에 따라 신화는 계속적으로 변화하고 발전해 나간다. 이와 동시에 신의 자연적인 속성이 점차 감소하고, 반대로 인간의 사회적인 속성은 더욱 강화된다. 인간과 신의 관계에서도 처음에는 신의 절대적 권위가 강조되어 사람들은 인간이 침범할 수 없는 절대적인 힘을 지닌 대자연의 지배를 받다가, 차츰 신의 절대적 권위를 상징하는 각종 자연현상을 극복하게 되면서 인간은 비로소 우주 속에서 자신의 위치를 찾게 된다. 이때 신화는 인간에 대해 지니고 있던 절대적 영향력이 감소하면서 전설이나 설화로 변모해 간다. 그러면서 신화는 좀 더 인간적인 내용으로 변용되고, 사람들과도 친숙해진다. 그런 면에서 볼 때, 신화의 창조와 변용은 바로 상상력을 동원해 자연을 객관적으로 형상화하고, 자연현상을 이해하며, 인간의 참모습을 확인해 나가는 과정인 셈이다.

따라서 중국 신화의 근간은 바로 인간의 무한한 상상력에 있다. 사실 첨단과학이 눈부시게 발전하고 인간의 이성적 판단이 사회적 가치의 기준이 되는 현실 속에서 상상력이란 현실을 벗어난 공허한 생각, 또는 허무맹랑하고 황당한 행위로 치부되기 쉽다. 그러나 현실 속에서도 인간의 이성적인 판단으로는 도무지 이해할 수 없는 수많은 일들이 벌어지곤 한다. 신화에 등장하는 수많은 괴물이나 기이한 사건 역시 인간의 이성적인 기준으로는 도저히 설명할 수 없는 부분들이다. 그런 측면에서 보면, 신화란 인간이 이성적으로 이해할 수 없는 부분에 대한 고대인들 나름대로의 해석이다.

그리고 그 해석의 근저에는 언제나 고된 현실의 속박에서 벗어나려는 심리가 내재되어 있다. 공자孔子가 『논어論語』에서 "괴력난신怪力亂神은 이야기하지 않는다."고 말한 이후, 현실 속에서의 규범을 중시하는 하는 유교가 중국 사상의 중심으로 자리를 잡음에 따라, 중국인들은 각종 제도와 규율의 지배 속에 자신을 가두어야 했다. 현실세계에서의 모순이 발견될 때마다 사람들은 그것을 벗어나고자 했고, 상상력은 바로 현실의 모순에서 탈출하는 통로가 된다. 그리고 그 끝에는 현실세계와는 다른 신화적 세계가 존재하는 것이다. 이 신화적 세계야말로 중국 사회를 지배해 온 각종 이데올로기의 규제로부터 해방을 의미하며, 동시에 현세의 모순과 인간의 나약함을 극복하는 하나의 대안으로 제시된다.

일찍이 중국의 현대 소설가 모순茅盾은 중국의 신화를 천지개벽 신화, 일월日月 등 자연현상에 관한 신화, 만물기원 신화, 신이나 영웅에 관한 신화, 지하세계에 관한 신화와 인물들의 변형신화 등으로 나누기도 했지만, 일반적으로는 창세신화와 영웅신화, 자연신화 등으로 분류된다.

창세신화는 인류의 신비한 우주에 대한 탐색을 포함하는데, 주로 천지개벽이나 만물의 기원에 관한 신화이다. 구체적으로 반고盤古가 혼돈의 상태에 있던 하늘과 땅을 갈라놓은 이야기, 여와女媧가 진흙으로 인간을 빚었다는 이야기 등이 여기에 포함된다.

영웅신화는 중국 고대 영웅들의 이야기로서, 은殷 민족의 시조인 설契, 주周 민족의 시조인 후직后稷, 황제黃帝와 염제炎帝, 태양을 활로 쏘아 떨어뜨린 후예后羿, 황제에 대항하여 싸운 치우蚩尤와 형천刑天, 태양을 쫓아간 과보夸父, 홍수를 다스린 영웅 곤鯀과 우禹, 요堯와 순舜 등에 관한 내용이 여기에 포함된다.

자연신화는 각종 자연물과 자연현상을 포함하는 신화이다. 즉, 태양과 달, 낮과 밤, 별과 바람, 강과 바다 등 자연현상에 관한 내용이 여기에 포함된다. 자연신화 중에서도 중요한 것은 태양과 달에 관한 신화이다. 태양과 관련된 신화로는 태양 수레를 몰고 달리는 여신 희화羲和, 『초사楚辭』에 나오는 태양신 동군東君, 부상수扶桑樹에 걸린 10개의 태양 이야기 등이 있으며, 달과 관련되어서는 『초사』에 보이는 달의 신 망서望舒, 월궁으로 도망친 항아嫦娥 이야기 등이 있다. 이밖에 사슴의 몸에 새의 얼굴을 한 바람의 신 비렴飛廉, 천둥과 벼락의 신 뇌신雷神, 수신水神인 하백河伯, 산신인 산귀山鬼 등에 관한 이야기도 있다.

2. 중국의 신선설화

원래 신선神仙은 신인神人과 선인仙人이 결합된 용어이긴 하지만, 신인과 선인은 그 의미에 있어서 다소 차이가 있다. 신인은 태어나면서부터 신적인 능력을 가진 존재이지만, 선인은 평범한 사람이 수련이나 기이한 만남을 통하여 초월적인 능력을 가지게 된 존재이다.

원래 '신神' 자字는 시示 자와 신申 자가 결합된 회의자會意字이다. 시示 자는 지혜를 계시한다는 뜻으로, 고대의 무사巫師들은 토템이야말로 가장 지혜롭고 전지전능한 존재라고 인식하여 그로부터 계시를 받을 수 있다고 여겼다. 신申 자는 하늘에서 번개가 치는 모양을 뜻하는데, 고대인들은 번개야말로 변화를 예측할 수 없고 그 위력이 무궁하여 신이라고 불렀다. 『설문해자說文解字』에서도 '신神은 천신天神으로서 만물을 이끌어내는 자이다.'[1]고 하여, 없어지지 않고 영원하며 죽지 않는다는 관념을 내포하고 있다.

---

1 허신許愼, 『설문해자說文解字』 神, 天神, 引出萬物者也.

'선仙' 자는 인人 자와 산山 자가 결합된 회의자로서 산山 자는 사람이 높은 곳에 올라 새둥지를 취한다는 의미이고, 인人 자는 높은 곳에 올라 선인이 된다는 의미로 특별한 능력을 가지고 불로장생하는 사람을 가리킨다. 선仙 자는 선僊 자로도 쓰이는데, 『설문해자』에서는 '선僊은 장생하여 선인이 되어 떠나가는 것이다.'[2]고 했고, '선선僊僊은 소매가 가볍게 날아오르듯 휘날린다는 뜻이다.'[3]고 했다. 『석명釋名』에서는 '늙어도 죽지 않는 사람을 선인이라고 한다.'[4]고 했다. 또한 『장자莊子』에서는 '천년을 살다가 세상에 싫증이 나면 하늘에 올라가 선인이 된다.'[5]고 했다. 『시경詩經』에서는 '두둥실 춤을 춘다.'[6]고 했는데, 〈모전毛傳〉에 이르기를, '선선은 춤을 추는 것이다.'[7]고 했다. 따라서 신선은 춤을 추듯이 하늘을 나는 초월적인 능력을 가진 동시에 죽음을 초월한 신적인 존재라고 할 수 있다. 『산해경山海經』에는 죽음을 초월한 존재에 대한 기록이 보인다.

> 불사민不死民이 그 동쪽에 있는데 그 사람들은 몸빛이 검으며 죽지 않고 오래 산다.[8]

『산해경』에서 언급한 불사민不死民에 대해 곽박郭璞은 "이들이 사는 원구산員丘山에 불사수不死樹가 있어 그것을 먹으면 장수하고, 또 적천赤泉이라는 샘이 있어 그 물을 마시면 늙지 않는다."[9]고 주석을 달았다. 『산해경』

---

2 위의 책, 僊, 長生僊去.

3 위의 책, 僊僊, 舞袖飛揚之意.

4 유희劉熙, 『석명釋名』, 〈석장유釋長幼〉, 老而不死曰仙.

5 『장자莊子』, 〈천지天地〉, 千歲厭世, 去而上僊.

6 『시경詩經』, 〈소아小雅 빈지초연賓之初筵〉, 婁舞僊僊.

7 『시경』, 〈모전毛傳〉, 僊僊, 舞也.

8 『산해경山海經』, 〈해외남경海外南經〉, 不死民在其東, 其爲人黑色, 壽, 不死.

9 원가袁珂, 『산해경교주山海經校注』 6권, 〈해외남경海外南經〉, 有員丘山, 上有不死

에는 이외에도 헌원국軒轅國·무계국無脊國 등 다양한 곳에서 장수하는 이인異人들이 언급되고 있다.

『열자列子』에는 대여岱輿·원교員嶠·방허方虛·영주瀛州·봉래蓬萊의 다섯 산에 사는 자들은 불로불사不老不死의 선성仙聖으로서 공중을 날아다닌다고 기록되어 있다.

> 발해의 동쪽 몇 억만 리인지 모를 곳에 커다란 골짜기가 있는데, 실로 밑바닥이 없는 골짜기다. 그 아래는 한없이 깊어 귀허歸墟라고 부른다.……그 가운데 다섯 개의 산이 있는데, 대여·원교·방호·영주·봉래라고 한다.……옥나무가 무리지어 나고, 과실은 모두 맛이 있는데, 그것을 먹으면 모두 늙지도 않고 죽지도 않는다. 거기에 사는 자는 모두 선성仙聖의 무리인데, 밤낮으로 날아서 서로 왕래하는 자가 이루 헤아릴 수가 없다.[10]

그에 비해 지상에 발을 붙이고 사는 인간에게서 죽음이란 그 누구도 피할 수 없는 숙명이다. 하루하루를 힘겨운 현실 속에서 고통스럽게 살아가는 하층민들에 비해 자신의 무한한 권세와 복을 누리던 사람들이라면 그 숙명은 절대적으로 피하고 싶은 대상이 된다. 더욱이 무소불위의 권력을 행사하며 위대한 제국의 영원한 번영을 꿈꾸던 제왕들로서는 죽음과 동시에 자신이 일구어 놓은 모든 영광이 하루아침에 물거품처럼 사라질지도 모를 일이다. 따라서 그들은 누구보다도 육체적 불사에 집착할 수밖에 없었다. 불사에 대한 간절한 염원은 방사方士들을 시켜 불로장생하는 신선을 찾아 그들에게서 영원히 살 수 있는 선약을 구하게 했다.

樹, 食之乃壽; 亦有赤泉, 飮之不老.

10 『열자列子』〈탕문湯問〉渤海之東, 不知幾億萬里. 有大壑焉, 實惟無底之谷, 其下無底, 名曰歸墟.……其中有五山焉, 一曰岱輿, 二曰員橋, 三曰方壺, 四曰瀛洲, 五曰蓬萊,……珠玕于之樹皆叢生, 華實皆有滋味, 食之皆不老不死. 所居之人, 皆仙聖之種, 一日一夕飛相往來者, 不可數焉.

장자莊子 역시 성인聖人·지인至人·신인神人·진인眞人 등 초월적인 신선 형상을 도가道家 사상의 이론적 바탕으로 삼아, 인간의 현세적 제약에서 벗어나 정신의 절대적 자유를 추구하고자 했다.

아울러 당시만하더라도 이론적 체계를 갖추지 못하고 있던 제齊나라와 연燕나라 지역의 방사들도 추연鄒衍의 오덕종시설五德終始說을 핵심으로 하는 음양오행설을 바탕으로 신선가神仙家로 불리는 방선도方仙道를 형성하게 된다.

『사기史記』의 기록에 따르면 기원전 4세기에서 3세기에 이르는 전국시대, 산동반도山東半島 북쪽에 있던 제나라의 위왕威王과 선왕宣王 및 연나라의 소왕昭王은 바다 속에 삼신산三神山이 있다고 믿어 사람들을 시켜 그곳을 찾기도 했다.

> 이 삼신산三神山은 발해渤海 한가운데 있는데, 속세로부터 그리 멀지 않다고 전해진다. 금방 이르렀다고 생각하면 어느새 배가 바람에 밀려 떠내려간다. 언젠가 그곳을 가본 사람이 있었는데, 여러 신선과 불사약이 모두 거기에 있고 사물과 짐승들이 모두 희며, 황금과 은으로 궁궐을 지었다고 한다.[11]

여기서 말하는 삼신산은 바로 봉래산과 방장산, 영주산을 가리킨다. 중국인들의 의식 속에서 삼신산은 많은 신선들이 살고 있으며, 불사의 선약이 있다고 믿는 곳이다. 거기에는 황금과 은으로 된 궁궐이 있고, 새와 동물들도 모두 희다. 평상시에는 구름 때문에 잘 보이지 않으며, 사람들이 배를 타고 접근하려고 하면 비바람이 몰아치기 때문에 가까이 갈 수 없다. 그럼에도 불구하고 위왕과 선왕, 소왕은 위험을 무릅쓰고 방사들을

---

11 사마천司馬遷, 『사기史記』 28권, 〈봉선서封禪書〉, 此三神山者, 其傳在渤海中, 去人不遠, 患且至, 則船風引而去. 蓋嘗有至者, 諸僊人及不死之藥皆在焉, 其物禽獸盡白, 而黃金銀爲宮闕.

보내 불사의 선약을 찾아오게 했지만, 끝내 성공하지 못했다. 그 이후에도 불사약을 찾고자 하는 노력은 끊이질 않았다.

진 시황秦始皇 역시 중국을 통일한 이후 불사의 욕망에 사로잡혀 서불徐市에게 불사의 선약을 가진 신선을 찾게 했다.

> 제나라 사람 서불 등이 상서하여 말하기를, "바다 가운데 삼신산이 있는데, 봉래산과 방장산, 영주산이라 하며 거기에는 신선들이 살고 있습니다. 청하건대 재계하고 나서 동남동녀童男童女를 데리고 신선을 찾아 나서게 하십시오." 라고 하자, 서불을 보내서 수천 명의 동남동녀를 선발하여 바다로 들어가서 신선을 찾도록 했다.[12]

서불 이후에도 진 시황은 불사에 대한 집착에서 벗어나지 못했다. 평소 총애하던 한종韓終과 후공侯公, 석생石生을 시켜 다시 장생불사의 약을 찾아오게 하고, 노생盧生과 후생侯生 등에게도 선문羨門과 고서高誓 같은 신선을 찾아오도록 명했다. 이처럼 불사약과 신선을 찾던 진 시황과 방사들의 활동은 한나라 때 신선설화라는 형식으로 민간에 유행하게 되는 계기가 된다.

한나라 때 장량張良과 황석공黃石公의 이야기는 『산해경』에서 전해지던 서왕모나 불사에 대한 단편적인 언급이 본격적으로 스토리를 갖춘 신선설화로 변모하고 있음을 보여준다.

박랑사博浪沙에서 진 시황을 암살하려다가 실패한 장량은 이름을 바꾸고 하비下邳로 달아나 숨었다. 한번은 그가 한가한 틈을 타 하비의 다리를 산책하던 중이었다. 거친 삼베옷을 걸쳐 입은 한 노인이 일부러 신발을

12 위의 책 6권, 〈진시황본기秦始皇本紀〉 28년조. 齊人徐市等上書, 言海中有三神山, 名曰蓬萊方丈瀛洲, 仙人居之. 請得齋戒, 與童男女求之. 於是遣徐市發童男女數千人, 入海求仙人.

다리 밑으로 떨어뜨리고는 그에게 주워오라고 시켰다. 마음이 내키지는 않았지만, 노인의 부탁인지라 억지로 참고 신발을 주워오니, 황당하게도 신발을 직접 신겨달라고 요구했다. 기왕에 신발을 주워왔으니, 이번에도 신발을 신겨주었다. 그러자 노인은 한바탕 호탕하게 웃더니 다른 날 다시 만나자고 약속하고는 홀연히 그 자리를 떠났다.

그러나 장량은 노인보다 두 번이나 늦게 약속한 장소에 도착하게 되고, 그때마다 노인은 아무 말도 없이 그냥 가버렸다. 세 번째 약속 때는 노인보다 먼저 도착하여 기다렸다. 그랬더니 노인이 비로소 기뻐하며 그에게 책 한 권을 내놓으며 말하기를, "이 책을 읽으면 제왕의 스승이 될 수 있으며, 10년 후에는 그 뜻을 이룰 것이다. 그리고 13년 뒤에 너는 제수濟水 북쪽에서 나를 다시 만날 것인데, 곡성산穀城山 아래의 누런 돌黃石이 바로 나이다."라고 하고는 그곳을 떠나며 더 이상 다른 말을 하지 않았다.

그 후 노인을 만난 지 13년이 지나, 고제高帝를 따라 제수 북쪽을 지나가다가, 과연 곡성산 아래에서 누런 돌을 보게 되었다. 이에 장량은 그 돌을 가지고 집으로 돌아와 보물처럼 받들며 제사까지 지냈다.

그 무렵 제후가 된 장량은 세속의 일을 떨쳐버리고 적송자赤松子를 따라 고고히 노닐고자 했다. 그리하여 벽곡闢穀을 배워 오곡을 먹지 않았고, 도인導人을 행하여 몸을 가볍게 했다. 그런데 때마침 고제가 세상을 떠나니, 여후呂后가 그동안 장량의 은덕에 감격하여 억지로 권하여 음식을 먹게 했고, 결국 장량은 8년 뒤에 죽었다.[13]

비록 장량과 황석공의 이 이야기에서는 신선설화가 가지는 기본적인 서사구조를 완전하게 갖추고 있지는 않지만, 그래도 이전의 단편적인 설명 위주의 형식에서 신선설화 형태로 발전한 모습을 보인다.

---

13 위의 책 55권, 〈유후세가留侯世家〉.

한나라 무제武帝도 진 시황이 그랬던 것처럼 방사들을 시켜 바다에 들어가 봉래산을 찾아 불로초를 구해 오게 하는 등 불로장생에 열을 올렸다.

> 이때 이소군李少君도 사조祠竈와 곡도穀道, 불로장생하는 방술로써 천자를 알현하자, 천자는 그를 매우 정중하게 대접했다.……이소군이 천자에게 말하기를, "부엌 신에게 제사를 지내면 신물神物을 얻을 수 있습니다. 신물을 얻으면 단사丹沙를 이용하여 황금을 제련할 수 있으며, 황금을 제련한 뒤에 그것으로 음식 담는 그릇을 만들어서 사용하면 장수할 수 있습니다. 장수하게 되면 바다에 떠있는 봉래도蓬萊島의 선인을 만날 수 있으며, 선인을 만나서 천지天地에 제사 지내면 불로장생할 수 있습니다."라고 했다.[14]

진 시황 이후 분열된 중국을 통일한 한나라는 국가의 경제적 번영을 구가했고, 이를 기반으로 역대 황제들이 도가에 지대한 관심을 가져 신선과 방사들을 우대했다. 특히 한나라 무제는 불사의 명약으로 알려진 황금으로 만든 그릇에다 음식을 담아 먹으면서 불로장생을 꿈꿀 정도였다. 불로장생에 대한 이러한 염원과 집착은 불사의 신선과 그들이 소유한 불사의 비결을 알아내려는 노력으로 이어지고, 결국에는 불사라는 궁극적인 목적을 성취한 자들의 이야기가 민간에 유행하게 된다.

이러한 분위기를 타고 신선설화의 창작은 나날이 증가하고, 수많은 문인과 방사들이 세상에 떠돌며 구전되던 신선설화를 대량으로 수집하고 정리했다.

갈홍葛洪은 『신선전神仙傳』에서 "진秦나라 대부 완창阮倉이 수백 명에 달하는 선인의 사적을 기록했다."[15]고 했지만, 완창의 기록은 현재 남아 있

---

14 위의 책 12권, 〈효무본기孝武本紀〉, 是時而李少君亦以祠竈穀道却老方見上, 上尊之.……少君言于上曰, 祠竈則致物, 致物而丹沙可化爲黃金, 黃金成以爲飮食器則益壽, 益壽而海中蓬萊仙者可見, 見之以封禪則不死.

지 않다. 하지만 이 책은 한나라 때 유향劉向이 썼다고 전해지는 『열선전列仙傳』의 창작에 직접적인 영향을 끼쳤을 것으로 짐작된다.

『열선전』은 중국에서 가장 오래된 신선설화집이다. 상·하 2권으로 구성되고, 적송자赤松子에서 현속玄俗에 이르는 선인 71명의 이름과 출신, 행적을 바탕으로 장생불사라는 중심 주제를 체계적으로 잘 정리했다. 체제는 전기체傳記體로 되어 있는데, 이는 『열녀전列女傳』의 체제를 모방했다. 앞부분은 주로 신선들의 전기로 이루어졌고, 전기의 뒷부분에서는 4언 8구로 된 찬贊이 붙어 있으며, 전편의 말미에는 총찬總贊이 있다.

이 책에 등장하는 신선들은 주로 신농神農 때부터 서한西漢 성제成帝 때까지의 인물들이다. 상권에는 주로 선진先秦 때까지의 인물들이 실려 있고, 하권에는 주로 한나라 때 인물들이 실려 있다.

한편 이때에 이르러 『산해경』에 등장하던 신화적 인물인 황제와 서왕모 등은 신화적 색채가 옅어지면서 이미 득도한 인물로 서술된다.

빈번한 전란으로 사람들의 생명이 위태롭고, 정통 학문인 경학經學이 쇠퇴하던 위진남북조에 이르러 새로 탄생한 도교는 본격적으로 민족종교로서의 면모를 띠게 된다. 이 무렵, 신선설화는 이전 시기보다 양적으로 한층 더 풍부해지고, 내용상으로도 이전과는 다른 양상을 나타낸다. 그 대표적인 책이 바로 갈홍의 『신선전』이다.

이 책은 『열선전』의 전기체를 계승하여 유명한 신선들의 출생과 수행, 능력과 행적을 서술하고 있다. 하지만 주목할 점은 『열선전』의 신선들이 주로 서민 계층이었다면, 『신선전』에서는 지식인들이 자주 등장한다는 사실이다. 또한 『열선전』의 신선들이 대부분 선천적인 신선이었다면, 여기에서는 복약이나 도술, 기이한 인연 등을 통하여 후천적으로 신선이 된

15 갈홍葛洪, 『신선전神仙傳』, 〈서序〉, 秦大夫阮倉所記, 有數百人.

경우가 많다.

이외에도 『동선전洞仙傳』을 비롯하여 『한무내전漢武內傳』, 『한무고사漢武故事』, 『해내십주기海內十洲記』, 『신이경神異經』, 『동명기洞冥記』 등 비록 한나라 때 사람의 이름을 가탁하여 만들어진 신설설화이기는 하지만, 화려한 필치와 무한한 상상력을 발휘한 이 책들도 위진남북조 때 신선설화가 지닌 참맛을 느끼게 해준다.

특히 서왕모는 그동안 『산해경』에서 표범처럼 그려지던 흉측한 모습에서 주나라 목왕穆王과의 애틋한 만남을 아쉬워하는 아름다운 여인으로 변모하여, 신화가 점차 자연스럽게 신선설화로 바뀌고 있음을 보여준다.

수隋나라 때는 현도관玄都觀을 설치하여 도교에 관한 교리와 학문을 연구하고, 당唐나라 때는 도교를 국교로 삼아 수많은 도사가 양성되어 전국의 도관道觀만도 2천여 곳이나 될 정도였다. 특히 당나라 황실의 조상으로 알려진 노자老子에게 태상현원황제太上玄元皇帝의 존호를 올리고, 노자의 『도덕경道德經』을 민간에 골고루 전파시키는 등 도교는 왕성한 발전을 가져온다.

이러한 시대적 분위기는 송宋나라 때도 이어져 진종眞宗·휘종徽宗 등 황제의 애호 및 진단陳摶과 장백단張伯端 등의 활약으로 민족종교로서의 위치를 확고하게 다져갔다. 특히 1017년(진종 원년)에는 각지에 흩어져 있던 도교 문헌을 집대성한 『대송천궁보장大宋天宮寶藏』이 편찬되어, 명明나라 영종英宗 때 『정통도장正統道藏』의 완성에 지대한 영향을 끼치게 된다.

이처럼 당·송 무렵에도 남당南唐 심분沈汾의 『속선전續仙傳』, 전촉前蜀 두광정杜光庭의 『용성집선록墉城集仙錄』과 『선전습유仙傳拾遺』, 오대五代 왕송년王松年의 『선원편주仙苑編珠』, 송나라 때 사람으로 짐작되는 옥간玉簡의 『의선전疑仙傳』, 남송南宋 진보광陳葆光의 『삼동군선록三洞群仙錄』 등 다양한 신선전기가 기록된 책들이 편찬되어 신선설화에 대한 식지 않은 열기를 보여주었다.

특히 당·송 이후에는 적송자와 안기생安期生, 왕자교王子喬 등에 대한 언급이 현격하게 줄어들기 시작하는 반면에 팔선八仙에 대한 묘사가 두드러지게 증가한다. 팔선이란 원대元代 이후 민간에서 유행하던 종리권鐘離權·여동빈呂洞賓·장과로張果老·조국구曹國舅·이철괴李鐵拐·한상자韓湘子·남채화藍采和·하선고何仙姑 여덟 신선을 말한다.

원래 종리권과 여동빈은 중국 북방을 거점으로 세력을 확장하던 도교교파인 전진교全眞教의 오조五祖 가운데 하나이다. 당시 전진교는 중국 남방의 정일교正一教와 더불어 도교의 세력을 양분하고 있었다. 따라서 종리권과 여동빈은 일찍부터 숭앙의 대상이 되었지만, 이 둘이 정식으로 재앙을 물리치고 복을 비는 신선의 반열에 자리 잡게 된 계기는 명나라 때 도교의 재초과의齋醮科儀를 통해서이다. 종리권은 정양개오전도수교제군正陽開悟傳道垂教帝君, 여동빈은 순양연정경화부우제군純陽演正警化孚佑帝君으로 숭배를 받았다.

그러나 종리권을 비롯한 여덟 명의 신선을 모두 포함하는 팔선이라는 명칭으로 재초과의의 주신主神으로 모셔진 경우는 없었고, 신도들이 팔선을 향해 복을 비는 경우도 없었다.

원·명 시기 민간에서 유행하던 신선도화극이나 소설에도 팔선이 등장하는데, 여기서 말하는 팔선은 현재 정형화된 팔선과는 인물 구성이 다르다. 즉 서신옹徐神翁·장사랑張四郎·현호자玄壺子·풍승수風僧壽 같은 이름이 당시 팔선에 포함되었으나, 현재의 팔선에는 포함되지 않는다.

현재의 팔선은 명나라 중엽 오원태吳元泰의 소설 『동유기東游記』의 출현과 더불어 최종적으로 확정된다. 아울러 이들 팔선의 길상吉祥 이미지와 신기한 고사는 희곡·소설·연화年畵·인형·자기瓷器·조각·전지剪紙·자수刺繡·앙가秧歌 등 각종 민간예술에 풍부한 소재를 제공했다.

3. 신선 도상 관련 문헌

가. 『열선전전列仙全傳』

『열선전전』은 명明나라 만력萬曆[16] 연간에 왕세정王世貞이 도가道家의 전설을 모아 편집한 책이다. 1600년에 모두 9권으로 간행된 이 책에는 노자老子와 목공木公, 서왕모로 시작하여 581명의 신선설화가 수록되어 있다. 왕세정이 편집하고 이반룡李攀龍이 서序를 썼다고 하지만, 일반적으로는 왕운붕汪雲鵬이 왕세정의 이름을 빌려 간행했다고 전한다.

왕세정은 명나라 때 문학가이자 사학자이다. 자는 원미元美이고, 호는 봉주鳳洲 또는 엄주산인弇州山人으로, 강소江蘇 태창太倉 사람이다. 1547년(가정嘉靖 26)에 진사가 되고, 형부주사刑部主事를 제수 받았다. 관직은 형부상서刑部尙書까지 올랐다. 아버지가 엄숭嚴嵩에게 박해를 당하자, 벼슬을 버리고 경사로 달려가 엄씨 부자의 죄상을 고발하여 세상의 찬사를 받았다.

일찍이 이반룡과 함께 복고파인 후칠자後七子의 주요 인물이 되었으며, 이반룡이 죽자 20년간 문단을 이끌었다. 왕세정은 당시 옛사람들의 문장을 베껴 쓰던 의고문파擬古文派의 폐단을 반대하고, 독창적인 언어를 사용할 것을 강조하여 '문장은 반드시 진·한을 본받고, 시는 반드시 성당을 모범으로 삼아야 한다文必秦漢 詩必盛唐'[17]고 주장하며 문학의 복고운동에 힘을 기울였다. 저서로는 명대의 역사적 사실을 고증한 『사승고오史乘考誤』가 대표작이며, 이외에도 『엄주산인사부고弇州山人四部稿』 174권이 있다.

왕운붕은 휘주徽州의 완호헌玩虎軒이란 서점의 주인으로서 일찍이 정밀

---

16 명나라 신종神宗의 연호로 1573~1620년.

17 『명사明史』 286권, 〈이몽양전李夢陽傳〉.

한 삽도가 들어간 책과 희곡 극본을 많이 간행했다.

나. 『선불기종仙佛奇踪』

『선불기종』은 명나라 때인 1602년(만력萬曆 30)에 홍응명洪應明이 간행한 책으로 『월단당선불기종月旦堂仙佛奇踪』이라고도 부른다. 모두 8권으로 이루어져, 전前 4권은 도가道家에 관한 내용이, 후後 4권은 불가佛家에 관한 내용으로 구성되어 있다. 전4권 가운데 1권부터 3권까지는 노자와 동왕공東王公 및 서왕모西王母 등에서부터 안기생安期生과 동방삭東方朔 그리고 팔선八仙을 비롯하여 마단양馬丹陽에 이르기까지 63명의 신선들에 관한 내용을 수록하고, 표제를 〈소요허逍遙墟〉라고 했다. 그리고 끝부분에는 〈장생전長生銓〉 1권을 덧붙였다.

『선불기종』에 수록된 인물들은 서왕모 등 일부를 제외한 대부분이 인간에서 출발하여 수련이나 기이한 만남을 통한 깨달음으로 신선이나 부처의 경지에 이르렀다. 이들은 불로장생을 꿈꾸는 보통 사람들이 선망하는 대상이자, 기이한 신통력으로 남다른 행적을 남긴 전기적 주인공이기도 했다.

홍응명은 자가 자성自誠이고, 호는 환초도인還初道人이다. 『채근담菜根談』의 저자이기도 한 그는 도교와 불교에 많은 관심을 가지고 있었다. 풍몽정馮夢楨이 『선불기종』 〈적광경인寂光鏡引〉에서 "유생 홍자성은 젊어서는 세상의 화려하고 아름다운 허명을 사모하더니, 말년에는 마음을 가라앉히고 고요하게 좌선坐禪하면서 살았다."[18]고 했듯이, 젊었을 때 세상의 명리를 좇다가 나중에 선불仙佛에 마음을 기탁하고 『선불기종』을 짓게 되었다.

---

18 풍몽정馮夢楨, 『선불기종仙佛奇踪』, 〈적광경인寂光鏡引〉, 洪生自誠氏, 幼慕紛華 晩棲仙寂.

다. 『삼재도회三才圖會』

『삼재도회』는 일종의 백과사전으로서 명나라 때 왕기王圻와 그의 아들 왕사의王思義가 저술했다. 문헌 학자이자 장서가인 왕기는 자가 원한元翰이고, 호는 홍주紅洲이며, 상해上海 사람이다. 그는 1607년에 이 책을 완성하여 1609년에 출판했고, 나중에 그의 아들 왕사의가 속집續集을 편찬했다. 모두 106권으로 천문天文 4권, 지리地理 16권, 인물人物 14권, 시령時令 4권, 궁실宮室 4권, 기용器用 12권, 신체身體 7권, 의복衣服 3권, 인사人事 10권, 의제儀制 8권, 진보珍寶 2권, 문사文史 4권, 조수鳥獸 6권, 초목草木 12권이다. 전체 내용을 14부문으로 분류했는데, 천문·지리·인물 부분은 왕기가 쓰고, 시령 이하는 왕사의가 썼다. 이 책은 여러 서적들 속에서 천지天地의 사물들에 관한 도상圖像을 모아 앞부분에 배열하고, 그 뒷부분에 해당 도상에 대하여 설명하는 방식으로 편집되었다. 이 책에서 주목하는 부분은 바로 인물 10권이다. 여기에는 노자와 서왕모 등 도교의 신선들에 대한 도상과 기록이 포함되어 있는데, 대체로 『선불기종』 초판본에 그려진 도교 관련 삽도를 그대로 원용하고 있다.

4. 우리나라 신선도神仙圖

신선도는 도교의 여러 신과 신선 및 불교의 부처나 보살 등을 그린 도석 인물화 가운데서 주로 도교의 신선 모습을 형상화한 그림이다. 노장사상에 근거한 사상철학 체계였던 도가가 종교적 색채를 띤 도교로 발전해가면서 동한 무렵 노자는 태상노군太上老君이라는 절대적 존재로 신격화된다. 동시에 민간 신앙과 결합하면서 다양한 신선들이 등장하게 된다.

불사不死나 불로장생不老長生이 인간이 끊임없이 갈구하던 원초적 욕망이라는 사실을 부인하는 사람은 아무도 없다. 따라서 현세에서 영원한 삶을 유지하는 방법을 체득하고 다양한 초월적 능력을 지닌 신적 존재인 신선은 상대적으로 유한有限한 수명과 제한된 능력을 지닌 인간에게는 끝없는 동경의 대상이었다. 이러한 인간의 염원은 신선도라는 도상圖像 형식으로 일찍부터 그려졌다.

우리나라에 도교가 정식으로 전파된 것은 고구려 영류왕榮留王 때로 파악된다. 『삼국사기三國史記』에는 당시 영류왕이 당나라 고조高祖에게 책력을 요청하자, 고조는 형부상서 심숙안沈叔安을 통해 고구려왕을 상주국요동군공고구려국왕上柱國遼東郡公高句麗國王으로 책봉하는 동시에 도사에게 천존天尊의 화상과 도법을 가지고 고구려에 가서 『노자老子』를 강의하게 하니, 임금과 백성들이 강의를 들었다는 기록이 나온다.

> 624년(영류왕營留王 7) 봄 2월, 임금이 당나라에 사신을 보내 책력을 반포하여 줄 것을 요청했다. 당나라에서 형부상서 심숙안을 보내 임금을 상주국요동군공고구려국왕上柱國遼東郡公高句麗國王으로 책봉하고, 도사에게 명하여 천존의 화상과 도법道法을 가지고 고구려에 가서 노자를 강의하게 했다. 임금과 백성들이 이 강의를 들었다.[19]

그런데 이 일에 대한 『삼국유사三國遺事』의 기록을 보면 당시 상황이 좀 더 명확해 진다.

> 고구려 말년인 무덕武德·정관貞觀 연간(618~649)에 나라사람들이 오두미교五斗米敎를 다투어 신봉하자, 당나라 고조高祖가 그 소문을 듣고 도사를 시켜

---

19 김부식金富軾, 『삼국사기三國史記』 20권, 〈고구려본기8高句麗本紀第八〉, 영류왕榮留王 7년조. 七年, 春二月, 王遣使如唐, 請班曆, 遣刑部尙書沈叔安, 策王爲上柱國遼東郡公高句麗國王, 命道士, 以天尊像及道法, 往爲之講老子, 王及國人聽之.

> 천존의 화상을 보내왔다. 도사가 『도덕경道德經』을 강론하자 임금과 나라사람들이 들었는데, 제27대 영류왕榮留王이 왕위에 오른 지 7년인 624년(무덕 7) 갑신년이었다. 그 다음해에 당나라에 사신을 보내 불교와 도교를 배우겠다고 청하자, 당나라 황제가 이를 허락했다.[20]

영류왕 때 이미 중국의 오두미교五斗米教를 나라사람들이 앞 다투어 신봉했다는 기록을 통해 당시 상황을 미루어보면 고구려에는 그때 이미 수많은 사람들이 도교를 접하고 신봉했음을 알 수 있다. 따라서 도교는 이보다 훨씬 전에 고구려에 들어왔을 가능성이 매우 높다. 그리고 이 일이 있은 다음해 고구려에서는 당나라에 사신을 보내 정식으로 도교의 교리를 가르쳐 주기를 요청하고, 당나라 황제가 이를 허락한다.

> 625년(영류왕 8), 임금이 당나라에 사신을 보내 불교와 노자의 교리를 가르쳐 주기를 요청하므로, 황제가 이를 허락했다.[21]

그러나 이때 전래된 도교가 국가적인 종교로까지는 정착하지 못하다가, 643년(보장왕 2) 연개소문淵蓋蘇文의 건의로 당나라 태종太宗이 숙달叔達 등 도사 8명과 『도덕경』을 얻어오면서 본격적인 국가 종교로서의 면모를 갖추게 된다.

> 연개소문이 임금에게 건의하기를, "유교와 불교, 도교 이 삼교는 세 발 달린 솥鼎의 다리에 비유되므로, 모두 필요합니다. 그러나 지금 유교와 불교는 함께

---

20 일연一然, 『삼국유사三國遺事』 3권, 〈흥법3興法第三〉. 麗季武德貞觀間, 國人爭奉五斗米教. 唐高祖聞之, 遣道士送天尊像. 來講道德經. 王與國人聽之, 卽第二十七代榮留王卽位七年, 武德七年甲申也. 明年遣使往唐, 求學佛老, 唐帝[謂高祖也]許之.

21 김부식, 『삼국사기』 20권, 〈고구려본기8〉 영류왕 8년조. 八年, 王遣人入唐, 求學佛老教法, 帝許之.

홍하고 있지만, 도교가 성하지 않으므로 천하의 도술을 모두 갖추었다고는 말할 수 없습니다. 삼가 청하건대 당나라에 사신을 보내 도교를 구하여 백성들을 교화하소서."라고 했다. 임금이 그 말을 매우 옳게 여겨 당나라에 표문을 올려 이 뜻을 알렸다. 태종이 도사 숙달 등 여덟 명을 보내고, 동시에 노자의 『도덕경』을 주었다. 임금이 기뻐하며 사찰에 그들의 숙소를 정해 주었다.[22]

당시 권력을 쥐었던 연개소문은 이때부터 유교와 불교를 억제하고, 도교를 강화하는 정책을 실시한다. 그는 사찰을 빼앗아 도관으로 만들고는 그곳에 도사들을 머물게 하고, 그들을 통해서 국가적 안위를 기원하는 각종 재초를 거행하게 했다. 이로 말미암아 도교는 정식으로 국가적 종교로 탈바꿈하며, 왕실을 비롯하여 민간에까지 깊숙이 퍼지게 된다.

백제百濟의 경우에는 근구수왕近仇首王이 태자로 있을 때 고구려 군이 침입해 온 적이 있었다. 태자가 고구려 군을 무찌르고 수곡성水谷城 서북쪽에 이르러, 그 기세를 이어 계속 추격하려고 했다. 그때 휘하의 막고해莫古解라는 장수가 다음과 같은 말로 태자를 말렸다.

듣자하니 도가의 말 가운데 '만족함을 알면 치욕을 당하지 않고, 멈출 줄 알면 위태롭지 않다.'고 합니다. 이미 얻은 것이 많은데 더 이상 욕심을 내어서 무엇 하겠습니까?[23]

태자는 이 말을 듣고 추격을 중지했는데, '족함을 알면 치욕을 당하지 않고, 멈출 줄 알면 위태롭지 않다.'는 구절은 『도덕경』 제44장[24]에 나오

---

22 위의 책 21권, 〈고구려본기9〉, 보장왕寶藏王 2년조. 蘇文告王曰, 三敎譬如鼎足, 闕一不可. 今儒釋竝興, 而道敎未盛, 非所謂備天下之道術者也. 伏請遣使於唐, 求道敎以訓國人. 大王深然之, 奉表陳請. 太宗遣道士叔達等八人, 兼賜老子道德經. 王喜, 取僧寺館之.

23 위의 책 24권, 〈백제본기2百濟本紀第二〉 근구수왕近仇首王 즉위년조. 嘗聞道家之言, 知足不辱, 知止不殆. 今所得多矣, 何必求多.

고구려 집안 오회분 4호묘

는 말이다. 『도덕경』에 나오는 구절을 장수가 외울 정도라면, 당시 백제 사회에서도 도교의 영향력이 일정 정도 미치고 있음을 알 수 있다.

신라新羅는 738년(효성왕孝成王 2) 여름 4월에 "당나라 사신 형도邢璹가 노자의 『도덕경』 등 책을 임금에게 바쳤다."[25]는 기록이 남아 있으며, 진평왕眞平王 때 중국에서 온 성모聖母가 신선술을 배워 신라에 머물면서 자기 나라로 돌아가지 않고 지선地仙이 되어 신라를 위해 수많은 기이한 일을 행했다는 기록이 전해진다.

---

24 『도덕경道德經』 44장에 이르기를, "이름과 몸 중에 어느 것이 더 가까운가? 몸과 재물 중에 어느 것이 더 귀중한가? 얻음과 잃음 중에 어느 것이 더 근심스러운가? 지나치게 아끼면 반드시 크게 쓰게 되고, 많이 간직하면 반드시 크게 잃게 된다. 그러므로 족함을 알아야 욕됨이 없고, 멈출 줄 알아야 위태롭지 않으니, 이렇게 해야만 길고 오래갈 수 있다. 名與身孰親, 身與貨孰多. 得與亡孰病. 甚愛必大費, 厚藏必多亡. 故知足不辱, 知止不殆, 可以長久."라고 했다.

25 김부식, 『삼국사기』 9권, 〈신라본기9新羅本紀第九〉 효성왕孝成王 2년조. 唐使臣邢璹, 以老子道德經等文書, 獻于王.

> 신모神母는 본래 중국 황제의 딸로 이름은 사소娑蘇였다. 일찍이 신선의 술법을 배워 신라에 와서 머물면서 오랫동안 돌아가지 않았다. 그래서 아버지인 황제가 솔개의 발에 편지를 매달아 보내어 말하기를, "솔개를 따라가 머무는 곳에 집을 지으라."고 했다. 사소가 편지를 보고 솔개를 날리니, 선도산仙桃山에 도달하여 멈추자, 마침내 그곳에 살면서 지선地仙이 되었다.[26]

이외에 최치원崔致遠도 당나라에 머물면서 도교의 재초에 사용되는 재사齋詞나 청사青詞를 많이 지었는데, 『계원필경桂苑筆耕』 15권 〈재사齋詞〉에는 재사 15수가 수록되어 있다. 또한 최승우崔承祐와 김가기金可記, 승려 자혜慈惠는 당나라에 유학하던 중 종남산終南山 광법사廣法寺에서 천사天師 신원지申元之를 통해 팔선 가운데 하나인 종리권鍾離權으로부터 『청화비문青華祕文』과 구결口訣을 전수받았다고 한다. 특히 김가기는 대낮에 신선이 되어 하늘로 올라갔다는 기록이 『속선전續仙傳』에 전한다.

이처럼 고구려와 백제, 신라가 모두 일찍부터 도교 문화의 영향을 받은 것으로 알려져 있지만, 아쉽게도 현재까지 남아 있는 신선도는 찾아보기 어렵다. 다만 고구려 때 몇몇 고분벽화를 보면 신선으로 짐작되는 도상들이 자주 등장한다.

집안集安 오회분五盔墳 4호묘의 벽화에 등장하는 이 선인은 머리에 백관을 쓰고 노란 섶이 달려 있는 도포를 입은 채 학을 타고 하늘로 비상하고 있다. 이외에도 고구려 고분 벽화에는 용이나 기린, 사슴 등을 타고 하늘을 자유자재로 날아다니는 선계의 신선들이 자주 등장한다.

6세기경에 만든 것으로 추정되는 백제금동대향로는 백제의 멸망으로 땅 속에 묻혔다가, 1993년 부여夫餘 능산리陵山里 절터를 발굴하면서 발견

---

26 일연, 『삼국유사』 5권 감통7感通第七, 〈선도산 성모가 불사를 좋아하다仙桃聖母 隨喜佛事〉. 神母本中國帝室之女, 名娑蘇. 早得神仙之術, 歸止海東, 久而不還. 父皇寄書繫鳶足云, 隨鳶所止爲家. 蘇得書放鳶, 飛到此山而止, 遂來宅爲地仙.

▴〈산수봉황무늬 벽돌〉 국립중앙박물관
◂〈백제금동대향로〉 국립부여박물관

된 향로이다. 뚜껑 부분은 부드러운 능선이 겹겹이 쌓인 산꼭대기에 날개를 활짝 펼친 봉황이 앉아 있고, 산등성이 사이에 완함阮咸·종적縱笛·배소排簫·현금玄琴·고鼓를 연주하는 다섯 악사를 비롯하여 호랑이·멧돼지·원숭이·새 및 신기한 상상의 동식물들이 함께 표현되어 마치 신선세계를 보는 듯하다.

사실 산山 모양으로 향로를 만들기 시작한 것은 중국 서한 때부터이다. 특히 박산향로博山香爐는 바다 한 가운데 있다는 전설상의 선산仙山인 박산博山에서 그 이름을 딴 것으로, 신선들의 이상세계인 삼신산三神山을 상징적으로 표현하고 있다.

부여 규암면 외리 절터에서 발견된 산수봉황무늬 벽돌도 산들이 첩첩이 둘러싸인 경치와 상스러운 구름이 한데 어우러져 신비한 분위기를 자아내고, 그 중심 부분에 백제금동대향로에서 보는 것처럼 봉황 한 마리가 화려한 자태를 뽐내며 산꼭대기에 서있는 문양을 하고 있다.

그런데 『산해경』에도 산꼭대기에 서있는 모습을 한 봉황이 등장한다.

> 곤륜산昆崙山에는 새가 있는데, 그 이름은 순조鶉鳥로서 천제天帝의 백복百服을 맡는다.[27]

곤륜산은 서왕모西王母가 살고 있는 신산神山으로, 주변에는 불사不死의 물이 흐르는 곳이다. 그리고 순조는 전설상의 새로서 봉황의 일종이다. 순조는 곤륜산에 살면서 천제가 사용하는 기물이나 복식을 주관한다고 전해진다. 청나라 때 훈고학자였던 학의행郝懿行은 『산해경전소山海經箋疏』에서 "순조는 봉황이다. 〈해내서경海內西經〉에 이르기를, '곤륜의 개명 서북쪽에 봉황이 있는데, 이 봉황이 순조이다.'고 했다."[28]라고 했고, 송나라 때 육전陸佃은 훈고서 『비인埤雅』에서 사광師曠의 『금경禽經』을 인용하여 "적봉赤鳳이 순조이다."[29]라고 밝혔다.

따라서 산수봉황무늬 벽돌이나 백제금동대향로가 신선세계인 곤륜산과 그곳에 서식하고 있는 순조를 묘사하고 있다는 추론이 전혀 어색하지 않다. 특히 삼국 가운데 중국과의 교류가 가장 빈번했던 백제로서는 당시 남조南朝에서 흥성하던 도교를 자연스럽게 접촉하고, 도교적 세계관에 입각한 신선세계를 동경하면서 산수봉황무늬 벽돌이나 백제금동대향로를 제작했을 것으로 짐작된다.

삼국 시대와 통일 신라를 거쳐 고려에 이르러 도교는 재초를 중심으로 하는 과의적科儀的 형태로 발전한다. 1021년(고려 현종顯宗 12) 7월에 구정毬庭에서 큰 초제醮祭를 지냈다는 기록이 있으며, 이후 문종文宗을 비롯하여 선종宣宗·숙종肅宗·예종睿宗·인종仁宗 등도 초제를 지냈다.

특히 예종 때는 이중약李仲若이 송나라에 가서 황대충黃大忠에게 도교의

---

27 『산해경』 2권, 〈서산경西山經〉. 昆侖之丘……有鳥焉, 其名曰鶉鳥, 是司帝之百服.

28 학의행郝懿行, 『산해경전소山海經箋疏』 鶉鳥, 鳳也. 『海內西經』云, 昆侖, 開明, 西北皆有鳳皇, 此是也.

29 육전陸佃, 『비아埤雅』 8권, 赤鳳謂之鶉.

교리를 배워오고, 송나라 휘종徽宗은 고려에 도사 2명을 보내주기도 했다. 또한 도관인 복원궁福源宮을 세워 각종 도교 행사를 거행하는 등 그 어느 때보다 도교를 믿고 의지하고자 했다.

당시 초제의 예배 대상으로는 원시천존元始天尊·천황대제天皇大帝·노인성老人星·북두성北斗星·호천오방제昊天五方帝 등 천계天界와 성수星宿 등을 망라했다. 그런데 초제를 지낼 때 이들의 도상을 걸어놓았다는 기록이 있다.

> 처음으로 원시천존상元始天尊像을 옥촉정玉燭亭에 안치하고 달마다 초제를 지내게 했다.[30]

1107년(예종 2) 윤10월에 연경궁延慶宮 후원에 있던 옥촉정에 원시천존상을 걸어 놓았다는 내용이다. 송나라 서긍徐兢의 『고려도경高麗圖經』에도 이와 비슷한 내용이 전한다.

> 복원관福源觀은 왕부王府의 북쪽 태화문太和門 안에 있는데 정화政和 연간에 세워졌다. 앞에는 '부석지문敷錫之門', 그 다음에는 '복원지관福源之觀'이라는 방문榜文이 쓰여 있다. 일찍이 듣건대, 전殿 안에 삼청상三清像[31]을 그렸는데 혼원황제混元皇帝[32]의 수염과 머리털이 다 감색紺色이어서 우연히 성조聖朝가

---

30 정인지鄭麟趾, 『고려사高麗史』 12권, 〈세가世家〉 예종睿宗 2년조. 始置元始天尊像於玉燭亭, 令月醮.

31 삼청상三淸像 : 삼청三淸은 도교의 삼신三神으로, 옥청 원시천존玉淸元始天尊·상청 영보도군上淸靈寶道君·태청 태상노군太淸太上老君을 말한다. 삼청상은 옥청과 상청, 태청의 삼청경三淸境의 그림을 말한다. 삼청경은 도교의 최고신인 원시천존이 있는 대라천大羅天 바로 아래에 위치해 있는데, 거기에는 각각 중앙과 좌우의 세 궁전이 있고, 궁전마다 현세의 궁정 조직같이 선왕仙王·선공仙公·선경仙卿·선백仙伯·선대부仙大夫가 있다. 또한 이러한 선관仙官들과 별도로 독립해서 태상노군천사太上老君天師가 있다. 태상노군은 도교에서 노자老子를 교조敎祖로 받들어서 존칭한 것이다.

32 혼원황제混元皇帝 : 노자의 존칭으로 노자의 존호는 여러 가지가 있으며, 진성眞聖도 그 가운데 하나이다.

▲〈신수무늬거울〉 국립중앙박물관
◀〈청자도교인물모양주전자〉 국립중앙박물관

> 진성眞聖의 모습을 그린 뜻과 합치하니, 또한 가상하다. 예전에는 이 나라 사람들이 허정虛靜의 가르침을 듣지 못했는데, 지금은 누구나 귀의하여 믿는다고 한다.[33]

서긍은 복원관에 삼청상이 모셔져 있는데, 그 가운데 혼원황제의 수염과 머리털이 모두 감색이라는 기록을 남기고 있다. 조선 전기의 관찬지리서 『신증동국여지승람新增東國輿地勝覽』에서도 "구룡산九龍山은 문의현文義縣 서쪽 12리 되는 곳에 있으며, 산꼭대기에는 노인성전老人星殿의 옛터가 있는데, 그 화상畵像이 지금도 남아 있다."[34]라고 했다.

고려 때 제작된 이 청자도교인물모양주전자는 두 손에 선도仙桃를 받쳐 들고 있으며, 봉황이 장식된 관을 쓰고 있는 모습으로 보아 이 인물이

---

33 서긍徐兢, 『고려도경高麗圖經』 17권, 〈사우祠宇〉. 福源觀, 在王府之北大和門內, 建於政和間. 前榜曰敷錫之門, 次榜曰福源之觀, 嘗聞展內繪三淸像, 而混元皇帝鬚髮皆紺色, 偶合聖朝圖繪眞聖貌像之意, 亦可嘉也. 前此國俗, 未聞虛靜之敎, 今則人人咸知歸仰云.

34 이행李荇 등, 『신증동국여지승람新增東國輿地勝覽』 15권, 〈문의현文義縣〉. 九龍山, 在縣西十里, 山頂有老人星殿古基, 其畵像至今有存.

서왕모이거나 아니면 재초를 거행하던 도사일 것으로 추정된다.

고려 때 신수무늬거울에도 서왕모와 동왕부東王父의 모습이 주조되어 있는 모습을 볼 수 있다.

이처럼 신선 도상의 존재에 대한 기록과 단편적인 유물을 통해 고려 때에도 도교가 유행하고, 다양한 신선 도상이 존재했다는 사실을 확인할 수 있었지만, 아쉽게도 현재까지 남아있는 신선도는 찾아볼 수 없다.

조선 시대에 들어서면서 도교는 국가적으로 거행되던 의식이 점차로 감소하게 된다. 고려 때 재초를 거행하던 장소로 사용하던 복원궁·신격전神格殿·정사색淨事色·구요당九曜堂·소전색燒錢色·태청관太淸觀·태일전太一殿·청계배성소淸溪拜星所 등도 모두 하나로 병합되어 소격전만 남게 되니, 이것이 조선 시대 유일한 도관道觀이었다.

한양漢陽으로 천도한 뒤, 1396년(태조 5)에 노자와 성신星辰을 초제하기 위해 소격전을 영건營建하고, 1466년(세조 12)에 소격서昭格署로 이름을 고쳐 불렀다. 소격전이 도교 신상을 모시고 의식을 거행하는 신전으로서의 기능이 강했다면, 소격서는 관청으로서의 기능이라는 색채가 가미되었다. 즉 소격서는 도교의 재초를 거행하는 국가 기구로서, 『증보문헌비고增補文獻備考』의 기록에 따르면, "소격서를 설치하고 삼청전三淸殿을 두어 삼청三淸과 성신星辰에 대한 초제醮祭를 관장했다."[35]라고 했다. 직제는 제조提調 1명, 별제別提 2명으로 하며, 영令과 별제는 모두 문관을 썼다.[36]

이들 관원들은 시험을 통해 선발되었는데, 『경국대전經國大典』에 이르기를, "도류道流는 『금단禁壇』을 외우고 『영보경靈寶經』을 읽게 하며, 『연생경延生經』·『태일경太一經』·『옥추경玉樞經』·『진무경眞武經』·『용왕경龍王經』 중에서 세 가지 경전을 골라 그 뜻을 물어본다."[37]라고 했다. 따라

35 『증보문헌비고增補文獻備考』 223권, 〈직관고10職官考十〉 소격서昭格署.

36 『경국대전經國大典』 1권, 〈경관직京官職〉 종5품아문從五品衙門 소격서.

서 소격서 안에는 초제의 대상이 되는 다양한 신상이 모셔져 있었다.

> 1494년 갑인년 봄, 원자元子가 태어나실 때 내가 헌관獻官이 되어 행사를 맡았다. 대개 소격서는 중국 도가道家의 행사를 모방하여 태일전太一殿에서 칠성七星 제수諸宿를 제사지내는데, 그 상像은 모두 머리를 풀어헤친 여자 얼굴이었다. 삼청전에서는 옥황상제玉皇上帝·태상노군太上老君·보화천존普化天尊·재동제군梓潼帝君 등 10여 위를 제사지냈는데 모두 남자 형상이었다.[38]

태일전에는 칠성 제수의 신상이 모셔져 있는데 그 형상이 머리를 풀어헤친 여자 모습이고, 삼청전에는 옥황상제·태상노군·보화천존·재동제군 등 많은 신상이 모셔져 있음을 알 수 있다. 당시 소격서가 있던 곳이 삼청동三淸洞이었는데, 상청上淸과 태청太淸, 옥청玉淸을 모신 삼청전이 있었기 때문에 지명을 그렇게 부른 것이다.

또한 1518년(중종 13) 9월 8일, 소격서를 혁파한 뒤 그 위판을 처리하면서 예조에서 아뢰기를, "위판은 묻어버리는 것이 좋습니다. 다만 좋은 그림이 있으니, 이것을 도화서圖畫署에 옮겨서 간수하는 것이 마땅합니다."[39]라고 한 것으로 보아 조선 전기에도 소격서 안에는 다양한 그림들, 특히 신상을 그린 신선도가 존재하고 있었을 것이나, 역시 현재까지 남아 있는 것은 없다.

연산군 때 소격서를 없애라고 했으나 시행되지는 않았고, 1518년(중종 13)에 유신儒臣들의 요청으로 소격서가 혁파되었다가,[40] 중종이 모후母后

---

37 위의 책 3권, 〈예전禮典〉 취재取才 도류道流.

38 성현成俔, 『용재총화傭齋叢話』 2권. 甲寅春元子誕生, 余爲獻官行此事也. 大抵昭格署皆憑中朝道家之事, 太一殿祀七星諸宿, 其像皆被髮女容也. 三淸殿祀玉皇上帝太上老君普化天尊梓潼帝君等十餘位, 皆男子像也.

39 『중종실록中宗實錄』 34권, 중종 13년(1518) 무인년戊寅年 9월 8일조. 禮曹回啓曰, 位版則埋之可也. 但有美畵, 移藏于圖畫署爲當.

인 정현왕후貞顯王后 윤씨尹氏의 병환을 기도한다는 이유로 1522년(중종 17)에 다시 세웠다.[41] 그러다가 임진왜란 이후에 완전히 폐지되었다. 소격서의 위상 및 기능 축소에도 불구하고 신선도의 제작은 꾸준히 이루어지다가, 중기 이후에 이르러 왕실을 중심으로 궁중 행사나 왕실의 수요에 제공하는 신선도의 제작이 급격하게 늘어난다.

신선도는 신선사상과 밀접한 관계를 맺으며, 특히 무병장수에 대한 애착, 현세의 기복적祈福的 염원과 결합되어 성행했다. 그런 까닭에 조선 중기 이후 신선도는 대부분 축수祝壽와 축복祝福의 용도로 축수화祝壽畵와 세화歲畵라는 형태로 많이 그려졌다. 이것은 행사나 장식, 선물 등의 용도로 신선도가 요구되었다는 사실과 함께 조선 중기 이후의 신선도가 내세가 아닌, 현세에서 무병장수와 부귀영화를 누리고자 하는 대중들의 마음을 반영했다는 사실을 뒷받침한다.

생일 선물이나 생일잔치를 돋보이게 하는 장식용 그림인 축수화는 주로 장수와 관련된 신선 도상이 대부분의 비중을 차지한다. 원래 축수화는 중국에서 유행하던 것으로, 송나라 때 공평중孔平仲의 『공씨담원孔氏談苑』에 따르면, "진공陳恭이 박주亳州의 판관判官으로 있을 때 생일을 맞았다.

---

40 위의 책, 34권 중종 13년(1518) 무인년 9월 3일자의 기사에 따르면, "전교하기를, 소격서는 좌도左道임을 모르는 것이 아니지만, 그 유래가 오래되었으므로 혁파할 수 없다고 여겼다. 지금 여정輿情을 보면 모두 혁파하고자 하니 여정을 따라야겠다."라고 하고, 9월 8일 승정원承政院에서 소격서의 위판位版 처리에 대하여 "소격서는 이미 혁파했으나, 그 위판에 대해서는 전날 대신과 의논했더니 다 깨끗한 곳에 묻어 버리는 것이 좋다."라고 했다. 그런데 『오주연문장전산고五洲衍文章箋散稿』〈도장잡설道藏雜說 동국도교본말변증설東國道敎本末辨證說〉에서는 "중종中宗 기묘년(1519)에 삼사三司에서 정쟁廷爭하여 소격서를 혁파시켰다."라고 했다.

41 위의 책, 46권 중종 17년 임오壬午 12월 14일자의 기사에 따르면, "전교하기를, '성종조의 예대로 종묘·사직·소격서·삼각산·백악산白岳山·목멱산木覓山·한강 등에 관원들을 보내 빌고, 아울러 영녕전에도 제사해야 하며, 또 간략한 예로 다시 소격서를 설치해야 한다.'고 했다"라고 했다.

친척들 대부분이 노인성도老人星圖를 선사했다."[42]라고 했다. 이 기록만 보더라도 생일을 맞이하여 장수를 축원하는 의미로 신선 도상을 선물하는 경우가 많았는데, 이는 조선에서도 예외가 아니었다. 그 가운데서도 인간의 수명을 관장한다는 남극성南極星이 그려진 수성도壽星圖와 삼성도三星圖가 단연 인기가 많았고, 이외에 군선축수도群仙祝壽圖와 팔선경수도八仙慶壽圖, 마고헌수도麻姑獻壽圖 등도 자주 그려진 화제畵題였다.

윤덕희 〈남극노인도〉 간송미술관

윤덕희尹德熙의 〈남극노인도南極老人圖〉를 보면, "기미己未 12월 낙서駱西 산포散逋가 그려 바친다. 최형崔兄 영숙의 회갑에 뜻을 부치다."[43]라는 관지款識가 있는데, 그의 나이 54세 때 최창억崔昌億의 회갑일인 1739년(영조 15) 12월 22일에 축수용으로 그려준 것임을 알 수 있다.

세화는 새해를 축복하는 뜻으로 도화서에서 그려 궐내에 바치던 그림이다. 홍석모洪錫謨의 『동국세시기東國歲時記』에 따르면, "도화서에서는 수성선녀壽星仙女와 직일신장直日神將의 그림을 그려 임금에게 드리거나 서로 선물하는 것을 세화라고 부르며, 그것으로 송축하는 뜻을 나타냈다. ……여러 종친과 외척의 집 문짝에도 모두 이것을 붙이고 여염집에서도 모두 이를 본떴다."[44]라고 했다.

---

42 공평중孔平仲, 『공씨담원孔氏談苑』 4권 陳恭公判亳州, 遇生日, 親族多獻老人星圖.

43 己未復月, 駱西散逋, 寫奉. 似寓意崔永叔回甲.

44 홍석모洪錫謨, 『동국세시기東國歲時記』, 〈정월正月 원일元日〉.

길상과 복을 염원하고 재난을 막기 위한 목적으로 신선도를 그려 궐내에 헌상하면 궁전 문이나 벽에 붙였다. 물론 때로는 관아에 지급하거나 선물로 주기도 했다. 처음에는 왕실의 풍습에서 출발했으나, 점차 민간에까지 확산되어 조선 후기에 이르러서는 세화를 주고받는 것이 세시풍속의 하나로 자리 잡았다.

일반적으로 세화의 제작은 도화서에서 맡았다. 따라서 도화서에 소속된 화원화가들은 매년 정초正初를 비롯하여 왕실의 행사가 있을 때마다 신선도를 그려 바쳐야 했고, 그렇게 그려진 신선도는 일차적으로 궁중에서 쓰고, 나머지는 재상이나 신하들에게 하사했다. 순조純祖 때 조운종趙雲從은 당시 상황을 이렇게 설명했다.

> 도화서 화원들은 세시歲時가 되면 진채眞彩로 선인의 형상을 그렸는데 매우 아름답고 정교하며, 그것을 세화라고 불렀다. 궁전의 각 전각에 바치는데, 여유가 되면 재상들의 집에도 그림을 바쳤다. 진채는 영롱하며 세필細筆로 그리는데, 여러 신선들이 학을 타고 있으며 손에는 반도蟠桃를 들고 있다. 화원들은 임금의 합閤에 선물로 바쳤는데, 새해와 임금의 장수를 축원하기 위해서였다.[45]

여러 신선전神仙傳에 등장하는 수많은 신선 가운데서 조선 시대 신선도의 소재로 많이 다루어졌던 대표적인 인물로는 서왕모・태상노군・수성노인・동방삭東方朔・종리권鍾離權・여동빈呂洞賓・장과로張果老・한상자韓湘子・이철괴李鐵拐・조국구曹國舅・남채화藍采和・하선고何仙姑・적송자赤松子・마고선녀麻姑仙女・황초평黃初平・하마선인蝦蟆仙人 등이 있다.

이들 가운데 서왕모와 수성노인, 팔선八仙은 조선 시대 사람들이 가장 동경했던 신선이다. 특히 팔선은 그 구성원의 모습・성별・나이・신분 등

45 조운종趙雲從, 『면암집勉菴集』 2권, 〈세시기속歲時記俗〉.

이 다양하고 대중과의 거리가 밀접하여 심리적으로 쉽게 접근할 수 있었다. 따라서 이들은 임금과 양반, 상민을 막론하고 불로장생하려는 인간의 염원과 꿈, 행복을 추구하는 인간 본래의 욕망이 승화되어 하얀 화선지 위에 자연스럽게 그려졌고, 당시 대중들의 고단한 일상 속에 깊숙이 파고 들어가 심리적 위안의 대상으로 표출되었다.

이들 신선들은 여럿이 함께 등장하는 군선도群仙圖로 표현되거나, 아니면 혼자 등장하는 단독상으로 표현되기도 한다. 군선도 가운데는 〈요지연도瑤池宴圖〉가 대표적인 그림으로 손꼽힌다. 곤륜산에 살고 있는 서왕모가 3천 년에 한 번 열리는 장수의 선과仙果인 반도蟠桃의 결실을 기념하여 베푼 연회 장면을 그린 것이다. 화폭 한 가운데에는 서왕모와 주나라 목왕이 서로 마주보고 앉아 있으며, 여기에 참석하기 위해 여러 신선들이 파도를 건너는 장면이 함께 묘사되어 있다.

조선 중기 이후, 신선도는 17세기 김명국金明國 등 중국의 절파浙派 화풍을 구사하는 화가들에 의해서 그려졌고, 18세기에는 심사정沈師正과 윤덕희 등 문인화가와 김홍도金弘道와 김득신金得臣, 김윤겸金允謙 등 화원화가들로 인해 작품이 풍부해지고, 그 질적인 수준도 한층 향상되었다.

특히 김홍도는 〈군선도群仙圖〉 등 수많은 신선도를 그려 한국적인 신선도의 전통을 이룩했고, 이명기李命基·유숙劉淑·이수민李壽民·이재관李在寬 등에게 커다란 영향을 미쳤다. 그리고 그의 화풍은 조선 말기 장승업張承業과 일제 강점기의 안중식安中植과 조석진趙錫晉 등에까지 이어진다. 그런 면에서 순백의 화폭에 그려진 중국 신선들의 이야기가 비단 중국인들만의 전유물은 아니었다. 동시대를 살아가던 조선의 화가, 한 걸음 더 나아가서는 조선이라는 시·공간을 함께 했던 조선 대중들의 가슴 속에서 꿈틀거렸던 정신적 공유물이었던 것이다.

위대한 여신,

서왕모西王母

서왕모

서왕모西王母는 원시천왕元始天王과 태원성모太元聖母가 서화西華의 지극히 오묘한 기운으로 낳은 딸로서 금모金母라고도 불린다.[1] 그녀의 천상 신분은 지상 황궁의 황후와 같아서 천상의 수많은 선녀들을 다스리는 지위에 있다. 하지만 『산해경山海經』에 처음으로 등장하는 서왕모는 『목천자전穆天子傳』에서 목왕穆王과 애틋한 이별의 감정을 나누던 아름다운 여신으로서의 자태와는 사뭇 다르다.

1 두광정杜光庭, 『용성집선록墉城集仙錄』 1권, 〈금모원군金母元君〉.

서해의 남쪽, 유사流沙의 언저리, 적수赤水의 뒤편, 흑수黑水의 앞쪽에 큰 산이 있는데 이름을 곤륜구昆侖丘라고 한다. 신—사람의 얼굴에 호랑이 몸인데 꼬리에 무늬가 있으며 모두 희다—이 있어 여기에 산다. 산 아래에는 약수연弱水淵이 둘러싸고 있으며, 그 바깥에는 염화산炎火山이 있어 물건을 던지면 그 즉시 타버린다. 어떤 사람이 머리꾸미개를 꽂고 호랑이 이빨에 표범의 꼬리를 하고 동굴에 사는데 이름을 서왕모라고 한다.[2]

〈산해경〉에 묘사된 서왕모

다시 서쪽으로 350리를 가면 옥산玉山이라는 곳인데, 이곳은 서왕모가 살고 있는 곳이다. 서왕모는 그 모습이 사람 같지만 표범의 꼬리에 호랑이 이빨을 하고 휘파람을 잘 불며 더부룩한 머리에 머리꾸미개를 꽂고 있다. 그녀는 하늘의 재앙과 오형五刑을 주관한다.[3]

서왕모가 책상에 기대어 있는데 머리꾸미개를 꽂고 있다. 그 남쪽에 세 마리의 파랑새가 있어 서왕모를 위해 음식을 나른다. 곤륜허崑崙虛 북쪽에 있다.[4]

『산해경』에는 서왕모에 대한 기사가 모두 세 군데 있다. 시기적으로 볼 때 〈대황서경大荒西經〉이 먼저이고, 그 다음이 〈서산경西山經〉이며, 〈해내북경海內北經〉이 맨 나중에 쓰인 것으로 추정된다.[5] 먼저 〈대황서

2 『산해경山海經』 16권, 〈대황서경大荒西經〉, 西海之南, 流沙之濱, 赤水之後, 黑水之前, 有大山, 名曰昆侖之丘. 有神人面虎身, 有文有尾, 皆白處之. 其下有弱水之淵環之, 其外有炎火之山, 投物輒然. 有人戴勝, 虎齒, 豹尾, 穴處, 名曰西王母.

3 위의 책 2권, 〈서산경西山經 서차삼경西次三經〉, 又西三百五十里, 曰玉山, 是西王母所居也. 西王母其狀如人, 豹尾虎齒而善嘯, 蓬髮戴勝, 是司天之厲及五殘.

4 위의 책 11권, 〈해내북경海內北經〉, 西王母梯幾而戴勝杖. 其南有三青鳥, 爲西王母取食. 在崑崙虛北.

5 원가袁珂, 『산해경교주山海經校注』, 〈해내북경海內北經〉.

<산해경>에 묘사된 서왕모

경〉과 〈서산경〉의 기록을 종합해 보면 서왕모는 호랑이 몸에 흰 무늬를 가진 표범 꼬리를 하고 있고, 얼굴은 사람 모습이지만 호랑이 이빨을 하고 있으며, 더부룩한 머리에 머리꾸미개를 꽂고 있는 모양으로 묘사되고 있다. 아울러 하늘의 재앙과 다섯 가지 형벌을 주관하는 흉신凶神으로서 사람과 짐승의 형상을 절반씩 나누어 가지고 있지만 전체적으로 볼 때는 짐승에 가깝다고 하겠다.

그런데 〈해내북경〉에서는 서왕모가 이미 책상에 기대어 머리꾸미개를 꽂고 있는 형상으로 묘사되고 있다. 곽박郭璞의 주석에 따르면, "제梯는 기대는 것이다.梯謂憑也"라고 하고, 허신許愼의 『설문해자說文解字』에서는 "고인古人이 앉아 책상에 기댄다.古人坐而憑幾"라고 했듯이 책상은 고대에 재덕을 갖춘 노인에 대하여 존경을 표시하는 기물이다. 따라서 서왕모가 책상에 기대어 있다는 기록은 그녀가 이미 온화하며 점잖은 형상으로 변모하고 있음을 보여준다.

사천성 출토 서왕모 화상석

그런가 하면 전국 시대 초기의 『귀장歸藏』과 한漢나라 초기의 『회남자淮南子』에서는 서왕모가 불사不死의 선약仙藥을 가진 신선神仙으로 등장한다.

> 예羿가 서왕모에게 불사약을 청했는데, 항아가 훔쳐서 달로 달아났다.[6]

> 예가 서왕모에게 불사약을 청했는데, 예의 아내가 그것을 훔쳐 달로 달아났다. 그녀가 달에 몸을 기탁했는데, 두꺼비로 변하여 달의 정령이 되었다.[7]

> 예가 서왕모에게 불사약을 청했는데, 항아가 훔쳐 달로 달아났다.[8]

---

6 『귀장歸藏』, 〈귀매歸妹〉. 羿請不死之藥於西王母, 姮娥竊之以奔月.

7 『회남자淮南子』, 서견徐堅, 『초학기初學記』 1권, 〈천부 상天部上〉 재인용. 羿請不死之藥於西王母, 羿妻姮娥竊之奔月, 托身於月, 是爲蟾蠩, 而爲月精.

8 『회남자』 6권, 〈남명覽冥〉. 羿請不死之藥於西王母, 姮娥竊以奔月.

『포박자抱朴子』에 따르면 항아는 원래 천상의 선녀이자, 신궁神弓인 후예后羿의 아내였다. 남편인 후예가 천제天帝의 아들인 열 개의 태양 가운데 아홉을 쏘아죽인 죄로 남편과 함께 지상으로 쫓겨나 신에서 인간이 되었다. 그렇게 인간으로 살아가던 어느 날, 후예는 곤륜산의 서왕모를 찾아가 그녀에게서 불사약을 구해왔다. 후예는 좋은 날을 택해서 아내와 함께 먹기로 했지만, 항아는 불사약을 훔쳐 혼자 마시고 말았다.

옥황상제는 남편을 버리고 혼자 신선이 된 항아를 괘씸하게 여겨 항아를 달에 있는 광한궁廣寒宮으로 유배 보냈고, 달에 도착하게 된 항아는 두려움과 죄책감에 울다가 그녀의 아름다운 모습이 전부 사라지고 추한 모습의 두꺼비가 되어버렸다고 한다.

이 항아분월姮娥奔月 고사에서 서왕모는 이미 사람들과 자연스럽게 소통하고, 불사약을 가지고 수명과 복을 내려주며 재앙을 제거하는 등 그들의 소원을 들어주는 인자한 여신의 모습으로 변모해 있다.

사실 옛날부터 수많은 제왕들이 하늘로 우뚝 솟아 구름 위에 떠있는 듯한 곤륜산崑崙山으로 사람을 보내 서왕모를 찾았지만, 그녀가 사는 곳에 도달한 사람은 극히 드물었다. 서왕모가 있는 곳으로 가려면 험난한 여정을 거쳐야 하기 때문이다. 특히 곤륜산 아래에는 새털도 가라앉는다는 약수연弱水淵이 둘러싸고 있고, 그 바깥에는 장맛비가 내려도 꺼지지 않고 모든 것을 태워버린다는 염화산炎火山이 있어 사람들이 감히 접근하기 어려웠던 것이다.

바로 그곳에 서왕모가 거처하는 호화스런 궁전이 있으며, 그 정원에는 요지瑤池라는 연못이 있다. 요지 주변에는 각종 약초들로 가득한데, 먹으면 영원히 살 수 있는 불로초였다.

그리고 정원 한구석에는 반도원蟠桃園이라는 복숭아밭이 있었다. 3천년 만에 한 차례 열매가 맺어 보통 사람이 그것을 한 개 먹으면 불로장생하고, 두 개 먹으면 신선이 된다고 한다. 물론 6천 년, 9천 년에 한 번 열매가 열리는 복숭아나무도 있었다. 매년 음력 3월 3일이 되면 서왕모는 천상에 선인들을 초대하여 성대한 복숭아 잔치를 벌였다.

그래서 불로장생을 꿈꾸던 많은 사람들이 서왕모를 찾아갔지만 대부분 실패하고 말았다. 그렇다고 해서 그녀를 만난 사람이 없었던 것은 아니었다.

주周나라 목왕은 신통력을 배운 뒤 팔준마八駿馬를 타고 서왕모를 만난 적이 있었다. 그날이 바로 길일吉日인 갑자일甲子日이었다. 서왕모가 특별히 그를 초대하여 연회를 베풀자, 그도 백규白圭와 현벽玄璧 등 진귀한 보물을 바쳤다. 다음날인 을축일乙丑日에 목왕이 요지에서 서왕모에게 술을 올리자, 서왕모는 목왕을 위해 다음과 같이 노래했다.

> 흰 구름은 하늘 위에 떠있건만
> 산언덕이 고개를 내밀고 솟아있군요
> 갈 길은 아득히 멀건만
> 산과 강이 가로 놓여 있네요
> 부디 죽지 않고 살아 계시어
> 다시 돌아오시길[9]

그러자 목왕은 다음과 같이 화답했다.

> 내 동쪽 땅으로 돌아가
> 화하를 조화롭게 다스리다
> 만백성이 두루 잘살게 되면
> 돌아와 그대를 만나리다
> 3년이 되면

9 『목천자전穆天子傳』. 白雲上天, 山陵自出. 道里悠遠, 山川間之. 將子無死, 尚能復來.

그대의 황야로 돌아오리다[10]

유송년 〈요지헌수도〉 중국고궁박물원

연회를 마치고 서왕모가 목왕을 이끌고 선경仙境을 유람시켜주자, 목왕은 거기에서 며칠 머물다가 서왕모의 궁전을 떠났다.

남송南宋의 화원화가 유송년劉松年의 〈요지헌수도瑤池獻壽圖〉는 『목천자전』에 기록된 서왕모와 목왕의 짧고도 애틋한 만남을 쓸쓸하게 묘사하고 있다. 두 사람은 시녀들에 의해 둘러싸인 채 서로를 마주보며 의자에 앉아 있다. 떠나는 목왕을 향해 부디 죽지 말고 다시 찾아오라는 서왕모의 간절한 염원에서 서왕모는 이제 더 이상 반인반수의 짐승이 아니라, 한 남자를 사모하는 아름다운 여인으로 변해 있음을 알 수 있다.

3년 뒤에 다시 오겠다고 약속하지만, 목왕도 이제 떠나면 다시는 이곳을 찾아올 수 없다는 사실을 잘 알고 있었다. 지상을 다스리는 제왕이기는 하지만, 자신도 인간이기에 유한한 생명의 한계에서 벗어날 수 없기 때문이다. 그렇기에 두 사람이 시를 읊으며 서로를 축복하지만, 그 분위기는 처연하면서도 아쉬움에 가득 찬 감정이 진하게 묻어난다.

한나라 무제武帝 때도 서왕모와 관련된 이야기가 전해진다. 당시 무제는 동군東郡에서 온 사자를 통해서 자신이 신선의 도를 구한다는 사실을 알고 서왕모가 음력 7월 7일에 인간 세상에 내려오겠다는 소식을 듣는다.

과연 그해 7월 7일 밤, 구름 한 점 없는 하늘에서 "콰르릉" 하는 소리가

---

10 『목천자전』. 予歸東土, 和治諸夏. 萬民平均, 吾願見汝. 比及三年, 將復而野.

서왕모 벽화

나면서 한 줄기 붉은 빛이 번쩍했다. 얼마 안 되어 서왕모가 신선들을 거느리고 사뿐히 황궁 앞에 이르니, 그녀를 모시던 선인들도 각기 백호와 기린, 백학을 타고 황궁에 내렸다. 선인들의 몸에서는 하얀 빛이 뿜어져 나오고 있었다.

마침내 서왕모가 황궁에 강림하니 선인들이 서왕모의 뒤로 물러났다. 이에 서왕모가 두 시녀의 부축을 받으며 궁전에 올라 동쪽을 향해 앉았다. 천하절색인 그녀는 황금빛 치마를 입고, 아름답게 수놓은 허리띠에는 분경검分景劍이란 보검을 찼다. 머리에는 화려한 비녀를 꽂고 구슬 관을 썼으며 봉황새 문양이 그려진 신발을 신었는데 나이는 서른쯤 되어 보였다.

무제는 존귀한 제왕의 몸이지만, 서왕모에게는 매우 공손했다. 그는 동방삭東方朔 등 대신들을 이끌고 서왕모를 향해 정중하게 무릎을 꿇고 안부를 물었다. 그러자 서왕모는 곁에 있던 시녀에게서 불사의 복숭아 곧 선도仙桃 일곱 개를 받아 무제에게 4개를 주고, 나머지 3개는 자신이 먹었다.

선도를 다 먹은 무제는 그 맛을 잊지 못해 먹고 남은 씨앗 세 개를 몰래 감추었다. 나중에 자신이 직접 심어서 먹을 생각이었다. 하지만 서왕모가 그 사실을 모를 리 없었다. 서왕모는 미소를 띤 채, 무제를 향해 그래봐야 소용없다고 말해주었다. 선도는 3천 년이 지나야 비로소 열매를 맺는데 그날까지 무제가 살아있기란 불가능했기 때문이다. 그 말을 들은 무제는 아쉬움을 뒤로 한 채 씨앗을 버려야 했다.

서왕모는 무제에게 경건하게 도道를 구하는 마음이 있음을 보고는 말하기를, "그대가 불로장생의 도를 좋아하는 것은 바람직하지만, 생활이 너무 음란하여 장생할 수 없도다. 그러니 신선이 되려고 너무 애쓰지 말라. 다만 내가 원시천존께 말해서 구결口訣을 전해줄 터이니 몸을 정결히 하고 성실하게 실천한다면 천상의 신선은 되지 못한다고 하더라도 지상의 신선 정도는 될 수 있을 것이다."라고 했다. 말을 마치자, 서왕모는 신선들을 거느리고 하늘 끝 구름 속으로 사라졌다.

『한무제내전漢武帝內傳』에 실려 있는 이 선도에 대한 고사는 그녀를 장수의 상징으로 여기는 데, 중요한 역할을 제공한다. 이후로 사람들은 건강과 장수를 누리고자 하면, 서왕모를 향해 기원했다.

명明나라 때 장편소설 『서유기西遊記』에도 선도 이야기가 나온다. 손오공孫悟空이 반도원을 지키는 직책을 수행하던 중 서왕모가 신선들을 불러 연회를 베푸는 자리에 자신이 초대받지 못하자 화가 나서 몰래 선도를 훔쳐 먹고 연회장을 아수라장으로 만드는 내용이 기록되어 있다. 이외에도 팔선八仙이 바다를 건너는 이야기 역시 서왕모가 반도를 가지고 베푼 연회에 참석하면서 일어난 일과 밀접한 관련이 있다.

이처럼 서왕모는 반인반수半人半獸의 괴수 형상에서 후대로 갈수록 아름다운 여신의 모습을 띠게 되고, 거기에다 반도를 매개로 불로장생이라는 신적인 능력 부여와 천상의 선녀들을 관장하는 위대한 여신의 이미지로 변용되었다.

당唐나라 때 이백李白도 이러한 서왕모를 상상하며 시 한 수를 쓴 적이 있다.

> 구름 같은 치맛자락, 꽃 같은 얼굴
> 살랑대는 봄바람, 영롱한 이슬이라네
> 만약에 군옥산 봉우리가 아니었다면
> 요대 달빛 아래서 우리 만났을 거네
> — 이백 〈청평조사桂苑筆耕〉[11]

우리나라의 경우에는 신라新羅 때 최치원의 『계원필경桂苑筆耕』에 서왕모와 관련된 이야기가 나온다.

> 기필코 앉아서 해내海內를 안정시킨 뒤에는 마땅히 요지瑤池로 가서 모일 것이니, 오색五色의 가벼운 구름이 늘 행지行止를 뒤따르고, 천년의 흰 학이 다투어 수레를 대신할 것입니다. 그리하여 홀로 장생長生을 누리며 바로 진위眞位에 올라 조정調鼎하면서 옥황玉皇의 명령을 보좌하고, 술잔을 머금으며 금모金母의 노래를 들을 것입니다.[12]

〈생일 선물을 바치며 올린 장문獻生日物狀〉은 최치원이 고변高駢의 생일을 맞이하여 올린 축수祝壽로서, 장생長生을 이루어 금모金母의 노래를 들을 수 있을 것이라는 내용이다. 여기서 금모는 바로 서왕모를 가리킨다.

> 모某가 지금 기원하는 것은 취련翠輦이 일찍 동쪽으로 순행하는 날을 맞이하여, 백환白環을 서쪽으로 진헌進獻하는 노고를 면했으면 하는 것입니다. 23관랑官郎께서는 100보 앞에서 활을 쏘아 버들잎을 뚫고, 한번 날면 하늘에 솟구칠 분인 만큼, 항아姮娥는 계궁桂宮으로 반가이 맞아들일 것이요, 왕모王母는 봉도蓬島로 인도하여 돌아갈 것입니다.[13]

---

11 이백李白, 〈청평조사淸平調詞〉. 雲想衣裳花想容, 春風拂檻露華濃. 若非群玉山頭見, 會向瑤臺月下逢.

12 최치원崔致遠, 『계원필경桂苑筆耕』 18권, 〈생일 선물을 바치며 올린 장문獻生日物狀〉. 則必坐寧環海, 後當去會瑤池, 五色輕雲, 鎭隨行止, 千年素鶴, 競效驅馳. 獨保長生, 却登眞位, 調鼎佐玉皇之命, 銜杯聽金母之歌.

〈주번 수재가 『소산집』을 보여 준 것에 대해 사례한 글謝周繁秀才以小山集見示書〉은 최치원이 아침 일찍 고변을 만나 저녁 느지막이 숙소로 돌아와 보니, 당시 온정균溫庭筠과 함께 사부辭賦로 이름을 날리던 주번周繁이 『소산집』을 놓고 간 사실을 알게 되어 감사의 뜻을 전한 글이다. 여기서 모某는 최치원 자신이며, 23관랑官郎은 주번을 가리킨다.

내용은 서촉西蜀에 피신해 있는 당나라 희종僖宗이 얼른 장안長安의 도성都城으로 돌아올 수 있게 되기를 바라며, 뛰어난 재주를 가진 주번이니만큼 항아嫦娥와 왕모王母도 그를 반길 것이라는 내용이다. 왕모 역시 서왕모를 의미한다.

비록 『계원필경』에 실린 글 대부분이 최치원이 당나라 고변의 종사관從事官으로 재직할 무렵 작품인 만큼 우리나라와는 별로 관계가 없지만, 이미 신라 때부터 서왕모에 대한 이야기가 전해져 회자되고 있음을 알 수 있다.

이후 고려 때에도 임춘林春·이규보李奎報·이인로李仁老·이제현李齊賢·이색李穡 등의 문집에 서왕모를 비롯하여 요지瑤池와 반도蟠桃 등 서왕모와 관련된 말들이 자주 인용되었다.

상서로운 아지랑이 감돌고 자신전 드높은데
보좌 중앙에 임금님 납시었네
동부洞府에서 노래 부르며 옥색 두드렸고
교방에서 기생 선발하여 선도에 취했어라
구층의 향로에는 용뇌龍腦 향기 피웠고
사방을 비추는 등불에는 봉황기름 사용했네

---

13 위의 책 19권, 〈주번 수재가 『소산집』을 보여 준 것에 대해 사례한 글謝周繁秀才以小山集見示書〉. 某今所以禱望者, 翠輦早遇東巡, 白環免勞西獻. 二十三官百步穿葉, 一飛沖天, 姮娥則迎入桂宮, 王母則引歸蓬島.

서왕모도 찾아와서 천세수 올리니
제자들 불러 운오雲璈를 치게 했네
— 이규보 〈문기장자〉[14]

이규보의 『동국이상국집東國李相國集』에 실린 〈문기장자文機障子〉는 정월 대보름인 상원일上元日 등석燈夕에 한림원翰林院에서 지어 올린 시이다. 이날 금오金吾에 분부하여 밤에 통행금지를 해제하고 관등희觀燈戲를 베풀게 했는데, 관원들은 각종 잡희를 관람하며 밤을 새워 연회를 즐길 수 있었다.

다음의 첫 번째 시는 이인로李仁老의 〈문기장자文機障子〉이고, 두 번째 시는 김구金坵의 〈문기장자文機障子〉이다.

임금님이 난간에 오셔서 관현을 명하니
봄바람 다사로운 정월 대보름날
까만 머리 상투에는 붉은 구름 엮어있고
보정의 연기는 푸른 실처럼 나부끼네
잘 익은 복숭아는 금모더러 바치게 하고
새로 만든 노래곡조는 월궁 항아가 전해주네
헌수배에 남산 그림자 어렸으니
천황이 8만 년 사시길 봉축합니다
— 이인로 〈문기장자〉[15]

14 이규보李奎報, 『동국이상국집東國李相國集』 13권, 〈문기장자文機障子〉. 祥煙繚繞紫宸高, 幄座中央認赭袍. 洞府徵歌敲玉索, 教坊選妓醉仙挑. 九層爐爇金龍腦, 四炤燈燃白鳳膏. 西母獻來千歲壽, 指呼弟子鼓雲璈.

15 서거정徐居正, 『동문선東文選』 13권, 〈문기장자文機障子〉. 玉色臨軒命管絃, 春風淡蕩上元天. 紅雲早綴鴉頭髻, 碧縷輕飄獸鼎煙. 桃熟已教金母獻, 曲高新自月娥傳. 壽杯浮動南山影, 奉祝天皇八萬年.

봉래산 한 봉우리가 바다 위에 우뚝 솟아
은궁과 패궐이 신령한 자라에 걸터앉았네
찬란한 등燈 모양은 바로 붉은 용의 알인 듯
높고 낮은 일산 날개는 마치 푸른 봉의 털이기도
화노花奴의 머리 위 무궁화엔 바람이 잔잔하고
금모金母 손안의 복숭아엔 이슬방울이 아롱거려
저것 보게나, 배회하는 밝은 달의 그림자를
항아가 임금의 홍포紅袍를 바라보려 함이네
— 김구 〈문기장자〉[16]

두 시는 그림 병풍의 풍경을 노래한 글이다. 항아姮娥는 달나라에 사는 선녀로 달의 별칭이기도 하다. 원래 중국의 옛 신화에 나오는 활 잘 쏘는 예羿의 아내였는데 남편이 숨겨놓은 불사약不死藥을 훔쳐 먹고 달나라로 도망하여 살았다고 한다. 예는 요堯 임금의 신하로 있으면서 그때 열 개의 태양이 일시에 떠올라 모든 식물이 더위에 말라죽음으로 그 가운데 아홉 개를 쏘아 떨어뜨렸다고 하는 활의 신이다.

이들 시는 대부분 제왕을 시적 대상으로 삼아 서왕모에게 반도를 받아 장수하기를 축원하는 내용으로 이루어져 있다. 따라서 서왕모라는 제재는 장수를 축원하는 데 자주 쓰였으며, 특히 제왕의 축수에 그 초점을 맞추고 있다.

조선 시대에 와서도 서왕모와 요지연을 제재로 한 글이 자주 보이는데, 그 가운데는 임금이 직접 쓴 시도 있다. 숙종肅宗은 요지연을 제재로 어제시를 짓기도 했다. 〈요지연瑤池宴〉과 〈열선도列仙圖〉, 〈제요지대회도題瑤池大會圖〉가 바로 그것이다.

---

16 위의 책 14권, 〈문기장자文機障子〉. 一朶蓬萊湧海高, 銀宮貝闕駕靈鼇. 蘭燈燦爛楨虯卵, 羽葆參差翠鳳毛. 風護花努頭上槿, 露濃金母手中桃. 請看明月徘徊影, 應是姮娥望赭袍.

낭원의 하늘 광활하고 요지의 땅 드넓다
구슬장식 궁전 아침 해 맞고 패각장식 대궐 맑은 물에 비친다
빛나는 유리벽에 아로새긴 대모玳瑁 난간
상서로운 노을이 서려있고, 하늘거리는 연기 얽혀있다
높은 전각에 연회석 차려지고, 선녀가 백관을 인도한다
우뚝 솟은 세 마리 봉황, 수식 찬란한 구룡 명주
영액靈液 금잔에 가득 따르고 복숭아 옥반玉盤에 드리네
노래 주악 앞을 다투고 춤과 무용 어우러진다
흥겨운 연회에 마음 즐겁고 아름다운 별에 마음 기쁘다
장생에 어찌 늙음이 있으리오. 봄기운이 만연하다
— 숙종 〈요지연〉[17]

낭원에 봄이 깊어 성대한 연회 열리니
학 타고 난새 울며 차례로 도착하네
옥처럼 아름다운 풀과 꽃 전각에 가득하고
경장영액瓊漿靈液 금 술잔에 가득 차네
노랫소리 번갈아 울리니 용이 물에서 노래하고
춤추며 옷자락 나부끼니 봉황은 누대로 내려온다
해는 상서롭고 별은 아름다워 즐거움이 가득하니
술잔 당겨 자작하며 취하여 돌아갈 일 잊는다
— 숙종 〈열선도〉[18]

요지에서 연회 열리니 신관들이 모여들고

17 숙종肅宗, 『열성어제列聖御制』 9권, 〈요지연瑤池宴〉. 閬苑天區濶, 瑤池地勢寬. 珠宮臨旭日, 貝闕暎澄瀾. 炫耀琉璃壁, 鏤雕瑇瑁欄. 輕輕祥靄繞, 裊裊瑞烟蟠. 錦席開高殿, 仙娥引列官. 嵯峩三鳳髻, 燦爛九龍紈. 靈液傳金斝, 瓊桃薦玉盤. 詠歌爭奏樂, 蹈舞共鳴鑾. 嘉會窮心醉, 良辰極意歡, 長生寧有老, 春色捻曼曼.

18 위의 책 9권, 〈열선도列仙圖〉. 春深閬苑盛筵開, 駕鶴鳴鸞次第來. 瑤草琪花連玉殿, 瓊漿靈液滿金罍. 歌聲迭奏龍吟水, 舞袖時翻鳳下臺. 日吉辰良多樂事, 引觴自酌醉忘廻.

〈요지연도〉 경기도박물관

상서로운 안개와 연기 난간을 둘렀네
문 밖 선녀들은 머리에 쌍봉 장식하고
전각 안 서왕모는 머리에 구룡관 썼네
장생의 영액 금 술잔에 가득 차고
불로의 선도仙桃 옥쟁반에 가득하다
천상에 사는 인간 뉘라서 멀다 하리요
눈앞에 늘어선 모습 뚜렷하게 보이네
— 숙종 〈제요지대회도〉[19]

이상 세 편의 시는 모두 〈요지연도〉에 나오는 서왕모의 고사를 제재로 하여 쓴 것으로, 임금이 썼다는 사실은 보기 드문 현상이다. 〈제요지대회도〉를 보면 이미 숙종 때 서왕모와 주나라 목왕 및 여러 신선들이 요지에서 모여 연회를 즐기는 그림이 존재했다는 사실을 단적으로 설명해 주고 있다.

한 가지 흥미로운 일은 고려 때 과거시험에 서왕모의 반도를 제재로 삼아 '임금의 동산에 선도를 심다御苑種仙桃'라는 시제詩題가 출제된 적이

19 위의 책 12권, 〈제요지대회도題瑤池大會圖〉. 瑤池設宴會神官, 瑞霧祥烟遶盡欄. 戶外仙娥雙鳳髻, 殿中王母九龍冠. 長生靈液盈金罍, 不老蟠桃滿玉盤. 天上人間誰謂遠, 眼前森列瞭然看.

있다는 점이다. 최자崔滋의 『보한집補閑集』에 따르면, "처음으로 현종顯宗 22년 태평太平[20] 10년에 공은 염전시簾前試에 나아갔다. 임금이 시신侍臣에게 이르기를, '중국 문장에 꽃과 달은 그 끝에 참여하는데, 나는 그 빠름을 함께 시험할 것이다.'고 하고 먼저 부제賦題를 '임금은 배와 같다君猶舟'고 했다. 공이 부를 지어 종이에 쓸 때 임금은 곧 '임금의 동산에 선도를 심다御苑種仙桃'는 시제를 냈다. 공은 곧 시제에 따라 종이에 바로 썼다."[21]라고 했다. 결국 최충崔沖의 아버지 최유선崔惟善은 현종 때 을과乙科에 장원급제하여 7품을 받고 한림원翰林院에 들어갔다.[22]

> 임금의 동산에 새로 심은 복숭아나무
> 낭원의 신선에게서 왔네
> 붉은 땅 위에 뿌리를 박고
> 그림자는 자줏빛 뜰 앞에 누웠네
> 가는 잎은 그림과 같고
> 무성한 꽃봉오리 불에 타는 듯하네
> 품위는 중서성의 나무보다 높고
> 향기는 수로獸爐의 연기에 닿네
> 하늘이 가까우니 봄 일찍 무성하고
> 새벽이 맑아 이슬 머금어 고와라
> 이 복숭아 서왕모가 드린 것이니
> 거룩한 수명 천 년을 더하소서
> — 최유선 〈임금의 동산에 선도를 심다〉[23]

---

20 요遼나라 성종聖宗의 연호로 1021~1030년.

21 최자崔滋, 『보한집補閑集』.

22 정인지鄭麟趾, 『고려사高麗史』 95권, 〈최유선열전崔惟善列傳〉.

23 서거정, 『동문선』 11권, 〈임금의 동산에 선도를 심다御苑種仙桃〉. 御苑桃新種, 移從閬苑仙. 結根丹地上, 分影紫庭前. 細葉看如畵, 繁英望欲燃. 品高鷄省樹, 香按獸爐煙. 天近知春茂, 晨清帶露鮮. 是應王母獻, 聖壽益千年.

〈요지연도(부분)〉 경기도박물관 소장

서왕모에 대한 언급이 시문을 통하여 단편적으로 이루어지던 고려 때와는 달리 조선 시대에는 서왕모의 거처인 곤륜산 요지에서 열리는 연회 장면을 그린 신선도인 요지연도가 본격적으로 등장한다.

요지연도는 『죽서기년竹書紀年』과 『목천자전』에 실린 서왕모와 목왕의 연회를 바탕으로 명나라 때 소설 『동유기東遊記』에서 여러 신선들이 잔치에 초대되어 가는 이야기가 결합된 고사에 연원을 두고 있으며, 보통 병풍용으로 많이 제작되었다.

요지연도는 대부분 8폭 병풍 형식을 취하고 있으며, 화폭은 대체로 서왕모와 목왕이 연회장 한가운데 앉아 주악奏樂과 가무歌舞를 즐기는 장면 및 여러 신선들이 그곳을 향해 바다를 건너오는 모습으로 구성된다.

경기도박물관 소장 경기도 유형문화재 제192호 〈요지연도瑤池宴圖〉에는 서왕모가 목왕을 초대하여 베푼 연회 장면이 화면 오른쪽 6폭에 걸쳐

〈요지연도〉 팔준마

묘사되어 있고, 하늘과 바다, 육지 등 다양한 공간을 초월하여 도처에서 몰려오는 신선과 불보살들이 화면 왼쪽의 나머지 2폭에 그려졌다.

누대 위에는 서왕모가 정면을 향해 자리 잡고, 그 왼쪽에는 목왕이 측면을 향해 비스듬히 앉아 있다. 그들 뒤에는 삽병揷屛이 있고, 주위에는 여러 명의 시녀들이 분주하게 시중을 들고, 누대 가운데서는 음악을 연주하는 여인들의 곡에 맞추어 무희舞姬 두 사람이 봉황 두 마리와 함께 어울려 춤을 추고 있다.

목왕이 타고 온 가마와 팔준마八駿馬가 구름 사이로 뚜렷이 보이는데 그 장식이 매우 화려하다. 특히 팔준마는 〈요지연도〉의 남성 주인공이 목왕임을 알려주는 결정적인 단서가 된다. 사실 문헌상으로 볼 때 서왕모와 만난 사람은 그리 많지 않아, 목왕과 한나라 무제 정도에 지나지 않는다. 무제는 서왕모가 직접 한나라 궁궐로 찾아가 만났으니, 그림의 내용과는 분위기가 전혀 어울리지 않는다.

또한 『죽서기년』의 기록에 따르면, "목왕 17년에 왕이 곤륜구崑崙丘로 원정을 가서 서왕모를 만났다. 그해 서왕모가 조정으로 찾아와 소궁昭宮에서 빈객으로 있었다."[24]라고 하고, 사마천司馬遷의 『사기史記』에서도 "조

24 『죽서기년竹書紀年』 주 목왕周穆王 17년조. 十七年, 王西征崑崙丘, 見西王母. 其年,

〈요지연도(부분)〉 경기도박물관

보造父는 주나라 목왕의 총애를 받았다. 그는 도림桃林의 도려盜驪와 화류驊騮, 녹이綠耳 등 준마 여덟 필을 얻어 목왕에게 바쳤다. 목왕은 조보를 마부로 삼고 서쪽을 순수巡狩하던 중, 서왕모를 만나 함께 즐거이 노닐며 돌아갈 것을 잊었다."[25]라고 했다. 이들 기록을 통해 보면 〈요지연도〉에서 서왕모와 함께 있는 남성 주인공이 주나라 목왕임을 알 수 있다.

하늘에서는 석가여래釋迦如來와 사천왕四天王, 토끼를 앞세운 월궁의 항아, 그 앞에서 학을 타고 내려오는 수노인壽老人과 왕자교王子喬, 나란히 봉황을 타고 있는 소사簫史와 농옥弄玉 등이 연회에 참석하려고 날아온다.

그리고 바다에서는 오른손에 호리병을 들고 왼손으로 지팡이를 잡고

西王母來朝, 賓於昭宮.

25 사마천司馬遷, 『사기史記』 43권, 〈조세가趙世家〉.

좌) 〈요지연도〉 노자 / 우) 〈요지연도〉 소선공

있는 이철괴李鐵拐, 두 손으로 꽃송이를 던지고 있는 남채화藍采和, 어깨에 칼을 메고 있는 여동빈呂洞賓, 어고간자를 들고 있는 장과로張果老, 피리를 불고 있는 한상자韓湘子, 박판拍板을 치고 있는 조국구曹國舅 등 팔선八仙을 비롯하여 괭이를 들고 개를 동반한 마고麻姑, 잉어를 타고 두 손으로 물병 같은 것을 들고 있는 자영子英, 물 위에 자리를 깔고 누워 술병을 바라보는 장지화張志和 등이 파도를 탄 채 바다를 건너고 있다.

육지에서도 뿔이 하나 달린 소를 탄 노자老子가 여유롭게 누대로 들어서고, 사슴을 탄 소선공蘇仙公도 연회 장소로 향하고 있다.

이렇게 요지를 중심으로 사방에서 여러 신선들이 모여드는 장면과 더불어 그들 주변에는 다양한 나무와 괴석, 짐승들이 화폭을 가득 채운다. 화면에는 반도蟠桃·오동나무·소나무·대나무·영지·모란 등 식물, 사슴·학·공작·봉황 등 각종 동물이 골고루 분포되어 있으며, 곤륜산의 험준한 암벽과 신비스러운 구름, 출렁이는 바다의 물결 표현은 평면적인 화폭에 자연스럽게 공간적인 느낌을 부여한다.

특히 누대 위에 있는 복숭아나무를 비롯하여 봉황과 공작, 소나무와 오동나무, 대나무와 영지, 괴석과 모란 등은 모두 장수와 행복을 염원하는

김홍도 〈헌선도〉 개인 소장

길상적 이미지를 담고 있는 소재들이다. 그런 면에서 〈요지연도〉에는 장생불사와 복록福祿을 상징하는 이상세계가 잘 구현되어 있다고 하겠다.

이상세계를 추구하는데 있어서는 제왕도 예외가 아니다. 일반 백성들 입장에서는 〈요지연도〉에서 벌어지고 있는 이처럼 방대한 규모의 연회를 감히 꿈꾸기도 어려운 일이지만, 제왕의 경우에는 사정이 다르다.

조선 왕실에서는 다양한 궁중 연회를 통해 자연스럽게 서왕모의 고사와 접촉할 기회가 많았다. 특히 중국에서 들어온 당악唐樂은 연회 때마다 연주되었고, 그 가운데 〈헌선도獻仙桃〉, 〈오양선五羊仙〉, 〈수연장壽延長〉 등은 바로 서왕모와 직접적으로 관련된 악장樂章이다.

〈헌선도〉는 고려 때 최충헌崔忠獻이 서왕모의 고사를 인용하여 만든 것으로 전해진다. 여러 기녀들을 시켜서 봉래산蓬萊山의 선녀들이 임금에게 찾아와 선도를 올리며 하례하는 모습을 형상화한 풍악이다. 〈오양선〉과 〈수연장〉 역시 왕실의 상스러움과 임금의 장수를 송축하는 내용으로 이루어져 있다. 이들 악장은 왕실 행사, 특히 진연進宴이나 진찬進饌 때 자주 사용되었다.

〈헌선도〉는 우선 무대舞隊가 악관과 기녀를 거느리고 남쪽에 선다. 악관과 기녀는 두 줄을 지어 앉는데, 기녀 1명이 서왕모가 되고, 그 좌우에 있는 각각 1명이 두 협挾이 되어 줄을 가지런히 하여 가로로 늘어서고, 봉개奉蓋 3명이 그 뒤에 서고, 인인장引人丈 2명, 봉선鳳扇 2명, 작선雀扇 2명, 미선尾扇 2명이 좌우로 나뉘어 서고, 봉정절奉旌節 8명이 그 사이에 선다.

악관이 〈회팔선會八仙〉의 인자引子를 연주하면, 봉죽간자奉竹竿子 2명이 먼저 춤을 추면서 들어와 좌우로 갈라선다. 음악이 멎으면 "아득하게 먼 귀대龜臺에 있다가 봉궐鳳闕에 내조來朝하여, 천년의 아름다운 열매를 받들고 만복萬福의 좋은 상서祥瑞를 바치려고, 감히 신안宸顔을 범하옵고 삼가 구호口號를 드리나이다."라고 하면서 선계에서 임금께 선도를 바치고 만복을 가져다주려고 궁궐로 찾아와 왔음을 전한다.

그 후 한 차례 음악 연주가 끝나면 악관 1명이 선도를 담은 쟁반을 받들어 기녀 1명에게 주면, 기녀는 그것을 서왕모에게 전한다. 서왕모는 쟁반을 받들고 〈헌선도조獻仙桃調〉로 〈원소가회사元宵嘉會詞〉를 노래한다.

> 원소元宵 좋은 모임에서 봄의 풍광을 즐기는데
> 성대한 일은 한창 때의 상양궁上陽宮을 기억하네
> 요 임금 이마에 기쁨 띠고 하늘 북쪽 끝 바라보고
> 순 임금 심의深衣 입고 궁전 중앙서 팔짱 끼셨네
> 호탕한 환성에 소韶의 곡조가 이어지는데
> 가득 찬 화기和氣는 궁궐의 향기를 띠고 있네
> 어찌하면 태평시절의 장관에 보답하랴

반도蟠桃 한 가지로 온갖 상서祥瑞를 바치네
—〈원소가회사〉[26]

연주가 끝이 나면 악관이 〈헌천수獻天壽〉를 연주하고, 서왕모 등 3명은 〈일난풍화사日暖風和詞〉를 노래한다.

햇볕 따스하고 바람 부드러워 봄날 더욱 더디니
이것이 태평시절이네
저희는 봉래산에서 용모를 가다듬고
내려와서 궁궐에 하례 드립니다
다행히 등석燈夕을 맞아 참으로 좋은 모임이니
천위天威를 가까이 할 수 있어 기쁩니다
신선의 수명은 길어서 기한이 없으니
임금님께 천만년의 장수를 바칩니다
—〈헌천수〉[27]

태평성대를 이룬 요·순 임금처럼 어진 정사를 베푼 임금에게 천만년이나 장수하라는 염원을 담아 선도를 바친다는 사실을 전하고 있다. 연주가 끝나면 악관이 계속해서 〈헌천수령獻千壽令〉을 연주한다.

낭원閬苑이 인간 세상에서 멀다지만
높으신 성덕을 익히 들었습니다
서쪽 선경을 떠나 하늘에서 내려와

26 정인지鄭麟趾, 『고려사高麗史』 71권, 악지2樂志二 당악唐樂 〈원소가회사元宵嘉會詞〉. 元宵嘉會賞春光. 盛事當年憶上陽. 堯顙喜瞻天北極, 舜衣深拱殿中央. 懽聲浩蕩連韶曲, 和氣氤氳帶御香. 壯觀大平何以報, 蟠桃一朶獻千祥.

27 위의 책, 〈일난풍화사日暖風和詞〉. 日暖風和春更遲, 是太平時. 我從蓬島整容姿, 來降賀丹墀. 幸逢燈夕眞佳會, 喜近天威. 神仙壽算遠無期, 獻君壽, 萬千斯.

천년 누릴 영도靈桃를 바치나이다
위로 임금의 연세 하늘과 나란하길 빌고
춤을 추어 성조聖朝에 하례 드립니다
산 넘고 물 건너 사방에서 내조하니
단정히 팔짱껴도 나라가 영원히 보존되리
—〈헌천수령〉[28]

이러한 절차를 몇 차례 거쳐 악관이 〈천년만세千年萬歲〉의 인자를 연주하면 봉위의奉威儀 18명이 빙빙 돌면서 춤추는데, 세 번 돌고 물러나서 제자리로 돌아간다. 음악이 멈추면 봉죽간자가 조금 나아가서 "신선의 옷을 여미고 잠시 물러나서 구름이 가는 길을 향하여 돌아갈 것을 말씀드립니다. 섬돌 앞에서 두 번 절하고 서로 함께 평안하기를 바랍니다."라고 치어致語를 한다.

이 과정이 끝나면 악관이 〈회팔선〉의 인자를 연주하고, 봉죽간자가 먼저 춤을 추면서 물러나고, 봉개와 서왕모 등 3명도 그 뒤를 따라서 춤추면서 물러나며, 봉위의 18명 또한 그렇게 퇴장한다.

이처럼 〈헌선도〉는 마치 서왕모가 한나라 무제를 찾아가 선도를 바치며 장수를 기원했다는 고사를 연상시킨다. 아울러 고려와 조선의 임금들은 〈헌선도〉를 통해서 자신의 치세가 태평성대임을 보여주고자 했다. 신선들의 연회 장면을 담은 〈요지연도〉를 넓은 병풍에 웅장하고도 화려하게 그리고, 서왕모가 선도를 바치는 〈헌선도〉 공연을 통해서 역대 임금들은 백성들에게 왕실의 권위와 장엄함을 드러내고, 왕실의 무궁함을 기원했던 것이다. 그 한 예가 바로 혜경궁 홍씨惠慶宮洪氏의 회갑연이다.

정조正祖는 1795년(정조 19) 윤2월 9일에 어머니 혜경궁 홍씨를 모시고

28 위의 책, 〈헌천수령獻千壽令〉. 閬苑人間雖隔遙, 聞聖德彌高. 西離仙境下雲霄. 來獻千歲靈桃. 上祝皇齡齊天久, 猶舞蹈. 賀賀聖朝. 梯航交湊四方來, 端拱永保宗祧.

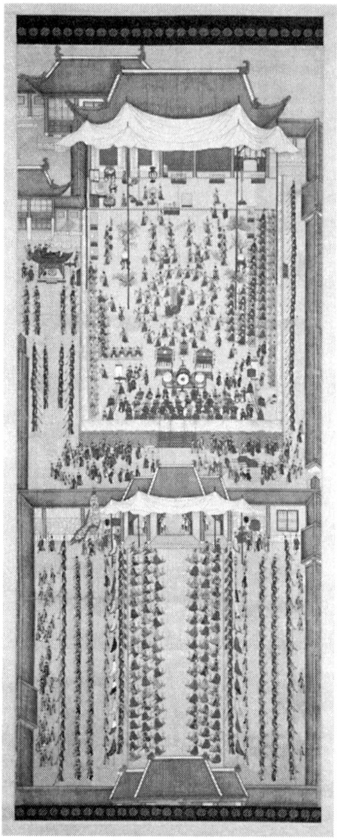
〈화성능행도병풍〉 국립고궁박물관

창덕궁昌德宮을 떠나 수원水原 화성華城으로 8일간 원행을 떠난다. 그 해는 바로 정조의 아버지인 사도세자思悼世子가 태어난 지 60주년이 되는 해이자, 어머니 혜경궁 홍씨의 회갑이기도 했다. 아버지 사도세자의 불행했던 일을 또렷이 기억하고 있던 정조로서는 어머니에 대한 마음이 더욱 애틋했기에 이를 기념하여 어머니를 모시고 화성행궁華城行宮에서 회갑연을 치르고, 사도세자의 묘소인 현륭원顯隆園에서 제사를 지냈다.

화성에서 열린 혜경궁 홍씨의 회갑연은 원행 다섯째 날인 13일 봉수당奉壽堂에서 이루어졌다. 봉수당이란 명칭은 장수를 축원한다는 의미로 정조가 직접 지은 것이다.

이날 행사는 음식상을 올리고 나서 정조가 혜경궁 홍씨에게 첫 술잔을 올리는 것에서 시작하여 일곱 번 술잔을 올리는 순서로 거행되었다. 그리고 술잔을 올릴 때마다 주악에 맞추어 무용인 궁중 정재呈才가 공연되었다. 여민락與民樂의 〈환환곡桓桓曲〉 연주에 맞추어 첫잔을 올릴 때 시작된 궁중 정재가 〈헌선도〉이고, 〈하운봉곡夏雲峰曲〉의 연주에 맞추어 맨 마지막 술잔을 올릴 때 공연된 것이 〈수연장〉이다. 술잔을 다 올리자, 여자 악공 두 사람이 나와 혜경궁 홍씨를 향해 정조가 직접 지은 〈관화장觀華章〉을 노래하면서 행사를 마쳤다.[29]

정조가 혜경궁 홍씨를 위해 베푼 회갑연은 자식으로서 마땅히 부모에게 효도하는 차원에서 이루어진 행사지만, 그 이면에는 왕권을 강화하려는 정조의 숨은 의도가 내포되어 있는 것이다. 이처럼 조선의 임금들은 자신의 권위와 위엄을 드높이고자 국왕이나 국모의 생신, 왕세자의 책례나 혼례 등 왕실 행사나 백관들과 벌이는 연회를 서왕모와 목왕 그리고 신선들이 행했던 요지연에 비유하여 〈요지연도〉와 같은 대형 병풍을 제작한 것이다.

정조 때 〈왕세자책례계병王世子册禮稧屛〉과 순조純祖 때 〈왕세자탄강계王世子誕降稧屛〉도 이러한 맥락에서 살펴볼 수 있다.

계병稧屛이란 조선 시대에 가례嘉禮·책례册禮·국장國葬 등 국가적 행사를 치르고 난 뒤에 관련 도감都監에 소속되었던 관료들이 계稧를 형성하고 참여했던 일을 기념하기 위해 각자가 한 건씩 가질 수 있도록 제작한 병풍을 말한다. 대체로 병풍 맨 오른쪽에는 그 행사에 관한 기록이 있고, 맨 왼쪽에는 계원들의 이름을 쓴 좌목座目이 있다.

국립중앙박물관에서 소장하고 있는 정조 때 〈왕세자책례계병〉은 선전관宣傳官들이 순조의 왕세자 책봉식에 참석한 날을 기념하기 위해 제작한 병풍이다. 현재 다섯 폭만 남아 있는데, 오른쪽 첫째 폭에는 우의정 이시수李時秀의 서문이 기록되어 있고, 둘째 폭에서 다섯째 폭까지는 서왕모와 주나라 목왕 및 신선들이 요지에서 벌이는 연회 장면이 그려져 있다.

당시 행사의 주인공이었던 순조는 정조正祖와 후궁 수빈 박씨綏嬪朴氏의 둘째 아들로 태어났다. 첫째 아들 문효세자文孝世子는 두 살 때 왕세자로 책봉되었지만 다섯 살을 넘기지 못하고 세상을 떠난다. 문효세자가 죽은 지 4년 뒤에 순조가 태어났고, 정조는 원자元子가 11세가 되기를 기다려

---

29 『정조실록正祖實錄』 42권, 〈정조〉 19년 윤2월 13일, 〈봉수당에 나아가 혜경궁을 위해 연회를 베풀다御奉壽堂 進饌于惠慶宮〉.

정묘조 〈왕세자책례계병(부분)〉 국립중앙박물관

1800년(정조 24) 윤2월 2일 왕세자에 책봉했다. 당시 그의 나이 겨우 11세였지만, 정조 말년 조정의 발의로 현종顯宗 신묘년(1651) 때의 전례에 따라 관례冠禮와 가례는 윤2월에 거행하고, 책례는 12월에 거행하기로 했다. 그러나 책봉식을 거행한 지 넉 달 만에 아버지 정조가 죽는 바람에 가례는 그 다음해로 연기됐다.

갑자기 건강이 악화되었기 때문인지 정조는 당시 책례에 직접 참석하지는 못했다. 하지만 어렵게 얻은 세자에게 행여 무슨 일이 있을까 노심초사했던 정조는 왕세자가 건강하게 자라 책례를 마치자 축하 교서를 반포하여 흐뭇한 자신의 심경을 고스란히 드러냈다.

돌이켜보면 과인이 위업을 물려받았는데 다행히도 남달리 특별한 원자元子가 태어났다. 해는 대성인 공자가 탄생했던 해이고, 달과 날은 자궁慈宮의 탄신과 합치된다.……의젓한 천품에 총명과 효우孝友는 마음에서 우러났고, 날이 갈수록 온화하고 문아하여 용모와 사기辭氣가 법도에 맞았다. 봄에는 시를 익히고 겨울에는 예를 익히면서 보부保傅의 가르침을 그대로 따랐고 『논어』·『맹자』를 배우면서 빈료賓僚가 깜짝 놀라는 질문을 했다. 큰 책임은 맡을 사람에게 맡겨야 할 것이고, 나이도 이미 관례를 치를 때가 되었다.……해는 공자 탄강의 경년庚年이 다시 돌아왔으니, 세자도 그 빛을 받아 빛을 낼 것이며, 달은 좋은 묘월卯月인데 사천司天이 시간은 정오임을 아뢰었다. 그리하여 이번 달 2일 관례를 거행하고 이어 왕세자로 책봉한 것이다. 요 임금이 수收를 쓰고 순 임금이 면冕을 쓴 것처럼 완전한 위의가 그럴싸하고, 은殷나라의 호瑚와 하夏나라의 황璜을 지킬 자가 있어 종묘사직이 더욱 존엄해진 것이다. 뜰에서 보책寶冊을 선포하자 뭇 백성들은 머리를 들어 우러렀고, 현단玄端 차림으로 조계에 오르니 일곱 가지 수놓은 옷이 눈부셨다. 쟁그랑거리는 패옥 소리는 저절로 절도에 맞고, 축하의 술잔들은 일렁이는 파도가 연상된다. 장구하기를 바라는 선왕의 가르침을 따라 성대한 의식을 하루에 다 거행했으니, 하늘의 두터운 사랑을 받아 미래는 만년을 두고 영원하리라.[30]

결국 서왕모를 비롯하여 수많은 신선들과 각종 동식물들이 그려진 정묘조 〈왕세자책례계병〉은 책례 행사의 주인공이었던 왕세자의 무병장수를 기원하려는 의도가 반영된 셈이다. 특히 조선 시대 〈십장생도十長生圖〉의 단골 소재로 등장하는 복숭아·불로초·소나무·구름·물·바위·사슴 등은 〈왕세자책례계병〉에서도 불로장생의 이미지로 친숙하게 다가온다. 아울러 왕세자가 책봉되는 상서로운 날을 서왕모의 성대한 연회에 비유하여 많은 신선들이 찾아와 축수 해주는 만큼 왕세자가 장수하고 그의 앞길에 태평성대가 활짝 펼쳐질 것이라는 사실을 예고하는 것이다. 즉 이

30 『정조실록』 53권, 정조 24년 2월 2일, 〈왕세자 책봉례의 축하 교서를 반포하다〉.

〈왕세자책례계병(부분)〉 개인 소장

시수가 〈서문〉에서 "후세에 종사억만이 반석같이 안정됨과 모든 신하들이 천년에 한번 임금을 잘 만나는 성대함을 보려는 자들은 책례계병도를 보면 거의 얻을 수 있다."라고 한 것이 이를 증명해 준다고 하겠다.

이렇게 볼 때 〈요지연도〉를 비롯하여 서왕모가 등장하는 조선 시대의 신선도 도상들은 대부분 왕실의 무병장수를 기원함과 동시에 조선이라는 나라의 권위와 위엄을 드러내는 데 매우 적합한 화제畵題이자, 조선이 꿈꾸었던 정치적 이상향을 보여주고 있다고 하겠다.

푸른 소를 타고 함곡관을 나선

노자老子

태상노군

도교道教에서 태상노군太上老君으로 불리는 노자老子는 중국 도가道家 사상에서 가장 중요한 인물이다. 그가 지은 『노자老子』라는 책에는 도가 사상의 핵심이 담겨져 있다. 하지만 노자의 출생에 대해서는 사람들마다 그 설이 분분하다. 누구는 공자孔子보다 앞선 시대의 인물이라 하고, 누구는 공자가 죽은 이후 전국 시대에 태어났다고 하는 등 생졸연대에 대해서는 다양한 설이 있다.

사실 노자의 생애에 대한 역사적 기록은 상당 부분 모호한 게 사실이다. 출생 시간, 장소 및 가정환경 등이 모두 정확하게 알려져 있지 않다.

하지만 사람들에게는 바로 이 점이 노자를 신비스럽게 하는 요소가 되며, 그들로 하여금 무한한 상상력을 발휘하게 만든다. 전하는 말에 따르면 노자가 200년이나 살았다고 하고, 어떤 사람은 노자가 실존하는 역사적 인물이라고 주장하기도 한다.

전통적으로 중국의 사대부들은 노자를 자신들의 정신적인 지향점, 즉 속세를 초탈한 이상적인 인물로 여긴다. 노자가 세상의 명리를 구하지 않고 오로지 몸과 마음을 닦아 도를 수양하는데 열중했기 때문이다. 그런 측면에서 노자는 정신적 청빈淸貧함을 지향하던 사대부들이 추구해야 할 궁극의 인생 목표였던 셈이다.

한편 언제부터인지 모르지만, 노자는 인간에서 변모하여 신선으로 간주되기 시작한다. 엄밀하게 말해서 도교와 도가는 그 성격이 다르다. 도가의 경전인 『노자』는 철학사상적인 성향이 강하여 신설술이 그다지 언급되지 않는 반면에 도교는 민간신앙에 해당되는 종교적 측면이 강조된다. 한漢나라 말 장도릉張道陵에 의해 오두미교五斗米教가 성립되면서 도가는 차츰 도교의 범주에 포함되기 시작한다. 노자에 대한 신적인 권위 부여가 그 대표적인 경우이다.

당唐나라 때는 노자가 황실과 동성同姓인 이씨李氏라는 이유로 노자를 당나라의 시조로 받들었다. 고종高宗은 666년(건봉 원년)에 노자를 태상현원황제太上玄元皇帝로 높여 불렀고, 현종玄宗은 742년(천보 원년)에 현원묘玄元廟를 설치하고 일정한 규모를 갖추어 노자를 제사했다. 그 이듬해에는 대성조大聖祖라고 추존하고, 749년(건봉 8)에는 대도현원황제大道玄元皇帝라 칭하고, 754년(건봉 13)에는 다시 대성조 고상대도금궐현원천황대제大聖祖古上大道金闕玄元天皇大帝라고 불렀다. 북송北宋 때 진종眞宗은 1013년(대중상부 6)에 노자를 태상노군 혼원상덕황제太上老君混元上德皇帝라고 높여 불렀다.

사실 노자에 관한 최초의 역사 기록은 사마천司馬遷의 『사기史記』에 보인다.

> 노자는 초楚나라의 고현苦縣 여향厲鄕 곡인리曲仁里 사람이다. 성은 이씨李氏이고, 이름은 이耳, 자字는 담聃이라고 한다. 그는 주나라의 장서실을 관리하는 사관이었다.……노자는 도덕을 수련했으며, 그의 학설은 자신을 감추어 이름이 드러나지 않도록 힘쓰는 것이었다. 노자는 주나라에서 오래 거주하다가 주나라가 쇠미해지는 것을 보고는 마침내 그곳을 떠났다. 관소關所에 이르자 관령關令 윤희尹喜가 "선생께서 앞으로 은거하려고 하시니, 번거롭지만 저를 위해 저서를 남겨 주십시오."라고 하자, 노자가 상·하 편의 저서를 지어 도덕道德의 의미를 5천 자로 서술하고 떠나버리니, 그 후로 아무도 그의 마지막을 알지 못했다. 어떤 사람은 노래자老萊子 역시 초나라 사람인데 15편의 저서를 남기어 도가 사상의 효용을 논했으며, 공자와 같은 시대에 살았다고 말한다. 또 노자는 160여 세 혹은 200여 세까지 살았다고 하는데, 이것은 노자가 도를 닦아 양생했기 때문에 장수했다는 말이다.[1]

이러한 사실과는 달리 노자에게는 기이한 탄생 일화가 전해진다. 진晉나라 때 이석李石의 『속박물지續博物志』에 이르기를, "노군의 어머니가 일찍이 태양의 정기가 유성流星처럼 낙하하여 입 안으로 날아 들어오는 것을 보고는 이때부터 임신하여 72년 만에 진陳나라 와수渦水의 오얏나무 아래에서 아이를 낳았는데, 왼쪽 겨드랑을 찢고 나왔으며, 몸길이가 12척이었다."[2]라고 했다.

초기 천사도天師道의 경전이었던 『현묘내편玄妙內篇』에서는 이르기를, "현묘옥녀는 유성이 입 안으로 들어오는 꿈을 꾸고 나서 임신을 한 지 72년 만에 노자를 낳았다."[3]고 했다. 또 남북조 시기의 것으로 추정되는,

---

1 사마천司馬遷, 『사기史記』 63권, 〈노자한비열전老子韓非列傳〉.

2 이석李石, 『속박물지續博物志』 2권, 老君其母, 曾見日精下落如流星飛入口中, 有娠七十二歲而生於陳國渦水李樹下, 剖左腋而生, 長一十二尺.

김홍도 〈군선도(부분)〉 삼성미술관 리움

돈황敦煌에서 발견된 작자 미상의 『상원경上元經』에도 이르기를, "노자의 어머니가 밤낮으로 오색 구슬을 바라보았는데, 그 크기가 탄환만 했다. 하늘에서 그것이 내려와 삼키자, 곧바로 임신을 했다."[4]라고 했다.

이들 기록을 보면 이미 노자의 역사적 사실에다가 신화적 색채를 덧붙여 그를 신격화했다. 비록 기록마다 그가 어머니의 뱃속에 있던 기간이나 고향 등이 서로 다르기는 하지만, 이러한 차이가 그의 신성神性을 감소시키지는 않는다.

그렇다면 왜 그를 '노자老子'라고 부르게 되었을까? 우선 그의 생김새부터 살펴보자. 『열선전전列仙全傳』에 따르면, "그는 태어나면서부터 머리카락이 희며, 얼굴은 누렇고, 이마에는 도道를 통달했음을 상징하는 주름이 있으며, 일월각日月角이 또렷하고, 귀가 길고, 눈이 크며, 코에는 쌍주雙柱가 있으며, 귀에는 세 개의 구멍이 있으며, 아름다운 수염에 이마가 넓다.

3 『현묘내편玄妙內篇』, 玄妙玉女夢流星入口而有娠, 七十二年而生老子.

4 『상원경上元經』, 李母晝夜見五色株, 大如彈丸, 自天下, 因呑之, 卽有娠.

김홍도 〈노자기우〉 서울대박물관

이빨이 성글며 입이 네모지고, 발로는 삼성오진三星五辰의 수數를 밟고, 손에는 천간天干 10문양이 나있다."[5]라고 했다. 이처럼 어머니 뱃속에서 수십 년이나 있었던 까닭에 그는 태어나면서부터 머리카락이 모두 희게 세고, 이마에 주름이 있으며, 이빨도 성근 모습이었다. 이미 외모 자체가 노인이었던 까닭에 노자라고 불렀던 것이다.

그런데 조선 시대 김홍도金弘道가 그린 〈노자기우老子騎牛〉에 등장하는 노자의 모습은 『삼재도회三才圖會』나 『선불기종仙佛奇踪』에서 묘사된 것과는 상당한 차이를 보인다. 소 등에 앉아 지그시 눈을 감고 명상하는 듯한 자세를 취한 노인이 누구인지는 쉽사리 눈치 채기가 어렵다. 노자가 평소 지니고 다니던 여의如意나 두루마리로 된 『도덕경道德經』도 보이질 않고, 수염이 허옇고, 귀가 크며 치아가 성글다는 표현과는 달리 외모도 지극히

5 왕세정王世貞, 『열선전전列仙全傳』 1권, 〈노자老子〉. 生時白首, 面黃白色, 額有參牛達理, 日月角懸, 長耳矩目, 鼻純骨雙柱, 耳有三漏門, 美鬚, 廣顙, 踈齒方口, 足蹈三五, 手把十文.

김홍도 〈노자출관도〉 간송미술관

평범하다. 다만 한 가지 눈여겨 볼만한 것이 바로 소의 뿔이다. 일반적으로 소는 뿔이 두 개이지만, 그림에서 노자가 타고 함곡관函谷關을 나선 푸른 소青牛의 뿔은 하나이다. 김홍도가 그린 〈군선도群仙圖〉나 서울대학교 소장 〈노자기우〉에 나타나는 푸른 소는 외뿔이지만, 〈노자출관도老子出關圖〉에 이르러서는 뿔이 두 개 달린 소로 바뀐다.

사실 〈노자출관도〉는 노자가 소를 타고 비스듬히 앉아 있는 등 전체적인 구도가 『선불기종』의 노자 삽화와 많이 닮아 있다. 하지만 뿔이 옆으로 길게 뻗은 형태의 중국 물소가 아닌 전형적인 조선의 황소로 묘사되고 있다는 점에서 김홍도는 중국 화풍의 그림을 조선의 분위기에 맞게 변용시키고 있음을 알 수 있다.

〈노자출관도〉는 화려하고 세련된 필치로 그려진 것으로 보아, 김홍도의 만년의 작품으로 판단된다. 화면에 산수를 배경으로 하고 있는 점도 그가 30대에 그린 신선도에는 없던 것인데, 부드러운 필치로 보아 50대 전반기의 작품으로 보인다.[6]

화면의 왼쪽 상단을 보면 '동쪽에서 온 자줏빛 기운이 함곡관에 가득 차네東來紫氣滿函關'라는 제시가 있고, 제시 맨 앞에는 심취호구心醉好求라는 타원형 인장이 찍혀 있다. 제시 아래에는 단원檀園이라는 관지款識가 있고, 김홍도와 사능士能이라는 인장이 차례로 찍혀있다.

그런데 사실 이 제시는 두보杜甫의 〈추흥팔수秋興八首〉 가운데 다섯 번

6 진준현, 『단원 김홍도 연구』(일지사, 2002), 452쪽.

째 시의 한 구절이다.

봉래 옛 궁궐은 종남산을 마주하고
승로반 구리기둥은 하늘가에 닿았네
서쪽에는 요지에 내려오는 서왕모 보이고
동쪽서 온 자줏빛 기운 함곡관 가득하네
구름이 움직이듯 치미로 만든 궁선宮扇 열리고
햇빛이 용포를 비춰 황제 얼굴 알아보네
병든 몸 푸른 강가에서 늙음을 한탄하니
지난날 청쇄문에서의 조반 몇 번이나 되었나
—두보 〈추흥팔수5〉[7]

두보는 당나라 때 이백李白과 더불어 '이·두李杜'라고 일컫는 중국 최고의 시인이다. 시성詩聖이라 불릴 정도로 뛰어난 문장력을 갖추었고, 당시 혼란한 사회상을 반영한 두보의 시는 후세에 '시로 표현된 역사'라는 뜻으로 '시사詩史'라 불리기도 한다. 젊은 시절부터 시를 잘 지었으나 과거에는 급제하지 못해 여러 곳을 떠돌아다니면서 궁핍하게 지냈다.

그의 나이 35세, 드디어 청운의 꿈을 안고 낙양洛陽에서 수도 장안長安으로 왔으나, 생활이 어렵기는 마찬가지였다. 751년, 두보는 드디어 관직에 나서게 된다. 현종玄宗에게 〈삼대예부三大禮賦〉라는 글을 바쳐 칭찬을 받고 집현원 대제集賢院待制로 출사하게 된 것이다. 그 뒤로 몇 년간 오매불망 자신에게 보직이 돌아오기만을 기다렸던 두보는 755년에야 지방의 말단 관리인 병조참군兵曹參軍에 임명된다. 하지만 그마저도 안녹산安祿山의 난이 일어나자 제대로 관직 생활을 이어가기 어려웠다.

---

7 두보杜甫, 〈추흥팔수5秋興八首其五〉, 蓬萊宮闕對南山, 承露金莖霄漢間. 西望瑤池降王母, 東來紫氣滿函關. 雲移雉尾開宮扇, 日繞龍鱗識聖顔. 一臥滄江驚歲晩, 幾回靑瑣點朝班.

763년에 난이 완전히 진압되고, 다음해 두보는 엄무嚴武의 후원으로 절도참모節度參謀 겸 검교공부원외랑檢校工部員外郎에 임명된다. 하지만 주변 사람들과 잘 맞지 않았고, 이전부터 앓고 있던 폐병이 악화되어 이듬해 사퇴한다. 몇 달이 지나 엄무가 죽는 바람에 그나마 사천四川에서의 안정된 생활도 다시 어려워졌다. 또다시 떠돌이 생활을 해야 했던 그는 폐병에 중풍까지 들어 여기저기를 떠돌아다녔고, 그 무렵에 지은 시가 바로 〈추흥팔수〉이다.

그 가운데 〈추흥팔수5〉는 전반부에서 종남산終南山을 마주하고 기둥이 하늘에 닿을 정도로 화려하고도 웅장했던 장안의 궁궐, 그 궁궐에서는 서왕모가 강림하는 모습이 보이고, 함곡관을 가득 덮었던 자줏빛 서기瑞氣가 서려있음을 묘사하고 있다. 후반부에서는 햇빛에 비친 황제의 늠름한 용안과 자신의 병든 모습을 대조시켜 이제는 더 이상 돌아올 수 없는 인생의 황금기를 회상하는데, 화자의 서글픈 감정이 만물이 조락하는 가을과 연결되어 쓸쓸한 분위기를 자아내고 있다.

김홍도 역시 〈추흥팔수5〉에서 두보가 느끼던 감정과 다르지 않았을 것이다. 45세 무렵부터 고질병을 앓고 있었고, 안기 찰방安奇察訪과 연풍 현감延豐縣監으로 있으면서 무수한 오해와 탄핵 등으로 이미 심신이 너덜너덜할 정도로 고통을 경험한 그였다. 스스로 지식인들과 교유하고, 도연명陶淵明이나 두보, 육유陸游 등 중국 시인들의 시를 감상하면서 자연스럽게 문인의식을 갖추었던 그로서는 두보가 〈추흥팔수〉에서 느꼈을 감정을 고스란히 체득하고, 자신의 처지를 그에게 투영했을 것이다. 그리고는 시공을 초월하여 그 옛날 노자가 푸른 소를 타고 걸어갔던 함곡관을 향해 자신의 시선을 고정시키며, 초월적인 세계로의 은일을 꿈꾸었을지 모른다.

유가儒家가 추구하는 철학적 사고의 본질은 인仁이고, 그 인을 이루는 실천적인 방법이 극기복례克己復禮이다. 사사로움에 빠지는 자신을 버리

정선 〈노자출관도〉 간송미술관

고, 인간의 본성인 예禮를 회복하여 인을 이루는 것이 유가의 핵심적 이론이라면, 도가는 상선약수上善若水 즉 인간이 거짓과 욕심에 사로잡혀 인위적으로 만들어 놓은 각종 굴레에서 벗어나 만사에서 물처럼 자연스러운 무위자연無爲自然의 도를 추구하는 것이다. 인간사의 명예와 이익을 구하기 위해서는 결국 자신의 본성에서 벗어나는 행위를 하지 않을 수 없는 까닭에 점점 도의 본질에서 멀어지게 된다. 이에 노자는 인간사회의 복잡한 일에 관심조차 두지 않고, 오로지 도를 닦는 데만 전념했다.

그러던 어느 날, 노자는 주나라의 기운이 쇠하는 것을 보고, 푸른 소를 타고 곤륜산崑崙山으로 향했다.

그런데 가는 도중에 반드시 함곡관을 통과해야 하는데, 마침 그곳을 지키던 윤희尹喜라는 관리가 신선술을 몹시도 좋아했다. 윤희는 하늘을 관찰하던 중 자줏빛 기운이 동쪽에서 서쪽으로 향하는 것을 보고, 진인眞人이 자신이 지키는 관문을 지나갈 것이라는 사실을 알아차렸다. 윤희는

좌) 유숙 〈노자출관〉 고려대박물관 / 우) 유숙 〈청우출관도〉 고려대박물관

주변의 큰길을 깨끗이 청소했다.

청소한 지 얼마 안 되어 홀연히 푸른 소를 타고 하늘에서 내려오는 사람이 있었다. 노자였다. 윤희에게 도를 구하려는 간절한 마음이 있음을 본 노자는 며칠간 그곳에 머물면서 그에게 도를 전해주었다. 그리고 관문을 떠나기 전에 심오한 도를 담고 있는 『도덕경』이란 책을 그에게 전해주었다.

이 일화를 바탕으로 만들어진 '노자출관老子出關'은 화가나 시인들의 손을 통해 다양한 방식으로 묘사되었다. 겸재謙齋 정선鄭敾의 〈노자출관도〉와 〈청우출관〉은 거의 비슷한 구도로 그려졌다. 두 그림 다 아래를 향해 늘어진 노송老松 너머 구름 속에 드러난 함곡관이 배치되어 있고, 소나무 아래에서 푸른 소를 타고 길을 나서는 노자가 윤희와 이야기를 나누고 있다. 다만 〈노자출관도〉에는 화면의 맨 오른쪽 중간 소나무 아래 '소매 속에서 책을 찾다探袖中書'고 쓰여 있고, 오른쪽 겸재라는 관지款識 옆에는 '도의 기운이 얼굴에 가득하다道氣滿面'는 글씨가 쓰여 있다.

조선 후기의 화원畵員 유숙劉淑이 그린 〈노자출관〉 역시 손에 책을 든 채 소 등에 타고 동자와 함께 함곡관을 나서는 모습이다. 그의 또 다른 그림 〈청우출관도青牛出關圖〉에는 배경에 함곡관이 없이 '청우출관도青牛出關圖'라는 화제畵題가 있다.

유숙은 자가 선영善永 또는 야군野君, 호는 혜산蕙山이며, 도화서圖畵署 화원으로 사과司果 벼슬을 역임했다. 1852년(철종 3)과 1861년(철종 12)에 철종의 어진御眞 제작에 참여하고, 1872년(고종 9)에 고종어진도사高宗御眞圖寫의 수종화사隨從畵師로도 참여했다.

김홍도를 비롯하여 정선·유숙·조석진趙錫晉 등이 그린 '노자출관도'의 공통적인 특징 가운데 하나는 한결같이 노자가 소를 타고 있다는 점이다. 그 가운데서도 유독 푸른 소를 타고 있는데, 이는 소나무의 푸른빛과 동일시된다. 도교에서는 소나무가 천 년을 묵어 그 정기가 변하여 푸른 소가 되었다는 설이 있기 때문에 푸른빛은 바로 신선을 상징하는 색채로 인식된다.

> 『숭고산기嵩高山記』에 이르기를, "숭고산嵩高山 언덕에는 큰 소나무가 있는데, 그 정령精靈이 변하여 푸른 소나 엎드려 있는 거북이 되며, 그 소나무의 열매를 먹으면 장생할 수 있다."고 했다.[8]

---

8 이방李昉, 『태평어람太平御覽』 953권, 〈목부2木部二〉. 송松 『嵩高山記』曰, 嵩高丘有大松樹, 或百歲千歲, 其精變爲青牛, 或爲爲伏龜, 彩食其實 得長生. 여기서 숭고산崇高山은 바로 현재의 숭산崇山을 말한다.

결국 푸른 소를 타고 함곡관을 나와서 서쪽으로 향한 노자의 행적은 권모술수가 횡행하는 속세를 벗어나 마음이 이끄는 대로 산천을 소요하는 신선의 유유자적한 삶을 의미한다. 그런 측면에서 조선 시대의 글과 그림에서는 기우도騎牛圖, 즉 선비들이 소를 타고 가는 모습을 묘사한 작품을 종종 찾아 볼 수 있다.

〈기우자월하기우도騎牛子月下騎牛圖〉는 일본 실정室町 시대의 승려였던 수윤守允이 조선에 있을 때 이행李行이 소를 타고 노닐던 모습을 그린 것인데, 아쉽게도 현재 존재하지 않기 때문에 그림의 구체적인 내용에 대해서는 알 수 없다. 다만 그림에 쓰인 제시題詩가 『기우집騎牛集』에 전하고 있어 대략적인 내용만 짐작할 뿐이다.

> 월송정 언덕에 해월海月이 갓 떠오를 때, 저 복건 쓰고 호리병 술을 차고, 뿔을 두드리며 소를 타고 가는 사람 노자인가 누구인가? 중암中庵이 겉모습은 잘 그렸지만, 선생의 심사를 누가 알리오.[9]

화제畵題의 기우자騎牛子는 이행의 호號이다. 이행은 고려 말, 조선 초의 문신으로 종종 달밤에 술병을 든 채 무작정 소를 타고 풍류를 즐겼던 인물이다. 기우자라는 호도 여기서 유래되었다고 한다. 제시에 묘사된 대로 한밤중에 하얀 달빛을 받으며 소를 타고 거니는 모습은 마치 노자가 소 등에 타고 유유히 함곡관을 빠져 나오는 모습을 연상시킨다. 특히 제시에서 '소를 타고 가는 사람 노자인가 누구인가?是老子耶疑之耶'라고 한 것을 보면, 당시 선비들이 소를 타고 거니는 행위가 노자에게서 비롯되었음을 알 수 있다.

---

9 이행李行, 『기우집騎牛集』 2권, 부록附錄 명현창수名賢唱酬, 〈제기우자월하기우도題騎牛子月下騎牛圖〉. 越松亭畔, 海月初窺, 彼其幅巾壺酒叩角而逍遙者, 是老子耶凝之耶. 中庵只得畵外面, 先生心事有誰知.

김홍도 〈선인기우도〉 개인 소장

김홍도의 〈선인기우도仙人騎牛圖〉는 한 선비가 소 등에 앉아 고삐를 쥔 채, 한적한 자연을 거닐고 있는 장면을 묘사한 그림이다. 공무를 전달하기 위해 말을 타고 채찍을 치며 빠르게 달리는 관리와는 무척이나 대조적이다. 화면 속 선비는 자신의 몸을 오로지 한걸음씩 천천히 앞을 향해 나아가는 소에게 맡길 뿐, 약간의 움직임도 없다. 무슨 급하게 처리할 일이 있는 것도 아니고, 길을 재촉하는 사람도 없는 듯하다. 오히려 저 멀리서 인기척을 느낀 새들이 갑자기 화들짝 놀라 하늘로 날아오르지만, 선비는 깊은 생각에 빠진 듯 주변의 분주한 상황에는 전혀 관심이 없다.

그런 선비를 대신해서 김홍도는 그림으로 다 표현하지 못한 선비의 마음을 담아 화면 가운데에 '떨어진 꽃잎은 물위에 흐르고 한가로운 새는 울며 지저귀는데, 아무 일도 없는 육지선이네落花流水閒啼鳴 一事無干陸地仙' 라는 화제를 써놓았다.

이는 마치 도연명이 〈음주飮酒〉라는 시에서 말하고 있는 물아일체物我一體의 정신적 경지를 떠올리게 한다.

조석진 〈이노군도〉 삼성미술관 리움

사람 사는 마을에 오두막집 지으니
수레와 말 시끄러운 소리 들리지 않네
어찌 그럴 수가 있냐고 물어보니
마음이 멀어지니 땅도 절로 외지다네
동쪽 울타리 아래서 국화꽃 따다가
아득히 남산을 바라보네
날 저물어 산 기운 더욱 아름다운데
새들은 서로 짝을 지어 돌아가네
이 가운데 우주의 참뜻 있으니
말하고자 하나 이미 말을 잊었다네
— 도연명 〈음주〉[10]

조선 초기의 문신 권근權近은 〈기우설騎牛說〉에서 소를 타는 즐거움을 다음과 같이 설명하고 있다.

> 산수를 유람하는 데는 오직 마음속에 사사로움이 없는 뒤에라야 그 좋아하는 바를 즐길 수 있다. 나의 벗 이 주도李周道가 평해平海에 살면서 매번 달밤이면 술을 가지고 소에 탄 채 산수 사이에서 노닐었다. 그 유람하는 즐거움으로 이군은 능히 옛 사람이 알지 못한 오묘한 바를 다 얻었을 것이다. 무릇 물체에 눈을 주시함이 빠르면 정밀하지 못하고, 느리면 그 미묘함을 얻는다. 말은 빠르고 소는 느리니, 소를 타는 것은 곧 느리고자 함이다. 생각하건대 밝은 달이 하늘에 있으니 산은 높고 물은 넓어 상하가 한 빛이다. 굽어보나 우러러보나 한계가 없다. 만사를 뜬구름처럼 여기고 긴 휘파람 불며 소를 놓아 가는 대로 맡기고 생각나는 대로 술을 부어 마시면 흉중이 유연하여 스스로 즐거움이 있는 것이니, 이 어찌 사사로움에 구애된 자가 능히 할 수 있겠는가.[11]

느리게 걷는다는 것, 그것은 앞만 향해 빠르게 달릴 때 볼 수 없는 많은 것들을 보이게 한다. 느리기 때문에 자신의 주변 사물을 하나하나 관찰할 수 있고, 그로 인해 진실과 허위를 구별하고 사물의 실체를 꿰뚫어 볼 수 있게 한다. 그렇기에 소를 타고 간다는 것은 탈속하여 고상한 정신적 관조觀照에 빠짐을 의미한다. 비록 몸은 현실이라는 복잡한 세상에 처해있으나, 마음은 이미 현실 너머에 존재하는 신선의 경지에 다다른 것이다.

그런 측면에서 노자출관 고사에 등장하는 '함곡관'과 '푸른 소'는 조선의

---

10 도연명陶淵明, 『도연명집陶淵明集』 3권, 〈음주飮酒〉. 結廬在人境, 而無車馬喧. 問君何能爾, 心遠地自偏. 採菊東籬下, 悠然見南山. 山氣日夕佳, 飛鳥相與還. 此中有眞意, 欲辨已忘言.

11 권근權近, 『양촌집陽村集』 21권, 설류說類 〈기우설騎牛說〉.

선비들이 힘겨운 현실과 그로 인한 고통에서 벗어나는 탈출구가 된다.

> 긴 도롱이 짧은 삿갓 차림에 푸른 소 걸터앉아
> 소매로 안개와 노을 떨치며 깊은 산골 나오네
> 저녁에 나갔다 아침에 오면서 무슨 일 하는지
> 창주에서 한가롭게 낚싯배를 가지고 논다네
> ― 윤선도 〈낚싯배〉[12]

이 〈낚싯배釣舟〉는 윤선도가 1636년(인조 14)에 지은 시이다. 병자호란丙子胡亂이 일어나 임금이 강화도江華島로 피난하게 되자, 고향인 해남海南에서 은거하고 있던 윤선도尹善道는 가복家僕 수백 명을 배에 태워 강화도로 떠났다. 그러나 이미 강화도가 함락되었다는 소식을 듣고 다시 남한산성南漢山城을 향해 가다가, 조정이 청淸나라에 항복했다는 굴욕적인 소식을 듣는다. 이를 치욕스럽게 생각한 윤선도는 평생 은거를 결심하고, 뱃길을 돌려서 제주도로 향했다. 하지만 바다에서 태풍을 만나 비바람을 피하다가 우연히 산수가 수려한 보길도甫吉島를 발견한다. 결국 보길도에 은거하기로 결심을 굳힌 윤선도는 그곳을 부용동芙蓉洞이라고 이름 짓고, 속세의 번잡한 일들을 다 잊은 채 한가로운 생활을 하게 된다.

〈낚싯배〉는 바로 그때 지은 시이다. 병자호란이라는 절대적 시련과 전후戰後의 혼란한 상황에서 벗어나 자연 속에 은거하려는 심경이 푸른 소에 걸터앉아 깊은 산골에서 나오는 그의 모습에서 잘 배어난다.

> 강한 힘과 높은 발굽 돌 비탈 사이에 있으니
> 누런색과 흰색 섞여 있고 또한 얼룩이도 많다오

---

12 윤선도尹善道, 『고산유고孤山遺稿』 1권, 〈낚싯배釣舟〉. 長蓑短笠跨青牛, 袖拂煙霞出洞幽. 暮去朝來何事役, 滄洲閑弄釣魚舟.

생각건대 그 가운데 푸른 소의 종자 있으리니
어찌하면 그 놈 타고 일찍 관문 나갈 수 있을지
— 이의현 〈연경의 물건을 읊다〉[13]

이의현李宜顯은 조선 후기의 학자이자 영조英祖 때 영의정까지 지냈던 인물이다. 그는 1732년(영조 8)에 청나라에 사은사謝恩使로 갔는데, 이 〈연경의 물건을 읊다燕中詠物〉는 사행使行 기간에 연경燕京에서 본 많은 사물들, 그 가운데서도 소에 대하여 묘사한 작품이다. 이의현이 낯선 이국땅에서 목격한 소들 가운데는 조선에서 자주 보던 누런 황소뿐만 아니라, 흰 소도 있고, 얼룩소도 있다. 이들 소를 한참이나 골똘히 바라보던 이의현의 뇌리에 문득 '혹시 그 옛날 노자가 함곡관을 나설 때 탔다던 푸른 소도 이 가운데 있지는 않을까?'라는 생각이 스쳐 지나간다. 그리고는 곧바로 자신도 노자처럼 푸른 소를 타고 연경의 성문을 나서는 염원을 품어본다.

한 해 넘도록 이국땅에 매여 있다가
일마치고 돌아가니 비로소 좋은 줄 알겠네
푸른 소는 진秦나라 관문을 나오고
흰 학은 요동遼東의 보루를 찾는구나
— 이의현 〈'청춘작반호환향'으로 운을 나누어 짓다〉[14]

이 〈'청춘작반호환향'으로 운을 나누어 짓다以青春作伴好還鄉分韻有作〉는 이의현이 청나라에서 돌아오면서 쓴 시이다. 두보의 〈관군이 하남과 하북을 수복했다는 소식을 듣고聞官軍收河南河北〉라는 시에 "대낮에 노래도 부르

---

13 이의현李宜顯, 『도곡집陶谷集』 2권, 〈연경의 물건을 읊다燕中詠物〉. 强力高蹄磴坂間, 色交黃白亦多斑. 就中想有青牛種, 安得騎渠早出關.

14 위의 책 2권, 〈'청춘작반호환향'으로 운을 나누어 짓다以青春作伴好還鄉分韻有作〉. 經歲縶殊邦, 竣歸方覺好. 青牛出秦關, 白鶴訪遼堡.

윤광석 〈노자청우출관도〉
고려대박물관

면서 술이라도 취해야지. 봄날 짝을 지어 기쁜 마음으로 고향에 돌아가네.白日放歌須縱酒 青春作伴好還鄕"라고 한 구절을 인용한 것이다. 두보의 이 시 구절은 조선의 사신들이 귀국길에 즐겨 읊었다고 한다.

이 시에서 이의현은 고생스럽던 이국땅에서의 생활을 마치고 다시 조선 땅으로 돌아오는 홀가분한 심정을 마치 노자가 푸른 소를 타고 함곡관을 나서는 고사를 인용하여 밝히고 있다. 자신도 노자처럼 연경의 관문에서 나왔음을 비유한 것이다. 그런 측면에서 함곡관은 세속世俗이라는 공간에서 벗어나 인간이 무욕無慾의 우주적 질서로 들어서게 되는 경계지점이며, 푸른 소는 그것을 가능케 하는 매개적 수단이 되는 셈이다.

조선 전기의 문신 김정金淨은 〈노자출관도老子出關圖〉에서 함곡관을 지키던 윤희가 노자를 만나던 당시의 모습을 떠올리며 자신의 심정을 다음과 같이 담담하게 적고 있다.

겹겹의 관문 새벽에 열렸는데
돌담길 높이 둘러싸였도다
자줏빛 기운 햇빛에 엉기어
아득히 동남쪽에서 다가오네
옷자락 휘날리는 어떤 나그네
푸른 소를 타고 오고 있는데
가벼운 연기 그 위를 덮고
푸른 안개 갖옷을 받치고 있네
깜짝하는 사이 어둠이 밝아지고

아득하게 멀리서 피리소리 들리는데
나이가 얼마인지는 모르겠으나
얼굴빛은 어찌 그리 윤택한가
검푸른 눈동자에 흰 귀밑털 비치고
골격은 송학松鶴처럼 야위었네
함곡관 윤희가 진인眞人 알아보고
나아와서 절하며 머뭇거린다
옛날 주하사柱下史가 되어 숨더니
지금은 텅 빈 하늘로 놀러가네
사람의 운명이란 하루살이 같아서
한번 가면 붙잡을 수 없다네
하나의 기氣가 변화한 자연에서
나는 그 사이의 중추를 잡았다네
모든 미묘함 심오한 도에서 나오는데
천지만물은 실체 없는 허무이로세
그대를 위해 오묘한 말을 기탁하리니
지극한 도는 책에 있지 않다네
갔다가 돌아올 때는 깊은 이치 깨달아
영원히 혼탁한 세상 초월하길 바라네
곤륜산의 어느 곳에 있는가
가고 싶어도 따라갈 수 없다네
오랜 세월 지나고 광활한 하늘에는
흰 구름만 떠돌고 남긴 발자취 없네
— 김정 〈노자출관도〉[15]

15 김정金淨, 『충암집沖庵集』 2권, 〈노자출관도老子出關圖〉. 重關凌晨開, 石路高縈廻. 紫氣凝光景, 縹緲東南來. 翩翩有何客, 去去騎青牛. 輕煙覆其上, 翠霧承其裘. 惝怳欻明晦, 窅眇聞笙竽. 生年不知幾, 顏色何敷腴. 紺瞳映皓鬢, 骨如松鶴臞. 關尹識眞人, 出拜爲踟躕. 昔潛柱下隱, 今向寥天遊. 人命如蚍蜉, 一往不可留. 一氣化自然, 而我操其樞. 衆妙門玄牝, 萬有毋虛无. 爲尹寓微言, 至道不在書. 逝將返希夷, 永超昏濁區. 崑崙在何許, 欲往不可從. 千秋去寥廓, 白雲無遺蹤.

수명을 부여하는

수성노인壽星老人

김홍도 〈수성노인도〉 국립중앙박물관

문득 맑은 가을 밤하늘을 쳐다보면 저 멀리서 무수히 많은 별들이 저마다의 찬란한 빛을 뽐내기라도 하듯 온 하늘을 빽빽하게 수놓는다. 별들은 그 옛날에 그랬듯이 지금도 변함없이 자신의 광채를 잃지 않고 인간이 사는 세상을 비추기에, 사람들은 영원히 사라지지 않는 별들을 바라보면서 자신의 수명도 그처럼 영원하길 기원한다. 그리고 그 수많은 별들 가운데에는 인간의 수명을 관장하는 별이 있으며, 그 별이 바로 수성壽星이라고 믿었다.

중국 고대의 천문학에서 수성은 28수二十八宿 중에 동쪽의 각수角宿와 항수亢宿를 말하는데,[1] 이는 동방東方 7수 가운데 맨 앞의 별자리이다. 『이아爾雅』〈석천釋天〉의 곽박郭璞 주注에 따르면 28수를 열거할 때 "맨 먼저 각수와 항수로부터 시작하므로 모든 별의 으뜸이며, 그 때문에 수성이라고 한다."[2]고 했다.

또한 수성은 성차星次의 명칭이기도 하다. 성차란 예전에 황도黃道를 중심으로 동서남북에 일곱 개씩 둘러 있는 스물여덟 개 별자리의 차례를 말한다. 고대에는 해와 달이 만나는 곳을 차次라고 하고, 해와 달이 일년에 12차례 만나므로 12등분하여 해와 달이 만나는 곳을 표시했는데, 이것을 12성차十二星次라고 부른다.

12성차에는 각자의 명칭이 따로 있어 성기星紀·현효玄枵·추자諏訾·강루降婁·대량大梁·실심實沈·순수鶉首·순화鶉火·순미鶉尾·수성·대화大火·석목析木이라고 하는데, 그 가운데 열 번째 성차가 바로 수성이다.

수성은 하늘에서 시리우스 다음으로 두 번째로 밝은 별인데, 현대 명칭으로는 용골좌(龍骨座 : Argo) 알파성이다. 옛날 천문학자들은 천상의 12성차 별들을 지상의 주州·군郡·방邦·국國과 대응하여 분야分野라고 부르며, 천지天地를 서로 대응시켰다.

『진서晉書』에 이르기를, "노인성은 남쪽 끝에 있는데, 남극南極이라고 부른다."[3]고 하고, 당나라 때 사마정司馬貞은 『사기색은史記索隱』에서 이르기를, "수성은 남극노인성이다."[4]라고 했다. 이처럼 수성은 동아시아 별자리에서는 노인성老人星·남극성南極星·수노인壽老人·남극노인南極老人·남극선옹南極仙翁·남극노인성南極老人星 등의 별칭을 지니고 있으며, 서양에서는 카노푸스Canopus로 불린다. 카노푸스란 트로이 전쟁 때 스파르타 왕

---

1 『이아爾雅』 8편, 〈석천釋天〉. 壽星, 角亢也.

2 위의 책 8편, 〈석천〉. 곽박 주郭璞注. 數起角亢, 列宿之長, 故曰壽.

3 『진서晉書』 11권, 〈천문지天文志〉. 老人一星, 在弧南, 一曰南極.

4 사마정司馬貞, 『사기색은史記索隱』 28권, 〈봉선서封禪書〉. 壽星, 蓋南極老人星也.

메넬라오스 함대의 항해사 이름인 카노푸스에서 따온 것이다.

옛사람들은 수성을 매우 중시했지만, 아쉽게도 남쪽에 위치하고 있어서 중국 북경北京이나 조선의 한양漢陽에서는 그 별을 볼 수가 없었다. 다만 장강長江 유역이나 그 이남, 조선에서는 제주도濟州道 등에서만 잠시나마 관찰할 수가 있었다. 조선 말기의 실학자 이익李瀷은 다음과 같이 밝히고 있다.

> 천문학자들이 이르기를, "노인성은 보이다 안 보이다 한다."라고 한 것은 반드시 북쪽에서 바라보았기 때문이다. 우리나라는 연燕나라와 분야가 같으니 항상 보이지 않는 것은 당연하다. 그러나 예로부터 한라산漢拏山에서만은 볼 수 있었다고 한다. 그러므로 제주에는 장수하는 사람들이 많다. 과거에 나의 당숙 태호공太湖公이 제주 목사로 나갔을 때 노인잔치를 벌인 적이 있었다. 당시 140세 된 사람을 상좌에 앉혔는데, 100세 이상 되는 사람이 매우 많았다. 그것도 이상한 일이다.[5]

따라서 남방 지역에서는 매년 음력 2월 저녁이 되면 정남방의 천랑성(天狼星 : 시리우스)을 찾은 다음에 그 아래를 둘러보면 지평선 부근에 수성이 있는 것을 볼 수 있다. 그래서 이백李白은 다음과 같이 노래했다.

> 형산이 어슴푸레 어둠에 잠길 때
> 산 아래로 남극노인성이 보이네
> 회오리 몰아쳐 오봉의 눈 휘감아 올리고
> 꽃잎 분분히 날아 동정호에 떨어지네
> —하략—
> — 이백 〈제공송진랑귀형양〉[6]

---

5 이익李瀷, 『성호사설星湖僿說』 2권, 천지문天地門 〈노인성老人星〉.

6 이백李白, 〈제공송진랑귀형양諸公送陳郎將歸衡陽〉, 衡山蒼蒼入紫冥, 下看南極老人

형산衡山은 중국의 오악五嶽 가운데 하나인 남악南嶽으로서 지금의 호남성湖南省 형산현衡山縣에 위치하고 있는데, 지리적으로 장강 남쪽에 위치하여 수성을 볼 수 있는 남방지역에 속한다.

사마천은 『사기史記』에서 "지평선 가까이에 큰 별이 하나 있는데, 이것이 남극노인이다. 남극노인이 나타나면 평안하여 사건이 없고, 나타나지 않으면 전쟁이 일어난다. 늘 추분秋分 때에 성 남쪽 교외에서 관측된다."[7] 라고 하고, 『진서』에서도 노인성은 "항상 추분 아침 병방丙方에 나타나고, 춘분春分 저녁 정방丁方에서 진다. 노인성이 보이면 나라가 잘 다스려지고, 임금이 오래 산다. 언제나 추분이 되면 남쪽 교외에서 노인성을 보려고 대기한다."[8]라고 했다.

동아시아에서는 수성이 잘 보이지 않았기 때문에 백성들이 이 별을 보았을 경우 나라에서는 그 사실을 고하도록 했고, 이를 매우 경사스러운 징조로 여겼다. 또한 이 별을 보게 되면 오래 산다고 믿어, 사람들은 그때마다 한 사람도 빠짐없이 행복과 장수를 기원했다.

특히 수성은 제왕의 안위와 나라의 태평성대와 직결된다고 여겼다. 조선 시대 이익의 『성호사설星湖僿說』에 이와 관련된 기록이 있다.

> 〈천문지〉에 따르면 노인성은 나타나는 것이 일정하지 않아서 나타나면 그것을 상서祥瑞로 생각한다. 항상 추분 아침 병방丙方에 나타나고, 춘분 저녁에는 정방丁方에서 진다. 언제나 추분 시기에 남쪽 교외에서 보려고 대기한다. 빛이 밝고 크게 보이면 임금이 장수하고 세상이 태평하며, 나타나지 아니하면 임금에게 걱정이 있다.[9]

星. 回飈吹散五峰雪, 往往飛花落洞庭.

7 사마천, 『사기』 27권, 〈천관서天官書〉. 狼比地有大星, 日南極老人. 老人見, 治安, 不見, 兵起. 常以秋分时候之于南郊.

8 『진서』 11권, 〈천문지〉. 常以秋分之旦見丙, 秋分之夕而沒于丁. 見則治平, 主壽昌. 常以秋分候之南郊.

즉 수성이 나타날 때에는 나라가 평안해지고 임금의 수명이 연장되는 반면에 보이지 않게 될 때에는 전란이 일어난다는 것이다. 역대 제왕들이 수성단壽星壇을 세워서 천하의 태평을 기원한 것도 바로 그 때문이다. 따라서 수성에게 제사를 지내는 일은 국가적 차원에서 성대하게 거행되곤 했다. 진 시황秦始皇은 천하를 통일한 뒤에 수도 함양咸陽에 수성사壽星祠를 세워 제사를 지냈는데, 『사기』에 따르면, "두현杜縣의 박정亳亭에는 3개의 두주사杜主祠와 수성사壽星祠가 있으며……이들 여러 성수星宿와 신령에게 매년 계절에 맞추어 제사 지냈다."[10]라고 했다. 한나라 때도 수성이 나타나면 천하가 다스려지고 안정되었기 때문에 그에게 제사를 지내고 복과 장수를 기원했다.[11] 이러한 제사는 명明나라 때까지 계속 이어졌으며, 우리나라도 예외는 아니었다.

우리나라에서 수성의 출현이 최초로 관측된 것은 고려 때이다. 『삼국사기三國史記』의 기록을 살펴보면, 고려 때인 934년(태조太祖 17)에 "경순왕敬順王 8년(934) 가을 9월, 노인성이 나타났다. 운주運州 경내의 30여 군·현郡縣이 태조에게 항복했다."[12]는 내용이 있다. 『삼국사기』가 고려 때 김부식金富軾에 의해 쓰인 것이니만큼, 노인성의 출현을 고려 태조의 승리와 결부시켜 후삼국의 통일이 천명임을 암시하고자 하는 의도였을 것이다.

노인성에 처음 제사를 거행한 것은 고려 때인 1039년(정종 5) 2월로서 『고려사高麗史』에 이르기를, "남쪽 교외에서 노인성에 제사를 지냈다."[13]라

---

9 이익, 『성호사설』 2권, 천지문 〈노인성〉. 天文志云, 老人星隱見不常, 見則爲祥. 常以秋分之朝見于丙, 春分之夕沒于丁. 常以秋分候之南郊. 明大則人主有壽天下安寧, 不見則人主憂.

10 사마천, 『사기』 28권, 〈봉선서封禪書〉. 於杜亳有三杜主之祠壽星祠……各以歲時奉祠.

11 위의 책 28권, 〈봉선서〉. 見則天下理安, 故祠之, 以祈福壽.

12 김부식金富軾, 『삼국사기三國史記』 12권, 〈신라본기新羅本紀〉 경순왕敬順王 8년조. 八年, 秋九月, 老人星見. 運州界三十餘郡縣降於太祖.

고 했고, 1108년(예종 3) 8월과 1111년(예종 6) 2월에도 각각 남단南壇에서 노인성에 제사를 지냈다[14]는 기록이 있다. 특히 1120년(예종 15)에는 수성이 나타나자, 임금이 친히 〈수성명壽星明〉이란 시를 지어서 악공으로 하여금 노래하게 한 적도 있다.[15]

태사가 팔월에 별자리를 살펴보았는데
노인성 빛 드리우니 기뻐서 잠 못 이루네
조정에서 조회 받을 때 상서를 아뢰니
왕이 직접 시를 지어 관현에 올렸다네
— 이유원 〈수성명〉[16]

의종毅宗은 과도할 정도로 노인성을 제사하는 일에 몰입했다. 1170년(의종 24) 3월에 지문하성사知門下省事 최온崔溫을 서경西京 노인당老人堂으로 보내 제사를 지내게 하고, 우부승선右副承宣 임종식林宗植을 해주海州 상산床山에 보내 노인성에 제사를 지내게 했다. 또 전국에 노인당이 있는 곳이면 모두 사자를 보내 제사를 지내게 했다.

4월에는 의종이 친히 내전內殿에서 노인성에 제사를 지냈다. 충주목 부사忠州牧副使 최광균崔光鈞은 3월 28일 충주忠州 죽장사竹杖寺에서 노인성에 제사를 지냈는데, 그날 저녁에 수성이 나타나더니 술을 석잔 올린 후에 사라졌다고 보고하니, 의종이 크게 기뻐하고 백관들이 하례했다. 의종은 수성이 다시 나타난 것을 기념해 태자太子를 시켜 복원궁福源宮에서 초제

13 정인지, 『고려사』 6권, 〈세가世家〉 정종定宗 5년조. 祭老人星於南郊.

14 위의 책 63권, 〈예지禮志〉, 길례소사吉禮小祀 · 잡사雜祀. 八月丙戌, 祀老人星于南壇. 六年二月己亥, 祀老人星于南壇.

15 안정복安鼎福, 『동사강목東史綱目』 제8상, 경자년庚子年 예종睿宗 15년 8월조.

16 이유원李裕元, 『임하필기林下筆記』 38권, 해동악부海東樂府 〈수성명壽星明〉. 太史觀星八月天, 老人垂彩喜無眠. 丹墀朝見奇祥奏, 御手題詩被管絃.

를 지내게 하고, 평장사平章事 허홍재許洪材는 상춘정賞春亭에서, 좌승선左承宣 김돈중金敦中은 죽장사에서 각각 초제를 지내게 했다. 또 의종이 친히 노인성에 초제를 지내려고 판예빈성사判禮賓省事 김우번金于蕃과 낭중郎中 진역승陳力升을 시켜 진관사眞觀寺 남쪽 산기슭에 사당을 짓게 하고, 또 별은기소別恩祈所를 세워 금꽃·은꽃과 금그릇·옥그릇을 제작하게 했다.[17]

조선 시대에 들어와서도 수성노인에 대한 숭배와 제사는 계속되었다. 조선이 비록 유학을 숭상하기는 했지만, 오히려 이전 시대에 비하여 수성 숭배에 더 열중했다. 고려 때는 제사를 지내면서 소를 진설陳設하기만 하고 번제를 올리지는 않았고, 제사도 춘분과 추분 두 차례씩 지냈다. 그런데 조선 태종太宗 때 와서는 노인성제를 교사郊祀 계통의 제례로 바꾸었고, 세종世宗 때는 노인성단에 대한 수리 문제가 정식으로 거론될 정도였다. 『세종실록』에는 “한성부漢城府 숭례문 밖 둔지산屯地山에 노인성단이 있다.”[18]는 기록이 보인다.

복과 장수를 상징하는 수성의 출현에 대한 인간의 간절한 욕망과 기대와는 달리 현실에서는 종종 참혹한 결과로 나타나기도 했다.

> 1170년(의종 24) 봄에 낭성狼星이 남극 하늘에 나타났는데, 노인성이 나타났다고 하여 서해도西海道에서 역마를 띄워 보고했다. 당시 왕은 현화사玄化寺에서 유람하고 있었는데, 여러 단에서 노인성을 크게 제사 지내도록 명하고 군신의 하례를 받았다. 그 해에 정중부鄭仲夫의 난이 일어나 곤원사坤元寺에서 왕이 시해되었다.[19]

---

17 정인지, 『고려사』 19권, 〈세가〉 의종毅宗 24년조.

18 『세종실록世宗實錄』 148권, 〈지리지地理志〉 경도 한성부京都漢城府. 老人星壇……皆在崇禮門外屯地山.

19 허목許穆, 『기언記言』 27권 하편 산천 상山川上, 〈성거산과 천마산의 고사聖居天摩古事〉.

이토록 장수를 기원하며 노인성에 대한 제사에 열중한 의종이었지만, 결국 그해 정중부鄭仲夫의 난으로 왕위에서 물러나고, 3년 뒤에 살해되고 말았다. 그런 까닭에 안정복安鼎福은 유계兪棨의 말을 인용하여 다음과 같이 밝히고 있다.

> 세속에서 전하기로 수성이 남극에 있으면서 세상이 다스려지면 나타난다고 하지만 매우 드물게 나타나기 때문에 역가曆家가 자세히 알 수 없다. 예종睿宗 말년에는 자못 주색에 빠져 놀이를 일삼아서 온갖 법도가 점차로 해이해졌는데도 그때에 이른바 수성이란 것이 나왔다고 하는데, 얼마 안 가서 예종이 세상을 떠났다. 이어서 인종仁宗이 왕위를 계승했으나, 역적의 난리가 여러 번 일어나서 고려의 정치가 크게 쇠퇴해졌으니, 무엇을 상서祥瑞라 하겠는가?[20]

비록 역사적 현실과 인간의 염원 사이에 좁힐 수 없는 간극이 있다고 할지라도, 수성은 민간에서 여전히 복과 장수를 기원하는 숭배의 대상으로 여겨진다. 그래서 천문학상 별자리로 인식되던 수성은 점차 인격화 과정을 거치고, 거기에 사람들이 바라는 무병장수와 기복적 능력을 부여하여 인간의 복과 장수를 좌우하는 절대적 존재로 자리 잡는다.

명칭도 수성노인·수노인·남극선옹·남극노인 등으로 불리며, 외적인 형상 역시 인간적인 면모를 띠게 된다. 따라서 회갑이나 장수를 축원하는 축수용으로 많이 그려졌고, 그 형상이 그려진 도상을 수성노인도·수노인도·노인성도·남극노인도·남극성도 등으로 부른다.

도상적 특징을 보면 수성노인은 대체로 작은 키에 등이 조금 굽었고, 흰 수염을 하고 있으며, 비례에 맞지 않는 커다란 머리, 특히 하늘높이 우뚝 솟아 오른 이마와 발목까지 덮은 옷차림에 미소 짓고 있는 노인의

---

20 안정복, 『동사강목』 제8상, 경자년庚子年 예종睿宗 15년조.

김홍도 전傳 〈수성노인도〉
국립중앙박물관

모습이 수성노인도에서 공통적으로 나타나는 신체적 특징이다.

조선의 신선도에서 나타나는 수성노인의 형태는 대체로 세 가지로 구분된다. 첫째는 단독상單獨像으로서 나무를 배경으로 사슴이나 학鶴, 선동仙童을 동반하거나 혹은 배경 없이 혼자 그려지기도 한다. 보통 한 손에 긴 지팡이를 짚고 있고, 두루마리 책이나 불로초인 영지靈芝와 선도仙桃 그리고 수壽 자가 쓰인 패牌를 들고 있기도 하다.

여기서 사슴은 십장생 가운데 하나로서 사슴을 의미하는 록鹿 자가 녹祿과 해음諧音인 까닭에 봉록을 의미하기도 하고, 사슴의 뿔이 잘려도 다시 재생되는 특성으로 인해 장수를 상징하기도 한다. 학 역시 십장생 가운데 하나로서 장수를 상징하는 길조吉鳥이다. 우아한 자태로 여유롭게 날갯짓하는 학은 오래 전부터 신선들의 선유仙遊를 가능케 하는 조력자이자, 천년의 수명을 가진 선학仙鶴으로 알려져 있다. 영지와 선도 역시 불로장생과 관련된 길상 이미지를 지니고 있다.

또한 수성의 지팡이는 노인들의 특권을 상징하는 데서 병을 제거하는 길상물로의 변화 과정을 거친다. 『후한서後漢書』의 기록에 따르면 동한 명제明帝는 재위 기간에 일찍이 노인성에 제사하는 의식을 한 차례 거행하고, 특별한 연회를 베푼 적이 있었다.

나이 일흔이 된 자에게 옥장玉杖을 내려주고 죽을 하사했다. 여든과 아흔이

> 된 자에게는 예를 더해주었다. 옥장의 길이는 9척으로 윗머리에는 비둘기를 새겨 장식했으니, 비둘기는 목이 메지 않는 새이므로 노인들이 목이 메지 않기를 바란 것이다. 이달에 국도 남쪽 교외의 노인묘에서 노인성에게 제사지냈다.[21]

당시 연회에 모인 자들은 한결같이 고희古稀를 맞은 노인들이었다. 천하에서 나이가 70세를 넘으면 신분이나 지위의 고하를 막론하고 누구나 황제의 연회에 손님으로 초대받았다. 성대한 연회를 마치자, 황제는 참석한 노인들에게 술과 고기, 미곡 그리고 정교하면서도 아름답게 만든 왕장王杖을 선물로 주었다. 명제가 노인들에게 특별한 권한을 부여하면서 그 증표로 비둘기 모양을 조각한 지팡이를 선물한 것이다.

그러나 위·진魏晉 시대 이후 왕권의 약화와 더불어 정치교화적인 기능이 쇠퇴함에 따라 비둘기 모양을 조각한 수성의 지팡이는 복숭아나무로 만든 지팡이로 대체된다. 복숭아나무는 벽사闢邪와 장수를 상징하기 때문에 과거 특권의 상징이었던 왕장이 병을 없애고 몸을 건강하게 하는 장수의 길상물로 바뀐 것이다. 특히 명나라 때부터는 국가적으로 거행하던 노인성에 대한 제사를 폐지하면서 수성은 완전히 정치적인 색채에서 벗어나 세속에서 장수의 상징으로 추앙받는 신선이 되었다.

우리나라에 현존하는 수성도가 대부분 18, 9세기에 그려진 작품인 반면에 세종대왕의 손자의 손자인 이정李霆의 〈수노인도壽老人圖〉는 조선 중기의 작품이다. 수성노인이 신비한 바람에 휘날리는 도포를 입고, 두 손에는 복숭아를 공손하게 받쳐 들고 있다. 머리는 지나칠 정도로 하늘을 향해 우뚝 솟아있으며, 흰 수염에 인자한 미소를 엷게 띠고 있다.

조선 시대 수노인도에서 잘 등장하지 않는 박쥐가 머리 주변에서 날고

---

21 범엽范曄, 『후한서後漢書』 95권, 〈예의지 중禮儀志中〉. 年始七十者, 授之以王杖, 餔之糜粥. 八十九十, 禮有加賜. 王杖長九尺, 端以鳩鳥爲飾. 鳩者, 不噎之鳥也. 欲老人不噎. 是月也, 祀老人星于國都南郊老人廟.

이정 〈수노인도〉 국립중앙박물관

있는 것도 특이한 경우이다. 박쥐는 편복蝙蝠으로 불리는데, 복蝠 자의 발음이 복福 자와 같다고 하여, 복을 상징하는 대표적인 길상물로 여겨진다. 박쥐가 모두 다섯 마리이니, 이는 오복五福을 의미한다. 화면 왼쪽 상단에 '복수쌍전福壽雙全'이라는 제사題辭 역시 '복과 수명 두 가지가 모두 온전하길 기원한다.'는 축수의 의미를 담고 있다.

김명국金明國의 수성도 역시 17세기에 그려졌다. 신분이 미천했던 그는 오로지 자신의 그림 실력만으로 도화서圖畫署 화원畵員으로 발탁되어 정6품 사과司果에까지 올라 소현세자昭顯世子의 혼례와 장례, 원종元宗과 왕비의 종묘 배향, 인조仁祖의 장례 등 각종 왕실 행사와 의례를 그렸다. 그의 뛰어난 그림 솜씨를 말해주는 재미있는 일화가 있다.

> 인조가 공주에게 주려고 노란 비단을 붙인 빗접에 그림을 그려 바치도록 명했다. 열흘이 지나 그림을 바쳤지만, 아무 것도 그리지 않았다. 인조가 화가 나서 김명국을 벌주려고 하자, 그가 말하기를, "신은 분명히 그렸습니다. 다른 날 저절로 아시게 될 것입니다."라고 했다. 어느 날 아침 공주가 빗질을 하는데 이虱 두 마리가 빗접 가장자리에 있는 머리카락 끝에 붙어 있었다. 그래서 손톱으로 이를 눌러 죽이려고 했으나, 죽지 않아 자세히 살펴보니 바로 그림이었다. 이에 김명국의 그림이 사방에 널리 알려지게 되었다.[22]

---

22 남유용南有容, 『뇌연집雷淵集』 27권, 잡저雜著 〈김명국전金鳴國傳〉. 仁祖時內降黃綃梳貼, 命鳴國繪之, 十日而後進, 固不畫也. 仁祖怒欲治之, 鳴國曰臣固畵也. 他日自知之. 他日公主晨梳, 有二虱緣髮末, 爪之故不死, 熟視之乃畵也. 於是鳴國之畵, 聞於四方.

김명국의 〈수로예구壽老曳龜〉에 등장하는 수노인은 특이하게도 불로초나 선도가 아닌 거북을 끌고 있는 모습으로 그려져 있다. 거북 역시 장수를 상징하는 길상 이미지를 가지고 있음은 두말할 나위가 없다. 간결한 필치로 그려진 〈수로예구〉는 간송미술관 측이 일본 동경東京에서 구입하여 되찾아 온 것으로 알려져 있다.

김명국 〈수로예구〉 간송미술관

김명국의 수성도는 현재 간송미술관에서 소장하고 있는 〈수로예구〉 1점을 포함하여 일본의 대화문화관大和文華館 소장 1점과 일본 개인 소장 2점, 모두 4점이 전해진다. 이렇게 김명국이 그린 수성도가 우리나라보다는 일본에서 더 많이 발견되는 까닭은 두 차례에 걸쳐 일본 통신사 수행화원으로 선발된 일과 무관하지 않다.

김명국은 1636년(인조 14)과 1643년(인조 21) 두 차례에 걸쳐 통신사 수행화원 자격으로 일본 사행길에 오른다. 당시 조선은 수차례에 걸쳐 일본에 사절단을 파견하고, 이들을 통해 조선의 뛰어난 문화적 수준을 과시하려고 했다. 따라서 공식적인 외교 업무보다는 조선의 문화적 성과를 전파하는 데 노력을 기울일 수밖에 없었다.

하지만 험난한 사행길과 풍토가 다른 일본에서 체류하는 여정은 그렇게 녹록하지 않았다. 풍토와 음식이 맞지 않아 다양한 질병으로 시달렸고, 일본 사람들이 조선 수행원의 문장이나 서예, 그림을 앞 다투어 구했기 때문에 무리해서라도 작품을 제작하려고 했다. 그 중에서도 김명국의 그림은 일본에서 꽤나 많은 인기를 누렸다.

좌) 김홍도 〈삼성도〉 국립중앙박물관 / 우) 김홍도 〈남극성도〉 국립중앙박물관

일찍이 통신사 행렬을 따라 일본에 간 적이 있는데, 일본 사람들이 빈 병풍을 펼쳐 놓고 그림을 그려 달라고 요청했다. 김명국이 먹을 찍어 종이 전체에 뿌리자, 보는 이들이 깜짝 놀라서 낯빛이 변하고 말았다. 그런 다음에 여기에다 붓을 휘둘러 늙은 매화나무와 대나무, 산과 바위, 벌레와 짐승 등을 완성해 가니 여러 형태가 다 갖추어져 더 이상 한 점의 부족함도 보이지 않았다.[23]

김명국金明國이 통신사를 따라서 일본에 갔더니 온 나라에 물결이 일듯 떠들썩하여 김명국의 그림이라면 종잇조각이라도 아름다운 옥玉을 얻은 것처럼 귀하게 여겼다.[24]

23 이익李瀷, 『성호전집星湖全集』 56권, 〈발연담화첩跋蓮潭畵帖〉. 曾隨海槎到日本, 日本人有展素屏要寫. 金蘸墨灑遍, 見者色變. 然後遂因而揮抹之, 成古梅老竹山巖蟲獸, 衆態備具, 無復一點憾.

김명국이 수행화원으로 왔다는 소식은 온 일본을 떠들썩한 열기에 빠뜨리기에 충분했다. 일본에서 그는 주로 도석인물화를 많이 그렸다. 이는 도석인물화가 복을 구하고 사악한 기운을 물리치는 길상의 이미지를 지니고 있어, 일본 사람들이 더 애호했기 때문이다.

둘째는 복을 주관하는 복성福星 및 관록官祿을 주관하는 녹성祿星과 함께 삼성도三星圖를 형성하는 경우이다. 중국에서는 수성노인이 주로 삼성도 형태로 많이 나타나는 반면에 우리나라에서는 김홍도의 〈삼성도三星圖〉에 등장하는 경우를 제외하고는 찾아보기 힘들다.

〈삼성도〉는 복·록祿·수壽를 상징하는 세 별의 신선과 그들을 따르는 동자들을 그린 그림이다. 도상의 맨 위에 한손으로 아이를 안고 있는 노인이 복성이고, 가운데 높은 관모를 쓰고 있는 노인은 녹성, 아래쪽에서 선도를 들고 있는 노인이 수성이다. 도상에서 복성과 녹성은 모두 수성이 하늘 높이 들고 있는 복숭아를 향해 그들의 시선을 맞추고 있다. 심지어 동자들조차 서로 복숭아를 잡으려는 듯 앞 다투어 한손을 길게 내뻗는다. 장수를 상징하는 수성의 대표적 지물持物인 복숭아가 〈삼성도〉의 중심 이미지임을 암시하는 대목이다.

이 그림의 왼쪽 상단에는 강세황姜世晃의 화제畵題가 있다.

> 복성은 온화한 얼굴이 넉넉하고도 아름답고, 녹성은 높은 관에 화려한 옷자락 휘날리며, 수성은 늙은 모습에 머리 골격이 길다. 이것은 이 서애李西涯의 시이니, 이에 대하여 고쳐 평할 필요는 없다. 표암豹菴이 평하다.[25]

---

24 남태응南泰膺, 〈청죽화사聽竹畵史〉, 이긍익李肯翊, 『연려실기술별집練藜室記述別集』 14권, 〈문예전고文藝典故〉 화가畵家 재인용. 明國, 隨通信使, 行日本, 擧國奔波, 得片紙如拱璧.

25 福星雍容豊且都, 祿星高冠盛華裾, 壽星古貌長骨顱. 此李西厓詩也. 對此無容改評, 豹菴評.

이 서애李西涯는 원래 명나라 때의 문장가인 이동양李東陽으로서, 강세황이 쓴 화제는 이동양의 〈삼성도로 노래하며 마 태수를 축수하다三星圖歌壽致馬太守〉에 나오는 시구이다.

> 복성은 온화한 얼굴이 넉넉하고도 아름다운데
> 학을 타고 훌쩍 날아 하늘에 오르네
> 녹성은 높은 관에 화려한 옷자락 휘날리며
> 뜬구름에서 난새를 몰아 수레를 삼는다
> 수성은 늙은 모습에 머리 골격이 긴데
> 짙붉은 얼굴에 귀밑털과 수염 눈처럼 희다
> ― 이동양 〈삼성도로 노래하며 마 태수를 축수하다〉[26]

『열성어제列聖御製』에는 숙종肅宗이 삼성三星을 묘사한 제화시가 있는데 다음과 같다.

> 중앙에 남극노인 지팡이를 짚고 서서
> 오른손 여의 들고 왼손으로 아이 잡네
> 소나무 밑 우연히 와서 웃고 말하니
> 얼굴 가득한 화색 봄바람 같다네
> ― 숙종 〈수·복·록 삼성을 그린 중국화〉[27]

당시 숙종이 본 〈삼성도〉는 김홍도의 〈삼성도〉와는 다른 그림이다. 숙종의 시에 등장하는 수성은 소나무 아래에서 삼성의 중앙에 위치하고 있으며,

---

26 이동양李東陽, 〈삼성도로 노래하며 마 태수를 축수하다三星圖歌壽致馬太守〉. 福星雍容豊且都, 翩然騎鶴乘紫虛. 祿星高冠盛華裾, 浮雲爲馭鸞爲車. 壽星古貌長骨顱, 渥丹爲顔雪鬢鬚.

27 숙종肅宗, 『열성어제列聖御製』 12권 〈수·복·록 삼성을 그린 중국화壽福祿三星唐畵〉. 中立杖藜南極翁, 右持如意左携童. 松下偶來相笑語, 滿顔和色若春風.

삼성이 서로 대화하는 모습을 하고 있는 것으로 보아, 김홍도 이전에 이미 중국에서 전해진 또 다른 〈삼성도〉가 조선에서 유행하고 있었고, 김홍도 역시 그러한 중국의 〈삼성도〉를 참고하여 그렸을 것으로 추정된다. 이는 서유구徐有榘의 『임원경제지林園經濟志』를 통해 어느 정도 짐작이 간다.

> 〈삼성도〉가 동쪽으로 전해진 것이 하나뿐이 아닌데, 그 뜻은 마찬가지이며 대부분 옛 그림의 모본이다. 김홍도가 이를 모방하여 그린 대폭이 있었는데, 비단의 넓이가 8척이고 길이도 같았다.[28]

조선 후기의 문신 남유상南有常도 〈삼성도찬三星圖贊〉에서 다음과 같이 쓰고 있다.

> 삼성은 소나무 아래에 있는 세 노인이다. 그들이 하늘에 있으면 삼성이고, 땅에 있으면 세 노인이다. 검은 두건에 자색 도복을 입고 두 손에 명아주 지팡이를 짚고 서있는 자가 남극수성이다. 푸른 도포를 입고 왼손에 여의如意를 들었으며, 흰옷을 입고 오른손으로 동자를 들고 있는 자는 복성과 녹성이다. 그들 형상을 그려 부모님께 올리고 큰 복이 내리기를 축원하는 바이다. 이에 손을 들어 읍하며 절하고 찬사贊辭를 쓰기를, "하늘의 복성과 녹성 같으시고, 남극수성과도 같으소서. 노닐며 즐겁게 지내시기를. 저 소나무 무성한 것처럼 영원하옵소서."라고 했다.[29]

셋째는 팔선八仙 등 여러 신선들과 함께 군선도群仙圖를 이루는 경우이다. 주로 〈요지연도瑤池宴圖〉에서 볼 수 있는 도상으로, 수성노인은 항상 학을 타고 하늘 저쪽에서 서왕모西王母가 주최한 요지연瑤池宴에 참석하려고 힘

---

28 서유구徐有榘, 『임원경제지林園經濟志』 이운지怡雲志 6권, 〈삼성도三星圖〉. 東來者非一而大抵相似意, 皆古畵模本也. 金弘道仿作一大幅, 絹廣八尺長如之.

29 남유상南有常, 『태화자고太華子稿』 4권, 잡저雜著 〈삼성도찬三星圖贊〉.

상) 〈요지연도(부분)〉 경기도박물관
하) 윤덕희 〈군선경수도〉 국립중앙박물관

차게 날아오는 모습으로 그려진다. 반면에 윤덕희尹德熙의 〈군선경수도群仙慶壽圖〉는 여러 신선들이 수성노인을 향해 축수하는 형태로 이루어졌다.

넘실대는 물 위에 서서 절벽 위 앉아 있는 노인에게 시선을 고정시키고 있는 신선들이 있다. 지팡이를 짚은 채 호리병을 들고 있는 철괴리鐵拐李, 박판을 치고 있는 남채화藍采和, 공손하게 복숭아를 바치고 있는 동방삭東方朔, 그 뒤쪽에 파초선을 들고 있는 종리권鍾離權, 등에 칼을 찬 채 버드나무 정령인 유자선柳子仙과 함께 있는 여동빈呂洞賓이 바로 그들이다. 이들의 시선이 향하는 곳에는 밑으로 축 늘어진 소나무가지 아래 웅크리고 앉아 있는 사슴의 등을 인자한 모습으로 쓰다듬고 있는 한 노인이 있다. 그의 뒤에는 술병이 술잔과 나란히 놓여 있으며, 술병 옆에는 인간의 수명을 관장하는 두루마리로 된 책이 있다. 그 노인이 바로 수성노인이다.

물위 신선들의 옷자락이 왼쪽에서 오른쪽으로 향하고 있는 것으로 보아 바람의 방향도 노인을 향하고 있는데, 소나무 가지가 휠 정도로 세차다. 그럼에도 불구하고 수성노인의 옷자락은 바람의 영향조차 없는 듯 아무런 펄럭임도 없다.

▴〈수성노인도〉 개인 소장
◂ 윤덕희 〈남극노인도〉 간송미술관

윤덕희의 또 다른 작품인 〈남극노인도南極老人圖〉는 화폭 왼쪽 상단에 '기미년(己未年, 1739) 12월 낙서駱西 산포散逋가 그려 최형 영숙의 회갑에 우정의 표현으로 바친다.'[30]는 발문跋文이 있다. 낙서는 윤덕희의 호號이고, 영숙永叔은 최창억崔昌億의 자字이다. 사실 최창억은 1679년(숙종 5) 12월에 출생했으니, 이 그림을 그린 1739년(영조 15) 12월은 그의 회갑이 되는 해이다. 그런 까닭에 〈남극노인도〉는 윤덕희가 최창억의 회갑을 기념하여 축수용으로 그렸다는 사실을 알 수 있다. 화면에는 남극노인을 비롯하여 장수를 상징하는 소나무와 불로초인 영지靈芝, 인간의 수명을 기록한 두루마리가 그려져 장수를 축원하는 용도로는 안성맞춤이다.

17세기 김명국에서 18세기 김홍도와 윤덕희를 거쳐 19세기 후반의 장

30 己未復月, 駱西散逋寫奉, 似寓意崔兄永叔回甲.

승업張承業도 수성도를 남기고 있다.

장지연張志淵의 『일사유사逸士遺事』에 따르면 오원吾園 장승업은 어려서 부모를 여의고 몸을 의탁할 곳이 없어 떠돌다가 한양漢陽으로 올라와 당시 청계천淸溪川 수표교水標橋 주변에 살던 역관譯官 이응헌李應憲의 집에 머물면서 밥을 얻어먹으며 지냈다. 어려서 글을 배우지는 못했지만, 천성적으로 총명했던 까닭에 주인집 아이들이 글공부하는 것을 어깨너머로 듣고는 그 내용을 이해할 수 있었다. 마침 그 집에는 원元·명나라 이래 명인들의 서화를 많이 소장하고 있어서 종종 그것들을 유심히 살펴볼 기회가 많았다. 어느 날 문득 깨달음이 있어 붓을 들고 휘둘러 그림을 그리니, 주인이 그의 재능을 알아보고 지필묵을 마련해 주어 그림에 전념하도록 물심양면으로 도와주었다.

그의 화명畵名이 세상에 알려지자, 고종高宗이 그를 대궐로 불러 밀실에 가두어 놓고 병풍 십여 폭을 그리게 명했다. 하지만 워낙 자유분방하고 술을 좋아했던 그인지라, 그림도구를 사러 간다는 핑계로 야밤에 대궐을 도망쳐 나왔다. 고종은 그를 잡아오라고 명하고는 더욱 엄하게 지키게 했지만, 그 역시 아무런 소용이 없었다. 술을 마시기 위해 또다시 대궐을 몰래 빠져 나오기를 여러 차례, 결국 고종이 노하여 그를 포청捕廳에 잡아 가두라고 명했다.

그때 장승업의 재능을 아꼈던 민영환閔泳煥이 고종에게 말하여 자신의 집에서 그림을 그리게 허락을 받는다. 그리고는 자신의 집 별궁에 장승업을 가두어 놓고, 그의 옷과 갓도 벗겨 몰래 감추었다. 마침내 어느 날, 민영환의 정성에 크게 느낀 바가 있어 그림을 그리는데 몰두하지만, 한 곳에 얽매이는 것을 거부하는 자신의 천성을 어길 수 없었는지 집에서 도망쳤다가 붙잡히기를 수차례, 결국에는 고종이 명한 병풍을 다 완성하지 못했다.[31]

〈춘남극노인春南極老人〉과 〈추남극노인秋南極老人〉이 바로 장승업이 고

좌) 장승업 〈춘남극노인〉 간송미술관 / 우) 장승업 〈추남극노인〉 간송미술관

종의 명으로 그린 병풍 그림 가운데 일부일 것으로 짐작된다. 이 두 그림에는 '대령화원 신 장승업 진상待令畵員 臣張承業 進上'이라는 관지가 적혀 있으며, 〈추남극노인〉의 왼쪽 상단에는 '남극성이 보이면 임금께서 오래 사시고 천하가 잘 다스려진다南極見則 人主壽昌 天下治安'고 적혀 있어, 고종에 대한 축수용 그림임을 알 수 있다.

이외에도 미상未詳의 화가가 그린 다수의 수성도가 전해지는데, 대부분 머리가 지나칠 정도로 우뚝 솟아 있어 기존의 수성도가 지닌 특징을 그대로 유지하고 있다.

31 장지연張志淵, 『일사유사逸士遺事』 2권, 〈장승업張承業〉.

좌)〈극채남극노인도〉 경기대학교 소성박물관 / 우)〈수성노인도〉 에밀레박물관

짙은 채색을 사용해서 그린 〈극채남극노인도極彩南極老人圖〉는 시녀인 듯한 한 여인이 호리병을 들고 있고, 화면 상단에는 '밝고 밝은 남극노인성 벽에 걸어 평온하고 만수하길 축원하네煌煌南極老人星 壁上妥安祝萬壽'라는 제시題詩와 '신묘년 음력 4월 16일 임봉이 써서 곽남초당에 바침辛卯肇夏旣望 林峯題 呈郭南草堂'이라는 관지가 쓰여 있다.

에밀레박물관 소장 〈수성노인도水星老人圖〉는 민화民畵로 그려진 그림인데, 사슴을 탄 채 손에는 복숭아를 들고 있으며, 앞에서는 선동이 피리를 불고 있다. 그런데 수성노인의 표정이 기존의 인자한 모습과는 판이하게 달라 보인다. 몸시도 근엄하고 눈초리도 한층 매서워 보인다.

이렇게 시대마다 수성노인도의 도상이 조금씩 다르지만 오래 살고자 하는 인간의 염원만은 남녀노소와 신분의 차이를 초월하여 모두가 동일하며, 사람들은 그 소망을 이루기 위해 선도를 들고 수명을 부여하는 수성노인에게 시선을 집중시켰다.

같은 이름의 두

적송자赤松子

적송자

농업을 기반으로 한 고대 사회에서 강우량을 좌우하는 신은 그 책임이 매우 막중하다. 강우량의 많고 적음은 농업 생산에 직접적인 관계를 맺고 있기 때문이다. 그리고 강우량에 큰 영향을 끼치는 신이 바로 우신雨神이다.

은허殷墟에서 발견된 갑골문甲骨文에는 비를 구하거나 그치게 하려고 우신에게 제사지내는 기록이 다수 존재한다. 『산해경山海經』에는 "치우蚩尤가 무기를 만들어 황제黃帝를 공격하자, 황제가 응룡應龍으로 하여금 기주冀州의 들판에서 그를 공격하게 했다. 응룡이 물을 모아둔 것을 치우가 풍백風伯과 우사雨師에게 부탁하여 폭풍우로 거침없이 쏟아지게 했다."[1]라고 했다. 『주례周禮』에서도 "불을 피워 사중司中과 사명司命, 풍사와 우사에게 제사지낸다."[2]라고 했다.

중국 경제는 상商나라 때부터 농업을 위주로 발전해왔기 때문에 비는 농사를 지을 때 필수불가결한 요소이다. 따라서 비가 적게 오거나 가뭄이 들어 생산력이 저하될 때면, 통치자를 비롯하여 사람들은 하늘에서 비를 관장하는 우신에게 기우제를 지내곤 했다.

『시경詩經』에는 "달이 필성畢星에 들어가니 비가 세차게 내린다."[3]라는 구절이 있다. 고대 중국의 민간에서는 하늘의 별 28수宿 가운데 서방 백호白虎 7수에 들어 있는 필성이 우신이라고 여겼다. 사람들은 상양商羊도 우신으로 여겼다. 『공자가어孔子家語』에서는 상양에 관해 다음과 같이 설명하고 있다.

> 제齊나라에 외발 달린 새떼가 조정을 향해 임금이 있는 궁궐 앞에 내려앉아 날개를 펴고 놀고 있었다. 제나라 임금은 이것을 보고 몹시 괴이하게 여겼다. 그래서 사람을 시켜 노魯나라에 가서 공자孔子에게 물어보게 했다. 그러자 공자는 "이 새는 상양이라는 새로서 큰 홍수가 날 징조입니다. 옛날에 어떤 아이가 있었는데 한쪽 다리는 구부러지고 두 눈썹은 번쩍 들려 있었습니다. 이 아이가 뛰어다니면서 노래하기를, '하늘이 장차 큰 비를 내리게 되면 상양이 떼를 지어 뛰고 춤을 출 것이다.'고 했습니다. 이제 제나라에 상양이 떼를 지어 날아다니니, 이는 비가 많이 올 징조입니다. 빨리 백성들에게 알려 도랑을 치고 제방을 수축하여 수재를 막을 준비를 하도록 하십시오."라고 대답했다.[4]

---

1 『산해경山海經』, 〈대황북경大荒北經〉. 蚩尤作兵伐黃帝, 黃帝乃應龍攻之冀州之野. 應龍畜水, 蚩尤請風伯雨師, 縱大風雨.

2 『주례周禮』, 〈대종백大宗伯〉. 以燎祀司中司命風師雨師.

3 『시경詩經』, 〈소아小雅 점점지석漸漸之石〉. 月離于畢, 俾滂沱矣.

4 『공자가어孔子家語』 3권, 〈변정辯政〉.

상양은 다리가 하나인 신조神鳥로서 그 몸을 크게 할 수 있고, 작게도 할 수 있으며, 한번 물을 마시면 발해渤海의 물을 다 마실 수 있었다고 한다. 그래서 사람들은 상양을 우신으로 여겼다. 그러다가 차츰 우신은 별이나 새의 형상에서 인간의 모습으로 변용된다. 그 대표적인 인물이 바로 적송자赤松子인데, 적송자赤誦子라고도 한다.

적송자에 대한 기록은 일찍이 한나라 때 유안劉安의 『회남자淮南子』에 보인다.

> 무릇 왕교王喬나 적송자赤誦子는 숨을 들이마시고 내쉬며, 묵은 숨을 토해내고 새로운 숨을 들이마시며, 형체에서 벗어나고 지혜를 제거하며, 소박함을 끌어안고 참됨으로 돌아간다. 이로써 현묘한 경지에서 노닐면서 위로 하늘에 통했다.[5]

위에서 묘사된 내용을 살펴보면 적송자가 숨을 들이마시고 내쉬는 호흡법을 통해 신선이 되었음을 알 수 있다. 그러나 적송자의 구체적인 내력에 대한 언급은 부족해 보인다.

> 적송자는 신농 때의 우사이다. 수옥水玉을 복용했으며, 그 비법을 신농神農에게 가르쳤다. 불 속에 들어가 스스로를 태울 수 있었다. 종종 곤륜산 위에 이르러 늘 서왕모西王母의 석실 안에 머물렀으며, 바람과 비를 따라 오르락내리락 했다. 염제炎帝의 막내딸이 그를 좇아 역시 신선이 되어 함께 떠나갔다. 고신씨高辛氏 때에 이르러 다시 우사가 되었다. 오늘날의 우사는 여기에서 비롯되었다.
>
> 아득한 적송자
> 하늘하늘 막내딸

---

5 유안劉安, 『회남자淮南子』 11권, 〈제속훈齊俗訓〉.

손 맞잡고 훨훨 날아
훌쩍 함께 승천했네
긴 바람에 몸 실어
금세 현포玄圃를 날았네
오묘하게 비바람에 통달하여
규범 세워 비를 다스렸네[6]

유향劉向의 『열선전列仙傳』에 따르면 적송자는 염제炎帝 신농 때의 우사로서, 수옥水玉을 복용하여 불 속에서도 타지 않고 바람과 비를 따라 오르내릴 수 있었다. 종종 서왕모西王母가 거처하는 곤륜산崑崙山 석실에 머물렀으며, 염제의 막내딸과 함께 신선이 되어 떠나갔다고 한다.

이외에도 『한시외전韓詩外傳』에서는 적송자가 제곡帝嚳 때 다시 우사가 되었다고 하고, 『열선전전列仙全傳』과 『선불기종仙佛奇踪』에서는 『열선전』의 내용과 거의 비슷하여 모두 적송자를 신농 때의 우사로 설명하고 있다. 그러나 『선불기종』에 등장하는 적송자의 도상을 연상시키는 기록은 보이지 않는다.

명말 청초에 나온 서도徐道의 『역대신선통감歷代神仙通鑑』에서는 적송자의 모습에 대한 구체적인 묘사가 등장한다.

> 신농 때 하천이 마르고 산은 무너져 모두 자갈과 모래뿐이었다. 오랫동안 비가 내리지 않아 벼와 기장도 말라 죽었다. 그때 한 야인이 있었는데, 이상한 행색을 한 채, 미친 사람처럼 중얼거렸다.……위에는 풀을 엮은 옷을 입고, 아래에는 가죽으로 된 치마를 입었는데, 산발한 머리에 맨발이었다. 손가락은 길고 손톱은 날카로우며 온 몸에는 누런 털이 수북이 덮여 있었다. 그리고 손에는 버드나무 가지를 들고 미친 듯이 노래하며 춤을 췄다.

6 유향劉向, 『열선전列仙傳』 상권, 〈적송자赤松子〉.

> "나의 호는 적송자이다. 왕옥산王玉山에 머물면서 오랫동안 수련하고, 적진인赤眞人을 따라 형악산衡岳山에서 노닐었다네. 진인은 붉은 비룡이 되어 그 사이를 왕래하고, 나 역시 붉은 규룡이 되어 그 뒤를 따랐다네. 아침에 원시천존을 배알하니, 바람과 비를 따라 오르내린다며 나를 우사雨師로 명하여 비를 관장하라고 했네."[7]

『역대신선통감』에 따르면 적송자는 생김새가 무척이나 괴상했다. 풀로 엮은 윗옷을 입고, 아래에는 짧은 가죽치마를 걸쳤다. 온몸에는 누런 털이 나있고, 신발도 신지 않은 맨발로 흡사 야만인 같아 보이는 적송자의 행색은 『삼재도회』를 비롯하여 『열선전전』이나 『선불기종』에 등장하는 그의 도상과 완전히 일치한다.

한편 적송자는 종종 인적이 드문 험준한 산속에 살면서 날마다 대지의 기운을 흡수했다. 원래는 혼자 수련했지만, 도술 수행에 정진하기 위해 적 진인赤眞人을 찾아 남쪽 형악衡岳으로 가서 그를 스승으로 모셨다.

그의 생활은 보통 사람들과는 달랐다. 수옥 또는 빙옥산冰玉散이라고 불리는 가루약을 복용했는데, 물속에 들어가거나 불속에 뛰어들어도 몸이 물에 젖거나 불에 타지 않았다. 이 도술은 신농씨에게도 전해주었다고 한다.

무한한 신통력을 가진 적송자는 우사라는 직책에 걸맞게 비바람을 자유자재로 부렸다. 폭풍우가 몰아칠 때면 적송자는 자유롭게 그 안을 들락날락했다. 때로는 구름을 타고 곤륜산에 있는 서왕모의 요지선궁瑤池仙宮에 가서 놀기도 하고, 때로는 비바람을 타고 천상을 오르내렸다.

그런데 우리나라에서는 이러한 적송자의 도상을 찾아보기가 쉽지 않다. 그나마 1918년에 김은호金殷鎬가 그린 12폭 신선도 병풍에서 그 희미

---

7 서도徐道, 『역대신선통감歷代神仙通鑑』 1권.

김은호 〈신선도〉
국립고궁박물관

한 흔적이나 찾아 볼 수 있다.

12폭 신선도 병풍에서는 각 폭의 화면마다 길상적인 의미를 지닌 여러 신선들의 고사故事를 인용하여 묘사했는데, 그 가운데 제8폭이 적송자와 황안黃安이 함께 있는 그림이다.

소나무를 배경으로 그 아래에 백발의 적송자가 서 있고, 앞에는 황안이 거북이 등에 앉아 있다. 그리고 좌측 상단에는 "적송자는 신농 때의 우사이다. 정신을 단련하고 기를 흡입하여 물에 들어가도 젖지 않고, 불에 들어가도 타지 않는다. 곤륜산에 가서 종종 서왕모의 석굴에 머물렀다. 황안은 신령스런 거북이 등에 앉아있는데, 넓이가 3척이다. 당시 사람들이 거북의 나이를 물어보면, '이 벌레는 해와 달의 빛을 두려워하여 3천 년에 한 번 머리를 내미는데, 나는 세 번 내미는 것을 보았다.'고 하면서 다닐 때는 거북을 등에 지고 다녔다. 그래서 세상 사람들이 그를 황안 만세라고 불렀다."[8]라고 쓰여 있다.

또한 구한말舊韓末 강필주姜弼周가 그린 신선도 병풍 가운데 제1폭인 〈적송자〉가 남아 있는데, 중국의 『선불기종』이나 『삼재도회』에 나오는 적송자의 구도와 거의 흡사하다. 좌측 상단에는 "적송자는 신농 때의 우사이다. 정신을 단련하고 기를 흡입하여 물에 들어가도 젖지 않고, 불에 들어가도 타지

8 赤松子, 神農時雨師, 煉神服氣, 能入水不濡, 入火不焫. 至崑崙山, 常止西王母石窟中. 黃安, 坐神龜, 廣三尺, 時人問此龜幾年矣. 曰此蟲畏日月之光, 三千年一出頭, 吾見其三出頭, 以行則負龜, 世人謂黃安萬歲.

강필주 〈적송자〉
순천대학교박물관

않는다. 종종 곤륜산 위에 이르러 서왕모의 석실 안에 머물렀으며, 바람과 비를 따라 오르락내리락 했다."[9]는 제서題書가 있다.

한편 적송자가 언급된 우리나라 문헌으로는 일찍이 신라新羅 때 김대문金大問의 『화랑세기花郎世紀』와 최치원崔致遠의 『계원필경桂苑筆耕』이 있다.

『화랑세기』에 이르기를, "물고기와 새를 친구 삼아, 하늘의 이치를 달관했도다. 말하지 않아도 감화되고, 꾀하지 않아도 아름다워라. 적송의 자손으로는 오직 보종공寶宗公뿐이다."[10]라고 하여 화랑花郎의 16대 풍월주風月主 보종공이 적송자의 후손이라고 밝혔다.

『계원필경』에서는 "황석공黃石公의 오묘한 계책을 써서 성대히 제왕의 스승이 되려 하고, 적송자의 멋진 유람을 모방하여 신선의 반려가 되려고 하십니다."[11]라고 했다. 최치원은 정전鄭畋을 황석공과 적송자에 비유하여, 황소黃巢의 난을 평정한 뒤 조정에서 물러나 있던 정전에게 하루 속히 돌아올 것을 권유한 것이다.

9 神農時雨師, 煉神服氣, 能入水不濡, 入火不焚. 至崑崙山, 常止西王母石窟中.

10 김대문金大問, 『화랑세기花郎世紀』, 16대 풍월주風月主 〈보종공寶宗公〉. 魚鳥爲友, 達觀天理. 不言而化, 不謀而美. 赤松之子, 其唯公耳.

11 최치원崔致遠, 『계원필경桂苑筆耕』 7권, 〈정전 상공에게 보낸 두 번째 글鄭畋相公其二〉. 用黃石公之妙略, 蔚爲帝師, 從赤松子之勝遊, 別作仙侶.

한밤중 떨어지는 이슬 용 비늘 적시고
천 년이라 복령은 하얀 진액 맺힌다
적송자 도를 닦아 하늘에 오른 뒤로
신선 대부분이 솔잎 씹던 사람이었네
— 김세렴〈송원〉[12]

이 시는 조선 후기의 문신인 김세렴金世濂이 1636년(인조 14) 10월부터 다음 해 2월까지 5개월간 통신사로서 일본 사행 때 쓴 시를 모아놓은 『사상록槎上錄』에 실려 있다. 당시 정사는 임광任絖이고, 김세렴은 부사로 수행했다.

제목인 '송원松原'은 솔밭이라는 뜻과 함께 일본의 지명을 가리키기도 한다. 당시 종사관으로 그들과 함께 사행을 떠났던 황호黃㦿의 기록에 따르면, "건너편에 섬이 있으니, 송원이라고 하는 곳이다. 큰 소나무가 거의 수십 리에 잇달았는데, 만인蠻人이 훌륭한 경치로 여긴다고 한다."[13]라고 기록했다. 아마도 김세렴이 송원을 지날 때, 무성한 소나무를 보자 적송자를 떠올리고, 이 시를 쓴 듯하다.

소나무의 껍질을 용의 비늘에 비유하여 신비스러움을 더하고, 하얀 진액이 흐르는 복령이 달려 있는 소나무는 이미 천 년이나 살았음을 보여준다. 그 옛날 적송자가 신선이 되어 하늘로 날아간 이후, 사람들은 그를 흠모하여 솔잎을 씹으며 신선이 되고자 했다.

그래서 중국 초楚나라 때 시인 굴원屈原은 『초사楚辭』에서 "적송자가 숭고한 모범을 남겼다는 말을 듣고, 그가 남긴 유훈의 감화를 받길 원하네."[14]라

---

12 김세렴金世濂, 『사상록槎上錄』, 〈송원松原〉. 中宵滴露濕龍鱗, 千歲伏苓結玉津. 一自赤松昇道後, 列仙多是啖松人.

13 황호黃㦿, 『동사록東槎錄』 병자년 12월 1일. 其越邊有島, 卽其所謂. 松原, 長松連亘, 其數十里, 蠻人以爲勝景云.

고 하여 옛 사람들이 적송자에 대해 품고 있는 기대와 추모의 마음을 보여주었다.

한나라 때 유방劉邦을 도와 한나라를 건국하는데 중요한 역할을 했던 장량도 점차 세속에 대한 관심을 끊고 종종 인간 세상의 일을 버리고 적송자를 따라 노닐고 싶다는 말을 자주 했다.[15]

장량張良은 한신韓信·소하蕭何와 더불어 유방을 도와 한나라를 건국한 공신이다. 그는 한때 박랑사博浪沙에서 진 시황秦始皇을 암살하고자 했다가 실패하자, 이름을 바꾸고 하비下邳로 숨어든 적이 있었다. 이곳에서 그는 황석공이라는 노인에게서 태공망太公望의 병법서를 받아 유방에게 유세했고, 결국 유방이 항우와 4년간 치렀던 치열한 접전을 승리로 이끌었다.

그러나 유방이 한나라를 건국한 뒤로 장량은 정치에 일절 관여하지 않았다. 결국 유방에 의해 한신과 팽월彭越, 소하가 제거되었지만, 관직에서 물러난 뒤 벽곡辟穀을 하며 신선술을 추구했던 장량은 진흙탕 같은 권력다툼에서 온전히 생명을 보전할 수 있었다.

고려 때 문인 최해崔瀣의 〈여러 교관들과 서한의 명현들을 나누어 읊는 중에 장량을 뽑다與諸敎官分詠西漢名賢得張良〉는 장량의 이러한 일생을 한 수의 시로 잘 함축하고 있다.

진 시황 빗맞히고 하비에 숨었을 때
포의가 어찌 왕사가 되길 바랐으리
보시오, 천고에 다시없는 그 공업이
다만 한때 현군을 만난 때문이라오

---

14 굴원屈原, 『초사楚辭』, 〈원유遠游〉. 聞赤松子之淸塵兮, 願承風乎遺則.

15 사마천司馬遷, 『사기史記』 55권, 〈유후세가留侯世家〉.

병법은 일찍이 황석공에게서 받았고
선풍은 늦게 적송자와 놀려고 했네
한신과 팽월 넘어지고 소하 묶였으니
처음부터 끝까지 지모 기특함 믿겠네
— 최해 〈교관들과 서한의 명현들을 나누어 읊는 중에 장량을 뽑다〉[16]

최해는 장량이 유방을 도와 나라를 세운 개국공신이 되었으나, 적송자처럼 세상일에 대한 관심을 끊어 한신이나 소하처럼 화禍와 욕을 당하지 않았으니, 처음부터 끝까지 지모智謀가 훌륭했다고 칭찬한 것이다.

평생 놀이를 즐기고 수려한 경치 사랑하여
가을에 멀리 싸늘한 산, 옛 절에 올라왔네
이전 왕조를 생각하며 흐르는 눈물을 닦고
만사를 모두 잊고 나 홀로 누각에 오르네
송악산에 내리는 겨울비 찬 소리도 급하고
자하동 돌아가는 구름은 푸른빛이 떠있네
내 어찌 구차하게 은혜와 이익에 거하리오
홀가분히 다 떨쳐버리고 적송자와 노닐려네
— 조준 〈일월사 벽 위에 쓰다〉[17]

이 시는 조준趙浚의 〈일월사 벽 위에 쓰다日月寺壁上〉이다. 조준은 고려말 개혁파 신진사대부의 대표적인 인물이다. 1388년(창왕 즉위년) 위화도

---

16 서거정徐居正, 『동문선東文選』 15권, 〈교관들과 서한의 명현들을 나누어 읊는 중에 장량을 뽑다與諸教官分詠西漢名賢得張良〉. 誤擊秦皇匿下邳, 布衣奚望帝王師. 請看功業無千古, 只爲遭逢在一時. 兵法早從黃石受, 仙風晩與赤松期. 韓彭見躓蕭猶縶, 須信初終計自奇.

17 위의 책, 17권, 〈일월사 벽 위에 쓰다日月寺壁上〉. 平生疏蕩愛淸幽, 遠上寒山古寺秋. 一望前朝仍抆淚, 都忘萬事獨登樓. 崧巒凍雨寒聲急, 紫洞歸雲翠色浮. 安用栖栖居寵利, 飄然欲與赤松遊.

회군威化島回軍으로 권력을 장악한 이성계李成桂에게 중용되었다. 창왕昌王을 폐위하고 공양왕恭讓王을 옹립하는 데 참여했고, 전제田制 개혁을 단행하여 구세력의 경제적 기반을 붕괴시키고, 조선 왕조를 여는 토대를 마련했다. 마침내 이성계를 추대하여 조선 건국 후 개국공신에 봉해졌다.

이후에도 1398년(태조 7) 제1차 왕자의 난이 일어나자 정종定宗이 왕위에 오르는 것을 도왔고, 이방원李芳遠을 왕으로 옹립한 후 57세 되던 1402년(태종 2) 병으로 잠시 사직했지만, 운명할 때까지 영의정부사와 좌정승을 번갈아 지냈다.

하지만 조준은 권력의 핵심에 있을수록 불안했다. 그래서 자신의 삶과 인생을 되돌아본다. 자신의 자리에서 물러나 편안히 살고 싶었고, 권좌에 있으면서 아무것도 이룬 것 없었던 자신의 삶에 대한 회한과 고뇌를 드러내기도 한다.

〈일월사 벽 위에 쓰다〉는 조준의 이러한 심경이 잘 표현되어 있다. 신선은 생사를 초월하고, 지상 세계와 천계를 오갈 수 있는 신비로운 능력을 가진 존재다. 그리고 이들은 세상 사람들이 중요하게 생각하는 명리 따위에는 조금도 관심이 없다. 역설적으로 말하자면, 세속적인 일들에 관심을 가지면 신선이 될 수 없다는 말이다.

조선의 개국공신으로 봉해진 조준은 이전 왕조인 고려의 도읍 개경開京을 찾아 연민의 정을 불러일으킨다. 아마도 자신이 무너뜨린 고려를 생각하니, 만감이 교차했을 것이다. 문득 그 옛날 한나라 때 장량이 그랬던 것처럼, 이제는 한시도 불안하지 않았던 적이 없었던 현실 정치의 무거운 짐을 벗어던지고 복잡다단한 인간사에서 벗어나 적송자를 따라 자유롭게 노닐고자 하는 욕망이 그의 마음을 뿌리째 뒤흔들었는지 모른다.

선조宣祖 때 장수 이순신李舜臣도 장량이 적송자를 따라 신선이 되어 노닐었다는 이야기와 얽힌 일화가 있다. 이순신이 무과에 응시했을 때 시험관이 "장량이 적송자를 따라 놀았다고 하는데, 진짜 죽지 않았는가?"라고 질문한 적이 있었다. 그때 이순신은 "'『강목綱目』에 유후留侯 장량이 죽었다.'고 썼으니, 장량의 뜻이 어찌 신선이 되려고 했겠습니까?"라고 대답한 적이 있다고 한다.[18]

한편 갈홍葛洪의 『신선전神仙傳』에 따르면, 고대 신농 때의 우사로 소나무 아래에 서 있는 적송자와는 다른, 또 한 명의 적송자가 등장한다. 그는 바로 황초평黃初平인데, 황초평皇初平으로 부르기도 한다.

> 두 사람은 성씨를 황씨皇氏에서 적씨赤氏로 바꾸고, 초평初平은 자字를 송자松子로, 초기初起는 자를 노반魯班으로 바꾸었다. 그 후에 이들의 약을 복용하여 신선이 된 자가 수십 명이었다고 전한다.[19]

그러나 『회남자淮南子』와 『열선전列仙傳』, 『수신기搜神記』에는 적송자에 관한 기록만 있고, 황초평에 대한 기록은 보이지 않는다. 또 『삼재도회』와 『선불기종』, 『열선전전』에서는 적송자와 황초평을 모두 소개하고 있는데, 동일인이 아닌 서로 다른 인물로 간주했다.

반면에 『신선전』에서는 황초평만 나오고 적송자에 대한 기록은 보이지 않는다. 오히려 황초평이 이름을 바꾸어 적송자로 불렀다고 기록하여 황초평을 신농 때의 우사 적송자와 같은 인물로 보았다.

그런가 하면 『역대신선통감』에서는 황초평이 동주東周 때 인물로서 나중에 황석공黃石公으로 개명했다고 하는데, 황석공은 바로 장량이 하비의 다리 밑에서 만나 병법서를 얻은 그 노인이다. 하지만 일반적으로는 황초평이

---

18 이긍익李肯翊, 『연려실기술練藜室記述』 18권, 선조조宣祖朝 본말고사本末故事 〈이순신李舜臣〉.

19 갈홍葛洪, 『신선전神仙傳』 2권, 〈황초평皇初平〉.

황초평

동진東晉 때 인물로서 절강성 금화金華 단계丹溪 사람으로 알려졌다.

갈홍의 『신선전』에는 그가 양들을 돌로 변하게 만들었다는 유명한 일화가 있다.

> 황초평皇初平은 단계丹溪 사람이다. 그의 나이 15세 때 집에서 그에게 양을 치도록 내보냈을 때이다. 어떤 도사가 그의 선량한 성품을 보고 금화산金華山 석실로 찾아오게 했다. 그로부터 40여 년이 어떻게 흘렀는지도 모르게 훌쩍 지났고, 집 생각도 나지 않게 되었다.
>
> 그러자 형인 황초기皇初起가 산에 들어가 동생 초평을 찾아 다녔지만 몇 년이 되도록 찾아낼 수가 없었다. 나중에 시중에서 점술에 뛰어나다는 도사를 만나 동생의 안부를 묻기를, "저에게는 초평이라는 동생이 있습니다. 양을 치도록 내보냈는데, 실종되어 사라진 지 40년이나 흘렀습니다. 지금은 생사와 소재를 알 수 없으니, 점을 쳐주시면 고맙겠습니다."라고 하자, 도사가 대답하기를, "금화산에 가면 양을 치던 아이가 한 명 있소. 성은 황이고 이름은 초평이라고 하는데, 그대의 동생이 아니오?"라고 했다.

황초기는 그 말을 듣자 놀라 펄쩍 뛰었다. 즉시 도사를 따라 금화산으로 동생을 찾으러 나섰고, 마침내 형제가 서로 만날 수 있었다. 그 동안 쌓인 회포를 풀고 나서 황초기가 묻기를, "그런데 초평아, 네 양들은 어디에 있느냐?"라고 하자, 황초평이 "이 산 근처 동쪽에 있습니다."라고 했다.

황초기는 동쪽으로 가서 살펴보았지만, 양의 모습이라고는 보이지 않고, 여기저기 흩어져 있는 흰 돌들만 눈에 들어왔다. 다시 황초기가 돌아와 묻기를, "산 동쪽에는 양이 없더구나."라고 하자, 황초평이 대답하기를, "양들은 분명히 있습니다. 다만 형님의 눈에는 보이지 않을 것입니다."라고 했다.

황초평은 황초기와 함께 가서 찾아보았다. 그러고는 돌들을 향해 "양들아, 일어나라."고 소리쳤다.

그러자 흰 돌들이 모두 일어나 양으로 변했는데, 순식간에 수만 마리의 양으로 변신했다. 이를 본 황초기가 말하기를, "동생이 선술仙術에 통달한 것이 이와 같구나. 나도 배울 수 있겠느냐?"라고 했다. 황초평이 대답하기를, "오직 좋아하기만 하면 곧 배울 수 있습니다."라고 했다.

황초기는 곧바로 처자를 버리고 황초평에게 가서 함께 머물며, 송지松脂와 복령茯笭을 복용했다. 그로부터 5천 일째 되던 날, 앉은 채로 몸을 사라지게 하고 대낮에 그림자가 없이 다니며 동자의 안색으로 바뀌었다.

그 후 형제는 함께 고향으로 돌아갔지만, 여러 친척들이 모두 죽어 사라지고 없었다. 두 사람은 다시 금화산으로 돌아가면서 방술을 남백봉南伯逢에게 가르쳐 주었다. 두 사람은 성씨를 황씨에서 적씨赤氏로 바꾸고, 초평은 자를 송자松子로, 초기는 자를 노반魯班으로 바꾸었다. 그 후에 이들의 약을 복용하여 신선이 된 자가 수십 명이었다고 전한다.[20]

이처럼 황초평이 자기 마음대로 양들을 흰 돌로 변하게 하고, 그 돌들을 다시 양들로 변하게도 했다는 설화는 종종 조선 시대 화가들의 주요 관심사가 되기도 했다.

김홍도가 그린 〈금화편양金華鞭羊〉이 그 백미이다. 갈홍의 『신선전』에

20 위의 책 2권, 〈황초평皇初平〉.

김홍도 〈금화편양〉 간송미술관

나오는 황초평의 설화를 소재로 황초평이 들판에서 채찍을 손에 들고 양들을 치는 도상인데, 화폭 왼쪽에 '금화편양'이라는 제서가 있다.

김명국金明國의 〈황초평皇初平〉 역시 김홍도의 〈금화편양〉과 마찬가지로 여러 마리의 양을 이끌고 가고 있는 형태를 취하고 있다.

김득신金得臣의 〈복상양선福祥兩仙〉에서도 나귀를 거꾸로 타고 가는 장과로張果老와 함께 그 곁에서 황초평이 양을 몰고 가는 도상이 그려져 있다. 이처럼 황초평을 그린 도상에 보이는 양은 비록 서너 마리에 불과하지만, 갈홍의 『신선전』을 읽은 사람이라면 수만 마리의 양들이 곳곳에 돌처럼 숨겨져 있음을 머릿속에서 상상해 낼 수 있을 것이다.

이런 황초평을 두고 조선 중기의 문신 허균許筠은 다음과 같은 시를 지었다.

김득신 〈복상양선〉 간송미술관

네가 내 양을
금화산 꼭대기서 길렀지만
네 주인을 못 본 지
이제 십 년이라네
흰 돌 나란히 가니
양 뿔들이 모여드네
속세의 꿈 한번 깨자
하늘로 들어가는구나
— 허균 〈황초평〉[21]

허균은 평소 신선 사상에 깊은 관심을 가졌던 인물로 1614년(광해군 6)

---

21 허균許筠, 『성소부부고惺所覆瓿藁』, 〈황초평黃初平〉. 爾牧我羊, 金華之顚. 不見汝伯, 于今十年. 駢然白石, 其角戢戢. 塵夢一醒, 寥天便入.

천추사千秋使가 되고, 이듬해 동지 겸 진주부사冬至兼陳奏副使가 되어 중국을 다녀오면서 『태평광기太平廣記』 같은 도교 책을 가지고 귀국하기도 했다.

그런 허균이 황초평 때문에 고초를 겪은 적이 있었다. 1613년(광해군 5)에 계축옥사癸丑獄事로 평소 허균과 친교가 두터웠던 서자 출신 서양갑徐羊甲과 심우영沈友英이 처형당한 것이다. 그로부터 5년이 지나 허균은 좌참찬左參贊이 되어 폐모론을 주장하다가, 인목대비仁穆大妃의 폐위를 반대하던 영의정 기자헌奇自獻과 사이가 틀어졌다. 결국 기자헌은 길주吉州로 유배를 가고, 그 아들 기준격奇俊格이 아버지를 구하기 위해 허균의 죄상을 폭로하는 상소를 올렸다.

> 예조좌랑 기준격이 상소하기를……"허균이 서양갑의 자字를 석선石仙이라 지어 주었는데, 황초평의 석양石羊의 사실을 취하여 한 것입니다. 그는 매번 말하기를, '내가 본 바로는 오늘날의 영웅은 오직 서 석선徐石仙이 있을 뿐이다.'고 했으니, 허균이 법망에서 빠진 것은 어찌 괴이한 일이 아니겠습니까?"라고 했다.[22]

그러자 허균은 광해군光海君에게 다음과 같이 상소하여 기준격의 폭로에 대해 변명했다.

> 서양갑의 자字가 석선石仙인 것은 지금 비로소 들었습니다. 천얼賤孼들의 자는 지극히 가까운 사이가 아니면 알 수가 없는 것인데 기준격이 홀로 그의 자를 알고 있고, 신에게 죄를 씌우기 위해 신이 지어준 것이라고 합니다. 기준격이 은밀히 서양갑과 사귀어 굳은 교분을 맺은 정황이 이에 이르러 다 드러나 버렸습니다. 이는 바로 자기 자신이 서양갑과 절친하여 스스로 영웅이라고 일컫고서는 도리어 그 화를 신에게 돌리려는 짓이니, 그 또한 참혹합니다.[23]

22 『대동야승大東野乘』 42권, 〈광해조일기3光海條日記三〉.

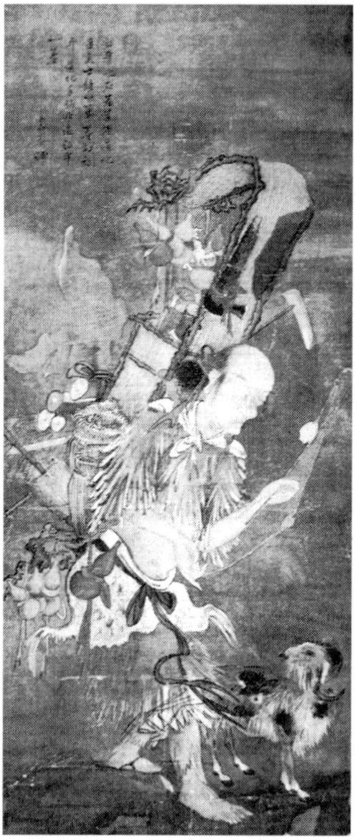

김홍도 〈황초평〉 국립중앙박물관

이러한 해명에도 불구하고 허균은 끝내 참혹한 죽음을 맞이하고 만다.

황초평이 들판에서 채찍을 쥐고 한가롭게 양을 치고 있는 도상과는 달리 등에 많은 짐을 지고 있는 도상도 발견된다. 김홍도의 신선도 8폭 병풍 가운데 제6폭이 황초평의 도상이다. 황초평은 한 쪽이 맨발인 채, 등에는 무수한 호리병을 비롯하여 많은 기물들이 올려 있고, 앞에는 양 한 마리가 고개를 돌려 황초평을 향하고 있다.

그리고 화폭 왼쪽 상단에는 '초평이 돌을 보고 소리를 질렀더니 양이 되었다고 하니 조화수를 다한 것이다. 사능士能이 필묵으로 초평의 조화수를 홀리게 하니 거의 초평보다 한 수 위라고 할 만하다. 표암이 평하다.'[24]라는 제서가 있다.

김은호의 〈신선도神仙圖〉 역시 황초평이 절벽 아래서 한쪽 신발을 벗은 채, 영지를 비롯한 물건을 등에 지고 양을 치고 있는 도상이다. 오른쪽 상단에는 "황초평이 도사를 만나 금화산 석실에 이르러 40여 년을 머물렀다. 그의 형 황초기가 그를 찾았으나 만나지 못했다. 나중에 도사를 만나 그에게 점을 쳐달라고 부탁하니, 도사가 금화산 속에 양을 치는 아이가 있다고 말하니, 황초기가 즉시 가서 황초평을 만났다. 양은 어디에 있느

23 허균, 『성소부부고』 26권, 〈기준격의 상소에 대한 허균의 소左參贊許筠上疏〉.

24 初平叱石爲羊, 儘造化手矣. 士能以筆墨, 幻初平造化手, 殆乎過初平一着. 豹菴評.

냐고 묻자, 산 동쪽에 있다고 대답했다. 가서 보니 흰 돌들만 보였다. 황초평이 돌들을 꾸짖으니, 돌이 모두 양으로 변했다."[25]는 황초평의 일화를 소개하고 있다.

김은호 〈신선도〉
국립고궁박물관

25 黃初平遇道士, 至金華山石室中四十餘年. 其兄初起, 尋之不獲. 後遇道士卜之, 道士曰, 金華山中有牧羊兒. 初起卽往見初平, 問羊安在, 曰在山東, 往視之, 但見白石磊磊. 初平叱之, 石皆成羊.

팔백년을 산

팽조彭祖와 그 제자 청오공靑烏公

팽조

사람들은 중국에서 가장 오래 산 사람이 팽조彭祖라고들 말한다. 『순자荀子』〈수신편修身篇〉 주注에 따르면 그의 나이가 700세라고 하고, 유향劉向의 『신선전神仙傳』에서는 767세라고 기록되어 있다. 『열자列子』〈역명力命〉에서는 그의 나이가 무려 800세라고 했다.

팽조가 800세까지 장수한 데는 다음과 같은 일화가 전한다.

팽조는 유명한 의원으로서 늘 동식물과 접촉하며, 요리 기술을 연마하여 맛있는 요리를 만들었는데, 그 가운데서도 최고의 음식이 바로 꿩국이었다. 하루는 팽조가 우연히 추위와 굶주림에 처한 한 노인을 만나게 되었다. 그는 곧바로 그 노인을 데리고 집으로 가서 꿩국을 만들어 먹였다. 음식을 다 먹자, 노인은 금세 얼굴에 윤이 나고 혈색도 좋아졌다. 알고 보니 그 노인은 인간 세상을 떠돌아다니던 천제天帝였다. 팽조의 꿩국을 먹은 천제는 마음이 흡족하여 그에게 나이 800세를 더하여 주었다고 한다.

팽조의 본명은 전갱籛鏗으로 오제五帝 가운데 한 명인 전욱顓頊의 손자라고 한다. 먼저 한나라 때 유향의 『열선전列仙傳』에 실린 팽조에 대한 기록을 살펴보자.

> 팽조는 은殷나라 때 대부大夫로서 성은 전籛이고 이름은 갱鏗이며, 황제 전욱顓頊의 손자이자 육종씨陸終氏의 셋째아들이다. 하夏나라를 지나 은나라 말에 이르기까지 800세를 살았다. 항상 계피와 영지를 먹었으며, 도인導引과 행기行氣의 술법에 능했다. 역양歷陽에 팽조의 선실仙室이 있는데, 옛날에 이곳에서 비를 내려달라고 기원하면 반드시 곧바로 영험이 있었으며, 호랑이 두 마리가 항상 사당의 좌우에 있었다. 제사를 끝내고 나면 즉시 땅에 호랑이 발자국이 생겼다. 나중에 선인이 되어 승천했다.
>
> 장구하도다! 큰 선인
> 그가 바로 팽조라네
> 선도와 함께 새롭게 변화하여
> 면면히 오랜 세월 지냈네
> 선실에 숨어 지내며
> 영험하게 비바람 내려 주었네
> 두 호랑이 울 때는
> 나를 의심하거나 모욕하지 말라[1]

---

1 유향劉向, 『열선전列仙傳』 상권, 〈팽조彭祖〉.

팽조의 아버지 육종씨陸終氏는 귀방씨鬼方氏의 딸 여전女顚과 혼인했다. 여전은 곧바로 임신했지만, 아이를 출산하지 못한 채 3년이 지나서야 왼쪽 겨드랑이를 가르고 아들 셋을 나았고, 다시 오른쪽 겨드랑이를 갈라 아들 셋을 나았는데, 팽조는 그 가운데 한 명이었다.

그는 성정이 평온하고 세상 물욕이 없어, 명리를 구하거나 옷을 화려하게 입는 등 속세의 일에 대해서는 관심을 두지 않았다. 평소 한가할 때면 여러 가지 도리와 사리를 통달하는 데 힘썼고, 수계水桂와 운모雲母 등 진귀한 선약을 복용하여 늘 청춘을 유지했다.

은나라 말년에 팽조는 이미 700세가 넘었다고 한다. 은나라 주왕紂王은 평소 팽조의 명성을 듣고, 그를 대부大夫에 봉하고 싶었지만 그의 거절로 뜻을 이루지 못했다. 그럼에도 불구하고 주왕은 실망하지 않고, 팽조가 살고 있는 곳으로 여러 차례 찾아가 양생법을 배우고자 했다. 하지만 팽조의 태도에는 여전히 변함이 없었다.

이런 무례한 행위에도 주왕은 화를 내기는커녕 오히려 그에게 수많은 황금보화를 보내주었다. 물론 팽조는 그 돈을 모두 주변 사람들에게 나누어 주고, 자신을 위해서는 한 푼도 쓰지 않았다.

여전히 미련을 버리지 못한 주왕이 다시 채녀采女라는 여자 도사를 팽조가 사는 곳으로 보내 양생법을 구하고자 했다. 채녀의 경건하고 정성스런 태도를 보자, 팽조는 채녀에게 양생법을 가르쳐 주었다.

궁으로 돌아온 채녀는 팽조가 말한 내용을 모두 주왕에게 전해주었고, 주왕은 팽조가 말한 대로 실천하자, 그 효과가 이루 말로 표현할 수 없을 정도로 대단함을 깨달았다. 하지만 다른 사람들이 이 양생법을 배우게 될 것을 염려한 주왕이 몰래 자객을 보내 팽조를 살해하라고 시켰다.

하지만 주왕의 속셈을 미리 알고 있던 팽조는 슬그머니 그곳을 떠났고, 이후 그의 행방을 아는 사람은 아무도 없었다. 그로부터 70년이 지난 어느 날, 누군가가 유사국流沙國 서쪽에서 팽조의 발자취를 본 적이 있다는 얘기가 전해진다.

조선 후기의 화가 강필주의 팽조 도상을 보면, 지팡이 하나에 의지하여 산천을 유람하는 팽조의 여유로움이 묻어난다. 화면 왼쪽 상단에는 "팽조 전갱은 전욱의 현손으로 은나라 말에 이르러 나이가 이미 700여 세인데도 쇠약하지 않고, 염정恬靜을 좋아하며, 보도補導의 술법에 뛰어나다. 아울러 수정과 운모, 고라니 뿔을 복용하여 항상 젊은 얼굴을 유지하고, 수명은 800여 세에 이르렀다."라고 쓰여 있다.

강필주 〈팽조〉 순천대박물관

그래서 사람들은 장수를 축원하는 행사나 글을 지을 때면 언제나 자연스럽게 팽조를 떠올렸다.

효자는 날을 아껴야 마땅한 법
노친의 연세 몰라서야 될 일인가
봄 술잔 어찌 초백 뒤로 미루리
여름 잔치도 앵순 전에 하리라
팽조는 팔백년 봄가을 보냈고
반도는 삼천년에 열매 맺나니
공의 연세도 이처럼 길이 이어져
오늘처럼 끝없는 경사 보리라
— 최립 〈신 동추의 경수도에 쓴 시서〉2

조선 전기의 문신인 신중엄申仲淹의 아들 신식申湜과 신용申湧은 아버지의 장수를 축하하기 위해 당시의 고위 관리와 명문장가 등을 초청해 경수연慶壽宴을 열었다. 그때 화공에게 경수도慶壽圖를 그리게 하고, 아울러 그 자리에 모였던 사람들이 경사스러운 마음을 담아 함께 시를 썼는데, 이 시는 그 자리에 참석했던 최립崔岦이 쓴 것이다.

효자가 날을 아껴야하는 까닭은 어버이를 모실 날이 얼마 남지 않았기 때문이다. 한나라 때 양웅揚雄의 『법언法言』에 이르기를, "이 세상에서 오래 가질 수 없는 것은 어버이를 모실 수 있는 시간이다. 따라서 효자는 어버이를 봉양할 수 있는 동안 하루하루를 아낀다."[3]라고 했다.

늙으신 어버이의 나이에 관심을 가져야 됨은 『논어論語』에 나오는 말처럼 "한편으로는 오래 사셔서 기쁘기도 하지만, 또 한편으로는 살아 계실 날이 얼마 남아 있지 않을까 두렵기 때문이다."[4] 그렇기 때문에 봄 술잔과 여름잔치는 부모님이 살아 계실 때 행해야 한다. 그리고 마지막으로 이 시에서는 팔백년을 살았다는 팽조와 삼천년에 한 번 열리는 반도처럼 경수연의 주인공이 장수하기를 축원했다.

색동옷 입고 축하하는 자리
한가위 가까운 좋은 때라네
시절은 눈물을 뿌릴 만한데
술 권하며 회포를 푼다네
시내와 산 단풍 들지 않아서

---

2 최립崔岦, 『간이집簡易集』 3권, 〈신 동추의 경수도에 쓴 시서申同樞慶壽圖詩序〉. 孝子由來惟愛日, 老親寧可不知年. 春樽未待椒柏後, 夏宴還宜櫻笋前. 彭祖春秋率八百, 蟠桃華實仍三千. 故應仙算自長久, 至慶常如新奉然.

3 양웅揚雄, 『법언法言』 13권, 〈효지孝至〉. 不可得而久者, 事親之謂也. 孝子愛日.

4 『논어論語』, 〈이인里仁〉. 一則以喜, 一則以懼.

시끄러운 풍악 소리 빠뜨렸네
팔백 세의 춘추를 축수하며
당 앞에서 모두 헌수하네
— 배용길 〈자준 김령이 설월당의 회갑에 축수를
드리고 나에게 시를 지어 축수하기를 권하다〉[5]

조선 중기의 문인 배용길裵龍吉이 김령金坽의 부친인 설월당雪月堂 김부륜金富倫의 회갑 때 지은 시이다. 색동옷 입고 축하하는 자리란 바로 김부륜의 회갑연을 말한다. 어버이를 기쁘게 해 드리기 위해 70세 된 노래자老萊子가 일부러 색동옷을 입고 어린아이처럼 재롱을 떨었다는 고사에서 나온 말이다. 당시는 임진왜란을 겪은 때라서 크게 드러내놓고 잔치를 벌이지는 못했지만, 그래도 팽조가 800세를 살았던 것처럼 어버이가 장수하기를 바라는 마음이 고스란히 전해진다.

그런가 하면 팽조는 수명의 무상함을 탄식할 때도 자주 언급된다.

인생이란 돌멩이만도 못한 것이니
돌은 무너지고 부서지는 일 없네
팽조의 장수, 상자의 요절이 같으니
그로 인해 슬퍼하고 기뻐할 것 없네
— 허목 〈그냥 우연히 읊다〉[6]

여기에서 상자殤子는 19세 이전에 죽은 사람을 가리킨다. 그런 까닭에

5 배용길裵龍吉, 『금역당집琴易堂集』 1권, 〈자준 김령이 설월당의 회갑에 축수를 드리고 나에게 시를 지어 축수하기를 권하다金子峻坽初度壽雪月堂仍勸余作詩以祝〉. 綵衣當慶席, 令節近佳俳. 時事堪揮涕, 杯尊爲展懷. 溪山未錦繡, 絲管乏淫哇. 八百春秋祝, 堂前拜獻皆.

6 허목許穆, 『기언記言』 57권, 〈그냥 우연히 읊다無事偶吟〉. 人生不如石, 礧磈無崩毀. 彭殤一壽殀, 不足爲悲喜.

보통 사람들이 보기에는 팔백년을 산 팽조가 상자보다 훨씬 많은 수명을 누린 것처럼 보이지만, 『장자莊子』에 기록된 "천하에는 털끝보다 더 큰 것이 없을 수 있는 반면에 태산이 작은 것이 될 수도 있고, 요절한 아이보다 더 장수長壽한 이가 없을 수 있는 반면에 800세를 산 팽조를 요절했다고 할 수도 있다."[7]라는 말을 생각한다면 상자만한 장수가 없고, 팽조만한 단명短命이 없는 것이다. 즉 우주적인 인생관을 통해 보면 팽조의 장수나 상자의 단명이 별 차이가 없다는 말이다.

> 저녁에 죽을 하루살이 낮에 죽은 놈 슬퍼하니
> 조그만 시간 차이 누가 낫다고 할 것인가
> 눈동자 크게 뜨고 사바세계 굽어보니
> 팽조와 상자 길고 짧음 따짐 참으로 우습네
> — 이덕무 〈장자를 읽다〉[8]

이처럼 800세를 살았던 팽조가 마침내 인간 세상에서 생을 마감하게 되는 일이 발생했다. 팽조는 808세 때 당시 겨우 18세였던 아내와 결혼했다. 전하는 말에 따르면 팽조가 마지막으로 장가갔던 어린 아내는 그의 전처가 두 번이나 죽고 세 번째 환생한 여자였다. 어느 날 저녁, 어린 아내가 잠자리에 들어 팽조에게 자신이 죽었다가 환생하여 팽조와 혼인한 것만 세 번째라고 말하자, 팽조는 염라대왕이 생사부生死簿 표지 안에 붙어 있는 자신의 이름을 찾지 못해서 오래 산다고 대답했다. 나중에 이 아내는 죽자마자 염라대왕에게 찾아가서 그 사실을 알려주고, 팽조의 나이가 880세인데 어째서 그의 이름을 생사부에서 삭제하지 않는지 따졌다.

---

7 『장자莊子』, 〈제물론齊物論〉. 天下莫大於秋毫之末而大山爲小, 莫壽乎殤子而彭祖爲夭.

8 이덕무李德懋, 『청장관전서青莊館全書』 9권, 〈장자를 읽다讀莊〉. 晡死蜉悲午死蜉, 些兒相距較誰優. 高擡眼孔間浮界, 大笑彭殤辨短脩.

염라대왕이 급히 생사부를 뒤져보니, 과연 생사부 표지 속에서 팽조의 이름을 찾아낼 수 있었다. 이에 붓을 들어 팽조의 이름을 삭제하니, 결국 팽조는 880세까지만 살 수 있었다고 한다.

팽조의 제자들도 수백 년을 살았다고 하는데, 그 중에서는 청오공青烏公이 유명하다. 청오공은 화음산華陰山에 들어가서 도를 배워 471세에 금액金液을 먹고 신선이 되어 승천했다고 전한다. 풍수지리학에 정통하여 『장경葬經』을 저술했기 때문에 후세 사람들은 그를 풍수가로 보기도 한다.

청오공

세상에선 청오자가 진·한 사람으로
글 한 편 지어 땅의 이치 논했다네
당시 역사책에 그 이름 쓰지 않아
지금에 이르러 청오자라 칭한다네
내가 청오자 읽다 던지고 탄식하니
화복은 천명이니 어찌 산에 있는가
도척이 천수 누리고 백이·숙제 굶어 죽으니
청오가 세상 가득한 것 이상히 여기지 마오
— 정두경 〈청오자를 읽다〉[9]

9 정두경鄭斗卿, 『동명집東溟集』 9권, 〈청오자를 읽다讀青烏子〉. 青烏世傳秦漢人, 著書一篇論地理. 當年史失其姓名, 至今但稱青烏子. 我讀青烏廢書歎, 禍福在天寧在山. 盜跖壽終夷齊餓, 休怪青烏滿世間.

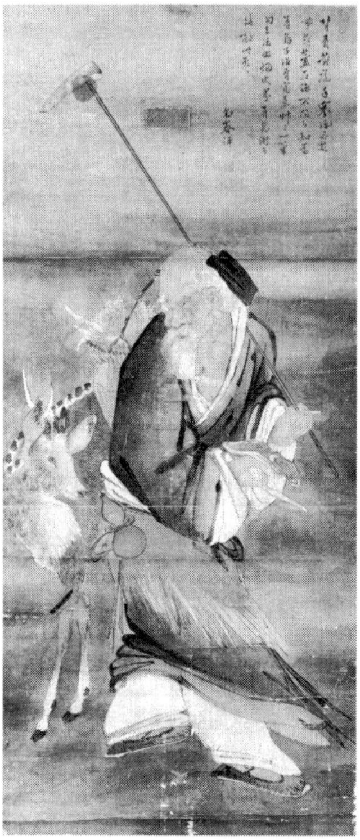

김홍도 〈청오자〉 국립중앙박물관

조선 후기의 문인 정두경鄭斗卿 역시 도교에 깊은 관심을 가지고 있었다. 그는 인간의 화복은 하늘의 명命이지 무덤이 자리한 산수山水 때문이 아니라고 했지만, 탐욕으로 가득 찬 도척盜跖이 천수를 누리고 청렴한 백이伯夷와 숙제叔齊가 굶어 죽은 것을 보면 꼭 그렇지만은 않다고 여겼다. 세상 사람들은 도척이 무덤을 잘 써서 천수를 누렸다고 여겼으니, 청오의 술법이 세상에 만연하게 된 것도 전혀 이상한 일이 아닌 셈이다.

국립중앙박물관 소장 김홍도의 〈청오자靑烏子〉에는 청오자가 어깨에 괭이를 걸친 채 바구니를 매달아 놓고, 손에는 영지靈芝를 들고 있으며, 허리춤에는 호리병을 차고 있는 모습으로 그려졌다. 그리고 그의 시선은 곁에 있는 사슴을 향해 맞추어져 있다.

화폭의 상단 오른쪽에는 "등에는 『황정경黃庭經』을 메고 손에는 단지丹芝를 쥐고 있으며 허리에는 호리병을 차고 있으니, 묻지 않아도 그가 청오자임을 알겠다. 몰골사의沒骨寫意, 빠른 필치의 구법이 속세를 활발히 벗어났으니 청오술이 이에 대적할 수 있겠는가? 표암이 평하다."[10]라는 강세황의 화평畵評이 있다.

국립중앙박물관 소장 필자미상의 〈해상군선도海上群仙圖〉에는 여러 신

---

10 背負黃庭, 手搴腰丹芝, 帶葫蘆在腰, 不問可知爲靑烏子. 沒骨寫意, 草草一筆句法, 活出烟火界, 靑烏術, 可能敵此否. 豹菴評.

〈해상군선도(부분)〉 국립중앙박물관

선들이 함께 모여 있는데, 그 가운데 흰 사슴의 등에 손을 얹고 있는 자가 바로 청오자이다.

사슴은 십장생十長生 가운데 하나로 예로부터 장생을 상징한다. 특히 흰 사슴白鹿은 천년을 산 푸른 사슴靑鹿이 오백 년을 더 살아야 변할 수 있어서 영적인 동물로 간주된다.

노자老子가 흰 사슴을 타고 내려와 이모李母를 통해 태어났고,[11] 선인仙人 한중韓衆이 흰 사슴이 끄는 수레白鹿車를 타고 다녔다[12]는 기록이 있으며, 수성노인의 도상 역시 흰 사슴을 동반하고 나타난다.

따라서 사슴이 청오자를 비롯하여 여러 신선들과 함께 등장하는 신선도는 전혀 낯선 일이 아니라, 이 땅에서 수명을 더 오래 간직하고자 하는 인간들의 간절한 바람이 담겨진 결과라고 하겠다.

11 『예문유취藝文類聚』 95권, 〈사슴鹿〉.

12 갈홍葛洪, 『신선전神仙傳』 8권, 〈유근劉根〉.

학문의 신,

문창제군文昌帝君과 괴성魁星

〈팔선도(부분)〉 국립민속박물관

도교는 주로 자신의 몸을 수양하여 도道를 추구하는 내용을 교리의 핵심으로 삼는 종교이다. 따라서 과거시험에 합격하고 조정에서 벼슬을 구하는 일 따위는 도교의 교리와 어울리지 않는다. 하지만 입신양명에 대한 사람들의 욕망이 워낙 컸기 때문에 그에 부응하기 위해 도교 안에서도 점차로 시험을 치고 관리가 되는 일을 책임지는 신선이 생겨나게 되었다. 그 일을 맡은 자가 바로 문창제군文昌帝君이다.

『사기史記』의 기록에 따르면 문창제군은 문창성文昌星을 인격화 한 것이라고 한다. 문창성은 본래 북두성北斗星 위쪽의 여섯 개 별이 광주리 모양으로 이루어진 별자리이다. 『진서晉書』에는 이 여섯 개의 별이 담당하는 직무에 대해 다음과 같이 설명하고 있다.

> 문창성 여섯 개 별은 북두성北斗星 괴魁 앞에 있다. 하늘의 여섯 부서이니, 주로 하늘의 법도를 전체적으로 계획한다. 첫 번째 별은 상장上將 또는 대장大將이니, 군대를 잘 이끌고 무력으로 위엄을 보인다. 두 번째 별은 차장次將 또는 상서尙書이니 좌우의 신하를 바르게 한다. 세 번째 별은 귀상貴相 또는 태상太常이니 문서文緖를 잘 다스린다. 네 번째 별은 사록司祿·사중司中·사예司隸이니, 공 있는 자에게 상을 주고 승진시키는 일을 한다. 다섯 번째 별은 사명司命·사괴司怪·태사太史이니, 허물을 짓지 못하도록 한다. 여섯 번째 별은 사구司寇 또는 대리大理이니, 보물을 지키고 다스리는 일을 한다.[1]

고대의 점성가들은 문창성을 인간의 신분을 귀하게 해주는 일을 주관하는 길성吉星으로 해석했고, 도교에서도 공명功名과 녹위祿位를 주재하는 신으로 받들었다. '문창'은 '문운文運이 창성한다'는 뜻으로 문성文星으로 불리며, 민간에서는 문곡성文曲星이라도 부른다. 이외에도 그를 인격화하여 재동제군梓潼帝君·문창군文昌君·재동군梓潼君이라고도 부른다.

사실 문창성은 여러 차례 인간 세상에 태어난 적이 있다고 한다. 그 가운데 한번은 진晉나라 때 장아자張亞子라는 사람으로 태어났는데, 절강浙江에서 사천四川의 재동梓潼으로 옮겨와 살았다. 지식이 풍부했던 까닭에 그곳 사람들이 그를 사숙 선생으로 모셨다. 온화한 성품과 자애로운 인품으로 사람들의 사랑을 받았던 그가 세상을 떠나자, 사람들은 그를 그리워하며 사당을 지어 그 편액에 재동군묘梓潼君廟라고 썼다. 그 후로 그

1 『진서晉書』 11권, 〈천문지 상天文志上〉.

는 점점 재동 지방의 중요한 신이 되어, 재동신으로 불리게 되었다.

당唐나라 때 현종玄宗이 안녹산安祿山의 난을 맞아 사천으로 피난했을 때, 재동신이 만리교萬里橋에서 황제를 영접했다고 한다. 이에 감격한 현종이 그 자리에서 그를 좌승상에 봉했다. 나중에 희종僖宗 역시 난리를 피해 촉蜀 땅으로 왔다가, 재동신을 제순왕濟順王으로 봉했다.

이처럼 재동신은 여러 차례 당나라 왕조가 위기에 처했을 때마다 도움을 주어 역대 제왕들이 그를 크게 추숭했다. 그에 따라 재동신의 지위는 점점 높아져 한 지방의 신에서 국가적인 신으로 변모했다.

더욱이 과거제도가 실시되어 독서인讀書人들이 문창성을 숭배하면서부터 문창성과 재동제군은 도교에서 공명과 이록利祿을 주관하는 신으로 받들어졌다. 그래서 차츰 문창성과 재동제군이 하나로 합쳐지고, 원元나라 인종仁宗 때 이르러 재동신은 보문개화문창사록굉인제군輔文開化文昌司祿宏仁帝君으로 봉해졌는데, 간략하게 문창제군이라 부르게 되었다.

중국에서는 일반적으로 문창제군의 도상이 주로 관복을 입고 손에 홀笏을 쥐고 앉아 있는 모습으로 묘사된다. 양옆에는 시동侍童 1명씩 거느리고 있는데, 사내아이의 이름은 '하늘의 귀머거리'라는 뜻의 천롱天聾이고, 여자아이의 이름은 '땅의 벙어리'라는 의미의 지아地啞이다.

> 재동진군의 도호道號는 육양六陽으로 매번 흰 나귀를 타고 나설 때면 두 아이가 따르는데, 천롱과 지아이다. 진군은 문장의 사명으로 귀천貴賤이 달려 있다. 그런 까닭에 귀머거리와 벙어리를 곁에 두어 아는 것을 말할 수 없게 하고, 말하는 것을 알지 못하게 하여 천기가 발설되지 않게 했다.[2]

따라서 이 둘의 이름은 문학의 비밀에 대해 묻는 사람에게는 귀를 기울

---

2 서도徐道, 『역대신선통감歷代神仙通鑑』 11권.

중국 문창제군

이지 말아야 하고, 아무도 그런 화제를 꺼내지 못하게 해야 한다는 사실을 암시한다. 이밖에도 그를 보좌하는 괴성魁星과 주의朱衣가 있는데, 시험의 신인 괴성은 종종 문창제군과 혼동되기도 한다.

문창제군의 일화 가운데는 유독 과거 시험과 관련된 내용이 많이 보인다. 아무래도 과거 급제는 독서인이라면 누구나 열망하는 인생의 최고 목표이고, 이러한 출세 길을 현실화 시켜 줄 수 있는 신이 바로 문운文運을 주관하는 문창제군이기 때문이다. 그래서 다음과 같은 일화들이 사람들의 관심을 끌었던 것도 전혀 이상한 일이 아니다.

이지기李知己가 젊었을 때 재동신 꿈을 꾸기를 기도했다. 그날 저녁, 꿈속에서 성도成都 천녕관天寧觀에 갔는데, 어떤 도사가 직녀가 베를 짤 때 베틀이 움직이지 않도록 받쳤던 돌支械石을 가리키며 말하기를, "이것으로 이름을 삼으면 급제할 것이다."라고 했다. 그가 마침내 이름을 고쳐 '석石'이라 하고, 자字를 지기知己라고 했다. 나중에 과연 성시省試에서 급제했다.[3]

하문진何文縝이 시험을 보러 경사에 가면서 재동을 거쳐 장왕묘張王廟에 배알하려고 했다. 그런데 그만 깜빡 잊었다가 10리를 가서야 비로소 깨닫고 급히 말에서 내려 뒤를 돌아보며 묵묵히 재배하며 기도했다. 그날 밤, 꿈속에서 사당에 들어가 보니 문창신이 주렴 안에 앉아서 문서 한 축을 바깥으로 던졌다. 그것을 집어 보니 그 안에는 "짐이 임헌하여 책사 열 명을 얻었는데, 지금 그대의 재능이 으뜸이다."라는 문구가 쓰여 있었다. 과연 이번 과거에서 하문진이 장원을 했는데, 갑甲 10명 가운데 으뜸이었다. 나중에 벼슬이 승상에 이르렀다.[4]

문창제군에 대한 관심은 우리나라 지식인들도 다르지 않았다. 『고려사절요高麗史節要』와 조선 후기 문신이자 학자인 윤기尹愭의 『무명자집無名子集』에는 강감찬姜邯贊을 문곡성의 화신化身으로 기록하기도 했다.

아, 성대하도다. 세상에서 전하기를, 한 사신이 밤에 시흥군始興郡에 들어갔는데 큰 별이 인가에 떨어지는 것을 보고 아전을 보내 가보도록 했다. 그런데 마침 그 집 부녀가 사내아이를 낳았기에 사신이 마음속으로 이상하게 여겨 아이를 데리고 돌아와서 길렀는데 그가 강감찬이었다. 나중에 송나라의 사신이 강감찬을 보고 자기도 모르는 사이에 뜰아래 내려가 절하면서 말하기를, "문곡성을 보지 못한 지가 오래였는데 지금 이곳에 있었구나."라고 했다고 한다. 이 말이 황당한 것 같으나, 부열傅說은 기성箕星·미성尾星의 정기精氣였고, 신백申伯과 중산보仲山甫는 숭악崧岳의 정기를 타고 태어났으니, 유독 강감찬에게만 어찌 의심하랴.[5]

---

3 육유陸游, 『노학암필기老學庵筆記』 2권.

4 홍매洪邁, 『이견정지夷堅丁志』 8권.

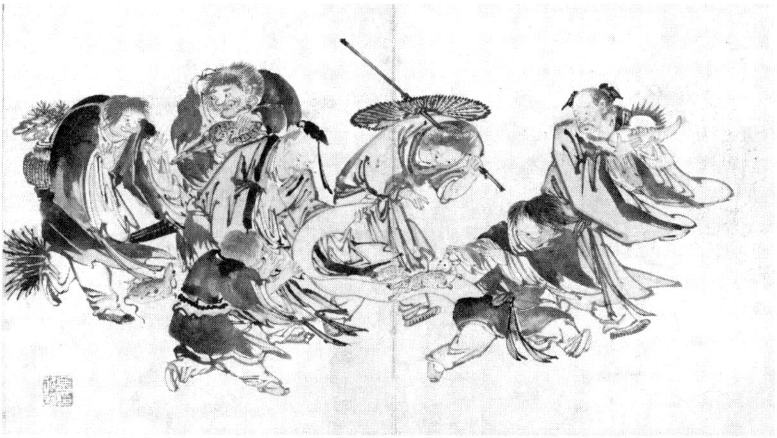

김홍도 〈군선도〉 국립중앙박물관

강감찬은 고려 현종顯宗 때 거란의 수십만 대군을 맞아 귀주대첩龜州大捷을 승리로 이끈 명장으로서 젊어서부터 학문을 좋아하고 기이한 지략이 많았다. 그렇기에 송나라 사신은 한동안 하늘에서 문곡성이 자취를 감추었던 까닭이 바로 고려 땅에 강감찬으로 태어났기 때문이라고 탄식한 것이다.

> 문곡성을 등용하여 국난을 구제하고
> 상림의 기우제로 온 나라를 적셨다네
> 어이해 선왕의 법도 지키지 아니하고
> 삼십년 만에 팔관회 다시 부활시켰나
> — 윤기 〈영동사〉[6]

---

5 『고려사절요高麗史節要』 3권, 〈현종원문대왕顯宗元文大王〉 신미 22년.

6 윤기尹愭, 『무명자집無名子集』 시고詩稿 6책, 〈영동사428詠東史其四百二十八〉. 文曲星來用濟艱, 桑林雨禱澤需寰. 如何不守先王憲, 三十年間復八關.

김홍도의 〈군선도群仙圖〉에 보면 여러 신선들이 거북이와 자라, 잉어와 다람쥐 등과 함께 어디론가 급히 가고 있는 듯하다. 그 한복판에서 오른손으로 붓을 쥐고 왼손에는 종이를 잡고 있는 신선이 바로 문창제군이다. 문창제군의 양 옆에는 천롱과 지아로 보이는 시동이 서있고, 종이 위에서는 다람쥐가 달아나면서 뒤를 돌아보고 있는 모습이 무척이나 장난스럽다. 그런가 하면 문창제군과 관련된 재미있는 금기禁忌가 있다. 신명神明과 관련된 문자文字 기록을 소홀히 취급하면 안 된다는 것이다. 이를 '석자지惜字紙' 또는 '경석자지敬惜字紙'라고 부른다. 옛날 중국에서의 출세는 과거를 거쳐 관리가 되는 것이었기 때문에 무엇보다 문자를 아는 것이 그 필수조건이었다. 그런 까닭에 사람들은 문자가 사람을 입신양명하게 만드는 영험한 능력을 지녔다고 믿어, 문자가 적힌 종이를 귀중하게 취급했다. 따라서 만약 누군가가 문자가 적힌 종이를 소홀히 취급하면 그 즉시 문창제군의 질책을 받는다고 믿었던 것이다.

문창제군 외에도 문운을 주관하는 신으로 괴성이 있다. 조선 세종世宗 때 이순지李純之의 『천문류초天文類抄』에 따르면, 북두칠성北斗七星의 국자 머리 쪽에 위치한 첫 번째 별 정성正星부터 두 번째 별 법성法星, 세 번째 별 영성令星, 네 번째 별 벌성伐星까지를 '괴魁'라고 한다.

후한後漢 때는 '규성奎星이 문장을 주관한다奎主文章'는 신앙이 널리 퍼져 항상 '규奎'를 가지고 문장 또는 문운이라고 불렀다. 그래서 비서감秘書監을 규부奎府라 부르고, 황제가 쓴 글자를 규서奎書 또는 규장奎章이라고 불렀다. 조선 정조正祖 때 만들어진 왕실 도서관 규장각奎章閣도 같은 의미이다.

또한 명나라 때는 과거 시험을 볼 때 『시경詩經』·『서경書經』·『역경易經』·『예기禮記』·『춘추春秋』로 구분하여 시험을 치렀고, 매 과목에서 1등을 경괴經魁라고 불렀다. 여기서 '괴'란 으뜸이라는 뜻이다.

그런데 중국 사람들은 괴 자가 문운을 주관하는 규성의 규 자와 발음이 같다고 하여, 흔히 괴성이라고 부르며 규성과 동일시하게 되었다. 괴성이 문운을 주관한다고 믿었기에 독서인들은 문창제군과 함께 괴성도 학문의 신으로 받들었다.

그런데 괴성의 도상을 보면 인자한 표정의 문창제군과는 달리 마치 도깨비 같은 흉측한 형태를 취하고 있다.

> 사람들이 괴성을 숭배하는 일이 언제부터 시작되었는지 알 수 없지만, 규성이 문장을 맡아본다고 믿어 묘당을 세우고 제사를 지내고 있다. 규성을 그릴 수 없어서 괴魁 자로 바꾸어 모양을 취했으니, 귀신이 한 다리를 들고 머리를 치켜 든 모양으로 그렸다.[7]

〈해상군선도(부분)〉
국립중앙박물관

조선 후기의 화가 김덕성金德成의 그림에 표현된 괴성은 얼굴 생김새가 흉측하고, 머리에는 자그마한 뿔이 두 개 솟아있다. 오른손은 붓을 쥔 채로 하늘 높이 치켜들고 있고, 왼손에는 벼루를 받치고 있는데, 과거에 합격한 사람의 이름을 쓰는 붓이라고 한다.

또 한쪽 다리는 무릎을 살짝 굽힌 채 들고 있으며, 나머지 한쪽 다리는 용머리처럼 생긴 커다란 동물의 머리를 밟고 있는 형태이다. 당·송 때는 황궁의 정전正殿 계단 한 가운데 석판에 용이나 커다란 자라의 도상을 조각했는데, 과거에 장원급제한 진사進士가 바로 그 계단에 조각된 도상 위

7 고염무顧炎武, 『일지록日知錄』 32권.

김덕성 〈문창제군도〉 국립중앙박물관

에 섰다고 한다.

이처럼 문창제군과 괴성에 대한 숭배는 "한 번 용문에 오르면 그 고귀함이 열배나 된다."[8]는 이백李白의 〈한 형주에게 주는 글與韓荊州書〉의 시구처럼 입신양명에 대한 인간의 현실적 욕망을 반영한 결과라고 하겠다.

---

8 이백李白, 〈한 형주에게 주는 글與韓荊州書〉. 一登龍門, 則聲價十倍.

잉어타고 신선된

금고琴高와 자영子英

금고와 자영

고려 때 학자 이규보李奎報의 『동국이상국집東國李相國集』에는 잉어를 소재로 쓴 〈화이어행畵鯉魚行〉이라는 시가 있다.

보통 물고기는 못생기고 재주도 없어
평범한 화공도 자못 비슷하게 그린다
그런데 잉어는 신기하여 변화가 많고
신필이 아니라면 묘사하기 어렵다네
깊은 강 뛰어넘고 높은 산 날아 넘으며
쇠 투구 머리에 교룡의 날개와 이빨
우레 같고 번개 같으니 누가 잡으랴
금고 홀로 잉어타고 물속으로 들어갔네

무게 일천여 근에 푸른 무늬 띠고 있고
서른여섯 개 비늘이 모두 검은 점이네
정득공의 가슴은 바다같이 너그러워
신기한 물고기를 수백 마리나 길렀네
한번 교초에 그리니 겨우 열 폭인데
현구와 적기에 황치도 섞여있다네
눈 옆에서 힘이 나와 굳은 뜻 있으니
가운데에 전서로 을乙 자를 감춘 듯하네
도화 물결 하늘에 닿을 듯 불어날 때면
용문에 올라 꼬리 태워 훌쩍 날아볼까
— 이규보 〈화이어행〉[1]

이 시는 이규보가 고려 때 문인화가 정득공鄭得恭이 그린 〈잉어도鯉魚圖〉를 보고 쓴 제화시題畵詩이다. 정득공은 도화원圖畵院의 화원화가로서 물고기 그림에 능했다고 한다. 이규보는 〈화이어행〉에서 정득공이 그린 잉어가 깊은 강을 뛰어넘고, 높은 산을 날아 넘을 정도로 생동감이 풍부함을 칭찬했다.

정조正祖 때 이헌경李獻慶 역시 〈꿈을 기억하다記夢〉에서 "신물神物이 어찌 오래 못 속에서 길러지리. 용문에서 꼬리 태운 잉어가 되리라."[2]고 했으니, 물에 잠겨 살던 잉어가 가파른 용문 절벽을 타고 올라 제게 달렸던 꼬리를 태워야 비로소 용이 되어 승천할 수 있다고 한다.

---

1 이규보李奎報, 『동국이상국집東國李相國集』 3권, 〈화이어행畵鯉魚行〉. 衆魚局促無伎倆, 衆工下筆頗相類. 鯉魚變化多神奇, 非有神筆描難似. 跳越深江飛越山, 鐵兜鍪首蚪翼齒. 雷騰電躍那能致, 獨有琴高控入水. 一千餘斤或青文, 三十六鱗皆黑誌. 鄭君胸中江海寬, 養得神魚數百尾. 一掃鮫綃僅十幅, 玄駒赤驥雜黃雉. 眼旁出力有硬意, 髣髴中藏篆乙字. 我恐桃花浪拍天, 去入龍門燒尾欻飛起.

2 이헌경李獻慶, 『석주집石洲集』, 〈꿈을 기억하다記夢〉. 神物寧久池中養, 會作龍門燒尾鯉.

중국 남북조 때 도사道士 도홍경陶弘景도 "잉어는 능히 신통하게 변화하여 산과 호수를 날아 넘는다."[3]고 했다. 이처럼 신물로 여겨지는 잉어와 밀접한 관계를 가진 신선들이 있는데, 바로 금고琴高와 자영子英이다.

> 금고琴高는 조趙나라 사람이다. 금琴 연주로 송宋나라 강왕康王의 사인舍人이 되었다. 연자涓子와 팽조彭祖의 법술을 행하여 2백여 년 동안 기주冀州와 탁군涿郡 사이를 떠돌아다녔다. 그 후 사람들과 이별하고 용 새끼를 취하러 탁수 속으로 들어가면서 제자들에게 당부하기를, "모두 목욕재계하고 물가에서 기다리고 사당을 세우도록 하라."고 했다. 금고는 과연 붉은 잉어를 타고 강 속에서 나와 사당 안에 앉았다. 아침이 되자 수많은 사람들이 그것을 보았다. 한 달 남짓 머물다가 다시 강으로 들어가 사라져버렸다.

> 화평한 성품 지닌 금고
송나라 궁중에서 음악 관장했네
속세 떠나 고고히 은일하며
탁수를 드나들었네
붉은 잉어 타고 튀어나오고
맑고 깊은 강으로 들어가 씻었네
이는 물을 통한 시해법尸解法으로
그 즐거움 무궁하다네[4]

유향劉向의 『열선전列仙傳』에 따르면 금고는 전국戰國 시대 조趙나라 사람으로서 금琴을 잘 타서 송宋나라 강왕康王의 사인舍人이 되었고, 연자涓子와 팽조彭祖의 법술을 행하며 2백여 년 동안 기주冀州 탁군涿郡에서 노닐었다. 그 후 탁수涿水에 들어가서 용의 새끼를 데리고 돌아오겠으니, 제자들에게 재계를 하고 물가에 사당을 짓고 기다리라고 했다. 과연 약속한

3 도홍경陶弘景, 『본초本草』. 又能神變, 乃至飛越山湖.

4 유향劉向, 『열선전列仙傳』 상권, 〈금고琴高〉.

날이 되자, 금고가 잉어를 타고 나왔다가 한 달을 머물다가 다시 물로 들어갔다고 한다.

명明나라 때 『대명일통지大明一統志』에도 "금고 선생이 일찍이 연자와 팽조의 법술을 행하며 탁군에서 2백여 년 동안 노닐다가 탁수로 들어가 용의 새끼를 데리고 돌아오겠다고 약속했다. 다음날 과연 붉은 잉어를 타고 나왔다가 한 달을 머물다가 다시 물로 들어갔다."[5]는 기록이 있다.

금고에 관한 기록은 통일 신라 때 당나라에 유학했던 최치원崔致遠의 『계원필경桂苑筆耕』에도 보인다.

> 모某는 아룁니다.
>
> 어제 고향에서 온 사신 김인규金仁圭 원외員外가 귀국할 날이 임박했으나 돌아가는 배편을 구하지 못해서 동행하기를 간절히 청하기에 우러러 존지尊旨를 여쭈었더니 상공相公께서 비천한 정성을 굽어 살피시어 허락해 주셨습니다. 그래서 지금 함께 회성淮城을 떠나 배에 나란히 오르게 되었습니다. 비록 이응李膺과 곽태郭泰의 명예에는 부끄러운 점이 있으나, 호·월胡越의 비난을 듣는 일은 면했습니다. 먼 길에 걱정이 없으니 금고의 술법을 빌릴 것도 없고, 큰 강을 건널 수 있으니 오직 부열의 은혜만을 생각합니다. 그지없이 감격하며 연모하는 심정을 금하지 못하겠습니다. 운운.[6]

이 글은 신라에서 중국에 갔다가 귀국하게 된 원외랑員外郎 김인규金仁圭가 돌아갈 배를 구하지 못하자, 자신이 귀국하는 배편에 그도 함께 동행할 수 있도록 배려한 상공相公의 호의에 최치원이 감사를 표시한 글이다. 그 내용 가운데 "먼 길에 걱정이 없으니, 금고의 술법을 빌릴 것도 없다."라는 표현을 보면, 최치원은 금고가 잉어를 타고 다닌다는 사실을 정확하

5 이현李賢, 『대명일통지大明一統志』 2권.

6 최치원崔致遠, 『계원필경桂苑筆耕』 20권, 〈태위에게 올린 별지上太尉別紙〉.

게 알고 있는 듯하다. 이미 신라로 떠나는 배편이 마련되었기 때문에 최치원은 금고에게 잉어 타는 술법을 빌릴 필요가 전혀 없는 것이다.

> 순 임금의 거문고 잘 타고
> 전갱의 술법도 행했다네
> 기주 들판 탁주 물가에서
> 내 집인 듯이 살았다네
> 깃발 이끌고 수레 달려
> 용자와 용손 데려 온다네
> 저 두 마리 잉어 타고
> 무궁문으로 들어갔다네
> — 허균 〈금고자〉[7]

이 시는 허균許筠이 『성소부부고惺所覆瓿藁』에 쓴 열선들의 찬贊 가운데 한 편이다. 아버지 허엽許曄이 서경덕徐敬德의 문하에서 수학하여 집안에 도교 관련 서적이 많았던 까닭에 허균은 일찍부터 선계에 대한 관심을 가졌다. 그래서 그는 유선시 〈금고자琴高子〉에서 『열선전』에 기록된 금고의 일화를 한 편의 시로 엮어냈다.

도교를 가학家學이라 할 만큼 조예가 깊었던 친정의 영향을 받아, 선계에 대한 관심은 허균의 누이동생 허난설헌許蘭雪軒도 다르지 않았다.

> 어제는 금고 신선께서 편지를 보내
> 연못에 옥예화 피었다고 알려주었어요
> 남몰래 답장 써 붉은 잉어에게 줬지요
> 내일 밤 촉 땅 누대에 오르자고요
> — 허난설헌 〈유선사50〉[8]

---

7 허균許筠, 『성소부부고惺所覆瓿藁』 14권, 〈금고자琴高子〉. 能鼓舜琴, 亦行鏗術. 冀野涿河, 我囿而室. 導旟引軒, 龍子龍孫. 駕彼雙鯉, 入無窮門.

여인들이 학문과 예술에 쉽게 접근할 수 없었던 봉건시대, 유복한 집안에서 태어난 그녀는 글재주가 뛰어나 어릴 때부터 신동으로 불리며 오빠인 허봉許篈과 이달李達을 스승으로 삼아 학문과 시를 배웠다.

그러나 뛰어난 재주와는 달리 15, 6세에 결혼한 그녀의 인생은 순탄치 않았다. 불행한 신혼생활과 자녀들의 죽음, 그리고 스승처럼 여겼던 오빠 허봉의 유배와 죽음, 그로 인한 친정의 몰락 등 누구보다도 고단한 삶을 살아야 했던 그녀는 현실에서 벗어나 선계를 향해 자신의 시선을 돌린다.

〈유선사50〉은 마치 사랑하는 연인에게 연애편지를 전달한 뒤 수줍어하는 모습이 눈에 어리는 듯하다. 사방이 높은 담장으로 둘러싸인 규방에 갇혀 일찌감치 남편의 사랑조차 잃어버린 허난설헌에게 남녀 간에 느끼는 사랑의 감정은 자신이 경험하지 못한, 그래서 더더욱 느껴보고 싶은 소중한 가치였을지 모른다.

연못에 옥예화가 피었다는 편지를 받고, 수줍지만 설레는 마음을 품고 만나자는 답장을 보낸다. 달 밝은 밤에 함께 누대에 오르자고 말이다. 이러한 행위는 남녀 간의 만남이 지극히 제한되어 있던 조선이라는 현실공간에서는 그렇게 녹록한 일이 아니다. 그러나 그곳이 선계라면 상황은 달라진다. 남녀 신선들이 서로 자유롭게 어울리고 사랑하며 그 어떠한 현실적인 제약으로부터도 자유로운 공간, 그런 곳이야말로 허난설헌이 이 시를 통해 꿈꾸었던 이상향이었다.

한중 신선 흰 사슴 잡아타고
금고는 잉어 등에 올라탔네
아침나절 창오산 출발하여

8 허난설헌許蘭雪軒, 『난설헌집蘭雪軒集』, 〈유선사50遊仙詞五十〉. 琴高昨日奇書來, 報道瓊潭玉蘂開. 偷寫尺牋憑赤鯉, 蜀中明夜約登臺.

〈해상군선도(부분)〉 경기대학교 소성박물관

저녁엔 의무려산에서 묵었네
부상에 나의 고삐 잡아매고
부주산에서 수레를 돌렸네
구해 밖 세계 다 둘러봤으니
즐거움 어떠한지 누가 알랴
— 정두경 〈유선사 11수〉[9]

조선 후기의 문인 정두경鄭斗卿 역시 도교적 기질을 지녀 〈유선사 11수

9 정두경鄭斗卿, 『동명집東溟集』 7권, 〈유선사 11수遊仙詞十一首〉. 韓衆駕白鹿, 琴高騎鯉魚. 朝發蒼梧山, 夕宿醫巫閭. 扶桑揔我轡, 不周回我車. 歷覽九垓外, 其樂知何如.

〈신선도병풍(부분)〉
국립중앙박물관

遊仙詞十一首〉를 남겼다. 그 가운데 이 시는 흰 사슴과 잉어를 타고 창오산蒼梧山과 의무려산醫巫閭山, 부상扶桑과 부주산不周山 등을 자유로이 다니는 신선들의 모습을 묘사하고 있다. 이 시의 화자인 정두경은 당시 성리학적 명분론을 내세워 당쟁에만 급급했던 정치적 현실에 염증을 느끼고, 당파의 권력 추구에만 집착하던 세속적 욕망을 초월하고자 한 것이다.

국립중앙박물관 소장 필자미상의 〈신선도병풍〉에서는 정두경이 금고 신선처럼 잉어를 타고 사해를 자유롭게 유람하는 모습이 한 폭의 그림으로 잘 표현되었다. 화폭 상단 왼쪽에는 '금고가 잉어를 타다'는 뜻의 '금고과리琴高跨鯉' 네 글자가 쓰여 있다. 머리에 갓을 쓰고 손에는 대나무를 잡고 있는 금고가 출렁이는 물속에서 잉어의 등을 타고 앞으로 나아가는 장면이다. 옆으로 고개를 돌린 신선은 화폭 바깥에 있는 제자들과의 이별을 못내 아쉬워하는 표정이 역력하다. 그와는 반대로 잉어는 꼬리를 하늘로 향해 한껏 치켜 올린 채 금방이라도 물살을 세차게 가르며 헤엄치는 듯한 생동감을 느끼게 한다.

국립중앙박물관 소장 조세걸曺世杰의 신선 도상을 보면 잉어를 타고 있는 신선이 두 명이다. 그 가운데 앞쪽은 자영이고, 뒤쪽에서 금琴을 들고 앉아 있는 신선은 금고로 보인다. 자영 역시 잉어와 관련된 일화가 있다.

조세걸 〈금고와 자영〉 국립중앙박물관

자영子英은 서향舒鄕 사람이다. 잠수하여 고기를 잡는 데 뛰어나다. 하루는 붉은 잉어를 잡았는데, 그 고운 빛깔이 마음에 들어가지고 돌아와 연못 속에 놓아두고 매번 쌀 알갱이를 먹였다. 일 년이 지나자 한 길 남짓 자랐으며 뿔이 돋고 날개가 생겼다. 자영이 괴이하게 생각하여 잉어에게 배례하자, 잉어가 "나는 당신을 맞이하러 왔으니, 당신이 등에 올라타면 당신과 함께 승천할 것입니다."라고 했는데, 그 즉시 큰 비가 내렸다. 자영이 등에 올라타자 잉어가 솟구쳐 오르며 그곳을 떠났다. 그 후로 해마다 옛집으로 돌아와 처자를 만나 식사하고 나면 잉어가 다시 그를 맞이하러 오곤 했다. 그렇게 70년을 계속했다. 그래서 오중吳中에서는 집집마다 문에 신어神魚를 만들어 달고 자영의 사당을 세웠다.

물을 좋아한 자영
자맥질을 업으로 삼았네
영묘한 물고기 찾아오니

그 빛깔 찬란히 빛났네
먹이 주어 길렀더니
뿔 돋고 날개 생겼네
마침내 용을 몰고
속세 넘어 선계서 노니네[10]

이 글은 『열선전』에 기록된 내용으로, 평소 물고기를 잘 잡았던 자영이 어느 날 붉은 잉어가 잡히자 집으로 들고 와서 못에 놓아주고 쌀알을 먹이로 주었더니, 일 년 만에 길이가 한 길丈 넘게 자라서 마침내 뿔이 나고 날개가 돋더니 마침내 자영을 등에 태우고 하늘로 올라 선계로 떠났다는 고사이다.

계곡 사이에 하찮은 몸 숨어 지내다
거센 파도에 반평생을 그르쳤다네
서군은 잉어에게 쌀알 주어 먹였고
공자는 그물질을 하지 않았다네
붕새로 변화할 깊은 꾀는 없거니와
용을 붙잡고 어찌 큰 명성 얻겠는가
운수 사나워 아홉 중 하나만 살았으니
교인이 삶아 먹길 기다릴 뿐이라오
— 노수신 〈장난삼아 장갈을 모방하여 남수곤에게 보이다〉[11]

〈장난삼아 장갈을 모방하여 남수곤에게 보이다戲倣章碣 示南壽崑〉는 노수신盧守愼의 〈구어가九魚歌〉에 남수곤南壽崑이 시로 화답하여 보여주자,

---

10 유향劉向, 『열선전列仙傳』 상권, 〈금고琴高〉.

11 노수신盧守愼, 『소재집穌齋集』 1권, 〈장난삼아 장갈을 모방하여 남수곤에게 보이다戲倣章碣 示南壽崑〉. 溪壑潛微質, 風濤誤半生. 舒君施米日, 魯叟不綱情. 鵬化無深術, 龍攀豈重名. 數奇餘九一, 且待校人烹.

노수신이 다시 장난삼아 읊은 시이다. 시에서 서군舒君은 바로 자영을 가리키는데, 자영이 서향舒鄕 사람이기 때문에 서군이라고 부른 것이다.

〈구어가〉에 따르면 노수신이 병이 들자, 그 집 하인이 어부를 따라 배를 타고 가서 그물로 물고기 아홉 마리를 잡았는데, 그물이 워낙 촘촘해서 잡은 물고기들이 모두 작아 바늘만 했고, 큰 놈도 겨우 붓끝 크기만 할 정도로 자잘했다. 이 시에서 노수신은 자신이 워낙 가난하여 자영처럼 물고기 먹이로 쌀알을 줄 형편도 되지 못함을 암시했다.

사실 중국에서 잉어는 여유로운 삶을 의미하는 길상물이지만, 황하의 잉어가 용문龍門을 도약하여 용으로 변하는 영물靈物이기도 하다. 그런 까닭에 금고와 자영과 같은 신선들이 잉어를 타고 사해를 자유롭게 유람하는 것도 전혀 이상한 일은 아니라고 하겠다.

삼천갑자를 산

동방삭東方朔

동방삭

동방삭東方朔은 평원군平原郡 염차현厭次縣 사람으로, 어릴 때 이름은 만천曼倩이다.

동방삭이 태어난 지 3일 만에 부모를 다 잃자, 이웃에 사는 한 여자가 동방삭을 데려다 길렀는데, 동쪽이 아직 밝지 않을 때에 데려왔다고 하여 성을 동방東方, 이름을 삭朔이라고 지었다고 한다.

동방삭을 얘기할 때면 빠짐없이 등장하는 수식어가 있다. 그것은 바로 '삼천갑자三千甲子 동방삭'이다. 삼천갑자란 육십갑자의 3천 배라는 뜻이다. 즉 일갑자一甲子가 60년이니, 18만 년을 의미한다. 이는 곧 동방삭이 삼천갑자, 즉 18만 년을 살았다는 얘기다. 그래서 그런지 그의 일생에는 아주 기이한 일화들이 많이 전해진다. 먼저 당나라 때 『태평광기太平廣記』에 기록된 어린 시절 일화를 살펴보자.

> 한번은 동방삭이 갑자기 행방불명되는 일이 발생했다. 온 가족이 여기저기를 찾아 다녔지만 끝내 찾을 수 없었다. 그런 그가 몇 달 뒤에 집으로 돌아온 것을 보고 어머니가 그를 때렸다. 나중에 다시 집을 나가서는 1년 뒤에 홀연히 돌아왔다. 어머니는 깜짝 놀라 동방삭에게 도대체 어디를 그렇게 말도 없이 돌아다녔냐고 화를 냈다. 자기가 그렇게 오랜 시간동안 집을 떠나 있었다는 말을 들은 동방삭은 오히려 몹시 의아해했다.
>
> 잠시 자니해紫泥海에 놀러 갔다가 자줏빛 물紫水에 더러워진 옷을 씻으러 우천虞泉으로 달려가 깨끗하게 씻고 온 것이 전부였기 때문이다. 그로서는 그저 아침에 집을 떠났다가 점심에 돌아왔을 뿐인데, 어째서 1년 동안 집을 떠났다고 말하는지 도무지 이해가 되지 않았다.
>
> 다시 어머니가 동방삭에게 그동안 다녀온 곳을 얘기하라고 하자, 동방삭은 우천에서 옷을 다 빨고 나서 명도冥都의 숭대崇臺에서 쉬면서 잠이 들었는데, 꿈속에서 저승세계의 왕공王公이 준 붉은 색 밤과 신선들이 마신다는 하장霞漿을 먹고는 목이 메어 죽을 지경이었을 때, 마침 현천황로玄天黃露를 마시고 깨어났다고 말했다. 이어서 집으로 돌아오는 도중에 푸른 호랑이를 만나 집에 빨리 가고 싶은 마음에 호랑이를 세게 때렸더니, 호랑이가 도리어 자신의 발을 물어 상처가 났다고 했다. 그 이야기를 들은 어머니는 가슴이 너무 아픈 나머지 탄식하면서 푸른 색 치마를 찢어 그의 발을 동여매 주었다.[1]

동방삭이 집을 나섰다가 1년 만에 돌아왔다는 이 일화는 『열선전전列仙全傳』과 『선불기종仙佛奇踪』에도 간략하게 등장한다.

---

1 이방李昉, 『태평광기太平廣記』 6권, 〈동방삭東方朔〉.

우연에서 옷을 씻는 동방삭

> 그는 일찍이 1년여를 집을 떠났다가 돌아왔다. 그러자 그의 형이 "너는 한 번 집을 나가더니 1년이 되어서야 겨우 돌아왔는데, 나를 위해 무슨 물건을 가지고 왔느냐?"라고 물었다. 그러자 동방삭이 말하기를, "저는 우연히 자니해에 갔다가, 그곳 자줏빛 물에 옷이 더러워져 우연虞淵으로 가서 옷을 빨았을 뿐입니다. 나는 아침에 집을 나서서 점심에 돌아왔는데, 형님께서는 어째서 내가 1년이나 집을 나갔다고 말씀하십니까?"라고 했다.

이 고사를 제재로 『열선전전』에는 동방삭이 우연에서 더러워진 옷을 씻는 도상이 있다. 우연은 서쪽 끝에 해가 지는 곳으로 『회남자淮南子』에 따르면, "해가 우연虞淵의 물속으로 들어가면, 그것을 황혼黃昏이라고 부른다."[2]라고 했다.

사실 동방삭은 한나라 때 유명한 문학가였다. 당시 황제였던 무제武帝

---

2 『회남자淮南子』, 〈천문훈天文訓〉. 至於虞淵, 是謂黃昏.

가 즉위한 직후에 사방의 인재를 구했는데, 동방삭은 스스로 자기를 추천하는 상소를 올려서 낭관郎官으로 발탁되었다.

> 동방삭이 장안長安에 들어와 공거公車에서 글을 올렸는데, 모두 3천 개의 주독奏牘을 썼다. 공거에서는 두 사람을 시켜 함께 들게 하고서야 겨우 그것을 옮길 수 있었다. 황제는 상방上方에서 이를 읽었는데, 그칠 때에는 곧 그곳을 붓으로 표시했다. 이렇게 읽기 시작하여 두 달 만에 겨우 끝냈다. 황제는 조서를 내려 그를 낭관으로 삼았다. 그는 항상 황제의 측근에 있으면서 자주 어전에 불려가 말했는데, 일찍이 황제가 기뻐하지 않은 적이 없었다.[3]

나중에 그는 상시랑常侍郎과 태중대부太中大夫 등을 지냈다. 그가 지은 글로는 〈답객난答客難〉과 〈비유선생론非有先生論〉 등이 있고, 후세 사람들이 그의 이름을 빌려서 지은 글도 많았다.

그는 평소 해학을 즐기면서 언사가 민첩하고 유머와 지혜가 많아 무제 앞에서도 자연스럽게 담소를 나누었다. 그런 까닭에 그의 글에는 해학이 풍부하여 어떤 사람은 그를 '해학의 대가'라고 부르기도 한다.

한번은 황제의 총애를 받던 곽 사인郭舍人이 그를 시험하기 위해 나무에 붙어 있는 기생寄生을 물동이로 보이지 않게 가린 채 그것을 동방삭에게 알아맞히라고 하자, 동방삭이 '구수寠藪'라고 대답했다. 구수는 원래 머리에 물동이나 짐을 이고 나를 때 머리와 짐 사이에 얹는, 짚이나 헝겊으로 둥글게 틀어서 만든 똬리 모양의 물건이다. 곽 사인이 그에게 알아맞히지 못했다고 말하자, 동방삭이 말하기를, "나무에 붙어 있으면 기생이지만, 물동이 밑에 받치면 구수가 된다."고 했다.[4] 기생이란 바로 나무에 붙어 있는 버섯으로 그 모양이 똬리처럼 동그랗게 생겼지만, 지금은 물동이를

3 사마천司馬遷, 『사기史記』 126권, 〈동방삭열전東方朔列傳〉.

4 반고班固, 『한서漢書』 65권, 〈동방삭전東方朔傳〉.

당인 〈동방삭도(부분)〉 상해박물관

받쳐 놓았으니 기생이 아니라 구수라는 논리였다.

조선 후기 문인 이익李瀷도 『성호사설星湖僿說』에서 동방삭의 해학을 소개한 적이 있다.

> 한나라 무제가 이단異端을 좋아하자, 동방삭이 희롱삼아 간하기를, "꿈에 하늘에 올라가니 천제天帝가 '아래 세상 인간들은 무엇을 입느냐?'고 묻기에, '벌레를 입습니다.'고 대답했습니다. 그러자 또 묻기를, '그 벌레는 어떻게 생겼느냐?'고 하여, '빛깔은 알록달록하여 범과 같고 부리는 나불나불하여 말과 비슷합니다.'고 대답했습니다."라고 했다.
>
> 이 말은 언뜻 들으면 벌레를 어떻게 입느냐고 의심할 것이다. 그러나 알록달록하다는 것은 범의 무늬를 가리키는 것인데 누에의 반점이 이와 비슷하고, 나불나불한다는 것은 풀을 먹는 모양인데 누에가 뽕잎 먹는 모양이 이와 비슷하다. 누에가 실을 토하여 명주옷을 만드니, 이는 거짓말이 아니다. 누에가 어찌 괴상한 물건이겠는가? 이 말은 참으로 재미있는 이야기이다.[5]

동방삭이 늘 해학과 재치로 무제를 즐겁게 하여 총애를 한 몸에 받았지만, 골계와 해학만 늘어놓는 사람은 아니었다. 다른 신하들이 감히 황제에게 말하지 못하는 사안을 그는 익살스럽게 풍간諷諫했다. 때때로 정치의 득실과 부국강병책, 무제의 사치 등에 대해 간언하는 등 결코 단순히 익살에만 능한 광대는 아니었던 것이다.

황제에게 간언을 할 때면 그는 늘 재치 있는 말솜씨와 정곡을 찌르는 표현, 상대방을 설득하기에 적합한 논리 등을 적절하게 고려하여 자신의 의견을 내세웠다.

> 동방삭이 비록 우스갯소리를 잘했지만 때때로 황제의 안색을 살펴 준엄하게 간언하니, 황제가 항상 그의 말을 받아들였다. 그는 공경公卿을 비롯하여 높은 지위에 있는 자들을 경시하고 조롱하며, 어떤 사람에게도 굴복하지 않았다.[6]

반고班固는 『한서漢書』에서 동방삭이 공경들 앞에서도 자신의 뜻을 굽히지 않고 오히려 그들을 조롱하는 태도를 높이 평가했다. 이러한 자세는 조선의 선비들도 다르지 않았다. 조선 후기의 문신 윤기尹愭는 『무명자집無名子集』에서 다음과 같은 시 한 수를 썼다.

> 동방삭이 익살 좋아했다 기롱치 말라
> 풍간은 예로부터 아름답게 여겼다네
> 궁중에서 주선하여 보탬이 많았으니
> 십 년간 회양 태수 지낸 급암보다 낫네
> — 윤기 〈영사〉[7]

---

5 이익李瀷, 『성호사설星湖僿說』 16권, 〈인사문人事門 요상妖祥〉.

6 반고, 『한서』 65권, 〈동방삭전〉.

7 윤기尹愭, 『무명자집無名子集』 5권, 〈영사詠史〉. 莫譏方朔好詼諧, 譎諷由來亦自佳.

한나라 무제 때 회양 태수를 지낸 급암汲黯은 성품이 강직하여 어느 누구에게도 두려워하지 않고 직언을 하는 것으로 유명했다. 무제의 질문에도 사람들이 있는 자리에서 "마음속이 욕심으로 가득 차고, 겉으로만 은의를 베풀면서 요·순 임금의 정치를 본받을 수 있겠습니까?"라고 대놓고 직언을 했으니, 사람들이 모두 급암을 두려워했다. 윤기는 그런 급암보다 동방삭이 더 낫다고 칭찬했으니, 평가가 매우 후하다고 하겠다.

동방삭에 대한 평가는 『승정원일기承政院日記』에도 등장한다. 1869년(고종 6) 3월 28일 연생전延生殿에서 소대召對할 때, 참찬관參贊官 신헌구申獻求 등이 입시하여 『자치통감資治通鑑』 4권을 강론했다. 마침 한나라 무제 때 이야기가 나오자, 고종高宗이 "여기에서 '조용하게 있으면서 기다리소서.'라고 한 것은 임금으로 하여금 환궁하게 하려 한 것이다."[8]고 지적했다. 비록 『승정원일기』에 이 말의 앞부분 원문이 누락되어 앞뒤 문맥이 잘 연결되지 않지만, 곧바로 이어진 정범조鄭範朝의 대답을 살펴보면 전체적인 맥락이 이해가 된다.

> 동방삭은 세속 밖의 익살스러운 말을 하는 선비입니다. 당시 신하들이 간언하여 중지시키지 못하자, 동방삭이 말하기를, "대개 신선이란 자연스럽게 얻는 것이지, 단련하여 구할 수는 없습니다. 만약 단련하여 구하는 도리가 있다면 얻지 못할 것을 걱정할 필요가 없지만, 그런 도리가 없다면 봉래산蓬萊山에 가서 신선을 만나더라도 도움이 되지 못할 것입니다. 차라리 궁궐로 돌아가 조용하게 있으면서 기다리십시오."라고 하니, 황제가 중지했습니다. 무제가 궁궐로 돌아오게 된 것은 바로 동방삭의 힘입니다. 어찌 그를 익살스러운 말이나 하는 선비라 하여 폄하할 수 있겠습니까?[9]

禁闥周旋多補益, 勝如汲黯十年淮.

8 『승정원일기承政院日記』 고종 6년 3월 28일 경자庚子. 上曰, 此云靜處而須之者, 欲帝之還宮而然矣.

아마도 신선술에 흠뻑 빠진 무제가 궁궐을 나와 신선을 찾겠다고 한 것으로 보인다. 여러 신하들이 간언하여 말렸으나, 끝내 무제의 뜻을 꺾지는 못했다. 그때 동방삭이 논리적으로 설득하여 결국 무제가 궁궐을 나서지 않았다. 이에 대해 고종은 "그의 공로는 매우 크다고 말할 만하다."고 평가했다.

이 내용은 1887년(고종 24) 9월 9일에 다시 한 번 거론된다. 건청궁乾淸宮에서 소대할 때 참찬관 조종필趙鍾弼 등이 입시하여 『자치통감강목資治通鑑綱目』을 강론했다.

> 유진필兪鎭弼이 아뢰기를, "무제가 방사方士의 말에 미혹되어 그대로 믿고서 바다에 배를 띄워 신선을 찾으려고 하자, 여러 신하들이 간쟁했지만 그의 행동을 막지 못했습니다. 동방삭의 말을 듣고 나서야 비로소 행차를 돌렸으니, 이 또한 행하기 어려운 일입니다."라고 하니, 임금이 이르기를, "동방삭의 말 속에 허무맹랑한 내용이 많이 있기는 하지만, 간쟁한 것을 살펴보면 당시 사람들 가운데서는 조금 낫다. 궁궐로 돌아와서 신선이 스스로 이르기를 기다리자고 한 것도 허무맹랑한 말이지만, 간쟁하는 말을 아뢰는 데는 매우 마땅한 방법이다. 만약 바닷가로 멀리 가서 돌아오지 않는 지경에 이르렀다면, 한나라의 형세는 틀림없이 위태로워졌을 것이다. 그렇지 아니한가?"라고 했다.[10]

이렇게 황제에게도 서슴지 않고 직언하는 동방삭을 두고 세상 사람들은 은자隱者라고 불렀다. 조선 후기의 문신인 신흠申欽은 『상촌집象村集』 〈병으로 사직하다移疾〉에서 동방삭을 '대은大隱'이라는 단어로 정의했다.

---

9 『승정원일기』 고종 6년 3월 28일 경자.

10 『승정원일기』 고종 24년 9월 9일 계해癸亥.

한나라 황실 금마문 관리는
전신이 바로 세성이었다네
우연히 대은이 되었으니
높은 뜻을 손상하지 않았네
자취 감춰 오로지 도를 닦아
몸 온전히 하고 형체 보전했네
용렬한 사마장경 같은 무리는
사부로 일시의 명망 얻었지
— 신흠 〈병으로 사직하다〉[11]

금마문金馬門은 원래 학사學士들이 황제의 명을 기다리던 곳인데, 문 곁에 동銅으로 만든 말이 세워져 있어 그렇게 불렀다. 나중에는 조정을 가리키는 말로 사용하기도 했는데, 이 시에서 말하는 금마문 관리는 다름 아닌 동방삭을 가리킨다.

『사기』의 기록에 따르면, "동방삭이 낭관으로 있을 때, 동료가 그에게 '다른 사람들이 모두 선생을 보고 미쳤다고 한다.'고 하니, 동방삭이 대답하기를, '나와 같은 사람은 조정에 은거하여 세상을 피해 사는 사람이라고 말할 수가 있다네. 옛날 사람들은 깊은 산속에 숨어 살면서 세상을 피했지만 말이네.'"[12]라고 했다.

'대은'이란 속세를 초월하여 속된 일에 마음의 흔들림이 없는 참된 은자를 말한다. 양梁나라 소통蕭統이 쓴 『문선文選』의 〈반초은시反招隱詩〉에서는 진晉나라 왕강거王康琚가 "소은小隱은 산이나 숲속에 숨고, 대은은 조정이나 저자에 숨는다."[13]고 하여, 산이나 숲속에 은거하는 일은 쉬우나, 사

11 신흠申欽, 『상촌집象村集』 9권, 〈병으로 사직하다移疾〉. 漢室金門吏, 前身是歲星. 偶然成大隱, 不是損高情. 泯跡聊存道, 全身任保形. 區區長卿輩, 詞賦漫時名.

12 사마천, 『사기』 126권, 〈동방삭열전〉.

13 소통蕭統, 『문선文選』 22권, 〈반초은시反招隱詩〉. 小隱隱陵藪, 大隱隱朝市.

람들이 많은 조정이나 저자에 숨는 일은 소은에 비교할 수 없는 차원 높은 은거임을 밝히고 있다.

신흠의 아들 신익전申翊全도 『동강유집東江遺集』에서 동방삭을 대은이라고 불렀다.

> 궁궐 숲에선 비 그친 뒤 꽃이 피려 하고
> 대궐 길에선 천향이 소매 가득 스며든다
> 예로부터 동방삭을 대은이라고 불렀으니
> 서쪽 밭 농사지으라며 재촉하지 마시게나
> ㅡ신익전 〈이 원외의 시에 차운하다〉[14]

이 시는 신익전이 1603년(선조 36) 문과에 장원급제하여 대사간과 병조참판 등을 역임한 이명준李命俊의 시에 차운하여 쓴 것이다. 동방삭이 조정 사람들 속에 있으면서 대은의 길을 걸었던 것처럼 자신도 조정에서 벼슬하며 은자의 길을 가겠다는 심정을 드러낸 시이다.

평소 술좌석에서 거나하게 취하면 두 손을 땅에 붙이고 "세속에 파묻혀 금마문에서 세상을 피해 사노라. 궁궐 속에서도 세상을 피해 살면서 자신의 몸을 보전할 수 있는데, 구태여 깊은 산속 초가집 아래에서 살 필요가 뭐 있겠는가?"[15]라고 떠들어대던 동방삭도 끝내 나이가 들어 죽음을 맞이하게 되었다.

죽음에 임한 동방삭은 『시경詩經』의 "윙윙 파리가 떼 지어 울타리에 앉네. 화락한 군자여, 참언을 믿지 말라, 참언은 끝이 없어 나라를 어지럽힌다."[16]는 구절을 인용하여 한나라 무제에게 아첨을 멀리하고 참소를 물리

---

14 신익전申翊全, 『동강유집東江遺集』 9권, 〈이 원외의 시에 차운하다次李員外韻〉. 禁林經雨欲花開, 輦路天香滿袖廻. 方朔自來稱大隱, 西疇春事莫教催.

15 사마천, 『사기』 126권, 〈동방삭열전〉.

치라고 간언했다. 무제는 동방삭이 선한 말을 많이 하는 것을 이상하게 생각했는데, "새가 장차 죽으려면 그 울음이 슬프고, 사람이 장차 죽으려면 그 말이 착하다."[17]는 『논어論語』의 말처럼 얼마 안 가서 동방삭이 병들어 죽었다.

동방삭이 세상을 떠나기 직전에 있었던 일이다. 한 친구를 불러 세상에서 자신의 내력을 아는 사람은 오직 태왕공太王公밖에 없다고 말한 적이 있었다. 그 뒤 얼마 되지 않아 동방삭이 세상을 떠났다. 그가 남긴 말을 듣게 된 무제가 한걸음에 태왕공을 찾아가서 동방삭의 내력에 대해 말하라고 다그쳤다.

하지만 태왕공은 도무지 동방삭의 말을 이해하지 못하겠다는 표정이었다. 왜냐하면 그가 하는 일이란 천상天象을 관찰하는 것일 뿐이었기 때문이다.

무제가 다시 하늘의 별들이 모두 제 위치에 있는지 묻자, 그는 모든 별이 제 위치에 있었지만, 세성歲星만이 40년간 사라졌다가 최근에야 다시 하늘에 나타났다고 말했다. 그 말을 들은 무제는 "동방삭이 18년이나 내 곁에 있었는데, 지금에서야 비로소 그가 인간 세상에 내려온 세성임을 알겠구나."라고 깊은 탄식을 내뱉었다[18]고 한다.

이러한 이야기를 통해 사람들은 동방삭이 원래는 하늘의 세성이었는데, 잠시 인간 세상에 내려왔다고 믿었다.

> —상략—
> 저 동방삭이 어찌 제왕의 신하겠는가

16 『시경詩經』, 〈소아小雅 청승靑蠅〉.

17 『논어論語』, 〈태백泰伯〉.

18 이방, 『태평광기』 6권, 〈동방삭〉.

그는 천상 세성의 정기이고
천년에 한번 여는 반도의 신령이라서
옷 걷고 얕은 물 건너는 것처럼
웃으면서 동해를 밟는구나
그대는 보지 못했나
층층이 높은 봉래의 궁궐은
신선이 아니면 오르지 못하는 것을
금단이 만들어지지 않았으니
슬픈 눈으로 바라보는 마음 어이 견디랴
— 이규보 〈진군이 다시 화답하였으므로 차운하여 주다 병서〉[19]

동방삭의 이러한 일화들은 도교와 결합되면서 환상적인 분위기가 물씬 풍기게 된다. 특히 그가 서왕모의 복숭아를 훔쳐 먹어 삼천갑자를 살았다는 이야기는 인간으로서의 동방삭이 신선으로 변용되는 과정을 보여준다.

동군東郡에서 난쟁이를 보내왔는데 키가 일곱 치였다. 무제는 그가 산의 정령精靈인가 의심되어 항상 책상 위에서 걸음을 걷게 했다. 그리고 동방삭을 불러와서 물으니, 동방삭이 난쟁이를 불러 말하기를, "거령巨靈아, 네가 어찌하여 갑자기 배반하고 왔느냐? 서왕모가 아직 돌아오지 않았느냐?"라고 하자, 난쟁이는 대답을 하지 않고서 무제를 향해 말하기를, "서왕모가 복숭아를 심어 3천 년 만에 한 번 열매를 맺는데, 이 아이가 불량하여 이미 세 번이나 훔쳐 먹었으므로 마침내 서왕모의 눈 밖에 나서 여기로 귀양 온 것입니다."고 하니, 무제가 깜짝 놀라 동방삭이 세상 사람이 아니라는 사실을 알았다.[20]

---

19 이규보李圭報, 『동국이상국집東國李相國集』 11권, 〈진군이 다시 화답하였으므로 차운하여 주다 병서陳君復和次韻贈之 并序〉 箇兒東方生, 豈是帝臣乃是天上歲星精, 千年一實蟠桃靈, 笑履東海何異褰裳涉淺淸. 君不見蓬萊宮闕高層層, 非有仙骨無由登, 金丹未就悵望情何勝.

20 『한무고사漢武故事』 1권.

김홍도 〈낭원투도〉 간송미술관

서왕모가 사자를 보내 한나라 무제에게 말하기를, “7월 7일에 내가 잠시 들리겠습니다.”라고 했다. 무제는 그날이 되자 궁궐 안을 청소하고 구화등九華燈을 밝혔다. 7월 7일, 무제가 재계齋戒하고 승화전承華殿에 있는데, 해가 하늘 정중앙에 이르자 홀연 청조靑鳥가 서쪽에서 날아와 승화전 앞으로 내려왔다. 무제가 동방삭에게 무슨 새인지 묻자, 동방삭이 대답하기를, “서왕모가 타고 다니는 청란靑鸞입니다. 장차 서왕모가 찾아와서 황제를 위해 축수할 것입니다.”라고 했다. 과연 곧이어 서왕모가 자줏빛 수레를 타고 선도仙桃 일곱 개가 담긴 옥쟁반을 받쳐 들고 도착했다. 그녀는 선도 일곱 개를 꺼내 두 개는 자신이 먹고, 다섯 개는 무제에게 주었다. 무제가 그 씨를 남겨 심으려고 하자, 서왕모가 말하기를, “그대는 씨로 무엇을 하려고 하십니까?”라고 묻자, 무제가 대답하기를, “이 복숭아가 참으로 맛있어 다시 심으려고 합니다.”라고 했다. 그러자 서왕모가 웃으며 말하기를, “이 복숭아는 3천 년 만에 한 번 꽃이 피고, 3천 년 만에 한 번 열매를 맺으니, 인간 세상에 심을 것이 못됩니다.”라고 했다.[21] 그때 동방삭이 궁전 남쪽 곁채의 들창 구멍으로 서왕모를 엿보고 있었다. 그러자 서왕모가 동방삭을 돌아보고는 무제에게 말하기를, “이 들창 구멍으로 엿보고 있는 아이가 일찍이 세 번이나 와서 내 복숭아를 훔쳐 갔습니다.”라고 말했다.[22]

동방삭을 소재로 한 그림들 중에는 그가 복숭아를 훔치는 고사를 표현한 도상이 적지 않다. 김홍도의 〈낭원투도閬苑偸桃〉도 그 가운데 하나이다. 신선들이 산다고 전해지는 낭원閬苑, 그곳에서 동방삭이 서왕모의 복숭아

21 위의 책, 1권.

22 장화張華, 『박물지博物志』 8권, 〈사보史補〉.

를 훔쳐 두 손에 조심스럽게 들고 쳐다보고 있는 도상이다. 그래서인지 사람들은 복숭아를 선물하거나 받을 때면 자연스레 동방삭을 떠올린다.

도성 동쪽 후미진 작은 언덕에
벗이 일찍이 선도를 심었다네
동방삭이 훔쳐 먹은 것 비웃으며
직접 따서 때때로 우리에게 보내 주네
— 이원 〈이 참판이 복숭아를 보내와서 사례하다〉[23]

작은 복숭아 막 익어 푸르고 둥근데
흰 살을 살짝 씹으니 이와 뺨이 시리다
어린아이 동방삭 몇 번이나 훔쳐 먹었나
붉은 구름 끝 봉래산은 희미하기만 하네
— 이색 〈작은 복숭아를 읊다〉[24]

금모 사는 선궁의 벽옥 같은 복숭아를
세 번 훔친 동방삭은 너무나 수고했지
나에게 선물해 준 고인 마음 진중해라
검은 솜털 한 입 먹자 경장의 맛이라네
— 차천로 〈윤 자장이 복숭아를 보내왔기에 사례하다〉[25]

내 들으니 도삭산에 자라나는 반도는
천 년마다 이슬 맞아 열매를 맺는다네

---

23 이원李原, 『용헌집容軒集』 2권, 〈이 참판이 복숭아를 보내와서 사례하다謝李參判送桃〉 僻近城東有小阜, 故人曾此種仙桃. 笑他方朔勞偷得, 手摘時時惠我曹.

24 이색李穡, 『목은시고牧隱詩藁』 8권, 〈작은 복숭아를 읊다小桃〉. 小桃初熟碧團團, 細嚼氷肌齒頰寒. 方朔小兒偷幾度, 蓬萊縹渺紫雲端.

25 차천로車天輅, 『오산집五山集 속집』 1권, 〈윤 자장이 복숭아를 보내왔기에 사례하다謝尹子長惠桃〉. 金母仙宮碧玉桃, 三偷方朔太多勞. 故人贈我情珍重, 一嚼瓊漿黑雪毛.

고계 화상 도력은 동방삭을 능가하여
이를 따다 소반에 담아 손님께 보내주네
— 김성일 〈고계 화상이 복숭아를 보내주어 사례하다〉[26]

사실 우리나라에도 옛날부터 복숭아나무가 사람의 수명을 연장시켜 장수하게 한다는 선목仙木 사상이 있었다. 그래서 복숭아나무를 천도天桃라고 부르며, 반도蟠桃 또는 선도仙桃라고도 불렀다. 그리고 이 복숭아나무는 귀신을 쫓아내는 길상의 이미지를 지닌다.

『동국세시기東國歲時記』에 따르면, "문첩에 신도神荼와 울루鬱壘 네 글자를 쓴다. 옛 풍속에 설날이면 복숭아나무로 만든 판자에 신도와 울루의 모습을 그려 문에 놓아 흉한 귀신을 막았다."[27]라고 했다. 이처럼 사람들은 복숭아나무는 인간을 괴롭히는 사악한 귀신을 쫓아내는 역할을 한다고 믿으며, 이를 바탕으로 복숭아는 점차 장수를 축원하는 핵심 표상이 되었다.

어원에 새로 심은 복숭아나무
낭원의 신선에게서 옮겨 왔다네
궁중의 뜰 위에 뿌리를 내리고
자줏빛 뜰 앞에서 그림자 지네
가느다란 잎사귀 그림 같고
무수한 꽃봉오리 불타듯 붉고
중서성 나무 중에서 품질이 높고
향기는 수로 향로의 향냄새라네
하늘 가까우니 봄날 무성함을 알겠고
맑은 새벽에 이슬 머금어 고와라
이 복숭아는 서왕모가 드린 것이니

26 김성일金誠一, 『학봉일고鶴峯逸稿』 2권, 〈고계 화상이 복숭아를 보내주어 사례하다謝古溪送桃〉. 聞道蟠桃生度索, 千年結子露華新. 古溪道力凌方朔, 摘取金盤逮遠賓.
27 홍석모洪錫謨, 『동국세시기東國歲時記』 1월 입춘.

성스러운 수명 천 년을 더하리라
— 최유선 〈어원선도〉[28]

어원御苑은 대궐 안에 있는 임금의 동산을 말한다. 고려 때 문신 최유선崔惟善이 쓴 〈어원선도御苑仙桃〉는 신선들이 산다는 낭원에서 옮겨 심은 선도가 무성함을 찬미하고, 서왕모가 한나라 무제에게 선도를 주었듯 임금에게도 선도를 주었으니, 천년 장수하라는 기원을 담고 있다.

순조純祖의 아들 효명세자孝明世子 역시 1828년(순조 28)에 모후인 순원왕후純元王后의 40세 생일을 기념하는 무자 진작의戊子進爵儀를 마련하여 다음과 같은 악장을 지어 올렸다.

벽도화를 손에 들고
백옥잔에 술을 부어
우리 성모께 비는 말씀

저 벽도화 같으소서
삼천 년에 꽃이 피고
삼천 년에 열매 맺어

꽃도 무진 열매도 무진
무진무진 장춘색이라

아마도 요지 왕모의 천천수를
성모께 드리고저 하노라
— 익종 〈벽도화를 손에 들고〉[29]

---

28 서거정徐居正, 『동문선東文選』 11권, 〈어원선도御苑仙桃〉. 御苑桃新種, 移從閬苑仙. 結根丹地上, 分影紫庭前. 細葉看如畵, 繁英望欲燃. 品高鷄省樹, 香按獸爐煙. 天近知春茂, 晨淸帶露鮮. 是應王母獻, 聖壽益千年.

김홍도 〈평양감사향연도(부분)〉 국립중앙박물관

당시 효명세자는 연회에 사용하는 정재呈才의 종류와 순서까지 꼼꼼히 살피는 등 행사의 모든 과정을 자신이 손수 주관했다. 그 과정에서 53종의 궁중 정재 가운데 26종의 정재를 직접 만들거나 재창작했다.

특히 서왕모가 3천 년 만에 한 차례 열린다는 반도원의 복숭아를 바치는 행위를 상징하는 〈헌선도獻仙桃〉는 무병장수를 축원하는 대표적인 궁중 정재이다. 각종 진찬연에서 빠짐없이 등장하는 〈헌선도〉는 김홍도金弘度가 그린 작품이라고 전해지는 〈평양감사향연도平壤監司饗宴圖〉에도 등장한다.

〈평양감사향연도〉는 평양감사平壤監司의 부임을 환영하기 위해 대동강大同江과 부벽루浮碧樓, 연광정練光亭 세 곳에서 열린 연회를 그린 연작 작

29 익종翼宗, 〈벽도화를 손에 들고〉.

윤덕희 〈군선경수도(부분)〉 국립중앙박물관

품이다. 감사는 관찰사라고도 하는데, 조선 시대 종2품의 문관 직으로 중앙 정부에서는 아주 높은 관직은 아니지만, 지방 관직 중에서는 가장 높은 자리였다.

해당 지역에서 무소불위의 권력을 쥐고 있던 지방의 행정 특성에 비추어 볼 때 감사의 부임은 지방 백성들에게는 큰 행사였다. 따라서 관찰사가 부임하던 때면 해당 지역의 관리와 백성들이 모두 참석하는 성대한 잔치가 열렸다.

〈평안감사향연도〉는 새로 부임한 평양감사 앞에 복숭아를 차려놓고 〈헌선도〉를 추며 무병장수를 축원하는 모습이 그려져 있다.

이와 같이 복숭아는 동방삭의 일화를 통해 장수를 축원하는 상징물로 인식되어 신선들이 모여 있는 군선도群仙圖에 빠짐없이 등장한다. 윤덕희尹德熙의 〈군선경수도群仙慶壽圖〉에서는 동방삭이 일렁이는 파도 위에서 복숭아

김홍도 〈군선도(부분)〉 삼성 리움미술관

를 손에 들고 있다. 김홍도의 〈군선도群仙圖〉 8폭 병풍에서도 소를 타고 있는 노자老子 뒤를 따르면서 복숭아를 두 손으로 잡고 있는 자가 동방삭이다.

그런데 두 도상에서 표현된 동방삭의 얼굴을 보면 나이 차이가 뚜렷해 보인다. 대부분의 도상에서 동방삭은 흰 수염이 난 나이든 모습이지만, 김홍도의 〈군선도〉에서는 검은 머리카락을 한 젊은이 또는 아이 모습으로 표현된다. 이는 서왕모가 한나라 무제에게 "들창 구멍으로 엿보고 있는 아이가 일찍이 세 번이나 와서 내 복숭아를 훔쳐 갔습니다."라고 한 말에서 그 연관성을 짐작해 볼 수 있다.

이와는 별도로 우리나라에서도 동방삭과 관련된 설화가 두 가지 전한다. 첫 번째는 저승사자를 잘 대접하여 삼천갑자를 살았다는 연명설화延命說話이다. 동방삭이 밥과 신발, 노잣돈을 준비하여 먼 길을 걸어오느라

지친 저승사자를 대접하자, 저승사자가 인정상 그를 잡아갈 수 없어서 저승 명부에 적힌 동방삭의 수명 삼십갑자에 한 획을 삐쳐 십十 자字를 천千 자로 만들어 삼천갑자를 살도록 수명을 연장시켰다는 이야기다.

두 번째는 동방삭이 저승사자에게 잡혀간 내력을 담은 설화이다. 삼천갑자를 살고 난 동방삭은 세상일에 통달해서 여간해서는 저승사자에게 붙잡히지 않았다. 그러자 저승에서 계책을 써서 사람들이 많이 다니는 냇가에서 저승사자로 하여금 숯을 씻게 했다. 누군가가 곁에 와서 무엇을 하는지 궁금해서 묻자, "숯을 자꾸 씻으면 하얗게 된다고 해서 씻고 있다."라고 말하자, 갑자기 동방삭이 "내가 삼천갑자를 살았어도 처음 듣는 소리다."라고 비웃었다. 그 말을 들은 저승사자는 그가 동방삭인 줄 알고 얼른 잡아 저승으로 데려갔다는 내용이다.[30]

중국이나 우리나라를 막론하고 동방삭이 삼천갑자를 살았다는 이야기를 통해 사람들은 그를 장수의 상징으로 여기게 되고, 그가 서왕모의 반도원에서 훔친 복숭아 역시 장수의 이미지를 굳히게 되었다. 이러한 상징성 때문에 조선 시대 혼수복婚需服 등에 복숭아 문양의 자수를 놓기도 했다.

〈백자청화 복숭아모양 연적〉
국립중앙박물관

자수 외에도 선비들이 주로 사용하는 문방사우 가운데 하나인 연적硯滴 역시 복숭아 모양을 하는 경우가 많았다. 복숭아가 지닌 장수의 상징성 때문에 선비들이 문방에서 애용한 것으로 볼 수 있다.

특히 조선 세조世祖 때는 주자소鑄字所에 전교하여 교서관校書館에 소장한 왕희지王羲之와 조맹부趙孟頫의 서본書本을 인쇄하

30 최래옥崔來沃, 『전북민담全北民譚』(형설출판사, 1979).

여 성균관成均館으로 보내 학생들로 하여금 해범楷範으로 삼게 했는데, 그 서본 가운데는 왕희지가 쓴 〈동방삭전東方朔傳〉도 포함되어 있었다.[31]

뿐만 아니라 정조正祖 때는 초계문신抄啓文臣들을 대상으로 한 친시親試에서 동방삭에 관한 일화를 시제詩題로 내기도 했다. 1795년(정조 19)에 성정각誠正閣에서 초계문신들에게 친시를 행했는데, '다시 술과 고기를 내려 주어 집에 돌아가 처자에게 주다復賜酒肉 歸遺細君'를 부제賦題로 삼았다.[32]

이 시제는 동방삭의 유명한 일화이다. 한번은 복날伏日에 한나라 무제가 시종관들에게 고기를 하사했는데 태관 승太官丞이 날이 저물도록 돌아오지 않아 고기를 나누어 가질 수 없었다. 이에 동방삭이 칼을 들어 자기 몫의 고기를 잘라낸 다음, 동료 관원들에게 복날에는 일찍 돌아가야 하니 하사한 고기를 가지고 가겠다고 하고는 고기를 가지고 가버렸다. 태관 승이 그 사실을 상주上奏하자, 황제는 "동방삭이 칼로 고기를 베었으니, 그 얼마나 씩씩한가? 벤 고기가 많지 않으니, 또 얼마나 청렴한가? 돌아가 아내에게 주었으니, 또 얼마나 어진가?"[33]라고 말했다고 한다.

1798년(정조 22)에는 '삼동문사三冬文史'를 시제로 칠언사운율시七言四韻律詩를 지으라고 했는데, 부수찬副修撰 조만원趙萬元이 삼상일三上一을 맞아 수석을 차지했다.[34] 삼동三冬은 겨울철 석 달의 농한기를 말하며, 삼동문사란 문사文史를 익히는 데 한 해의 겨울 석 달이면 충분하다는 말이다.

동방삭이 처음 무제에게 글을 올려 이르기를, "신은 어려서 부모를 여의고 형수에게서 양육되었습니다. 13세에 글을 배웠는데 삼동에 배운 문사만으로도 쓰기에 넉넉합니다."[35]라고 했던 고사에서 유래했다.

---

31 『세조실록世祖實錄』 세조 원년 을해乙亥 10월21일.

32 『일성록日省錄』 정조 19년 을묘乙卯 11월17일.

33 반고, 『한서』 65권, 〈동방삭전〉.

34 『일성록』, 정조 22년 무오戊午 12월 11일.

이처럼 중국과 조선은 전 시대에 걸쳐 불로장생을 염원하는 인간의 세속적 욕망을 동방삭과 선도仙桃에 투영하여 죽음으로부터 자유로울 수 있는 이상적 세계를 꿈꾸었던 듯하다.

동방삭은 천 년 전의 사람인지라
목소리와 얼굴 대할 길 없었다네
문득 꿈속에서 그와 함께 놀았으니
그 이치 묘연하여 알기 어렵다네
오직 북극 하늘에 북두칠성 있어
뭇 별들이 서로 둘러싸고 있는데
이인과 기이한 별을 함께 봤으니
진실로 상서의 응험이 틀림없네
북두칠성으로 원기를 펴내어서
그것으로 사계절을 이룬다네
동방삭은 선도를 세 번 훔쳤으니
수명이 장차 기한이 없으리로다
머리 조아려 하느님께 사례하고
다시 시로써 사실을 기록하노라

— 서거정 〈11월 9일 밤 꿈에 한 사람과 함께 북두칠성을 향하여 절을 서너 번씩 했는데, 그 사람이 말하기를, "내가 바로 동방삭이다."라고 했다. 꿈을 깨고 나서 그 일을 이상하게 여겨 시로써 기록하는 바이다〉[36]

---

35 반고, 앞의 책 65권, 〈동방삭전〉. 臣朔少失父母, 長養兄嫂. 年十三學書, 三冬文史足用.

36 서거정徐居正, 『사가시집四家詩集』 21권, 〈11월 9일 밤 꿈에 한 사람과 함께 북두칠성을 향하여 절을 서너 번씩 했는데, 그 사람이 말하기를, "내가 바로 동방삭이다."라고 했다. 꿈을 깨고 나서 그 일을 이상하게 여겨 시로써 기록하는 바이다十一月初九日夜 夢與一人 拜北斗七星者三四 一人曰 我是東方朔 覺而異之 詩以爲誌〉. 方朔千載人, 音容不可追. 夜夢與之遊, 此理渺難知. 維北有七星, 衆星所拱之. 異人同異星, 瑞應諒無疑. 北斗酌元氣, 以之成四時. 方朔三偷桃, 壽筭知無期. 稽首謝天公, 聊復誌以詩.

세 차례나 상전벽해를 목격한

마고麻姑

마고

인간은 숙명적으로 죽음이라는 근본적인 한계에서 벗어나지 못한다. 따라서 인간은 자신이 살고 있는 동안 최대한 수명을 오래 유지하고자 온갖 노력을 다한다.

진 시황秦始皇을 비롯하여 수많은 사람들이 그랬듯이 현세의 제한된 수명 속에서 영원한 삶을 꿈꾸고자 하는 노력은 신선이 되어 장수를 누렸던 인물들에게로 시선을 돌리게 한다.

그 가운데서도 인간 세상에서 장수했다고 전해지는 팽조彭祖가 잘 알려져 있다. 그는 요堯 임금의 신하로 하夏나라와 상商나라, 주周나라 때까지 800여 세를 살았다고 한다. 두보杜甫도 자신의 시에서 '인생 칠십은 예로부터 찾아보기 드물다.'[1]고 탄식했으니, 팽조의 800세는 인간들에게는 감히 상상하지도 못할 꿈이었던 셈이다. 그러나 한편으로는 인간이 욕망하는 장수를 실현한 인물로서, 종종 불로장생을 꿈꾸는 자들의 욕망을 투영하는 대상이 되기도 한다.

장수를 상징하는 신선 가운데 팽조가 남성 신이라면, 마고麻姑는 여성 신이다. 마고에 대한 기록은 위·진魏晉 때 갈홍葛洪의 『신선전神仙傳』에 처음 나타난다. 그러나 마고의 전기가 처음부터 단독으로 나온 것은 아니었다. 『신선전』 3권 〈왕원王遠〉에 기록된 왕원王遠의 일화를 소개하면서 마고에 대한 설명이 부가적으로 소개된 경우였다. 훗날 갈홍은 『신선전』을 새로 편집하면서 〈왕원〉에 기록된 마고의 일화를 따로 뽑아 〈마고전麻姑傳〉으로 독립된 전기로 구성하여 7권에 수록했다.

『신선전』에 따르면 "마고는 매우 아름다운 여인으로 나이는 18, 9세 정도로 정수리에는 쪽을 지고, 나머지 머리카락은 흩어져 허리까지 늘어뜨려져 있었다. 그녀의 옷에는 무늬가 있는데, 비단은 아니었으나 그 광채가 햇빛처럼 빛났다. 옷 이름은 알 수 없으니, 인간 세상에서는 찾아볼 수 없는 것이었다."[2]라고 마고의 형상을 묘사했다.

이번에는 석경石敬이 그린 〈마고가 지초를 캐다麻姑採芝〉를 통해 마고의 모습을 시각적으로 살펴보자. 이 그림은 마고가 사슴을 데리고 왼손에는 파초 잎을 들고, 허리에는 망태를 차고 지초芝草를 캐러 나선 모습이다. 그녀를 중심으로 크게 휘어진 줄기와 솔잎을 묘사한 소나무를 배치하고,

---

1 두보杜甫, 〈곡강曲江〉. 人生七十古來稀.

2 갈홍葛洪, 『신선전神仙傳』 3권, 〈왕원王遠〉. 是好女子, 年十八九許, 於頂中作髻, 餘髮散垂至腰. 其衣有文章, 而非錦綺, 光彩耀日, 不可名字, 皆世所無有也.

석경 〈마고가 지초를 캐다〉 간송미술관

그 아래에 붉은 꽃이 핀 자그마한 나뭇가지를 성글게 배치하여 대조를 이룬다. 마고와 사슴이 서 있는 옆에는 짙은 숲이 그려져 있고, 바닥에 돋아나는 파릇한 풀과 소나무 뒤에 표현된 붉은 꽃은 당시 계절이 화사한 봄날임을 암시한다.

화면 중심에 자리 잡은 마고는 다소 풍만하지만 둥글고 곱게 묘사한 얼굴과 단정하게 다듬은 머리, 그리고 얼굴에 비해 지나치게 가녀린 손과 가느다란 발을 가진 젊은 미인 형상이다.

그녀는 한漢나라 환제桓帝 때 방평方平이라는 자字를 사용하는 왕원과 함께 채경蔡經의 집에 방문한 적이 있지만, 왕원과 마고의 관계에 대해서는 아무런 언급이 없다.

그러나 원元나라 때 조도일趙道一이 편찬한 『역세진선체도통감歷世眞仙

〈마고선녀〉 개인 소장

體道通鑒』에서는 "마고가 왕방평의 누이동생으로서 도를 닦아 신선이 되었다."[3]고 기록되어 있다.

하지만 마고의 출신에 대한 논의는 매우 분분하여, 『태평광기太平廣記』에서는 『제해기齊諧記』의 "태원太元 8년 부양富陽 백성 마고가……뱀 껍질과 고기를 가지고 왔는데, 그것을 보고 피를 토하며 죽었다."[4]는 말을 인용하여, 마고가 동진東晉 효무제孝武帝 태원 때 사람이라고 보았다.

『신이전神異傳』 270권에서는 『태평청화太平淸話』를 인용하여 "성은 여黎이고, 자는 경선瓊仙이며, 당唐나라 때 출궁된 사람이다."[5]라고 했고, 『신

3 조도일趙道一, 『역세진선체도통감歷世眞仙體道通鑒』, 麻姑乃王方平之妹, 修道得仙.
4 이방李昉, 『태평광기太平廣記』 131권, 〈마고麻姑〉. 晉孝武太元八年, 富陽民麻姑者……捧蛇皮肉來, 麻姑見之, 嘔血而死.

신윤복 〈마고〉 국립중앙박물관

이전』 237권에서는 『등주부지登州府志』를 인용하여 마고가 "후조後趙 마추麻秋의 딸로서 혹은 건창建昌 사람이라고 한다. 모주牟州 동남쪽 고여산姑餘山에서 도를 닦아 선경으로 날아갔는데, 정화政和 연간에 진인眞人으로 봉해졌다."[6]라고 했다.

마고가 마추의 딸이라는 기록은 『열선전전列仙全傳』에도 등장한다.

> 마고는 북조 16국에서 잔혹하기로 유명한 장수 마추의 딸이다. 마추는 성품이 포악하여 마성麻城에서 백성들을 시켜 성을 쌓을 때 밤낮으로 쉬지도 못하게 했다. 다만 닭이 울 때면 그제야 잠시 휴식을 취하게 했다. 백성들을 동정한 마고는 스스로 목소리를 흉내 내는 기술을 배워 종종 닭 울음소리를 냈다. 그러자 다른 닭들도 따라서 함께 울어, 노역에 지친 백성들이 평소보다 좀 일찍 쉴 수가 있었다. 나중에 그의 아버지가 그 사실을 알아차리고, 마고를 때리려고 했다. 마고는 겁이 나서 곧바로 선고동仙姑洞으로 달아났고, 도를 닦아 다리 위에서 하늘로 올라가 신선이 되었다.[7]

마고와 관련된 일화 가운데 가장 잘 알려진 것은 그녀가 상전벽해를 세 번이나 목격했다는 내용이다. 동한 환제桓帝 때, 채경蔡經이라는 고관은 선인 왕원과 친한 사이였다. 태양이 하늘 높이서 뜨겁게 내리쬐던 어

5 『신이전神異傳』 270권, 姓黎, 字瓊仙, 唐放出宮人也.

6 위의 책 237권. 後趙麻秋女, 或云建昌人. 修道於牟州東南姑餘山飛升, 政和中封眞人.

7 왕세정王世貞, 『열선전전列仙全傳』 3권, 〈마고麻姑〉.

김홍도 〈마고와 하선고〉 호암미술관

느 날 정오, 도복을 입은 왕원이 다섯 빛깔을 내는 금룡을 부리며 구름 속에서 채경의 집으로 내려왔다. 한참동안 청담의 현묘한 이치를 이야기하던 왕원이 느닷없이 채경을 바라보며 마고를 소개시켜 주겠다고 얘기했다.

두 사람이 이런저런 얘기를 하며 시간을 보낸 지 한 시진도 안 되어 하늘에서 음악소리가 들려왔다. 채경이 고개를 돌려보니 새하얀 구름 속에서 아름다운 여인이 하늘에서 내려왔다.

마고가 이르자 채경과 그 집안사람들 모두 그녀를 볼 수 있었다. 그 여자는 매우 아름다운 여인으로 나이는 18, 9세 정도였다. 머리는 틀어 올려 쪽을

> 지고, 나머지 머리카락은 허리까지 닿아 있었다. 그녀가 입은 옷은 무늬 장식을 했으며, 비단옷은 아니었지만 눈부시게 아름다웠다. 옷 이름은 알 수 없으며, 인간 세상에서는 없는 것이었다. 들어와 왕원에게 절을 하자 왕원이 그녀를 일으켜 세웠다. 함께 자리를 정한 후 각기 음식을 들기 시작했는데 모두가 금옥의 잔과 쟁반이 끝이 없었다. 그리고 음식은 주로 여러 가지 꽃과 과일이었는데, 향기가 안팎으로 퍼져 나왔다. 포를 찢었는데 마치 송백자松柏炙와 같아 기린포麒麟脯라 했다. 마고가 스스로 말하기를, "지난번에 만난 뒤로 푸른 바다가 벌써 세 번이나 뽕나무 밭으로 변하는 것을 보았습니다. 지난 번 봉래에 갔을 때 보니, 바닷물이 이전보다 절반으로 줄어들었는데, 곧 육지로 변하지나 않을까 걱정스럽습니다."라고 말했다. 그러자 왕원도 "만약 성인이 살아있다면 바다가 티끌로 변하지나 않을까 탄식할지도 모르겠습니다."라고 말했다.[8]

여기에서 푸른 바다가 세 번이나 뽕나무 밭으로 변했다는 '상전벽해桑田碧海' 얘기를 통해 마고는 장수를 상징하는 신선으로 변모한다. 원래 상전벽해란 세상일의 변천이 심하다는 뜻으로 사용되지만, 사람들은 자신이 살아 있는 동안에 동해 바다가 말라 뽕나무 밭으로 변하는 일을 경험하기란 거의 불가능한데, 그것도 세 번이나 목격했다는 마고의 말을 통해 그녀가 그 만큼 장수했다는 의미로 받아들인다.

최치원崔致遠이 쓴 『계원필경桂苑筆耕』에도 마고에 관한 시 한 수가 있다.

> 속세의 벼슬길 쪼들려 한스러운 중에
> 몇 년 동안 마고를 알아 매우 기뻤소
> 떠나기에 앞서 진심으로 말 좀 해 주오
> 바닷물이 어느 때나 모조리 마를지를
> — 최치원 〈여 도사에게 작별 선물로 주다〉[9]

---

8 갈홍葛洪, 『신선전神仙傳』 3권, 〈왕원王遠〉.

9 최치원崔致遠, 『계원필경桂苑筆耕』 20권, 〈여 도사에게 작별 선물로 주다留別女道士〉. 每恨塵中厄宦塗, 數年深喜識麻姑. 臨行與爲眞心說, 海水何時得盡枯.

『계원필경』 20권에는 40편의 계啓·장狀·별지別紙·제문祭文·시가 실려 있는데, 최치원이 중국에서 귀국길에 오를 때부터 시작하여 885년(헌강왕 11) 3월 귀국할 때까지 작성한 글이 대부분을 차지한다. 그런 까닭에 〈여 도사에게 작별 선물로 주다留別女道士〉는 최치원이 귀국에 앞서 자신과 친분이 있던 여 도사에게 작별 선물로 써 주었을 것으로 짐작된다.

그러나 마고에 대한 기록이 본격적으로 등장하기 시작하는 것은 조선시대의 시문집이다. 조선 초기 사대부들은 고려에 대한 충성과 절의, 그리고 당시 유행하던 도교의 신선사상을 바탕으로 심산유곡에 은거하여 유유자적한 생활을 했다. 그 영향으로 발생한 처사문학處士文學에는 도교적인 신선사상이 내포되어 있었다. 따라서 그들의 시에는 마고를 비롯하여 여러 신선들이 등장하며, 이러한 풍조는 조선 초기 이후에도 계속 이어진다.

금물결에 구슬 바다 아득히 푸른데
허공에 뜬 뿌연 기운 밤이 새지 않네
마고에게 찾아가서 진결을 물어볼까
세상에 창해상전 몇 번 더 있느냐고
—신흠 〈백상루 달밤〉[10]

세찬 비바람에 문을 나서지 못하는데
바람이 나무 꺾고 비는 물동이 뒤엎었네
근래에 마고를 서로 만나는 보았는지
창해와 상전 며칠이나 뒤집힌다던가
—신흠 〈세찬 비바람이 불어 장난삼아 쓰다〉[11]

---

10 신흠申欽, 『상촌집象村集』 18권, 〈백상루 달밤百祥樓月夜〉. 金波瑤海兩蒼茫, 沆瀣浮空夜未央. 欲就麻姑問眞訣, 世間還有幾滄桑.

11 위의 책 20권, 〈세찬 비바람이 불어 장난삼아 쓰다大風雨戲書〉. 大雨大風無出門,

두 시는 선조宣祖 때 학자인 신흠申欽의 『상촌집象村集』에 실려 있는 칠언 절구이다. 첫 번째 시는 밤이 새지 않자, 상전벽해를 주도하는 마고의 신통력을 빌리고자 하는 마음이 은연중에 드러난다. 두 번째 시는 세찬 비바람에 나무가 꺾이고 물동이가 뒤집히는 현재의 광경을 통해 과거에 마고가 상전벽해를 이루던 모습을 환기시키고 있다. 즉 비록 지금 문밖을 나서지 못할 정도로 비바람이 심하지만, 마고가 푸른 바다가 뽕나무 밭으로 변하던 때 마고가 경험했던 비바람에는 비할 바가 못 된다는 의미를 함축하고 있다.

이러한 상전벽해를 통해 마고는 장수를 상징하는 신선으로 자리 잡는다. 그렇기 때문에 마고는 축수연에 자주 등장하는 단골 소재였다.

『승정원일기承政院日記』 1888년(고종 25) 1월 24일조 〈대왕대비의 망구望九를 경하하고 사죄死罪 이하의 죄를 사면하라는 내용으로 내외의 대소 신료 등에게 내린 교서〉에 이르기를, "왕은 이르노라. 성모聖母이신 대왕대비께서 이루신 공이 원대한데, 보령이 칠순, 팔순을 넘어 구순을 바라보게 되었다.……마고처럼 장수하신 것을 너희 신하들과 함께 경축하고, 노래자老萊子처럼 색동옷 차림으로 우리 세자와 함께 기쁨을 나누련다."라고 했다. 이는 대왕대비인 풍양 조씨豊穰趙氏의 81세 생신을 맞이하여 고종高宗이 내린 교서이다. 대왕대비를 마고에 비유하고, 자신을 노래자, 즉 노자老子에 빗대어 장수를 경하하며 축수한 글이다.

—상략—
입춘 삼일 전에 미리 고하니
고운 봄빛 대궐 숲에 일렁이네
능히 서왕모의 복을 받았으며
여자로서 요·순의 마음에 합했네

風能折木雨傾盆. 麻姑近得相逢否, 滄海桑田幾日飜.

동교에서 은혜 펴서 평안하고
북궐에서 은혜 미뤄 깊고 깊네
마고 찾아와서 장수 축원하니
해마다 지금 같으시길 바라네
—하략—
— 이만도 〈대왕대비전에 올린 춘첩자 병자년〉[12]

〈대왕대비전에 올린 춘첩자 병자년大王大妃殿春帖子 丙子〉은 1876년(고종 13) 병자년 입춘立春 날에 철종哲宗의 비妃인 안동 김씨安東金氏 철인왕후哲仁王后에게 바친 시이다. 입춘이 되기 3일 전에 미리 대왕대비전에 입춘 날짜를 고하면서 대왕대비의 덕과 은혜를 찬미하고 있다. 즉 대왕대비가 서왕모西王母에게 복을 받고, 중국 송宋나라 영종英宗의 후비后妃 선인태후宣仁太后처럼 어지러운 조정을 잘 다스려 태평성대를 이끌었다고 칭송하면서 마고의 축수를 받아 장수하라는 내용이다.

서왕모 나이 몇 천 세인지 모르나
서쪽 끝 곤륜산에 계시네
—중략—
금년에 또 백세연 열어
남해 시 읊으며 좋은 음식 올리네
마고선녀 멀리서 군산주 보내니
해옥에 해마다 산가지 더하리
벽도 꽃 피고 또 열매 맺도록
사시에 봄바람 불어 그치지 않으리
— 김윤식 〈안산 이병륜의 모친 정경부인 김씨의 백세 장수연을 축하드리다〉[13]

---

12 이만도李晩燾, 『향산집響山集』 1권, 〈대왕대비전에 올린 춘첩자 병자년大王大妃殿春帖子 丙子〉. ……某日先三告, 韶光動禁林. 受玆王母福, 克合女堯心. 施惠東郊晏, 推恩北闕深. 麻姑來獻壽, 歲歲願如今…….

〈안산 이병륜의 모친 정경부인 김씨의 백세 장수연을 축하드리다賀李安山秉綸慈闈貞敬夫人金氏百歲長筵〉는 운양雲養 김윤식金允植이 비서감 승秘書監丞을 지낸 이병륜李秉綸의 모친인 정경부인 김씨의 백세 장수연을 축하하기 위해 지은 시이다. 김씨는 1910년(순종 3)에 97세의 나이로 정경부인에 봉해졌다. 이 시에서는 곤륜산에 있는 서왕모를 김씨에 비유하고, 축하주를 보내는 김윤식 자신을 군산주君山酒를 바치는 마고에 비유하고 있다.

특히 마고는 3월 3일 서왕모의 탄신을 축하하는 반도회蟠桃會에 참석하여 강주하絳珠河에서 영지靈芝로 술을 빚어 서왕모에게 헌수하고, 가무로 서왕모를 즐겁게 했다고 전해진다. 그런 까닭에 마고는 장수를 상징하는 신선으로 자리 잡게 되고, '마고헌수麻姑獻壽'라는 말이 유행하게 된 것이다.

한편 장수를 축원하는 내용 외에 마고의 특이한 손과 관련된 일화도 시문에 자주 등장한다.

> 인생은 유한한데 세상일은 끝이 없어
> 두 눈이 흐릿하고 귀밑머리 쉽게 세네
> 늙을수록 욕심 넘쳐 손발이 마비되고
> 찬바람을 쐬고 다녀 피부가 가렵구나
> 편작의 묘한 약방 써 보기 어려우니
> 마고의 오묘한 손을 빌려 긁고 싶네
> 건장한 기운 줄어 자라처럼 위축되니
> 대문에 참새 그물 펼 수 있게 되었네
> — 성현 〈병을 근심하다〉[14]

---

13 김윤식金允植, 『운양집雲養集』 6권, 〈안산 이병륜의 모친 정경부인 김씨의 백세 장수연을 축하드리다賀李安山 秉綸 慈闈貞敬夫人金氏百歲長筵〉. 王母之壽不知幾千秋, 乃在西極崑崙之丘……今年又開百歲宴, 笙歌南陔潔膳羞. 麻姑遠送君山酒, 海屋年年添遐籌. 碧桃花開又結實, 四時春風吹不休.

성현成俔은 조선 전기의 대표적인 관료 문인이다. 그는 서거정徐居正으로 대표되는 조선 초기의 관각문학館閣文學을 계승하면서 관리나 승려 등의 부패와 횡포를 꼬집는가 하면 그로 인해 고통 받는 백성들의 참상을 사실적으로 묘사했다. 반면 일상의 모든 속박에서 벗어나 도가적 초월 세계를 지향하는 시를 남기기도 했다.

〈병을 근심하다患病〉에서는 육체적으로 병든 자신의 몸을 바라보면서 인생의 유한함을 절감하는 화자가 병으로 가려운 자신의 피부를 마고의 손을 빌려 시원하게 긁고자 하는 마음을 내비쳤다.

최우석 〈마고선녀가 지초를 캐다〉 간송미술관

갈홍의 『신선전』에는 동한 환제桓帝 때 선인仙人 왕방평王方平의 부름을 받고 마고가 채경蔡經의 집에 내려왔는데, 마고의 손톱이 새 발톱처럼 긴 것을 본 채경이 속으로 '등이 가려울 때에 이 손톱으로 긁으면 딱 좋겠다.'고 생각했다는 기록이 전한다. 이에 근거하여 사람들은 자신의 몸이 가렵거나, 고민이 있어 마음이 불편할 때면 마고의 긴 손톱으로 긁어 시원스럽게 해결하고자 하는 심정을 드러내곤 했다. 마지막으로 허균이 『성소부부고惺所覆瓿藁』에서 쓴 마고의 찬贊을 소개한다.

---

14 성현成俔, 『허백당집虛白堂集』 3권, 〈병을 근심하다患病〉. 有涯塵世事無涯, 兩眼昏花鬢易皤. 手足不仁緣老洫, 皮膚多癢冒風邪. 難將扁鵲奇方試, 欲倩麻姑妙手爬. 矍鑠氣消甘縶縮, 漸知門巷雀堪羅.

필자미상 〈마고〉 국립광주박물관

하늘이고 땅이고
마음대로 노닐었네
괄창산과 곤륜산
어디라서 거리끼랴
마고는 속인 아니고
채경은 진인 아니네
돌아올 날 기약하길
봉래바다 먼지 날 때라네
— 허균 〈마고〉[15]

15 허균許筠, 『성소부부고惺所覆瓿藁』 14권, 〈마고麻姑〉. 天曹地貴, 游戲自在. 括蒼崑崙, 來往焉閡. 麻姑非俗, 蔡子非眞. 但指歸期, 蓬海揚塵.

파도타고 동해를 건너는

팔선八仙

〈요지연도(부분)〉 경기도박물관

팔선八仙은 중국 민간 전설 가운데 광범하게 전해진 여덟 명의 신선을 가리킨다. 팔선의 구성원에 대해서는 여러 가지 견해가 있다. 한漢나라 때는 회남淮南 팔선이 있었는데, 『회남자淮南子』를 지은 회남왕 유안劉安의 여덟 문객 명, 즉 소비蘇飛·여상呂尙·좌원左員·전유田由·뇌피雷被·모피毛披·오피伍被·진창晉昌을 가리킨다. 훗날 이들은 선단仙丹을 복용하여 신선이 되었다고 하여, 사람들이 팔공八公 또는 팔선이라고 불렀다.

두보杜甫가 쓴 〈음중팔선가飮中八仙歌〉에도 팔선이 등장한다. 이들은 당唐나라 때 시와 술을 사랑한 여덟 명의 시인, 즉 하지장賀知章 · 이진李璡 · 이적지李適之 · 최종지崔宗之 · 소진蘇晉 · 이백李白 · 장욱張旭 · 초수焦遂를 가리킨다.

하지장은 술에 취해서 말을 타도 배를 탄 듯하고
정신이 몽롱하여 우물에 떨어져도 바닥에서 잔다네
여양왕 이진은 세말 술 마시고서 조정에 나아갔고
길에서 누룩 실은 수레만 만나도 군침을 흘렸으며
주천酒泉에 옮겨 봉해지지 않음을 한스러워 한다네
좌상 이적지는 홍이 나면 하루잔치에 만 전을 썼고
술 마시길 큰 고래가 많은 강물 들이키듯 하였으며
술 마실 때는 맑은 술 즐기며 탁한 술을 피하였네
최종지는 외모가 말쑥하고 아름다운 젊은이인데
술잔 들고 눈을 흘겨 푸른 하늘을 바라보는 모습이
깨끗하기가 바람 앞에 흔들리는 옥나무 같다네
소진은 수놓은 부처 앞에서 오랜 재계 하다가도
취중에 가끔 좌선하다 도망쳐 나오기를 즐겼네
이백은 술 한 말 마시면 시 백 편을 써내려갔고
장안 저자의 술집에서 곯아떨어지기 일쑤였네
천자가 불러도 배에 못 오르지 못할 정도로 취해
스스로 일컫기를 자신은 술 속의 신선이라 했네
장욱은 석 잔 술에 초서의 성인으로 전해지는데
왕과 귀족 앞에서도 모자 벗어 이마를 내놓고는
붓을 들어 종이에 휘두르면 구름 연기 같았네
초수는 술 다섯 말은 마셔야 비로소 얼근해져
고상한 얘기와 웅변으로 사람들을 놀라게 했다네
— 두보 〈음중팔선가〉[1]

오대五代 때는 한 도사가 촉중蜀中 팔선을 그렸는데, 용성공容成公·이이李耳·동중서董仲舒·장도릉張道陵·엄군평嚴君平·이팔백李八百·범장생范長生·이주 선생爾朱先生이 바로 그들이다.

하지만 이들은 모두 도교에서 말하는 팔선과는 거리가 멀다. 팔선의 고사는 당·송 문인의 기록을 통해 산발적으로 나타나다가, 팔선이라는 하나의 개념으로 사용된 것은 대략 원元나라 때이다. 특히 원나라 때 성행한 잡극雜劇에는 수많은 신선 관련 소재가 등장한다. 마치원馬致遠의 〈여동빈삼취악양루呂洞賓三醉岳陽樓〉, 범자안范子安의 〈죽엽선竹葉船〉, 곡자경谷子敬의 〈성남류城南柳〉 등 잡극에는 지금 말하는 팔선들이 등장한다. 하지만 여기에도 여전히 팔선의 구성원에는 차이가 있다. 마치원의 〈여동빈삼취악양루〉에는 팔선 가운데 하선고何仙姑 대신에 서신옹徐神翁이 등장하고, 악백천岳伯川의 〈여동빈도철괴리악呂洞賓度鐵拐李岳〉에도 하선고를 대신하여 장사랑張四郎이 나온다. 명나라 때 〈삼보태감서양기연의三寶太監西洋記演義〉에 나오는 팔선 역시 풍승수風僧壽와 현허자玄虛子가 장과로張果老와 하선고를 대신하고 있다.

청나라 때 조익趙翼은 『해여총고陔余叢考』에서 이들 팔선이 그려진 유래는 분명하지 않지만, 원나라 때부터 비로소 팔선도로 그려졌다고 했다. 처음으로 바다를 건너는 팔선의 모습은 도교 사원인 영락궁永樂宮의 벽화 〈팔선과해도八仙過海圖〉에서 확인할 수 있다. 물론 여기에서도 하선고를 대신하여 서신옹이 등장한다.

이후 서신옹이 하선고로 대체되고 하선고가 팔선으로 자리 잡은 것은

---

1 두보杜甫, 〈음중팔선가飮中八仙歌〉. 知章騎馬似乘船, 眼花落井水底眠. 汝陽三斗始朝天, 道逢麴車口流涎, 恨不移封向酒泉. 左相日興費萬錢, 飮如長鯨吸百川, 銜盃樂聖稱世賢. 宗之瀟灑美少年, 擧觴白眼望青天, 皎如玉樹臨風前. 蘇晉長齋繡佛前, 醉中往往愛逃禪. 李白一斗詩百篇, 長安市上酒家眠, 天子呼來不上船, 自稱臣是酒中仙. 張旭三盃草聖傳, 脫帽露頂王公前, 揮毫落紙如雲烟. 焦遂五斗方卓然, 高談雄辯驚四筵.

원나라 영락궁 벽화 〈팔선과해도〉

명나라 때이다. 오원태吳元泰의 『동유기東游記』가 출현하면서 팔선이 바다를 건너는 고사가 민간에 폭넓게 전해진다. 이와 동시에 시대마다 달랐던 팔선의 구성원이 비로소 철괴리鐵拐李·종리권鍾離權·장과로·여동빈呂洞賓·하선고·남채화藍采和·한상자韓湘子·조국구曹國舅로 정형화 된다.

팔선은 살았던 시대가 서로 다르지만 모두 기이한 일화를 가지고 있으며, 몸에 지니는 법기法器도 달라 독특한 도상을 가진다.

철괴리는 철괴를 든 절름발이 거지 형상으로서, 연기가 피어오르는 호로병을 들고 서있다. 종리권은 팔선 중의 우두머리로서 도복을 입고 가슴과 배를 드러낸 채, 파초선을 들고 있다. 장과로는 나귀를 거꾸로 타고 있는 노인으로, 손에는 어고간자漁鼓簡子를 들고 있다. 여동빈은 화양건華陽巾을 쓰고 검을 등에 차고 있으며, 버드나무 정령柳樹精과 함께 있는 모습이다. 팔선 중 유일한 여자 신선인 하선고는 연꽃 줄기나 국자를 든 젊은 여인의 도상으로 나타난다. 남채화는 누더기 옷을 입고 꽃바구니를 들고 여성처럼 아름다운 용모를 지닌 젊은 남성으로 묘사된다. 한상자는 항상 피리를 불고 있는 젊은이 모습이고, 조국구는 관복을 입은 중년의 관리로서 박판을 든 도상으로 묘사된다. 이들 팔선은 가난과 부귀, 귀족

김홍도 〈군선도〉 삼성 리움미술관

과 평민, 늙음과 젊음, 남성과 여성 등 다양한 삶의 모습을 상징한다.

조선 시대의 신선도에서 이들 팔선은 단독상으로 그려지기도 하지만, 일반적으로는 군선도 형식으로 묘사된다. 군선도는 주로 팔선이 서왕모西王母의 요지연瑤池宴에 초대받아 가는 형식으로 그려졌다. 현재 남아 있는 팔선 관련 신선도는 대부분 18, 9세기에 제작된 작품들이지만 『열성어제列聖御製』에 실린 숙종肅宗의 〈열선도列仙圖〉와 〈제요지대회도題瑤池大會圖〉의 기록으로 보아, 적어도 17세기에는 이러한 형식의 그림이 그려졌을 것으로 짐작된다.

경기도박물관 소장 〈요지연도瑤池宴圖〉에는 서왕모의 연회에 초대를 받은 철괴리를 비롯한 팔선이 다른 신선들과 함께 출렁이는 약수弱水를 건너 곤륜산崑崙山 요지瑤池로 달려가는 모습이 그려져 있다.

조선 후기 김홍도金弘道의 〈군선도群仙圖〉 8폭 병풍 역시 〈요지연도〉와 마찬가지로 서왕모의 초대로 요지로 가는 신선들을 묘사하고 있다. 19명의 신선이 10명, 6명, 3명의 세 무리로 나뉘어 화면 왼쪽 방향을 향해 분주하게 나아가고 있는 모습이다.

다만 〈요지연도〉에 비해 공간적인 면에서 하늘과 파도 부분이 생략되어, 마치 지상에서 걸어가고 있는 듯한 느낌을 준다. 아울러 〈요지연도〉

김홍도 〈신선도〉 8폭 병풍 국립중앙박물관

의 주인공인 서왕모와 주周나라 목왕穆王 등이 모두 빠지고, 신선 규모도 대폭적으로 축소되었다. 도상圖像에 등장하는 신선들 가운데 팔선은 기물器物이나 모습 등으로 미루어 두건을 쓴 종리권, 흰 당나귀를 거꾸로 탄 장과로, 박판을 치는 조국구, 어고간자를 든 한상자, 그리고 그림 맨 왼쪽에 마고麻姑와 하선고 정도가 확인 된다.

화면의 왼쪽 끝부분 하단에 '병신춘사丙申春寫'라는 관지款識와 사능士能이라는 김홍도의 자字가 적혀 있다. 그 아래에는 김홍도인金弘道印이라는 백문방인白文方印과 사능이라 새긴 주문방인朱文方印이 찍혀 있다. 이를 통해 김홍도가 31세 때인 1776년(영조 52) 봄에 그렸음을 알 수 있다.

그런데 김홍도에게는 〈군선도〉 8폭 병풍과는 전체적인 구도와 형식이 다른 〈신선도神仙圖〉 8폭 병풍이 있다. 이 그림은 신선들이 전체적으로 한 무리를 이루고 있는 구도가 아니라, 매 폭에 중심이 되는 신선을 독립적으로 그렸고, 그림마다 강세황姜世晃의 화평이 적혀 있다. 김홍도의 〈신선도〉 8폭 병풍은 제8폭 상단에 '기해 양월 사능己亥陽月士能'이라는 관지가 있어서 그의 나이 32세 때 그린 〈군선도〉 8폭 병풍 보다는 조금 나중인 1779년(정조 3) 기해년 음력 10월, 그의 나이 35세 때 그린 것임을 알 수 있다.

제1폭은 피리를 불고 있는 선동仙童 그림인데, 당시 사람들은 이 그림이 왕자교王子喬를 묘사한 〈옥자진도玉子晉圖〉라고 했지만, 강세황은 "푸른 옥을 뚫어 아홉 구멍을 만드니 솜씨 또한 훌륭하다. 피리를 부는 이를 사람들은 자진子晉이라 하지만, 나는 아니라고 말한다. 저 펄럭이는 것은 날개인가, 나는 긴 뿔이라고 생각한다."[2]라고 평했다.

제2폭은 사슴과 함께 있는 청오자靑烏子인데, "등에는 『황정경黃庭經』을 메고 손에는 단지丹芝를 가지고 있으며, 허리에는 호리병을 차고 있으니 묻지 않아도 청오자임을 알겠다. 윤곽선을 쓰지 않고 작가의 정신세계를 빠른 필치로 그려내고沒骨寫意, 구법이 속세를 활발히 벗어났으니 청오술靑烏術이 능히 이에 대적할 수 있겠는가?"[3]라고 평했다.

---

2 鑿綠玉作九竅, 工亦巧矣. 吹之者, 人謂子晉印則曰否. 彼翩翩者羽何, 以爲牲牲之角也. 豹巖評.

제3폭은 삼선도三仙圖이다. 앞에서부터 차례로 동화자東華子·여동빈·종리권을 그렸으며, "어떻게 하면 몸이 그림 속으로 들어가서 함께 손바닥 위의 영단靈丹과 광주리 안의 자줏빛 영지靈芝를 맛볼 수 있을까?"[4]라고 평했다.

제4폭은 삼성도三星圖로서 복성福星·녹성祿星·수성壽星, 그리고 3명의 동자가 수성이 받쳐 들고 있는 복숭아를 쳐다보는 그림이다. "복을 관장하는 복성은 온화한 얼굴이 넉넉하고 아름다우며, 관록官祿을 관장하는 녹성은 높은 관에 화려한 옷을 입었으며, 수명을 관장하는 수성은 늙은 모습에 머리 골격이 길다. 이것은 이 서애李西涯의 시이다. 이에 대해 고쳐 평할 필요가 없다."[5]라고 평했다.

여기서 서애는 명나라 때 문인 이동양李東陽으로서, 그의 호가 서애이다. 그는 〈삼성도를 마 태수에게 보내 장수를 노래하다三星圖歌壽致馬太守〉에서 "복을 관장하는 복성은 온화한 얼굴이 넉넉하며 아름답고, 학에 올라 자허紫虛를 빠르게 난다. 관록을 관장하는 녹성은 높은 관에 화려한 옷을 입었으며, 뜬 구름에서 난새를 몰아 수레로 삼는다. 수명을 관장하는 수성은 늙은 모습에 머리 골격이 길고, 얼굴은 홍안인데 귀밑머리와 수염은 눈처럼 희다."[6]라고 했다.

제5폭은 자염도사紫髥道士인데, 앉아 있는 신선의 수염이 자색을 띠고 있다고 하여 강세황이 자염도사라고 칭했는데, 그 스스로 "붉은 수염을

3 背負黃庭 手搴腰丹芝, 帶葫蘆在腰, 不問可知爲青鳥子. 沒骨寫意, 草草一筆九法, 活出烟火界, 青鳥術, 可能敵此否.

4 安得致身此中, 共嘗掌上靈丹筐中紫芝. 豹翁.

5 福星雍容豊且都, 祿星高冠盛華裾, 壽星古貌長骨顱, 此李西厓詩也. 對此無容改評. 豹菴評.

6 이동양李東陽, 〈삼성도를 마 태수에게 보내 장수를 노래하다三星圖歌壽致馬太守〉. 福星雍容豊且都, 翩然騎鶴乘紫虛. 祿星高冠盛華裾, 浮雲爲馭鸞爲車. 壽星古貌長骨顱, 渥丹爲顔雪鬢須.

한 도사가 총채를 들고 노장老莊의 도를 이야기한다. 화개華蓋를 높이 든 여자 도사는 가만히 들으며 묵묵히 이해하는가? 세 명의 아이는 어디에서 나온 것일까? 무소뿔의 하얀 기운이 하늘까지 치솟으니 영험하고 괴이함의 극치이다. 결코 풍류의 혐의는 없다."[7]라고 평했다.

제6폭은 황초평黃初平인데, "초평이 돌을 보고 소리를 질렀더니 양羊이 되었다고 하니 조화수를 다한 것이다. 사능이 필묵으로 초평의 조화수를 홀리게 하니, 거의 초평보다 한 수 위라고 할 만하다."[8]라고 평했다.

제7폭은 수성노인으로, "노자가 푸른 소青牛를 싫어하여 흰 사슴을 불렀겠는가? 『도덕경道德經』과 큰 복숭아로 장생長生의 계책을 삼으니 노자의 도道보다 크도다."[9]라고 평했다. 얼핏 보면 강세황이 노자를 평한 것으로 생각하기 쉽지만, 사실은 노자는 비교의 대상일 뿐이고, 주체는 수성노인이다. 도상적 특징도 노자는 푸른 소를 타고 있는 모습이지만, 이 그림에서는 사슴과 함께 등장한다. 이는 도상에서 볼 수 있는 수성노인의 전형적인 특징이다. 제8폭은 관복 차림에 박판拍板을 두드리는 조국구를 중심으로 피리와 생황을 불고 있는 두 명의 선동과 복숭아를 멘 동자가 비스듬히 서 있는데, 강세황은 "생황과 피리 소리 구름을 두드리고, 박판 소리가 귓전에 가득하여 홀연히 그림임을 잊었구나. 화가의 정신이 우주의 밖을 노닐어보지 않고서는 이러한 경지를 갖출 수 없다. 표암이 평하다."[10]라고 했다.

평소 강세황은 김홍도에 대하여 "특히 신선과 화조를 잘하여 그것만

---

7 紫髯道士握談玄, 卓華盖女冠能潛聽默會否. 三孩兒何從中生. 有犀角白氣于天, 靈詭之極, 決定無風流嫌矣.

8 初平叱石爲羊, 儘造化手矣. 士能以筆墨, 幻初平造化手, 殆乎過初平一着, 豹菴評.

9 老君厭青牛而喚白鹿耶. 以道德經, 博一顆桃, 爲其長生計, 大於玄牝之訣耶. 豹菴評.

10 笙簫戞雲, 檀拍問之, 洋乎盈耳, 忽覺無丹青. 操毫者, 非神游八極之表, 無以辦此. 豹菴評.

김홍도 전 〈해상군선도〉 국립중앙박물관

〈팔선도〉 국립민속박물관

가지고도 한 세대를 울려 후대에까지 전하기에 충분하다."라고 그의 신선도를 높이 평가했다.

김홍도의 〈해상군선도海上群仙圖〉와 〈파상군선도波上群仙圖〉, 그리고 〈팔선도八仙圖〉는 전체적인 구도와 신선들의 형태에서 유사점이 많다. 그 가운데 〈팔선도〉는 서왕모의 요지연에 참석하기 위해서 각자의 지물持物을 갖고 바다를 건넜다고 하는 '팔선과해 각현신통八仙過海 各顯神通'의 고사를 바탕으로 하여 그린 8폭 채색 병풍이다.

〈상팔선도〉 개인 소장

나귀를 거꾸로 타고 가는 장과로, 표주박과 철괴를 가지고 있는 철괴리, 파초선을 들고 있는 종리권, 피리를 불고 있는 한상자, 검을 차고 있는 여동빈을 비롯하여 남채화와 조국구, 하선고 등이 묘사되어 있다. 그리고 그림 마지막 폭 상단에는 '해상군선도수칠십임당병제海上羣仙圖叟七十琳塘幷題'와 '임당琳塘'이라고 새긴 주문방인이 있다. 임당은 조선 후기 화원인 백은배白殷培의 호이다.

민화民畵인 〈상팔선도上八仙圖〉는 18세기 후반에 제작된 것으로 추정되며, 팔선 가운데는 오른쪽에 쪼그리고 앉아 있는 철괴리, 그 앞에 검을 메고 있는 여동빈, 맞은편에 배를 내놓고 있는 종리권 정도가 누구인지 확인된다.

1887년(고종 24) 30세의 나이로 조선에 부임한 카를 안드레아스 볼터 Carl Andreas Wolter는 대한제국 최초의 외국인 회사로 기록된 세창양행世昌洋行의 공동 창업주였다. 제물포濟物浦에 사옥을 짓고 무역통상과 금광

〈해상군선도〉 개인 소장

안중식·조석진 〈해상군선도〉 한양대학교박물관

채굴권 등으로 사세를 확장하던 볼터 가족은 1905년(고종 광무 9) 을사늑약乙巳勒約으로 대한제국이 외교권을 박탈당하자, 1908년(순종 2)에 독일로 돌아가게 된다. 볼터의 귀국을 아쉬워하던 고종高宗이 귀국 선물로 병풍 한 점을 하사했는데, 그것이 바로 채색 〈해상군선도〉이다.

일반적으로 군선도는 장수를 기원하고 상서로운 기운을 불러일으키는 길상화吉祥畵로서의 의미가 깃들어 있어, 볼터 가족의 뱃길이 안전하고 편안하기를 기원한 고종의 마음이 고스란히 담겨 있다고 하겠다.

10폭 병풍으로 구성된 〈해상군선도〉는 괴석과 구름을 배경으로 파도가 일렁이는 바다를 건너는 여러 신선들이 그려져 있다. 매 폭의 도상을 살펴보면 제1폭과 제10폭에는 배경만 그려져 있고, 제2폭에는 수성노인이 복숭아를 든 채 사슴과 서있고, 제3폭에는 돌을 보고 소리를 치면 양으로 변하게 하는 도술을 지닌 황초평이 양과 함께 걷는 모습이 그려져 있다. 제4폭에는 여동빈과 동화자, 종리권이 앉아있고, 제5폭에는 『노자』를 강의하는 모습의 자염도사가 있다. 제6폭에는 아기를 안은 복성福星과 관복을 입은 녹성祿星이 수성노인이 내미는 복숭아를 흥미롭게 바라보고 있다. 제7폭에는 퉁소를 부는 선동仙童이 그려졌고, 제8폭에는 피리와 생황을 부는 동자들 사이로 박판을 든 채 우람하게 서있는 조국구의 모습을 그려 넣었다. 제9폭에는 청오자가 곡괭이를 들고 사슴을 돌아보는 모습이 그려져 있다.

그런데 이 〈해상군선도〉에 등장하는 신선들은 병풍의 배경과 인물의 배열순서만 다를 뿐, 이미 김홍도의 〈신선도〉 8폭 병풍에서 등장하는 신선들과 거의 흡사한 형태를 취하고 있다. 이는 1776년(정조 즉위년) 김홍도가 제작한 〈신선도〉가 훗날 다른 화원들의 그림에 화본畵本이 되었을 가능성을 시사한다.

사실 군선도는 무한한 생명을 가진 신선을 그려냄으로써 수명이 한정된 인간에게 장수를 기원하고 새해의 상서로운 기운을 불러일으키는 매개체로써 궁중 행사에 기념화로 제작되었다. 따라서 길상화로서의 의미를 지닌 군선도는 왕실의 혼인이나 생신 때 화원들이 진상했는데, 19세기의 서화가 조희룡趙熙龍은 『호산외사壺山外史』에서 이르기를, "김홍도는 특히 신선에 능했다."라고 평했다.

그 중에서도 특히 팔선도는 궁중 회화의 하례용 병풍이나 상류 계층의 축수도, 또는 일상적인 장식적 용도의 신선도로 즐겨 그려지다가, 이후에는 민간에서 생활 민화의 소재로 널리 사랑받았다.

파초선 들고 있는

종리권鍾離權

종리권

종리권鍾離權은 한종리漢鍾離라고도 부른다. 명明나라 때 왕세정王世貞이 쓴 『열선전전列仙全傳』에 따르면 종리권은 한漢나라 때 연태燕台 사람으로, 성은 복성複姓인 종리鍾離이고, 이름은 권權이며, 호는 정양자正陽子 혹은 운방雲方 선생이라고 한다. 보통 민간에서는 '한나라 때 사람 종리'라는 의미로 한종리라고 부른다.

전하는 말에 따르면 그가 태어날 때, 수십 길이나 되는 기이한 빛이 그의 집안을 비추었는데, 그 모습이 마치 맹렬하게 타오르는 불꽃같아서 일하던 사람들이 모두 깜짝 놀랐다고 한다.

그 일이 있은 지 얼마 안 되어 종리권이 태어났는데, 그 모습이 이미 세 살짜리 아이처럼 크게 자라있었다. 『선불기종仙佛奇踪』에 묘사된 그의 생김새는 정수리가 둥글고 이마가 넓으며, 귀는 크고 두꺼우며, 두 눈썹은 길었다. 눈은 움푹 들어가고, 콧대가 우뚝하며 입은 반듯하고, 얼굴은 넓적하고, 입술이 붉고 촉촉하며, 두 젖가슴 사이가 보통사람보다 넓고, 두 어깨가 아주 길었다.[1]

그런데 더 이상한 일은 태어난 지 일주일 동안 일체 어떠한 소리도 내지 않고 음식도 먹지 않아서 부모를 걱정시켰다는 점이다. 그렇게 7일째 되는 날, 뜻밖에도 침상에서 뛰어내리며 말하기를, "몸은 선계仙界에서 놀고, 이름은 옥경玉京에 걸어 놓았습니다."라고 했다. 그의 부모는 이 말을 듣자, 그만 깜짝 놀라고 말았다. 그도 그럴 것이 옥경은 바로 옥황상제가 살고 있는 궁궐이기 때문이었다. 그 일로 부모는 종리권이 장성하여 장차 비범한 인재가 되어 대권大權을 장악할 것이라고 여겨, 그의 이름을 권權이라고 지었다고 한다.

장성한 종리권은 아버지의 뒤를 따라 조정에 출사하여 대장군 직책을 맡았다. 한번은 그가 군사를 이끌고 국경 근처에서 토번吐藩 군대를 공격하다가 패배해 결국 홀로 말을 타고 깊은 산속으로 도망치게 되었다.

그런데 워낙 정신이 없었던 터라 방향감각을 완전히 잃어버려, 도대체 자신이 있는 곳이 어디인지도 분간할 수 없었다. 그렇게 한참을 멍하니 있다가 보니 어느새 날도 저물어 한밤중이 되었다.

그때 풀로 짠 옷을 입은 한 스님이 그에게로 다가와 그를 이끌고 어느 산속 집으로 데려갔다. 그곳이 바로 동화東華 선생이 득도한 장소라고 하

1 홍응명洪應明, 『선불기종仙佛奇踪』, 〈종리권鍾離權〉.

면서 하룻밤 묵으라고 하고는 곧바로 그곳을 떠났다.

심성이 여리고 부끄럼이 많던 종리권은 사람들을 놀라게 할까봐 집 밖에서 배회하며 어떻게 해야 좋을지 고민했다. 그렇게 한참을 서성거리고 있는데, 대문 안에서 인기척이 나더니 사슴 가죽을 걸친 한 노인이 푸른 지팡이를 짚고 문밖으로 나왔다.

하룻밤 지내고 가라는 노인의 권유로 방안에 들어선 종리권은 주인이 분명 신기한 도술을 지닌 기인奇人일 것이라는 생각이 들었다. 차츰 마음이 안정되자, 종리권은 그날 발생했던 일들을 차근차근 돌이켜보았다.

이제 생사의 고비에서 벗어나고 보니, 불현듯 마음속에서 도를 닦고자 하는 마음이 간절해졌다. 곧 자세를 단정하게 고치더니, 주인에게 법문을 가르쳐 줄 것을 청했다. 그에게 혜안이 있음을 간파한 노인은 장생진결長生眞訣과 금단비결金丹秘訣 및 청룡검법을 전수해주었다.

모든 수련을 마치자, 종리권은 노인에게 작별을 고하고 고향으로 돌아갈 차비를 갖추었다. 그때 문득 고개를 들어 노인이 살던 곳을 바라보니, 어느새 자신이 묵었던 집은 흔적도 없이 사라져 보이지 않았다.

그때부터 종리권은 세속인의 신분에서 탈피하여 평소 입던 옷을 벗어던지고, 도복道服으로 갈아입었다. 머리는 빗어 올려 쌍 상투를 틀고, 손에는 파초선芭蕉扇을 들었으며, 불룩한 배와 가슴이 도복 바깥으로 드러났다.

이후 화양진인華陽眞人을 만나 태을도규太乙刀圭와 화부내단술火符內丹術을 배운 종리권은 내공이 더욱 높아져 오묘한 도법을 통달했다. 신선 왕현보王玄甫까지 그에게 장생의 비결을 가르쳐주었다. 그러던 중 우연히 흰 눈으로 뒤덮인 산봉우리에서 옥함 하나를 얻어, 그 안에 있던 비결을 수련하여 마침내 신선이 되었다.

그러나 『열선전전』의 기록과는 달리, 한나라 때 역사 자료에서는 종리권에 대한 기록을 찾아 볼 수가 없다. 그에 대한 기록이나 전설이 출현하기 시작하는 때는 오대五代와 북송北宋 초기로서 『선화서보宣和書譜』를 비롯하여 『이견지夷堅志』와 『송사宋史』 등에 그에 관한 단편적인 기록들이 나타난다. 그 외에도 청나라 때 강희제康熙帝의 명으로 편찬된 『전당시全唐詩』에도 그가 지은 시 3수와 소전小傳이 전한다.

그러면 팔선 가운데 한 명인 종리권의 원형은 어디에서 비롯되었을까? 『선화서보』에서는 종리권에 대하여 다음과 같이 기술하고 있다.

> 신선 종리 선생은 이름이 권인데, 어느 때 사람인지는 알 수 없다. 그러나 간혹 나와서 사람들과 왕래하면서 스스로 한나라 때 태어났으며, 여동빈이 자신에게 제자로서의 예를 취한다고 했다.[2]

또 『송사』의 기록은 다음과 같다.

> 거지 중에서 이인異人을 만났는데, 그가 스스로 "나는 종리 선생이다."라고 하면서 단약을 주니, 그것을 먹고 미쳐 마침내 아내를 버리고 달아났다.[3]

> 진요자陳堯咨가 진단陳搏을 찾아가 뵈니, 북상투를 한 도인이 먼저 자리에 앉아 있었다. 진요자가 먼저 개인적으로 진단에게 물어보니, 진단은 그가 종리자鍾離子라고 대답했다.[4]

『역세진선체도통감歷世眞仙體道通鑑』에도 다음과 같은 내용이 있다.

---

2 『선화서보宣和書譜』 19권, 〈종리권鍾離權〉. 神仙鍾離先生名權, 不知何時人, 而間出接物. 自謂生於漢, 呂洞賓於先生執弟子禮.

3 『송사宋史』 462권, 〈왕노지전王老志傳〉. 遇異人于丐中. 自言吾所謂鍾離先生也. 予之丹, 服之而狂. 遂棄妻子.

4 『송사』 457권, 〈진단전陳搏傳〉 陳堯咨謁搏, 有髽髻道人先在座. 堯咨私問搏, 搏曰鍾離子也.

> 강숙공康肅公 진요자가 급제하여 선생을 찾아가서 뵈었다. 자리에는 북상투를 한 도인이 앉아 있었는데, 기개가 남달랐다. 강숙공을 보자 그는 연달아 남암南庵이라 외치고는 바로 자리를 떴다. 강숙공이 몹시 이상하게 생각하여 진단에게 그 사람이 누구냐고 물었다. 그러자 진단은 종리자라고 대답했다. 강숙공이 잠시 멍하니 있다가 그를 쫓아가려고 하니, 진단이 웃으며 "벌써 수천 리 바깥에 있을 것이네."라고 말했다.[5]

그런데 종리권이 한종리漢鍾離로 불리며, 한나라 때 사람으로 알려진 까닭은 다소 억지스러운 면이 있다. 북송 휘종徽宗 선화(宣和)[6] 연간에 궁중에 소장된 서예 작품을 수록한 『선화서보』에 따르면, 그는 당나라 때 사람으로 여동빈과 함께 있을 때 스스로 "천하에서 가장 한가한 사람은 나 종리권이다天下都散漢鍾離權"라고 자신을 소개했다. 그런데 후세 사람들이 그 말을 오해하여 산散 자 뒤에 구두점을 찍는 바람에 사나이란 뜻의 한漢 자를 나라 이름이나 성姓으로 인식하여 '천하에서 가장 한가한 한나라의 종리권天下都散 漢鍾離權' 또는 '천하에서 가장 한가한 한종리권'이라고 해석했다. 그 후로 종리권은 한종리로 잘못 불리게 된 것이다.

그 뿐만 아니라 종리권이 한나라 때 인물이라는 『열선전전』의 기록을 뒷받침할 역사적 근거 자료는 하나도 발견되지 않았다. 오히려 종리권과 관련된 일화가 오대와 북송 초기부터 나타나는 점을 고려하면 종리권이 당나라 때 인물이라는 점이 더 설득력을 가진다.

특히 당시唐詩를 모은 청나라 때 시집인 『전당시全唐詩』에는 그가 썼다는 시 3수와 간략한 전기가 실려 있다.

---

5 조도일趙道一, 『역세진선체도통감歷世眞仙體道通鑑』 47권, 〈진단전陳摶傳〉. 陳康肅公堯咨旣登第, 過謁先生, 座中有道人, 髽髻, 意象軒傲. 目康肅公, 連言曰, 南庵. 語已, 徑去. 康肅公深異之, 問曰, 向來何人. 先生曰, 鍾離子也. 康肅公惘然, 欲去追之. 先生笑曰, 已在數千里外矣.

6 북송 휘종徽宗의 연호로 1119~1125년.

윤용 〈종진군〉 서강대학교박물관

섬서 함양咸陽 사람으로 도인을 만나 선결仙訣을 전수받고, 화양진인華陽眞人과 왕현보王玄甫를 만나 도를 배우러 공동산空洞山에 들어갔다. 스스로 운방 선생이라 불렀고, 나중에 신선이 되었다.[7]

앉으나 누우나 늘 술 한 병 끼고 살며
두 눈은 장안을 보지 못하게 한다
하늘과 땅 사이 이름 없는 허다한 사람들
흩어지는 그들 중 오직 한 대장부라네
— 종리권 〈제장안주사벽삼절구〉[8]

---

7 『전당시全唐詩』 860권, 〈종리권鍾離權〉. 소전小傳.

8 위의 책 860권, 〈제장안주사벽삼절구題長安酒肆壁三絕句〉. 坐卧常携酒一壺, 不敎雙眼識皇都. 乾坤許大無名姓, 疏散人中一丈夫.

〈종리권도〉 국립중앙박물관

이 시에 묘사된 종리권은 분명 술을 좋아하는 방랑자의 형상이다. 국립중앙박물관 소장 필자미상의 〈종리권도〉를 보면 그의 왼손에는 호리병이 쥐어져 있는데, 아마도 그 안에는 술이 가득 담겨져 있지 않을까 생각된다.

그러나 조선 시대에 그려진 종리권의 도상은 손에 술병이 아닌 파초선을 들고 있는 형태가 다수를 차지한다.

김홍도金弘道의 〈삼선도三仙圖〉를 비롯하여 윤용尹愹의 〈종진군鍾眞君〉과 조종묵趙種默의 〈종리鍾離〉 등은 늙은 소나무 아래에서 한 손에 파초선을 들고 있는 종리권을 도상으로 하고 있으며, 그 부채는 팔선 가운데 종리권을 상징하는 지물持物로 인식된다. 따라서 팔선 가운데 종리권은 늘 커다란 배를 옷 밖으로 내놓은 채 부채를 들고 있는 모습으로 등장한다.

민간에서는 그의 법기인 파초선이 죽은 자의 영혼을 소생시키는 신통한

조종묵 〈종리〉 간송미술관

능력이 있다고 믿는다. 종리권의 파초선에 얽힌 재미있는 일화가 있다.

한번은 그가 젊고 아리따운 여인과 결혼하여 고향에서 생활하고 있을 때였다. 하루는 명상을 하며 시골길을 걷고 있을 때, 한 젊은 여인이 무덤가에 앉아 슬피 울면서 이제 막 떼를 입힌 무덤의 흙에 연신 부채질하고 있는 광경이 눈에 띄었다.

행동이 하도 이상하여 그 까닭을 물으니, 여인이 하는 말이 죽은 자신의 남편이 자기 무덤의 흙이 마르기 전엔 재혼을 하지 말라고 했다는 것이다. 그런데 지금 자신을 뜨겁게 사랑하는 사람을 만났기 때문에 그녀는 급히 흙이 마르기를 바라며, 무덤에 부채질 하여 습기를 말리고 있는 중이었다고 했다.

종리권은 여자를 도와 부채를 건네받고는 신령들을 불러 도움을 요청

김홍도 〈삼선도〉 국립중앙박물관

하고 부채로 무덤을 부치니 무덤이 완전히 말라 버렸다. 과부는 너무 기쁜 나머지 그에게 감사를 하는 둥 마는 둥 하다가 부채를 놔둔 채 떠났기 때문에 그 부채가 종리권의 손에 들어오게 되었다고 전한다.

종리권의 젊은 아내는 부채를 보자, 그게 어디서 난 것인지 알고 싶어 하는 눈치였다. 자초지종을 듣자 그녀는 발끈 성을 내며 자기 같으면 결코 그런 짓을 하지 못할 것이며, 그런 몹쓸 짓을 한 과부는 필경 후안무치한 요물임에 틀림없다고 항변했다.

그 말을 듣자 종리권은 자신의 젊은 아내의 속마음을 떠보고 싶은 생각이 들었다. 그는 강력한 주문을 외워 죽은 사람처럼 되고, 동시에 잘생긴 청년의 모습을 취하게 되었다.

그리고는 그런 사실을 꿈에도 모르는 자신의 아내에게 사랑한다고 수작을 걸었는데, 며칠도 되지 않아 그녀는 종리권이 변신한 청년과 결혼하기로 약속한 것이었다. 종리권은 그녀에게 죽은 남편의 골수를 한 잔 가득 떠 달라고 하자, 그녀는 사랑하는 남자의 청을 뿌리칠 수 없어 마지못해 관 뚜껑을 열었다. 그런데 그녀의 죽었던 남편이 갑자기 살아나는 동시에 그동안 그녀를 사랑한다고 했던 젊은이도 어디론가 사라져버렸다. 어찌나 수치스러웠는지, 그녀는 그만 목을 매고 자살하고 말았다. 결국 종리권은 집에 불을 놓아 다 태워버리고, 오직 부채와 『도덕경道德經』만 들고 나왔다고 한다.

김홍도의 〈삼선도三仙圖〉는 매 폭마다 표암豹菴 강세황姜世晃의 화평이

김홍도 〈삼선도〉 국립중앙박물관

적혀있는 여덟 폭 〈신선도〉 가운데 하나이다. 마지막 제8폭에 '기해 양월 사능己亥陽月士能'이라는 관지가 있어서 1779년(정조 3) 음력 10월 그의 나이 35세 때 그린 것임을 알 수 있다. 이 도상은 칼을 차고 있는 여동빈呂洞賓을 중심으로 그 위에 종리권이 배치되고, 아래에는 동화자東華子가 배치되어 있는 구도이다.

도상 우측 상단에 강세황에 쓴 화제에는 "회회도인回回道人은 종리권에게 배우고, 종리권은 호리병을 뒤집어 금단金丹을 쏟고 있는 사람에게 배웠다. 때마침 맑은 달이 곁에 있다가 그 사정을 아는구나. 표암이 평하다."[9]라고 쓰여 있다. 이는 세 사람이 도를 서로 전수한 차례를 말해준다. 화평에 등장하는 회회도인은 바로 여동빈을 의미하는데, 여동빈의 스승이 바로 종리권이다. 그리고 호리병을 뒤집어 금단을 쏟고 있는 사람은 동화자로서, 그는 바로 종리권의 스승인 것이다.

그런데 김홍도가 동화자와 종리권, 여동빈의 사승師承 관계를 그린 〈삼선도〉가 이 그림 말고도 하나 더 존재한다. 두 그림은 마치 같은 범본을 바탕으로 그린 듯 구도가 완전히 일치한다. 다만 작품의 색깔, 농도 등에서 다소 앞의 그림보다 수준이 떨어진다. 그리고 결정적인 차이는 표암의 화평이 서로 다르다.

---

9 回回道人學於鍾離權, 鍾離權學於側葫蘆瀉金丹者, 時有澹月在傍, 知狀. 豹菴評.

강세황은 이 그림의 화평을 쓰면서 "어떻게 하면 몸이 그림 속으로 들어가서 함께 손바닥 위의 영단靈丹과 광주리 안의 자줏빛 영지靈芝를 맛볼 수 있을까? 표옹豹翁"[10]이라고 했는데, 그가 표옹이라는 호를 쓰기 시작한 것은 김홍도의 나이 38세 때인 1782년(정조 6) 작품에서 처음 발견된다. 따라서 앞서 본 〈삼선도〉보다는 후대에 그려진 것으로 생각된다.

그런데 조선 중기의 도사道士 한무외韓無外의 『해동전도록海東傳道錄』에 따르면 조선의 도맥道脈이 태상노군太上老君에서 시작하여 위백양魏伯陽이 종리권에게 전하고, 종리권이 최승우崔承祐와 자혜慈惠에게 전했다고 기록하고 있다. 그런 면에서 조선에서는 종리권의 스승을 동화자보다는 위백양으로 보고 있는 듯하다. 이는 김세렴金世濂의 시에서도 잘 나타난다.

> 옛날에 위백양을 스승 삼아서
> 참동계 진리를 배웠네
> 바다 밖에서 문득 다시 만나니
> 몇 천 년을 서로가 생각했던가
> ― 김세렴 〈종리권의 상에 쓰다〉[11]

이 〈종리권의 상에 쓰다題鍾離權像〉는 김세렴이 1636년(인조 14)에 통신사 부사로서 일본 사행길에 쓴 시집 형식의 『사상록槎上錄』에 실려 있다. 내용을 보면 김세렴이 부산을 떠나 일본에서 종리권의 도상을 보고 지은 작품으로 생각된다.

마지막으로 『열성어제列聖御製』에 실린 숙종肅宗의 〈종리권鍾離權〉 시 한 수를 소개한다.

---

10 安得致身此中, 共嘗掌上靈丹筐中紫芝. 豹翁.

11 김세렴金世濂, 『사상록槎上錄』, 〈종리권의 상에 쓰다題鍾離權像〉. 昔師魏伯陽, 同講參同契. 海外忽重逢, 相思幾千歲.

7일 만에 말을 할 수 있었고
몸은 백옥경에서 노닐었다네
마음 돌려 열심히 도 닦으니
마침내 선경仙卿이 되었다네
— 숙종 〈종리권〉[12]

12 숙종肅宗, 『열성어제列聖御製』 9권, 〈종리권鍾離權〉. 七日能言語, 身遊白玉京. 回心勤向道, 竟得入仙卿.

검을 메고 동정호 날아가는

여동빈呂洞賓

여동빈

여동빈呂洞賓은 당唐나라 때 경조京兆 사람으로서 이름은 암巖이고, 동빈은 그의 자字이다. 도교 가운데 전진도全眞道에서는 그를 순양조사純陽祖師 또는 여조呂祖로 받들고 있으며, 일반적으로 순양자純陽子라고 부른다.

중국 사천四川의 청양궁青羊宮에서 전해 내려오는『동화정맥황극합벽증도선경東華正脈皇極闔闢證道仙經』에서는 여동빈이 본래 당나라 황족으로서 성은 이李이고, 이름은 경瓊이며, 자는 백옥伯玉인데, 측천무후則天武后의 화를 피하여 부인 금씨金氏과 함께 숭산嵩山의 깊은 계곡에 숨어 살게 되면서 성씨를 여呂로 바꾸었다고 한다.

금金나라 때 원호문元好問이 엮은 『당시고취唐詩鼓吹』에서는 그가 당나라 의종懿宗 함통咸通[1] 연간에 급제하여 두어 곳의 현령을 역임했으나, 황소黃巢의 난을 피해 전 가족을 데리고 종남산終南山으로 피신하여 수행 득도하고 난 이후의 행적은 모른다고 했다.

이처럼 그의 경력에 관해서는 다양한 이설들이 많이 떠도는데, 그만큼 여동빈에 대한 사람들의 관심이 지대함을 보여준다. 특히 그의 출생에 대해서는 더욱 신비한 이야기가 전해진다.

여동빈의 어머니가 그를 임신하기 전날 밤이었다. 잠자리에 든 지 얼마 되지 않아 방안 가득 달콤한 향기가 풍겨왔다. 이따금 신선들의 풍악 소리도 들렸다. 그 광경이 꿈인지 생시인지 정신을 차리지 못하고 있을 때였다.

갑자기 창 밖에서 하얀 학 한 마리가 날아 들어와 곧바로 침상 위로 돌진하더니 순식간에 사라져서 보이질 않았다. 비록 꿈이긴 했지만, 기억만은 여전히 생생했다.

다음날 여동빈의 어머니는 자신이 임신했음을 알게 되었다. 몇 달간의 기다림을 거쳐 4월 14일 사시巳時에 여동빈이 태어났다. 어머니의 기이한 태몽 때문이었을까, 그는 자라면서 신선의 풍채와 도사의 골격을 갖추었다. 게다가 학 같은 정수리에 코끼리 같은 등, 호랑이 몸에 용의 뺨, 봉황 같은 눈은 하늘을 바라보는 듯하고, 왼쪽 눈썹에는 검은 반점이 있고, 발바닥에는 거북 같은 무늬가 있었다.

어릴 때부터 총명했던 그는 날마다 만 자나 되는 문장을 외울 수 있어서 한번 말하면 곧바로 문장이 될 정도였다. 키는 여덟 자 두 치나 되고,

---

1 당나라 의종懿宗의 연호로 860~873년.

김득신 〈여동빈도〉 간송미술관

화양건을 즐겨 쓰고 누렇고 넓은 도복에 검은 실띠를 둘렀으니, 그 모습이 마치 한나라 때 장량張良 같았다.

조부와 부친이 모두 조정의 대신을 지냈기 때문에, 그도 처음에는 인간 세상의 부귀공명을 구하려고 애썼다. 과거에 급제하기 위해 유가의 경전과 다양한 시문을 공부했다. 일설에는 두 차례나 현령을 지낸 적도 있어, 그에게서 유가적 풍모를 찾기는 어렵지 않은 일이다. 그의 도상은 흔히 머리에 화양건을 쓰고 어깨에는 검을 메고 있으며 소매와 옷자락이 펄럭이는 모습으로 표현된다. 다른 팔선과는 달리 학문과 무예를 겸비한 유자儒者로 혹은 장생불사의 신선으로서의 여동빈은 조선 시대 문인들의 많은 사랑을 받았다.

김득신金得臣의 〈여동빈도呂洞賓圖〉를 살펴보면, 피리와 생황을 불고 있는 두 선동仙童과 함께 옥골선풍玉骨仙風의 여동빈이 바람에 옷자락을 휘날리며 등에 검劍을 차고 있는 모습이다. 사실 그가 검을 가지고는 있지만, 그에게서 무인으로서의 날카로움은 느껴지지 않는다. 오히려 준수한 외모에 사인士人으로서의 분위기가 물씬 풍기는 그림이다.

여동빈이 가지고 있는 검은 실제로 사람을 죽이는 용도로 사용된 적은 없다. 오히려 사람들에게 해를 끼치는 귀신이나 정령을 제압할 수 있는 검이다. 그는 이 검으로 회수淮水에서 사람들에게 해악을 끼치는 교룡蛟龍과 호랑이를 처치했다고 전해진다.

김두량 〈고사몽룡도〉 개인 소장

조선 후기의 화가 남리南里 김두량金斗樑의 〈고사몽룡도高士夢龍圖〉는 칼을 차고 부채를 든 도사가 지긋이 눈을 감고 쪼그리고 앉아 있는 도상인데, 옆에는 불로초와 복숭아가 들어 있는 바구니가 놓여 있으며 머리 위에는 한 마리 용이 승천하고 있다. 이 용은 여동빈이 자신의 보검으로 물리친 교룡을 연상케 한다.

화폭의 오른쪽 상단에는 조선 후기의 문인이자 화원畵員인 서직수徐直修가 쓴 '이 축에 부합할 만하다可合此軸'는 화제와 그의 호인 일우헌一友軒이라는 글씨가 있다.

그리고 왼쪽 상단에는 "옷의 주름이 원숙하고 먹을 쓴 것이 기이하고 고아하여 명수라고 하기에 충분하다. 예전에 임금이 남리라는 호를 주었으니, 또한 시대를 잘 만났다고 말할 수 있다."[2]라는 표암豹菴 강세황姜世晃의 화평畵評이 있다.

김두량은 화원으로서 윤두서尹斗緖의 제자였으며, 도화서별제圖畵署別提를 지냈다. 〈고사몽룡도〉는 그가 신장도神將圖에 뛰어났음을 보여주며, 강세황의 화평을 보면 영조英祖의 총애를 받아 남리라는 호를 직접 하사받을 정도로 화원으로서의 평가가 대단히 높았음을 알 수 있다.

특히 여동빈의 검은 인간이 지닌 헛된 욕망과 번뇌를 끊게 해주는 상징으로 인식된다. 즉, 검은 무武의 징표일 뿐만 아니라, 요사스런 귀신을 물리치려는 의지를 상징하는 물건도 된다. 그런 까닭에 조선 시대 선비들은 검을 사랑방에 걸어 놓기도 했다.

이처럼 검은 외부로부터의 위협과 위험에서 자신을 지켜주는 보검으로서의 기능을 수행했다. 그러나 세월이 흐를수록 단순히 귀신이나 동물을 물리치는 의미를 초월하여, 자신의 내면 깊숙이 도사리고 있는 거대한 세속적 욕망을 끊어내는 도구로 승화된다. 문득 세상으로부터 찾아오는 무한한 번뇌와 욕망 등을 끊어주고, 학문에 정진할 수 있게 해주는 상징성을 지닌 검으로 재탄생하는 것이다. 이로써 여동빈은 검선劍仙이라는 명성 못지않게 시선詩仙이라는 호칭도 겸하게 된다. 이것이야말로 조선 시대 많은 문인들이 팔선 가운데서도 여동빈을 좋아하게 된 이유일 것이다.

대부분의 신선도가 장수를 갈구하는 기복적인 요소가 강했다면, 여동빈의 도상은 어지러운 속세를 떠나 은일하여 초연한 삶을 구가하고자 하는 조선 선비들의 정신적 염원이 담겨 있다고 하겠다.

단원 김홍도의 〈협사수심도俠士修心圖〉는 이러한 선비들의 아취雅趣를 잘 드러내주고 있는 신선 도상이다. '협사수심'이란 제목대로 편안하게 언덕에 걸터앉아 마음을 다스리는 검선의 면모를 그렸다. 한 줄기 필선으로 눈과 눈썹 코를 그리고 수염을 길게 늘어뜨렸다. 머리에 화양건을 쓰고

---

2 衣紋圓熟, 用墨奇古, 足稱名手. 昔御賜號曰南里, 亦可謂遭遇矣.

오른손에는 파초선을 들어 무릎 위에 자연스레 얹었으며, 등에는 검을 메고 있다. 화양건과 검으로 보아 검선 여동빈을 그린 것이 틀림없다.

김홍도 〈협사수심도〉 간송미술관

김홍도의 또 다른 그림인 〈검선관란劍仙觀瀾〉 역시 여동빈을 소재로 그렸다. 검을 오른손에 들고 돌출된 암벽 위에 걸터앉아 무심히 물결을 바라보고 있는 인물과 화폭 상단에 한 마리 학이 유유히 날고 있는 모습을 그린 그림은 김홍도가 스스로 쓴 화제를 통해서도 여동빈임이 확인된다.

화폭의 왼쪽 상단에 쓰인 화제를 보면, '만 리서 불어오는 서풍에 한 자루 검이 차갑네萬里西風一劍寒'라고 쓰여 있다. 이 시는 원래 여동빈이 장휘蔣暉를 방문하여 쓴 〈전주 도사 장휘의 벽에 쓰다題全州道士蔣暉壁〉라는 시의 마지막 구절이다.

> 바다 위의 산에서 취해 춤추고 노래 부르다가
> 하늘 표주박으로 이슬 받아 불사약을 짓는다
> 밤이 깊어지니 학이 지나간 가을 하늘 푸른데
> 만 리서 불어오는 서풍에 한 자루 검이 차갑네
> — 여동빈 〈전주 도사 장휘에게 쓰다〉[3]

3 『전당시全唐詩』 858권, 〈전주 도사 장휘에게 쓰다題全州道士蔣暉壁〉. 醉舞高歌海上山, 天瓢承露結金丹. 夜深鶴透秋空碧, 萬里西風一劍寒.

김홍도 〈검선관란〉 간송미술관

여동빈이 호남성湖南省 전주全州에 사는 도사 장휘를 방문했으나, 마침 그는 외출 중이었다. 그래서 여동빈이 그를 만나지 못한 아쉬움에 벽에 이 시를 써놓고 간 것이다. 여동빈이 떠난 뒤에 집으로 돌아온 도사 장휘는 벽에 찍힌 낙관을 보더니, 시를 써놓고 간 사람이 여동빈이라는 사실을 금세 눈치 챘다. 낙관에는 '무상궁주無上宮主가 장휘를 방문하여 쓰다無上宮主訪蔣暉作'라고 적혀 있었다. 그는 무상궁주가 여동빈이라는 사실을 단번에 알았다. '궁宮 자의 윗부분이 없다'는 것은 '여呂' 자를 의미하며, 여 자는 바로 여동빈의 성씨였기 때문이다.

김홍도의 〈검선관란〉과 비슷한 구도로 그려진 여동빈의 도상이 몇 점 더 있다. 1798년(정조 22) 정월에 그린 〈해산선학도海山仙鶴圖〉 역시 왼쪽 상단에는 김홍도가 쓴 화제가 있는데, 앞서 말한 〈전주 도사 장휘의 벽에 쓰다〉라는 시 전체가 쓰여 있다. 그리고 오른쪽에는 '무오년 보름 전 9일

김홍도 〈해산선학도〉 개인 소장

김홍도 〈검선도〉 개인 소장

에 변치화卞穉和를 위해 붓을 들어 그리다戊午望前九日爲卞穉和始開揮灑'라는 관지款識가 있다.

〈해산선학도〉와 아주 흡사한 구도로 그린 〈검선도劍仙圖〉 역시 '만 리 서 불어오는 서풍에 한 자루 검이 차갑네萬里西風一劍寒'라는 제시가 있다.

두 그림 모두 불쑥 솟은 언덕 위에 앉아서 아래를 관조하는 여동빈과 그 위로 날아가는 학의 모습은 그동안 김홍도의 신선도가 지닌 인물화

이인문 〈동정검선〉 간송미술관

중심의 도석화에서 벗어나, 주변 산수와 함께 조화를 이루며 심원한 정신세계를 추구하는 문인화로 변모하고 있음을 보여준다.

이는 기존의 신선도가 장수와 복을 기원하는 염원을 직설적으로 표현하는 데 역점을 둔 것과는 달리, 산수나 자연과 어우러진 신선을 등장시켜 은일隱逸 군자의 정신적 지향을 기탁함으로써 탈속적인 분위기를 효과적으로 드러내고 있다.

이인문李寅文의 〈동정검선洞庭劍仙〉은 이러한 은일 군자의 탈속적인 정취를 단적으로 보여주는 그림이다. 먼저 도상을 살펴보면 좌측 상단에 '시 한 수 읊조리며 동정호를 날아 지나가네朗吟飛過洞庭湖'라는 시구가 화제로 등장한다. 그 옆에 바로 '우옹이 쓰다于翁題', '고송유수관도인古松流水館道人'이라는 관지가 있는데, 우옹于翁은 바로 간재艮齋 홍의영洪儀泳이고, 고송유수관도인은 이인문의 호이다. 아마도 이인문의 〈동정검선〉에 홍의영이 화제를 쓴 것으로 보인다.

〈동정검선〉 좌측 상단의 시구는 『전당시』에 실려 있는 여동빈의 〈절구絶句〉라는 제목의 시이다.

아침에 북해에서 노닐다가 저녁에는 창오산
소매 속에 청사검은 담기가 크기도 하여라
세 번 악양에 왔어도 알아보는 사람이 없어
시 한 수 읊조리며 동정호를 날아 지나가네
— 여동빈 〈절구〉[4]

한 손에 청사검靑蛇劍을 들고 세찬 바닷바람을 맞으며 거센 파도를 지나가고, 아침에는 북해北海에서 노닐고 저녁에는 창오산蒼梧山을 넘나드는 여동빈의 역동적인 모습을 평범한 사람들이 현실 속에서 꿈꾸기란 불가능하다. 더욱이 여동빈이 세 번이나 악양岳陽 땅을 찾아갔지만, 그때마다 시대가 바뀌어 사람들이 자신을 몰라보자, 세상일을 마음에 두지 않고 초탈한 기상을 시로 읊으며 동정호를 날아갔으니, 그는 세속이라는 굴레에서 완전하게 벗어난 것이다.

하지만 조선의 은일 군자들은 세대를 뛰어넘을 정도로 장수하고, 공간을 자유롭게 넘나들며, 초월적 신통력을 지닌 신선으로서의 여동빈 보다는, 문무를 겸비하고 고매한 기상을 소유한 문인적 취향을 지닌 은일 군자로서의 여동빈에게 더 관심을 집중시켰다.

그 가운데 한 명이 고산孤山 윤선도尹善道이다. 전라도 해남海南에서 병자호란丙子胡亂으로 왕이 항복했다는 소식을 접한 윤선도는 이를 부끄럽

4 위의 책 858권, 〈절구絶句〉. 朝遊北海暮蒼梧, 袖裏靑蛇膽氣麤. 三入岳陽人不識, 朗吟飛過洞庭湖.

게 생각하고, 산이 깊고 물이 맑아 아름다운 섬 보길도甫吉島에 은거했다. 자신이 정착한 그 일대를 부용동芙蓉洞이라 이름하고, 격자봉格紫峰 아래 집을 지어 낙서재樂書齋라고 부르며, 십이정각十二亭閣·세연정洗然亭·회수당回水堂 등을 지어 놓고 마음껏 은일 군자로서의 풍류를 즐겼다.

경요의 굴속에서 옥을 씻은 물이
영롱하게 작은 누대 휘감고 가네
동정호 날아 지나가는 나그네가
응당 이쪽으로 방향을 돌리리라
— 윤선도 〈낭음계〉[5]

윤선도의 〈낭음계朗吟溪〉는 바로 자신이 보길도에 은거할 때인 1637년(인조 15)에 쓴 시이다. 낭음계는 격자봉 서쪽에 위치한 세 번째 골짜기로 주변 경관이 아름다워 윤선도가 틈이 날 때마다 이곳에서 죽장을 짚고 소요하면서 보냈다. 여러 차례에 걸쳐 정치적 다툼으로 유배생활을 했던 그로서는 더 이상 시끄러운 세상일에 휘말리고 싶지 않았다. 그래서 보길도에 정착하여 유유자적하면서 여동빈의 탈속적인 면모를 꿈꾸었다.

이 시에 등장하는 '동정호 날아 지나가는 나그네'는 바로 여동빈을 가리킨다. 윤선도는 여동빈이 세속에서 벗어나 여기저기를 떠돌다가, 같은 취향을 가진 자신을 찾아오리라고 확신한다.

따라서 조선의 문인들은 여동빈이 신선이라기보다는 탈속한 선비로서의 모습에 매력을 느낀 듯하다. 여동빈을 소재로 한 시와 그림이 다른 팔선에 비해 압도적으로 많은 것도 그러한 이유와 무관하지 않을 것이다.

---

5 윤선도尹善道, 『고산유고孤山遺稿』 1권, 〈낭음계朗吟溪〉. 嗽玉瓊瑤窟, 玲瓏縈小臺. 洞庭飛過客, 應向此中來.

조선 전기의 문인 이승소李承召는 자신의 사위인 성균관 학정成均館學正 이맹사李孟思의 집에 소장하고 있던 여덟 폭 그림에 제화시를 지었는데, 그 가운데 한 수가 〈여동빈이 동정호를 지나가다呂洞賓過洞庭〉이다. 이맹사의 집에 소장된 여동빈의 도상이 중국에서 전해진 것인지, 아니면 조선에서 그린 것인지는 확인할 수 없다. 하지만 이미 15세기부터 조선에서 여동빈의 도상이 민간에 유포되었음을 알 수 있다.

긴 바람을 타고 동정호를 건너니
만경 텅 빈 유리에 그림자 비친다
북두성 광채가 보검을 에워싼 채
시 읊으며 날아가니 무지개 같네
— 이승소 〈사위 이 학정의 집에 소장된 여덟 폭 그림에 제하다〉[6]

여동빈이 선검仙劍을 날려 그 검을 타고 동정호를 지나갔다는 전설과 딱 어울리는 시이다. 서산대사西山大師 휴정休靜의 문집인 『청허당집淸虛堂集』에도 〈여동빈이 동정호를 지나가다呂洞賓過洞庭〉라는 글이 있으며, 이익李瀷도 자신의 집안 대대로 전하는 수장繡帳에 수놓은 여동빈을 가리키며 "순양건純陽巾을 쓰고, 청사검을 차고 있는 사람이 있다."[7]라고 기록하고 있다. 더욱이 숙종肅宗도 『열성어제列聖御製』에서 여동빈을 주제로 시를 쓸 정도였다.

---

6 이승소李承召, 『삼탄집三灘集』 9권, 〈사위 이 학정의 집에 소장된 여덟 폭 그림에 제하다題壻李學正家藏八畵〉. 洞庭湖裏駕長風, 影入玻瓈萬頃空. 北斗光芒纏寶劍, 朗吟飛過氣如虹.

7 이익李瀷, 『성호전집星湖全集』 56권, 제발題跋 〈집안에 전해 오는 수장에 대한 발문跋家傳繡帳〉.

어려서부터 총명하여
입만 열면 문장이 되네
열 번 시험에도 끄떡없어
신통함이 만고에 전하네
— 숙종 〈여동빈〉[8]

이처럼 '여동빈'이란 소재는 조선 시대 전 시기를 통해 민간과 지식인들 사이에서 유행하던 중요 테마였다. 특히 여동빈을 비롯한 신선도는 궁정 화원들에게 있어서 상당히 중요한 화과畵科로서, 궁정화원들의 시험제도인 규장각奎章閣의 차비대령 화원差備待令畵員의 녹취재祿取才에는 좋은 화제畵題가 되었다. 이 제도는 규장각의 관리가 출제하고 채점하는 것이므로 궁중의 회화 취향을 반영했다고 하겠다. 특히 1831년(순조 31)에는 '여동빈도'를 지칭하는 '시 한 수 읊조리며 동정호를 날아 지나가네朗吟飛過洞庭湖'가 시험에 출제되기도 했다.

1779년(정조 3)에서 1883년(고종 20)까지 105년에 걸쳐 쓴 규장각일기인 『내각일력內閣日曆』에 기록된 차비대령 화원은 약 104명 정도로 파악되는데, 그 가운데는 여동빈의 도상을 그린 김홍도 · 이인문 · 김득신 등도 포함되어 있다.

한편 『삼재도회三才圖會』와 『선불기종仙佛奇踪』 등에는 여동빈의 등 뒤에 숨어 있는 듯한 자세로 머리를 내밀거나 혹은 피리를 불고 있는 귀신 형상이 보인다. 유수정柳樹精 또는 유자선柳子仙으로 불리는데, 바로 버드나무의 정령이 도상으로 형상화 된 것이다. 도상에서는 주로 머리에 버드나무 가지가 솟아 있는 형태로 나타난다. 희곡 〈성남류城南柳〉와 〈악양루

8 숙종肅宗, 『열성어제列聖御製』 9권, 〈여동빈呂洞賓〉. 聰明自幼少, 矢口輒成文. 十試心無動, 神通萬古聞.

岳陽樓〉 등에도 여동빈이 버드나무 정령을 제도濟度하거나 검으로 베는 내용이 나온다.

김홍도 전 〈해상군선도(부분)〉
국립중앙박물관

하지만 우리나라에서는 윤덕희尹德熙의 〈군선경수도群仙慶壽圖〉와 김홍도의 〈해상군선도海上群仙圖〉 등 일부를 제외하면 버드나무 정령은 잘 보이지 않는다. 이는 〈군선경수도〉와 〈해상군선도〉가 주로 여러 신선들이 함께 등장하여 장수와 복을 염원하는 측면에서 그려진 그림인 반면에, 김홍도를 비롯하여 김두량과 이인문 등이 여동빈을 단독 인물상으로 그린 도상은 문인이면서도 검을 쓸 줄 아는 선비의 고고한 기품을 그리는 데 초점을 맞추고 있기 때문이다. 즉 이들은 악귀를 물리치는 벽사의 기능을 강조하기 보다는 조선 선비들의 드높은 정신세계를 관조하는 데 더 큰 관심을 가졌기 때문에 버드나무 정령을 그리는 일은 불필요한 작업으로 인식했을 것이다.

특히 여동빈을 소재로 누구보다도 많은 그림을 남긴 김홍도는 그의 나이 40세인 1783년(정조 7)에 종6품 안기 찰방安奇察訪에 제수되면서 외직에 나선다. 그때부터 인근 지역에 있던 경상도 관찰사 이병모李秉模, 흥해 군수興海郡守 성대중成大中, 봉화 현감奉化縣監 심공저沈公著 등과 함께 자주 어울리면서 시문을 주고받으며 점차 사대부로서의 면모를 갖추게 된다.

안기 찰방을 그만둔 이후에도 김홍도는 명사로서 경화사족京華士族들의 아회雅會에 참석하여 문예적인 풍류를 즐겼다. 1791년(정조 15)에 원유관遠

윤덕희 〈군선경수도(부분)〉 국립중앙박물관

遊冠을 쓴 정조正祖 어진御眞 제작에 동참화사로 선발되고, 그 공로로 그해 12월 22일에 종6품 외관직인 연풍 현감延豐縣監을 제수 받아, 목민관으로서 자신의 책임을 다하려고 애썼다. 김홍도는 이미 도화서圖畵署에 속한 화원화가가 아니라, 유가적 이상을 몸에 지닌 문인화가로 변모한 것이다. 그런 측면에서 그의 신선도에서 문무를 겸비한 여동빈의 모습이 자주 등장하는 것은 전혀 이상하지 않다.

절름발이 거지

철괴리鐵拐李

철괴리

종리권鍾離權·여동빈呂洞賓·철괴리鐵拐李·장과로張果老·하선고何仙姑·남채화藍采和·한상자韓湘子·조국구曹國舅, 이 여덟 명을 팔선八仙이라고 부른다. 그런데 팔선 가운데서도 철괴리가 가장 먼저 도道를 성취하여 신선이 되었기 때문에 그를 으뜸으로 받들고 있다.

그의 이름은 이현李玄이지만, 일설에는 이응양李凝陽·이악李岳·홍수아洪水兒·이공목李孔目·이원중李元中 등 그 이름이 매우 다양하게 불린다. 하지만 이현이 신선이 된 뒤부터는 늘 헝클어진 머리카락과 때가 잔뜩

윤덕희 〈군선경수도〉 국립중앙박물관

낀 얼굴을 한 절름발이 거지 형상으로 나타났고, 언제나 쇠로 된 지팡이 하나를 짚고 다녔기 때문에 그를 철괴리라 불렀다.

윤덕희尹德熙의 〈군선경수도群仙慶壽圖〉는 일렁이는 파도 위에서 신선들이 절벽 위에 앉아 있는 수성노인壽星老人을 향해 시선을 집중하고 있는 도상이다. 이 신선들은 『선불기종仙佛奇踪』에 등장하는 신선들의 도상을 조합하여 그린 것으로 복숭아를 들고 있는 동방삭東方朔을 비롯하여 조국구와 철괴리가 앞줄에 서 있고, 그 뒤로 검을 멘 여동빈과 종리권이 보이며, 여동빈 등에는 버드나무 정령인 유자선柳子仙이 배치되어 있다.

신선들 대부분이 외모가 준수하고 품위 있어 보이나, 철괴리만은 쇠 지팡이에 한쪽 다리를 의지한 채 허름한 옷을 걸치고, 손에는 연기가 빠

김명국 〈철괴〉 간송미술관

져 나오는 듯한 모양을 한 호리병이 들려 있는 전형적인 거지 모습이다.

그러나 그가 태어날 때부터 거지였던 것은 아니다. 철괴리가 아닌 이현으로 불리던 때는 체구가 매우 크고 훤칠한 대장부로 글 읽는 선비였다고 전한다. 처음에는 그도 다른 사람들처럼 과거시험을 보아 입신양명하려는 열망으로 가득했다. 하지만 수많은 글을 읽어도 늘 마음 한구석이 허전했고, 속세에서의 공명이 부질없음을 깨닫고 가족을 떠나 멀리 도술을 찾아 떠나기로 마음먹었다.

이현은 집을 떠난 후 산속에서 수련을 하기로 했다. 그는 한적한 동굴을 찾아 풀로 자리를 만들고, 돌을 쌓아 문을 만들었다. 그렇게 그는 바위 동굴 속에서 마음을 맑게 하고 생각을 고요하게 했다. 날마다 기氣와 신체를 단련하기도 하고, 세상에 유전되고 있는 단전호흡과 벽곡闢穀, 무술 등을 수년에 걸쳐 수련했으나, 아무런 진전이 없었다. 이름난 스승의 가르

〈철괴리〉 국립중앙박물관

침 없이 홀로 수련한다는 것이 마치 대나무 구멍으로 하늘을 보는 것 같아서 아무런 성취가 없다는 사실을 깨달았다.

때마침 태상노군太上老君이 화산華山에 머물고 있다는 소식을 들은 그는 밤길을 재촉하며 산을 넘고 물을 건너 마침내 화산에 이르렀다. 화산에서 내려다보이는 산 아래 모습은 정말 장관이었다. 산 전체를 휘감아 둘러싼 구름과 울창한 나무들이 그의 눈을 사로잡았다. 순식간에 기분이 상쾌해지면서 찬찬히 이곳저곳을 둘러보았다.

한참을 둘러보고 있는데, 어디선가 선동仙童 둘이 나타나 그를 태상노군에게 인도했다. 그때부터 이현은 태상노군이 전해주는 선법仙法을 밤낮으로 수련했고, 날이 갈수록 도력이 깊어졌다.

이현에 대한 소문은 삽시간에 세상 밖으로 퍼져나갔다. 도력이 뛰어난 도사가 있다는 소문을 들은 사람들이 제자가 되려고 구름처럼 몰려들었다. 양자楊子라는 사람이 이현의 첫 번째 제자가 되었다. 이현이 정좌하고 명상을 하던 어느 날이었다. 태상노군과 완구 도사宛丘道士가 찾아와 함께 천하를 돌아보자고 제의했고, 열흘 뒤에 출발하기로 약속했다.

약속한 날이 다가오자, 이현이 양자를 불러 당부하기를, "내가 장차 다른 신선들과 함께 천하를 주유할 터이니, 너는 남아 있는 내 육신을 잘 지키도록 하여라. 만약 7일이 지나도록 돌아오지 않으면 내 육신을 화장하도록 하라."고 당부했다.

다음날 이현은 도술을 부려 육신은 그대로 남겨둔 채로 혼만 빠져나와 태상노군과 함께 길을 떠났다. 양자는 스승이 부탁한 일을 꼭 지켜야한다고 스스로 마음을 다졌다. 화장실 가는 시간을 빼고는 밥 먹고 잠자는 시간에도 스승의 육신 옆에서 한 발자국도 떼지 않고 꿋꿋하게 자리를 지켰다.

그렇게 6일째 되는 날이었다. 양자의 집에서 어머니가 세상을 떠났다는 소식이 전해졌다. 소식을 전한 하인이 양자에게 서둘러 집에 가서 장례를 치러야 한다고 다그쳤다. 처음에는 스승의 곁을 떠날 수 없다고 한사코 거부했지만, 워낙 재촉이 심했던지라 마음이 흔들렸다. 양자는 스승이 이미 죽어 신선이 되었기 때문에 육신에 생기가 없어 더 이상 육신을 지킬 필요가 없다는 하인의 말에 그만 홀딱 넘어가고 말았다. 게다가 둘도 없는 효자였기에 양자는 서둘러 스승의 몸을 화장하고, 집으로 달려가 장례를 치르기로 결심했다.

태상노군을 따라 여기저기 구름처럼 떠돌던 이현이 자신의 육신으로 돌아갈 준비를 하던 때였다. 태상노군이 뜬금없이 "옛 육신을 되찾고 싶다면 새로운 모습을 만나야 할 것이다."라고 말했다. 거처로 돌아온 이현은 자신의 육신이 보이지 않음을 알게 되었다. 제자인 양자의 모습도 보이질 않았다. 그렇다고 마냥 꾸물거릴 시간이 없었다. 정해진 시간 내에 육신을 찾아 혼이 들어가지 못하면 혼백이 흩어지고 말 것이기 때문이었다.

마침 곁에 한 거지의 시신이 눈에 들어왔다. 이것저것 생각할 겨를도 없이 이현의 혼은 거지의 육신 속으로 들어갔다. 이현이 긴 잠에서 깨어났을 때야 비로소 자신이 거지의 모습을 하고 있다는 사실을 깨달았다. 게다가 오른쪽 다리마저 절고 있었다. 문득 태상노군이 한 말이 떠올랐다. 이것이 운명적으로 정해진 일임을 알았다. 비록 거지가 다리를 절었지만, 이현의 도법을 훼손시키는 않았다. 그때 다시 태상노군이 나타나 이현에게 선단이 담긴 호리병과 쇠 지팡이 하나를 주었다. 이현이 선단을 복용하자, 갑자기 몸에서 금빛 광채를 내면서 신선이 되었다. 그래서 후세 사람들이 본 철괴리는 바로 쇠 지팡이를 짚고 다리를 저는 거지의 모습이고, 화가들이 그린 철괴리의 도상도 여기에서 벗어나지 않았다.

조선 시대 이익李瀷도 자신의 집안에 전해 내려오는 수장繡帳에 철괴리가 있는데, "추한 몰골에 짧은 갈옷을 입었으며, 윤기 나는 호리병을 메고, 다리 대신 지팡이를 짚고 다니는 사람이 있으니, 이른바 철괴리 홍수洪水이다."[1]라고 밝히고 있어, 이미 당시 철괴리의 도상이 조선에서 유행하고 있었음을 알 수 있다.

---

1 이익李瀷, 『성호전집星湖全集』 56권, 〈집안에 전해오는 수장에 대한 발문跋家傳繡帳〉.

뿐만 아니라 연암燕巖 박지원朴趾源은 자신의 한문 단편소설 〈방경각외전放璚閣外傳 광문자전廣文者傳〉에서 "광문廣文은 사람됨이 외모는 극히 추악하고, 말솜씨도 남을 감동시킬 만하지 못하며, 입은 커서 두 주먹이 들락날락하고, 만석희曼碩戱를 잘하고 철괴무鐵拐舞를 잘 췄다."[2]라고 했다. 그는 〈광문자전〉 서문에서 "18세 때 병을 얻어 밤이면 옛 청지기들을 불러 여염의 기이한 일들을 즐겨 듣곤 했는데, 대개 광문에 관한 이야기였다.……광문은 궁핍한 거지이지만, 그 명성이 실상보다 훨씬 더 컸다. 즉, 실제 모습은 더럽고 추하여 보잘 것 없었지만, 그의 성품과 행적으로 나타난 명성은 참으로 대단했다."라고 기록하고 있다. 이처럼 박지원은 광문이라는 인물을 통해 저잣거리에서 철괴의 절룩거리는 걸음걸이를 흉내 낸 철괴무가 거지들 사이에서는 꽤나 유행했음을 시사했다.

하지만 이익은 『성호사설星湖僿說』에서 철괴리에 관한 고사는 허황된 이야기라고 일축했다.

> 신선가神仙家에 이철괴가 있다. 수隋나라 때 사람으로 이름은 홍수洪水, 어릴 때 자字는 괴아拐兒, 일명은 철괴鐵拐이다. 훗날 쇠 지팡이를 공중에 던져 용으로 화하여 그것을 타고 갔다고 한다. 또 일설에 이철괴는 본디 위대한 장부였는데 뒤에 신령이 나가서 태상노군에게 조회하러 갈 때에 그의 제자와 약속하기를, "7일 동안 돌아오지 않으면 시체를 태워버리라."고 했다. 6일 만에 그의 제자가 자기 어머니 병환으로 서둘러 태워버리고 갔다. 이철괴의 혼이 7일 만에 돌아와서는 어떤 거지의 시체에 붙었다. 그래서 다리는 절름발이이고 모양은 추악하다고 한다.
>
> 요새 화가들은 신선들을 그릴 때면 외다리에 지팡이를 짚고 있는 자가 바로 그라고 한다. 이는 허황된 말이다. 만약 그렇다면 어째서 어릴 때 자를 괴아라 했는가? 이는 어릴 때부터 절름발이였음이 분명하다. 신선이 있는지는 내가

---

2 박지원朴趾源, 『연암집燕巖集』 8권, 〈방경각외전放璚閣外傳 광문자전廣文者傳〉.

알 수 없으나, 이철괴가 거지의 시체에 의지했다고 하는 것은 결코 그렇지 않다고 생각한다.[3]

이익이 주장하는 논지의 타당성 여부는 차치하고, 어쨌든 쇠 지팡이는 철괴리가 자신의 불편한 육신을 의지할 수 있는 유일한 대상이다. 팔선이 저마다 자신을 상징하는 지물持物이 있듯이, 철괴리의 쇠 지팡이에도 상징적 의미가 부여된다.

사실 지팡이에 의지한 절름발이는 신화적 세계에서는 서로 다른 양쪽 세계의 경계에 걸쳐 있는 존재이다. 이쪽 세계를 딛고 있는 멀쩡한 다리가 입신양명이라는 인간의 세속적 욕망을 상징한다면, 지팡이에 의지하고 있는 발은 또 다른 세계를 디딘 채 자신의 육체적 추함에도 아랑곳하지 않는 성스러운 신성神性을 보여준다. 젊은 시절 준수한 용모와 팽팽한 몸을 잃어버리고, 추한 몰골을 지닌 절름발이 거지의 몸이 되었지만 그에게서는 겉으로 드러나는 아름다움과 추함의 구분은 그다지 중요한 일이 아니다. 이미 아름다움과 추함의 구별을 초월하여 두 개의 대립된 세계를 훌쩍 뛰어넘는 순간, 그는 도를 깨우치고 진정한 신선이 되었던 것이다.

또한 철괴리가 신선이 되는 과정에서 혼이 육신과 분리되는 이혼술離魂術은 중국 사람들에게는 그리 낯선 일이 아니다. 그들은 득도한 사람이라면 영혼과 육신을 분리시킬 수 있다고 여겼기 때문이다. 이러한 이혼술은 당나라 때 전기소설傳奇小說 〈이혼기離魂記〉에도 등장한다.

〈이혼기〉에 따르면 장천張倩이라는 여자가 왕주王宙라는 서생을 알게 되어 서로 사랑하게 된다. 그러나 장천 부모의 반대로 둘은 혼인을 할 수 없었다. 이에 장천의 영혼이 몸에서 빠져나와 왕주를 따라 먼 곳으로

3 이익, 『성호사설星湖僿說』 8권, 〈인사문人事門〉.

이한철 〈철괴〉 간송미술관

떠났다. 몇 년 뒤 장천이 집으로 돌아가고 싶어 하자, 그녀를 데리고 집으로 돌아온 뒤에야 왕주는 자신과 함께 생활했던 여자가 장천의 영혼이었음을 알게 된다. 물론 그녀는 한 발자국도 집밖으로 나선 적이 없었다. 잠시 후 자신의 방안으로 들어간 장천의 영혼은 누워있는 육신으로 들어가 하나가 되었다고 한다.

그래서 그런지 이한철李漢喆의 〈철괴鐵拐〉나 심사정沈師正의 〈철괴鐵拐〉 도상을 자세히 들여다보면, 호리병에서 뿜어져 나오는 연기 속에서 어렴풋이 사람의 형태를 찾아 볼 수 있다. 이한철의 〈철괴〉에는 그 도상이 아주 희미하지만, 심사정이 그린 〈철괴〉에는 한쪽 다리를 쇠 지팡이에 걸치고 있는 모습이 뚜렷하게 보인다. 그 윤곽은 철괴리인 듯하다.

철괴리는 자신의 혼을 육체에서 자유롭게 이탈할 수 있는 도력을 가진 신선이다. 그런 까닭에 심사정은 그의 혼을 몸의 형상 그대로 축소하여

심사정 〈철괴〉 간송미술관

그려 놓았던 것이다. 뿐만 아니라 철괴리의 불룩한 배가 호리병의 모습과 닮았는데, 밤이 되면 철괴리는 그 호리병 안에 들어가 잠을 자곤 했다. 호리병은 바로 자신의 지친 육신이 영혼으로 변하여 휴식할 수 있는 유일한 공간이자, 세속과는 분리된 또 다른 영적인 세상인 셈이다.

나귀를 거꾸로 타고 가는

장과로張果老

장과로

장과로張果老는 당唐나라 때 항주恒州 조산條山에 은거하던 신선이다. 태종太宗과 고종高宗이 여러 차례 불러도 나오지 않았고, 측천무후則天武后가 억지로 불러 내오려고 하자 술법으로 자신이 죽어서 썩어가는 모습을 칙사勅使에게 보여 이를 피했다. 나중에 다시 살아나서 현종玄宗의 예우禮遇를 받다가 은퇴하여 고향으로 돌아가서 종적을 감추었다고 한다.

본명은 장과張果이고, 장과로는 별명인데, 나이가 많아 그의 이름에 늙을 노老 자를 붙여 존경을 표시한 것이다. 전하는 말에 따르면 당나라 때 이미 그의 나이 수백 살이었는데, 자신이 요堯 임금 때 사람이라 말하고 다녔다고 한다. 주로 항산恒山 일대에 은거했던 도사지만, 도복도 입지 않고 항상 나귀를 타고 여기저기를 떠돌아 다녔다. 팔선八仙 가운데 가장 나이가 많아 보이는 신선이다.

그런데 다른 팔선들과는 달리 장과로에 대한 기록은 역사책 곳곳에서 발견된다. 그의 생졸연대는 잘 알려져 있지 않지만, 그의 사적은 『대당신어大唐新語』를 비롯하여 『구당서舊唐書』와 『신당서新唐書』, 『명황잡록明皇雜錄』 등에 나타난다.

> 장과로는 항주 조산에 은거하여 분·진汾晉 사이를 왕래했다. 당시 사람들은 그가 장생의 비술을 지녔다고 전한다. 한 노인이 말하기를, "내가 어렸을 때 그를 보았는데, 그때 그는 스스로 수백 살이라고 말했다."라고 했다.……어떤 사람이 방외方外의 일을 물으면 모두 황당한 대답을 했는데, 매번 "나는 요 임금 때 병자년에 태어난 사람이다."라고 했다. 당시로서는 헤아릴 수도 없는 옛날이었다. 또 "나는 요 임금 때 시중侍仲을 지냈다."라고 말하기도 했다.[1]

당나라 때 유숙劉肅이 편찬한 『대당신어』에는 장과로의 생졸연대를 비롯하여 그의 실체를 확인할 만한 구체적인 언급은 없다. 다만 그가 항주 조산에 은거하여 분·진汾晉 사이를 왕래했으며, 당나라 때 이미 나이가 수백 살이라는 내용이 나온다. 아울러 측천무후則天武后가 부르자 투녀妬女의 사당 앞에서 죽은 척했고, 현종玄宗의 부름을 받아 대궐에 들어가서는 은청광록대부銀靑光祿大夫에 봉해지고 통현通玄 선생이라는 호칭을 하사받았다는 내용이 실려 있다.

1 유숙劉肅, 『대당신어大唐新語』 12권.

장과는 어디 사람인지 모른다. 측천무후 때 중조산中條山에 은거하여 분·진 사이를 왕래했다. 당시 사람들은 그가 장생의 비술을 지녔다고 말하는데, 스스로 나이가 수백 살이라고 했다.[2]

장과는 향리鄕里와 세계世系를 숨긴 채 스스로 신선이라고 했다. 중조산에 은거하여 분·진 사이를 왕래했으며, 세상에서는 그의 나이가 수백 살이라고 전해진다. 측천무후가 사자를 보내 그를 부르자, 그 자리에서 죽었다. 후세 사람이 그가 다시 항주 산속에 은거하는 것을 보았다고 한다.[3]

『대당신어』에 비해 『구당서』와 『신당서』에는 장과로에 대한 신화적인 내용이 더 풍부하지만, 역시 그의 출신 지역이나 생졸연대 등에 대해서는 매우 소략한 편이다. 하지만 이런 단편적인 자료를 가지고 정리해 본다면, 장과로는 주로 항주 일대의 조산이라고도 불리는 중조산과 분·진 사이에서 활동했는데, 지금의 하북河北과 산서山西 일대이다. 그가 살았던 시기는 대략 당나라 고종 때부터 현종 사이일 것으로 추정된다.

한편 『대당신어』과 『명황잡록』에서는 장과로라는 명칭을 사용하고 있는 반면에 역사서인 『구당서』와 『신당서』에서는 장과라는 본명을 사용하고 있다. 장과라는 본명을 두고, 장과로라는 별칭을 사용하는 까닭은 아무래도 장과의 나이가 많았기 때문일 것이다. 팔선의 도상 가운데서도 가장 나이가 많은 형태로 나타난다. 물론 장과로 스스로 자신이 요 임금 때 태어났다고 밝힌 적이 있다. 『태평광기太平廣記』에는 그의 나이에 대한 재미있는 일화가 전한다.

2 『구당서舊唐書』 191권, 〈방기전方技傳〉.
3 『신당서新唐書』 204권, 〈방기전方技傳〉.

〈신선도병풍(부분)〉
국립중앙박물관

현종이 함양咸陽으로 사냥을 나갔다가 큰 사슴을 잡았는데, 조금 특이했다. 요리사가 요리하려는 순간 장과가 사슴을 보고는 말하기를, "이는 선계의 사슴으로 이미 1천 살이나 되었습니다. 옛날 한나라 무제武帝 원수元狩 5년에 신이 시종으로 함께 따라 나서서 상림원上林苑에서 사냥한 적이 있었습니다. 그때 이 사슴을 잡았다가 놓아주었습니다."라고 했다. 그러자 현종이 말하기를, "사슴이야 흔한 것인 데다 세월 또한 많이 흘렀는데, 그 사슴이 어떻게 진작 사냥꾼에게 잡히지 않았겠는가?"라고 했다. 이에 장과가 대답하기를, "무제는 사슴을 놓아줄 때, 동패로 왼쪽 뿔에 표지를 삼아 두었습니다."라고 했다. 현종이 확인해보라고 시키니, 정말로 장과는 2촌쯤 되는 동패를 찾아냈는데, 거기에 새겨졌던 글자는 이미 떨어져 나간 채 색이 바랜 상태였다. 현종이 다시 장과에게 "원수 연간은 무슨 해였는가? 지금까지 모두 몇 년이 되었는가?"라고 묻자, 장과가 대답하기를, "그때가 계해년으로 무제가 곤명지昆明池를 처음 만들었을 때이고, 지금은 갑술년이므로 852년이 지났습니다."라고 했다. 현종은 태사씨太史氏에게 그간의 기나긴 달력을 따져보게 했더니 대충 차이가 없었다. 현종은 이를 더욱 기이하게 여겼다.[4]

심지어 현종이 인간의 수명을 잘 알아맞힌다는 형화복邢和濮이라는 관상가에게 장과로의 나이를 알아보라고 명했지만, 그조차 그의 나이를 계산해 낼 수 없었다.

---

4 이방李昉, 『태평광기太平廣記』 30권, 〈장과張果〉.

김홍도 〈군선도(부분)〉 호암미술관

장과로는 도교 입장에서 보면 좀 독특한 신선이다. 외형상으로 보면 늘 두루마기를 입고, 나귀를 거꾸로 타고 다녔다. 장과로가 타던 그 나귀는 참으로 신기했다.

> 장과는 한 마리 흰 나귀를 타고 하루에 수만 리를 갔다. 쉴 때는 나귀를 여러 겹으로 접었는데 그 두께가 종이만 해서 두건을 집어넣는 상자에 넣어 두었다가, 타고 다닐 때에는 접어 둔 나귀에게 입으로 물을 뿜어 주어 다시 온전한 나귀로 만들었다.[5]

---

5 정처회鄭處誨, 『명황잡록明皇雜錄』 하권.

김홍도 〈과로도기〉 간송미술관

『명황잡록』에 따르면 장과로는 출입할 때면 매번 흰 나귀를 타고 다녔는데, 하루에 수만 리를 갈 수 있었다고 한다. 그런데 희한하게도 나귀에게 입김을 불면 나귀가 얇은 종이로 변하여 두건 상자 속에 넣어가지고 다닐 수 있었고, 다시 나귀가 필요할 때면 종이에 물을 약간만 뿌리면 금세 살아있는 나귀로 바뀌었다고 한다.

김홍도金弘道의 〈과로도기果老倒騎〉는 백발의 장과로가 사람의 무게를 감당할 수 없을 정도로 약한 나귀를 거꾸로 타고 가면서 무슨 책을 열심히 읽고 있는 모습을 묘사한 신선도이다.

상단 왼쪽에 박쥐가 한 마리 날고 있고, 하단 오른쪽에는 사능士能이라는 관지와 인장이 찍혀져 있다. 그리고 맨 위에는 강세황이 붙인 평어評語가 쓰여 있다.

> 장과로는 종이 나귀를 거꾸로 타고, 손에는 한 권 책을 들었는데, 눈빛이 글 사이로 곧게 쏟아진다. 이는 사능의 가장 득의한 작품이라 할 수 있으니, 중국에서 그것을 구한다 해도 쉽게 얻을 수는 없으리라. 표암이 평하다.[6]

그리고 조선 말기의 화가 석초石樵 정안복鄭顔復도 강세황의 평어 옆에

---

6 果老倒跨紙驢, 手持一卷書, 目光直射行墨間. 此最爲士能得意作, 求之中華 亦不可易得. 豹菴評.

이런 제사題辭를 붙였다.

> 손 안의 신결神訣은 곧 『명리정종命理正宗』일 것이니, 어떻게 하면 내 말년의 신수를 물을 수 있을까? 석초가 쓰다.[7]

정안복의 제사에 나오는 『명리정종命理正宗』은 사주팔자를 바탕으로 사람의 운명을 기록해 놓은 예언서이다. 정안복은 이 평어를 통해 장과로에게 자신의 운명을 알고 싶어 하는 마음을 넌지시 드러낸 것이다.

장과로를 그린 도상은 대부분 그가 나귀를 거꾸로 타고 있는 모습을 하고 있는데, 그 안에는 심오한 의미가 숨겨져 있다. 『동유기東遊記』에는 다음과 같은 시 한 수가 있다.

> 수많은 사람들을 돌아보아도
> 이 늙은이 같은 사람 없다네
> 나귀를 거꾸로 탄 게 아니라
> 만사를 되돌아보기 위함이네[8]

김득신金得臣의 〈복상양선福祥兩仙〉은 황초평黃初平과 장과로를 한 화면에 그린 도상이다. 화면 왼쪽 상단에 김득신의 자字를 새긴 '현보賢輔'라는 주문방형의 인장이 찍혀 있으며, 오른쪽 하단에는 '김용진가진장金容鎭家珍藏'이라는 수장인의 인장이 찍혀있다. 장과로와 함께 그려진 황초평은 진晉나라 때 사람으로 양을 치던 중 금화산金華山 석실로 가서 신선이 된 인물이다.

이처럼 성격이 서로 다른 두세 명의 신선을 한 그림에 조합하는 방식은

---

7 手裏神訣, 乃命理正宗, 何由叩我暮境契濶. 石樵題.

8 오원태吳元泰, 『동유기東遊記』 擧出多少人, 無如這老漢. 不是倒騎驢, 萬事回頭看.

김득신 〈복상양선〉 간송미술관

조선 후기에 유행하던 신선도의 한 특징이다. 민간에서 여러 신선들이 지닌 다양한 능력과 신비한 효험을 함께 얻고자 하는 염원을 구현한 것으로 보인다.

그런데 장과로의 도상에서 나귀와 더불어 빠지지 않고 등장하는 동물이 있다. 그것은 바로 나귀를 타고 있는 장과로의 곁에서 날개를 활짝 펼치고 있는 박쥐이다. 장과로의 도상에 그려진 박쥐는 복을 상징하는 길상물로 인식되기도 하지만, 흰 박쥐의 정령이 변해서 장과로가 되었다는 일화와 무관하지 않다.

도사 섭법선葉法善은 많은 도술을 지니고 있었다. 현종이 섭법선에게 묻기를, "장과는 어떤 사람인가?"라고 하자, 섭법선이 대답하기를, "신이 알고 있기는 하지만, 이를 말한다면 말을 마치자마자 죽을 것이기 때문에 차마 말씀드리기 못하겠습니다. 하지만 폐하께서 쓰고 계신 관을 벗고 맨발로 신을 구해 달라고 하시면 저는 그 즉시 살아날 수 있습니다."라고 했다. 현종은 그렇게 하겠다고 허락했다.

그제야 섭법선이 말하기를, "그는 혼돈混沌이 처음 쪼개질 때 있었던 하얀 박쥐의 정령입니다."라고 했다. 말을 마치자마자 그는 몸에 있는 일곱 개의 구멍에서 피를 흘리며 몸이 뻣뻣하게 굳어져 땅에 쓰러졌다. 현종은 급히 장과가 있는 곳에 다가가 관을 벗고 맨발로 스스로 그 죄를 청했다. 그러자 장과가 천천히 말하기를, "저 녀석은 말이 많은데, 질책하지 않는다면 천지간의 일을 망쳐놓을까 염려됩니다."라고 했다. 현종이 다시 간청한 지 한참이 지났다. 장과가 섭법선의 얼굴에 물을 내뿜자, 비로소 섭법선이 다시 살아났다.[9]

『태평광기』에 따르면 장과로는 나이를 알 수가 없으며, 항상 백발 늙은이의 모습이었다고 하는데, 원래는 세상과 함께 생겨난 흰 박쥐의 정령이 변해서 된 것이라고 했다.

마른 체형 빼어난 기골로 속세 인연 찾아오니
장과 선생 같은 신선의 반열이라네
72년 동안의 인간 세상에서
그대는 무릉 안개 속의 송백을 보았는가

— 이민구 〈함께 과거에 급제한 신 자장은 지금 72세인데, 수염과 머리털이 그대로이고 걸음과 용모가 4, 50대 같다. 그가 찾아왔기에 시를 지어 특이함을 기록하다〉[10]

이 시의 제목을 보면 함께 과거에 급제한 신 자장, 즉 신이우申易于가

9 이방, 『태평광기』 30권, 〈장과〉.

10 이민구李敏求, 『동주집東洲集』 11권, 〈함께 과거에 급제한 신 자장은 지금 72세인데, 수염과 머리털이 그대로이고 걸음과 용모가 4, 50대 같다. 그가 찾아왔기에 시를 지어 특이함을 기록하다同年申子長今七十二歲髭髮不變蹈履顏貌如四五十人因其來訪作詩志異〉. 臞形秀骨走塵緣, 張果先生是列仙. 七十二年人世事, 君看松柏茂陵煙.

세월이 흘러 지금은 나이가 72세인데, 수염과 머리털이 예전 그대로이고 걸음걸이와 용모가 4, 50대 같아 마치 신선인 장과로 같다는 내용이다. 이 시에서 무릉茂陵은 한나라 무제武帝의 능호陵號로서 그토록 장생불사를 갈구했던 제왕도 끝내 죽어서 무덤에 잡초만 무성한데, 신이우는 72세가 되었는데도 송백처럼 여전히 푸르른 젊음을 유지하고 있다는 말이다. 이처럼 사람들은 장과로가 천지가 만들어지기 이전인 혼돈의 때부터 존재했다고 믿으며, 그 사실을 통해 장과로를 장수의 상징으로 받아들였다.

연꽃을 든 여신선

하선고何仙姑

하선고

하선고何仙姑는 당唐나라 때 사람으로서 후일 도를 수행하여 신선이 되어 팔선八仙 가운데 유일한 여신이 되었다.

하선고의 이름과 출생지에 대해서는 몇 가지 다른 설이 있다. 하나는 광주廣州 증성현增城縣 출신이라는 설이고, 다른 하나는 호남湖南의 영릉零陵 출신이라는 설이다.

『속통고續通考』에서는 하선고가 광주 증성현 사람인 하태何泰의 딸이라고 했다. 현지에서 전하는 말에 따르면 그녀의 본명은 하수고何秀姑이고,

당나라 측천무후則天武后 어느 해 음력 3월 7일에 태어나 중종中宗이 재위하던 어느 해 8월 8일에 신선이 되었다고 한다. 『삼재도회三才圖會』와 『선불기종仙佛奇踪』에서도 하선고가 광주 증성현 사람이라고 기록했다.

반면에 『집선전集仙傳』에서는 하선고의 본명이 하경何瓊으로서 당나라 고종高宗 때인 681년에 영릉의 한 농가에서 태어났다고 한다.

출생지가 어디든 간에 그녀의 출생과정에는 매우 신비로운 일화가 전한다. 하선고가 태어나던 날, 상서로운 자줏빛 구름이 그녀의 집 위를 덮고, 한 무리의 학들이 구름 위에서 오르락내리락 거리며 춤을 추었다고 한다. 얼마 안 되어 한 마리 커다란 꽃사슴을 탄 여자 아이가 하씨 집으로 날아들었는데, 바로 그때 그녀의 어머니가 여자아이를 낳았다. 그런데 그 여자아이의 정수리에는 특이하게도 황금빛 머리카락 여섯 가닥이 나 있었다고 한다.

하선고의 고향에는 운모산雲母山이 있는데, 오색 운모석이 풍부했다. 운모석은 예로부터 신선이 되고자 하는 사람들이 찾던 최고의 선약이었다. 그리고 운모산에서 아래로 구불구불하게 흘러 내려가는 작은 시내가 있어 운모계雲母溪라고 불렀다. 하선고의 집은 바로 그 운모계 옆에 있었다. 그래서 자연스럽게 운모계의 물을 마시며 성장한 그녀는 용모가 아름다웠다.

하선고가 14세가 된 해, 그녀는 운모계 가에서 수염이 길고 백발이 성성한 노인을 만난다. 노인이 그녀를 향해 그곳의 산수 상황을 묻자, 그녀가 영리하게 대답을 잘해주었다. 노인은 매우 흡족해하면서 자신의 등짐에서 싱싱한 반도蟠桃 하나를 꺼내 그녀에게 주었다. 그녀는 복숭아를 받고 고맙다고 하면서 재빠르게 먹었다. 그녀가 복숭아를 다 먹자, 노인은 얼굴에 미소를 가득 머금고 고개를 끄떡이더니, 금세 몸을 돌려 사라졌다. 집으로 돌아온 그녀는 며칠이 지나도 배고픔을 느끼지 못했다. 때문에 음식을 먹고 싶은 생각이 들지 않았지만, 오히려 정신은 이전보다 더욱 맑아졌다.

한 달 뒤 하경은 운모계 가에서 우연히 그 노인을 다시 만났다. 이번에는 그녀를 운모산에 데리고 가서 그녀에게 운모를 채집하고 복식服食하는 방법을 알려주었다. 그녀는 노인의 말대로 날마다 운모산에서 운모를 캐서 먹었더니, 점점 자신의 몸이 제비처럼 가벼워 산꼭대기를 빠르게 다니고, 걷는 것도 날아다니는 것처럼 느껴졌다.

이에 대해 숙종肅宗은 『열성어제列聖御製』에서 〈하선고何仙姑〉라는 제목으로 어제시를 썼다.

> 정수리에 터럭 여섯 있어서
> 골상이 범인들과 달랐네
> 항상 운모 가루를 복용하여
> 몸 가볍고 빨라 따를 수 없었네
> ㅡ숙종 〈하선고〉[1]

이외에도 그녀는 산속에서 채집한 각종 선초와 영약을 구별해 낼 줄 알아서 인근 백성들의 질병을 치료하고, 사람들의 일을 예측할 수 있게 되었다. 때문에 주변 사람들은 모두 그녀를 하선고라고 불렀다. 선고란 말은 원래 선녀라는 의미였다.

18세 때, 그녀의 어머니는 급히 매파에게 딸의 중매를 부탁했다. 비록 용모가 아름다웠지만 대단한 능력을 지닌 그녀에게 장가가기를 바라는 총각은 아무도 없었다. 어머니의 마음은 초조하기만 한데, 그녀는 아무렇

---

1 숙종肅宗, 『열성어제列聖御製』 9권, 〈하선고何仙姑〉. 六毫頂上在, 骨相異凡姿. 常服粉雲母, 身輕疾莫追.

지도 않다는 듯 하루 종일 산과 들판으로 나가 약초를 캐서 병을 치료하는 데만 전념했다.

하루는 하선고가 운모산 깊숙이 들어가 약초를 캐고 있는데, 두 기인을 만났다. 그들 가운데 하나는 다리를 저는 사람으로 손에는 쇠 지팡이를 잡고, 등에는 커다란 호리병을 메고, 옷은 남루하여 마치 거지처럼 보였다. 다른 한 사람은 깨끗한 남색 옷을 입은 채 손에는 약초 캐는 호미를 쥐고, 등에는 약초 광주리를 멨는데 정신과 자태가 매우 준수했다. 두 사람은 하선고로부터 멀지 않은 곳에서 노래하며 입으로 무엇인가를 중얼거렸다. 그러더니 얼마 후 허공으로 날아가더니 홀연히 자취를 감추었다. 두 사람은 바로 팔선 가운데 철괴리鐵拐李와 남채화藍采和였다.

하선고는 그들이 외우던 구결口訣을 따라 외웠고, 어느 순간에 그들처럼 바람을 타고 구름을 부리며 산과 골짜기를 날아 다녔다. 그 후로 그녀는 종종 혼자서 깊은 산속으로 들어가 수련을 하여 더욱 뛰어난 능력을 가지게 되었고, 그 공력을 사용해서 아주 먼 곳까지 날아다닐 수 있게 되었다. 그녀는 종종 아침에 집을 떠나 저녁에 돌아왔는데, 그때마다 신기한 과실들을 식구들에게 가져다주었다. 식구들은 과실을 먹을 때마다 향기가 진하고 맛이 달콤하여 정신이 맑아지는 것을 느꼈지만, 끝내 무슨 과실인지는 알지 못했고, 그때마다 어머니는 천리 밖 오령산五嶺山이라는 말 밖에는 듣지 못했다. 그제야 어머니는 자신의 딸이 평범하지 않다는 사실을 깨닫게 되었다.

당시 측천무후는 기이한 여자가 있다는 소문을 듣고 그녀의 진면목을 보고 싶어 했다. 내친김에 신하를 보내 하선고를 맞이하게 했는데, 황궁으로 가던 중 하선고가 흔적도 없이 사라지고 말았다. 훗날 사람들은 당나라 중종中宗 무렵에 하선고가 철괴리를 따라 대낮에 승천했다는 말만 소문으로 전해 들었다고 한다. 또한 현종玄宗 때인 750년(천보天寶 9)에 마고단麻姑壇에 나타났는데 오색구름 가운데에 서 있었다고도 하고, 대종代宗 때에 다시 광주의 소석루小石樓에 현신했다는 말들이 전해진다.

한 가지 신기한 점은 그녀와 관련된 전설은 대부분 여성과 밀접한 관계가 있다는 것이다.

당광정唐廣貞이란 여인은 연달아 자녀를 아홉이나 낳았다. 하지만 선천적으로 몸이 약했기 때문인지 불행하게도 아홉 모두가 요절하는 수난을 당해야 했다.

불효에는 세 가지가 있다고 하는데, 그 가운데서도 후손을 낳지 못하는 게 가장 컸기에 남편에게 심한 죄책감을 가지고 있었다. 심지어 그녀는 이 모든 비극이 자신의 저주받은 몸 때문이라고 생각했다. 그래서 하늘이 자신을 벌하는 것이라고 자책하며 하루하루를 눈물로 지새웠다. 끝내 죄책감에서 벗어나지 못한 그녀는 남편에게 자신을 집에서 내쫓아 줄 것을 요구했다. 마침내 남편을 떠난 당광정은 그 길로 하선고를 찾아갔는데, 딱한 처지를 차마 뿌리치지 못한 하선고가 그녀에게 도법을 전수해 주었다고 한다.

또 다른 일화가 있다.

송나라 때 어떤 여자가 출산을 하게 되었다. 그런데 난산難産이라 식구들이 몹시 걱정했다. 곧 하선고에게 도움을 요청했다. 산모의 상황을 꼼꼼히 살펴보더니, 하선고가 말하기를, "이 여인의 오늘 일은 과거에 그녀가 임신한 여종을 학대한 적이 있기 때문입니다. 하늘이 그녀의 몸을 통해 인과응보를 보여 주려는 것이지요."라고 했다. 아니나 다를까 갓난아이는 힘겹게 여인의 몸에서 나왔지만, 안타깝게도 이미 죽은 상태였다고 한다.

그런데 팔선에 대한 이야기가 체계적으로 정리되기 전까지만 해도 하선고에 대한 기록은 잘 보이지 않는다. 청나라 때 조익趙翼의 『해여총고陔

원나라 영락궁 벽화 〈팔선과해도〉

余叢考』에 따르면 이들 팔선이 도상으로 그려지기 시작한 유래는 분명하지 않지만, 원나라 때에 이르러서야 비로소 팔선도가 시작되었다고 했다.

팔선에 대한 초기 원형이 보존된 원나라 때 영락궁永樂宮 벽화인 〈팔선과해도八仙過海圖〉를 살펴보면 하선고는 보이지 않는다. 벽화에서는 하선고를 대신하여 서신옹徐神翁이 등장한다. 또한 마치원馬致遠의 〈여동빈삼취악양루呂洞賓三醉岳陽樓〉에서도 여덟 명의 신선이 나오는데, 하선고의 이름은 없고 서신옹이 그녀를 대신해 올라있다.

하선고가 서신옹을 대신하여 팔선으로 자리 잡은 것은 명나라 때이다. 명나라 오원태吳元泰의 『동유기東游記』의 출현으로 팔선이 바다를 건너는 고사가 민간에 폭넓게 전해지면서 팔선의 구성원이 비로소 현재의 철괴리鐵拐李·종리권鍾離權·장과로·여동빈呂洞賓·하선고·남채화藍采和·한상자韓湘子·조국구曹國舅로 정형화 된다.

그리고 이들 도상은 조선에까지 전해져 요지연도瑤池宴圖나 군선도群仙圖 등의 형태로 민간에 폭넓게 전파된다. 조선 시대의 팔선도에는 하선고가 포함된 팔선들이 그려졌다.

먼저 김홍도가 그린 〈마고와 하선고〉를 살펴보자. 이 도상은 김홍도

김홍도 〈마고와 하선고〉 호암미술관

의 〈군선도群仙圖〉 가운데 왼쪽 끝부분만 따로 떼어서 그린 듯하다. 이 도상에는 두 명의 여선女仙이 등장하는데, 한 명은 바구니를 걸친 호미를 손에 쥔 채 허리에는 영지를 매달고 있으며, 한 명은 복숭아와 불수감佛手柑을 등에 지고 있다. 그리고 화면의 오른쪽 하단에는 사능士能이라는 김홍도의 관지가 있다.

그러나 둘 중 누가 마고이고, 누가 하선고인지는 명확하게 구분하기 어렵다. 전통적으로 마고는 개와 함께 등장하고, 하선고는 연꽃을 들고 있는데, 위 도상에서는 이러한 특징이 보이지 않기 때문이다.

그러면 국립중앙박물관에 소장되어 있는 김홍도의 작품이라고 전하는 〈해상군선도海上群仙圖〉 8폭 병풍과 필자미상의 〈해상군선도海上群仙圖〉 8폭 병풍을 통해 하선고의 도상을 살펴보자. 김홍도의 〈해상군선도〉는 8폭의 병풍 형식으로 일렁이는 파도 위에 40명의 인물 및 소·나귀·사슴 등 9마리의 동물이 그려져 있다.

특이한 점은 인물마다 화면에 작고 붉은 글씨로 해당 신선의 명칭이 쓰여 있다는 것이다. 아마도 누군가가 김홍도의 그림을 베껴 그린 뒤에 신선의 명칭을 적어 놓고, 여러 신선들을 그리는 범본으로 삼았을 가능성이 있다. 이 병풍에는 모두 24명의 신선 이름이 등장하는데, 당시 유행하던 신선의 도상적 특징과 명칭을 파악하는 데 도움이 된다. 따라서 이

김홍도 전 〈해상군선도(부분)〉
국립중앙박물관

그림을 김홍도의 진작으로 보기는 어려우나, 그래도 김홍도의 화풍과 도상적 특징을 지니고 있다고 하겠다.

김홍도 역시 화원으로서 동일한 범본을 사용하여 서로 유사한 신선 그림을 그린 경우가 종종 있다. 그 한 가지 예로 〈마고와 하선고〉는 〈군선도〉를 범본으로 하여 그렸을 것으로 짐작된다. 이는 김홍도가 여러 사람들에게서 신선도를 그려달라는 주문을 많이 받았음을 시사해준다.

김홍도 전傳 〈해상군선도〉 8폭 병풍 가운데 마지막 여덟째 부분에서는 영지와 복숭아를 담은 바구니를 메고, 긴 호미를 어깨에 걸치고 있는 신선을 하선고라 적고, 그 옆에서 큰 털북숭이 개와 함께 등에 영지를 메고 두 손으로 연꽃 모양으로 추정되는 지물持物을 들고 있는 신선을 마고라고 써놓았다.

물론 마고가 들고 있는 지물을 연꽃이라고 단정하기는 어렵다. 오히려 일산日傘에 가까운 형태로서, 꽃이나 물건을 담는 용도로 사용되었을 것으로 추측된다. 경기도박물관 소장 〈요지연도〉를 보면 검정색 개와 함께 마고가 등장하는데, 연꽃 모양의 지물에 영지를 담고 있는 모습이 확인된다.

또한 현재 중국에서는 하선고의 도상을 그릴 때면 한 손에 연꽃을 들고 있는 형태로 그리지만, 조선 시대 하선고의 도상 가운데서 연꽃을 들고 있는 모습을 찾아보기는 매우 어렵다.

좌) 〈해상군선도(부분)〉 국립중앙박물관 / 우) 김홍도 〈선고지과〉 개인 소장

필자미상의 〈해상군선도〉는 구도나 도상적 특징이 김홍도의 〈해상군선도〉와 유사하다. 단지 마고가 들고 있던 지물과 배경에서 차이가 있을 뿐이다. 따라서 긴 호미를 들고, 등에 바구니를 메고 있는 여선이 하선고이다.

하선고의 도상이 대부분 군집형으로 다른 신선들과 함께 등장하지만, 단독형으로 표현된 작품도 있다. 김홍도의 〈선고지과仙姑持果〉는 신선도 4폭 병풍 가운데 한 폭이지만, 단독형으로 그려진 경우이다.

이 그림은 『삼재도회』나 『선불기종』에 그려진 하선고의 도상과 매우 흡사하다. 산을 배경으로 과일을 따서 바구니 담아 오른손에 들고 있는데, 마치 천리 밖 오령산에서 신기한 과실들을 따서 식구들에게 가져다주는 장면을 연상하게 한다.

그런 면에서 조선에서 그려진 하선고의 도상은 중국에서 유행되던 연꽃을 들고 있는 모습과는 달리 『삼재도회』나 『선불기종』에 그려진 도상에 훨씬 더 가까운 형태를 보여주고 있다.

통소를 불고 있는 미장부

한상자韓湘子

한상자

한상자韓湘子에 대한 일화는 『신당서新唐書』·『유양잡조酉陽雜俎』·『태평광기太平廣記』·『선전습유仙傳拾遺』 등에 등장한다.

『신당서』에 따르면 한상자는 당나라 때 유명한 문장가이자 형부시랑刑部侍郎인 한유韓愈의 조카 한노성韓老成의 장남으로서 어려서부터 뜻을 이루어 목종穆宗 연간에 진사進士가 되고, 나중에 대리 승大理丞이 되었다고 한다.[1]

한유가 비록 한노성과 숙부와 조카의 관계였지만, 나이가 서로 비슷하고 어려서부터 함께 지냈기 때문에 서로 우애가 매우 깊었다.

한노성에 대한 이야기는 한유가 쓴 〈제십이랑문祭十二郞文〉에 자세하게 나온다. 한유는 부모를 일찍 여의고 형들마저 세상을 떠나자, 조카 한노성과 함께 서로를 의지하며 집안을 이끌었다. 그러나 조카마저 젊은 나이에 자신보다도 먼저 세상을 떠나게 되자, 〈제십이랑문〉을 지어 그와의 옛일을 회상하며 절절하게 그리움을 묘사하고 있다. 조카 한노성의 죽음을 애도하며 지은 이 제문은 제갈량諸葛亮의 〈출사표出師表〉, 이밀李密의 〈진정표陳情表〉와 함께 중국의 3대 명문장으로 손꼽힌다. 제목에서 말하는 십이랑十二郞은 한노성을 가리키는데, 그가 형제 가운데 12번째였기 때문이다.

그러나 『신당서』에서는 한상자가 팔선 가운데 하나가 아닌 인간으로서의 면모를 기록했으며, 한상자가 신선이 된 이야기는 당나라 때 단성식段成式의 『유양잡조』에서부터 비롯된다.

> 시랑侍郞 한유의 먼 사촌 조카가 강회江淮에서 찾아왔는데, 나이가 아주 어렸다. 한유는 그에게 학당의 친척 자제들과 함께 공부하도록 해주었다. 그런데 맨날 친척 자제들에게 모욕을 당하기 일쑤였다. 한유는 그 사실을 알고 마침내 길 서편에 있는 사찰을 빌려 따로 글을 읽도록 해주었다. 열흘 정도 지나자 이번에는 절을 관리하는 사람이 조카가 제멋대로 경솔하게 군다고 하소연했다.
>
> 한유는 조카에게 당장 강회로 돌아가라고 하면서 나무라길, "저잣거리의 천한 사람들도 먹고 입는 것을 해결하기 위해 한 가지라도 잘하는 일이 있는데, 너는 이렇게밖에 못하니 나중에 무엇이 되려고 하느냐?"라고 했다. 그러자 조카는 절을 하고 나서 천천히 말하기를, "저에게도 한 가지 재주가 있습니다.

---

1 『신당서新唐書』 73권, 〈재상세계표 3상宰相世系表三上〉.

숙부께서 그것을 알지 못하시니 아쉽습니다."라고 하면서 섬돌 앞의 모란을 가리켰다. 그러고는 "숙부님이 이 꽃을 보고 싶으면 푸른색이든 자주색이든 노란색이든 붉은색이든 말씀만 하십시오."라고 했다.

이를 기특하게 여긴 한유는 자신이 보고자 하는 색을 제시해서 시험해보았다. 조카는 갈대로 엮은 발을 세워 모란 떨기를 모두 가리고 사람들이 엿보지 못하게 했다. 그리고 모란 떨기의 사면을 뿌리가 드러나도록 깊숙이 팠다. 사람이 들어가 앉을 만한 넓이였다. 그곳에서 그는 자광紫鑛·경분輕粉·주홍朱紅만을 가져다가 아침저녁으로 그 뿌리에 뿌리며 관리했다. 그렇게 이레가 지나자 곧 구덩이를 메워버리고 숙부에게 말하기를, "안타깝게도 한 달 정도 늦게 필 것입니다."라고 했다.

그때는 마침 초겨울이었다. 이 모란은 본래 자주색이었는데, 꽃이 피고 보니 홍백에 녹색이 섞여 있었다. 또 꽃송이마다 한 연聯의 시가 쓰여 있고, 글자는 선명한 자주색이었다. 이 시는 바로 한유가 관직에 나왔을 때 지은 시로서 "진령秦嶺에 구름 머무는데 집은 어디인가? 남관藍關에 눈발 날리니 말이 가질 못하네."라는 열네 글자였다. 한유는 얼마나 놀랐는지 모른다. 조카는 마침내 인사를 하고 강회로 돌아가서는 끝내 벼슬에 나아가지 않았다.[2]

『유양잡조』에 따르면 한상자는 어릴 때부터 호탕하고 시원시원하여 사소한 예절에 얽매이지 않았고, 책 읽는 것도 좋아하지 않았다. 그는 평소 홀로 바깥에 나가 노닐며 기이한 인사들과 사귀었다. 때문에 술 마시고 외박하는 일도 잦았다. 이러한 행동들이 한유를 화나게 한 것은 당연한 일이었다.

한유는 조카인 한상을 볼 때마다 "네놈은 어찌하여 정신을 못 차리는 것이더냐? 좋은 책을 읽어 공명을 구해야 할 터인데, 이렇게 되는 대로 사는 게 무슨 의미가 있단 말이냐?"라고 입버릇처럼 말했다.

그럴 때면 한상은 언제나 "숙부님! 제가 공부하는 바는 숙부와는 다른

---

2 단성식段成式, 『유양잡조酉陽雜俎』 19권, 〈광동식류4廣動植類之四〉.

것입니다. 숙부님이 말씀하시는 공자나 맹자의 서적들은 절 가르칠 만한 책들이 못됩니다."라고 대꾸했다. 나이 스무 살이 되던 해, 한상은 낙양洛陽에 있는 친척집을 찾아간 뒤로는 다시 돌아오지 않았다.

그 뒤 20년 동안 감감무소식이던 한상이 돌연 원화元和[3] 연간에 장안長安의 집에 나타났다. 행색을 보니 다 헤진 옷을 입고, 말이나 행동도 괴이했다.

한유로서는 그동안 편지 한 통 없던 조카에게 몹시 화가 났지만, 그래도 자신에게는 세상에 하나 밖에 없는 조카라는 생각에 화를 풀고 자신의 집에 머물게 했다. 아울러 조카의 나이 이미 적지 않았기 때문에 마냥 젊을 때처럼 하는 일 없이 빈둥거리게 할 수는 없었다. 그래서 자신의 조카가 학당에서 공부를 할 수 있도록 주선해 주었다.

그런 숙부의 바람과는 달리 한상은 공부에 흥미가 없었다. 그는 종종 멍하니 창밖을 바라보기만 했다. 그러다가 수업이 끝나면 함께 공부하던 아이들을 불러내 도박을 하거나 술을 마시고 취한 채 깨어나지 못했다. 때로는 한번 집을 나가면 며칠째 집으로 돌아오지 않는 경우도 있었다.

한상의 기이한 행동에 한유는 골치가 아팠다. 기회가 있을 때마다 그를 불러 꾸짖었지만, 여전히 변화의 조짐이 보이질 않았다.

한상의 방탕한 행동을 도저히 참을 수가 없었던 한유가 어느 날 그를 불러 화를 내며 "네 나이 이미 적지 않은데, 도대체 어쩔 생각이냐? 날마다 이렇게 놀기만 하는 것이 말이 된다고 생각하느냐? 전에 네가 배우는 것이 나와는 다르다고 말한 적이 있었지. 그렇다면 그동안 도대체 무엇을 배웠단 말이냐?"라고 호통을 쳤다.

잠시 후 한상이 천천히 입을 열면서 말하기를, "숙부님, 제발 화내지

---

3 당나라 헌종憲宗의 연호로 806~820년.

마십시오. 만약 제게 무엇을 배웠냐고 물으신다면 시 한 수로 대답하겠습니다."라고 했다. 뜻밖에도 곧이어 한상의 입에서는 시 한 수가 청산유수처럼 흘러나왔다.

> 구름과 물에 막힌 청산, 이곳이 바로 나의 집일세
> 저녁에는 운액 먹고, 새벽녘엔 지는 놀 마신다
> 거문고로 벽옥조 뜯고, 화로에선 주사를 단련하네
> 보배 솥엔 황금호랑이, 영지 밭엔 흰 까마귀 기른다
> 표주박에 조화를 감추고, 석자 검으로 요괴를 벤다
> 즉석에서 준순주 만들고, 경각화를 피게 하네
> 나에게 배우는 사람 있다면, 함께 신선 꽃을 보리라
> — 한상자 〈언지〉[4]

한유는 한상이 도대체 언제 이런 유창한 시문을 배웠는지 의아해 했다. 자세히 시를 음미해 보니, 거기에는 신선술로 가득 찼고, 말투도 호탕했다. 다시 한상에게 시에서 말한 바를 한번 보여 달라고 말했다.

잠시 생각에 잠긴 듯한 한상이 빈 술 단지를 가져오게 하여 금세 술로 가득 채웠다. 다시 흙을 모으고, 피리를 부니 순식간에 푸른 색깔의 모란꽃을 피워냈다. 그런데 그 모란 잎에는 "구름은 진령에 비꼈어라 집은 어디 있는가, 눈이 남관에 가득 쌓여 말이 나아가지 못하네.雲橫秦嶺家何在雪擁藍關馬不前"라는 시구가 작은 금색 글씨로 쓰여 있었다.

이 시에 얽힌 고사를 주제로 조선 시대 숙종肅宗은 다음과 같은 어제시 한 수를 남겼다.

---

4 『전당시全唐詩』 860권, 〈언지言志〉. 青山雲水窟, 此地是吾家. 後夜流瓊液, 凌晨咀絳霞. 琴彈碧玉調, 爐煉白朱砂. 寶鼎存金虎, 元田養白鴉. 一瓢藏世界, 三尺斬妖邪. 解造逡巡酒, 能開頃刻花. 有人能學我, 同共看仙葩.

푸른 바다 위에서 종유하여
천신에게서 비결을 받았네
지난날 꽃잎 위에 쓴 시구는
지금도 사람을 놀라게 하네
—숙종 〈한상자〉[5]

그 일이 있고나서 일 년이 지나 한유에게 큰일이 발생했다. 한유가 〈논불골표論佛骨表〉를 썼다가, 헌종獻宗의 노여움을 사서 조주자사潮州刺史로 좌천된 것이었다.

한유가 조주로 가던 중이었다. 난데없이 사방을 구분조차 못할 정도로 세찬 눈바람이 불어댔다. 한유 일행은 오가지도 못하고 꼼짝없이 엄동설한에 갇히고 말았다.

그때 눈바람 속에서 흐릿한 형체가 보이더니, 점점 한유 앞으로 다가왔다. 자세히 보니 자신의 조카 한상이었다. 한유가 그곳 지명地名을 물어보니 바로 남관이라고 했다. 마침내 한유가 그 시구의 뜻을 깨닫고는 〈좌천되어 남관에 이르러 질손 한상에게 보여주다左遷至南關示侄孫湘〉라는 시 한 수를 지었다고 한다.

아침에 상소문을 대궐에 올렸더니
저녁에 팔천 리 조주로 귀양 가네
천자 위해 폐단을 없애려 했으니
쇠약한 몸 남은 목숨 아깝지 않네
진령에 구름 비꼈으니 집은 어딘가
남관에 눈 쌓여 말이 나가지 않네
네 멀리서 오니 뜻이 있음 알겠으니

---

5 숙종肅宗, 『열성어제列聖御製』 9권, 〈한상자韓湘子〉. 從游碧海上, 秘訣受天神. 昔日花間句, 至今驚動人.

독기가 찬 강가서 내 뼈 수습해주게
— 한유 〈좌천되어 남관에 이르러 질손 한상에게 보여주다〉[6]

이 시에서 남관은 장안長安 남쪽에 있는 남전현藍田縣의 관문인 남전관藍田關을 가리킨다. 남관에서 일어난 이 일을 계기로 한유는 도가의 학문에 힘써 마침내 도를 깨닫고 신선이 되었다고 전해진다.

골짜기 찬 기운 두터운 갖옷까지 스미고
눈보라 까마득하여 저문 물가를 가린다
벼랑에 매달린 고드름 빈번히 떨어지니
남관에서의 행색도 이와 같지 않았을지
— 정온 〈보리의 벼랑을 지나며〉[7]

조선 중기의 문인 정온鄭蘊은 좌천되어 변방으로 가던 중, 한유가 좌천되어 조주로 가던 상황을 회상해 본다. 당시 한유가 남관에서 눈보라에 길이 막혀 오도 가도 못하던 행색이, 한겨울 매서운 추위 속에서 보리甫里의 벼랑을 지나는 자신의 처지와 결코 다르지 않음을 남관을 통해 표현한 것이다.

특히 한상자가 한유를 설득하기 위해 순식간에 꽃을 피운 고사는 '경각화頃刻花'란 전거典據가 되어 여러 시문에 등장한다. 조선 중기의 문신 윤선도尹善道의 〈등화를 노래하다詠燈火〉에서는 "반짝반짝 은빛 등잔불 속에서 누가 경각화를 피워냈는가?"[8]라고 했는데, 여기서는 꺼지는 듯하

6 한유韓愈, 『한창려집韓昌黎集』 10권, 〈좌천되어 남관에 이르러 질손 한상에게 보여주다左遷至南關示侄孫湘〉. 一封朝奏九重天, 夕貶潮州路八千. 欲爲聖明除弊事, 肯將衰朽惜殘年. 雲横秦嶺家何在, 雪擁藍關馬不前. 知汝遠來應有意, 好收吾骨瘴江邊.

7 정온鄭蘊, 『동계집桐溪集』 1권, 〈보리의 벼랑을 지나며過甫里棧〉. 峽中寒氣透重裘, 風雪茫茫鎖暮洲. 危棧懸氷頻頓踣, 藍關行色有如不.

김홍도 〈군선도(부분)〉 호암미술관

다가도 다시금 홀연히 피어나는 등불에 비유했다.

또한 조선 후기의 실학자 이덕무李德懋도 〈동작진銅雀津〉에서 "경각화가 오리 밖의 물결이라면, 비래봉은 바로 말 머리 구름이네."[9]라고 표현하여 배를 타고 가면서 노를 저을 때마다 이는 물결이 마치 순식간에 피어나는 꽃, 즉 경각화 같음을 비유했다.

일반적으로 한상자의 지물持物은 어고간자魚鼓簡子로 알려져 있다. 『선불기종』의 한상자 도상을 살펴보면 어고간자를 들고 있는 모습이다. 김홍도金弘道의 〈군선도群仙圖〉 8폭 병풍에도 어고간자를 들고 있는 젊은 한상자의 모습을 확인할 수 있다.

그러나 어고간자를 들고 있는 한상자가 젊은 미소년으로만 나타나는 것은 아니다. 때로는 어고간자를 들고 있는 중년이나 노인 모습으로 표현되기도 한다.

필자미상의 〈해상군선도海上群仙圖〉에서는 한상자가 등에 어고간자를 메고 있는 노인의 형상으로 등장하는데, 한상자처럼 어고간자를 메고 있는 장과로의 도상과 혼동을 주기도 한다. 다만 장과로는 나귀를 거꾸로

---

8 윤선도尹善道, 『고산유고孤山遺稿』 1권, 〈등화를 노래하다詠燈火〉. 灼灼銀缸裏, 誰開頃刻花.

9 이덕무李德懋, 『청장관전서靑莊館全書』 10권, 〈아정유고雅亭遺稿 동작진銅雀津〉. 頃刻花惟鳧外浪, 飛來峯是馬頭雲.

좌) 〈해상군선도(부분)〉 국립중앙박물관 / 우) 〈요지연도(부분)〉 국립중앙박물관

탄 채 어고간자를 등에 메고 있는 도상으로 표현되어, 한상자와는 다소 구별된다.

한편 『청장관전서青莊館全書』에서는 어고간자가 원나라 때 악기이기 때문에 당나라 때 사람인 한상자가 들고 있는 것은 이치에 맞지 않다고 지적한다.

> 어고간자는 원나라 때 악기이다. 대나무를 잘라 그 양쪽 끝에 돼지 오줌통猪胞을 붙이고 대나무 조각을 제비 꼬리처럼 쪼개어 대나무의 몸통을 치면 쨍그랑하는 소리가 난다. 그런데 선인 한상자를 그릴 때면 늘 이 악기를 가지고 다니는 모습을 그렸다. 그러나 한상자는 한 문공韓文公의 조카인데, 어찌 원나라 때 악기를 알았겠는가?[10]

이러한 견해는 『오주연문장전산고五洲衍文長箋散稿』에서도 나타난다.

> 어고간자는 무시로 치는 악기이다. 대나무를 잘라 돼지 오줌통 양쪽 끝에 붙이고 대쪽을 쪼개어 마치 제비꼬리처럼 만들어 대통을 치면 쨍하고 소리가 난다. 도사들이 이 어고간자를 갖고 다니기 때문에 선인 한상자를 그릴 때에는 반드시 이 기구를 안고 있으니, 이것이 맨 처음 잘못된 것이다. 한상자는 당나라 때 사람이다.[11]

한상자를 상징하는 지물이 어고간자만 있는 것은 아니다. 피리도 한상자의 지물로 등장한다. 국립중앙박물관 소장 필자미상의 〈요지연도瑤池宴圖〉는 한상자가 일렁이는 파도 위에서 바람에 도포 자락을 휘날리며, 남해南海 자죽림紫竹林에서 자란다는 신죽神竹으로 만든 피리인 자금소紫金簫를 잡고 있는 도상이다. 『선불기종』에서 어고간자를 들고 있는 도상과는 완전히 다른 모습이라고 하겠다.

---

10 위의 책 54권, 〈앙엽기1盎葉記一〉.

11 이규경李圭景, 『오주연문장전산고五洲衍文長箋散稿』, 도장총설道藏總說 〈도교의 선서와 도경에 대한 변증설道敎仙書道經辨證說〉 부附 도가잡용道家雜用.

꽃바구니 들고 있는

남채화藍采和

남채화

팔선八仙 가운데 손에 여섯 개의 나무 조각으로 만든 악기인 박판拍板을 쥐고 있는 사람이 바로 남채화藍采和이다.

사실 남채화는 그의 본명이 아니다. 그는 평소 노래를 즐겨 불렀는데, 노랫말에 '답답가남채화踏踏歌藍采和'라고 외치며 장단을 맞추었으므로 당시 사람들이 그를 남채화라 불렀다고 한다. 따라서 남채화는 원래 그의 이름이 아니라 그가 노래를 부를 때, 후렴처럼 화음을 맞추는 뜻이 없는 소리인 셈이다.

남채화에 대한 기록이 처음 보이는 문헌은 오대五代 남당南唐의 심분沈汾이 쓴 『속선전續仙傳』이다. 이후에 나온 대부분의 문헌들은 모두 『속선전』의 내용을 바탕으로 하고 있다. 송나라 때 지어진 『태평광기太平廣記』도 『속선전』의 내용을 그대로 싣고 있다. 다만 『속선전』에는 그가 어느 때 사람인지, 어디 사람인지는 모른다고 기록되어 있다.

육유陸游가 쓴 『남당서南唐書』에는 그가 당나라 말기의 은사로서 이름은 허걸許杰이라 하고, 원나라 때 잡극 〈한종리도남채화漢鍾離度藍采和〉에서는 그의 이름이 허견許堅이고, 남채화는 예명藝名이라고 밝히고 있다.

팔선 가운데서는 남채화의 외모가 가장 젊어 보인다. 마치 소년처럼 늘 웃으며 아무런 근심거리도 없는 모습이다. 남채화의 해맑은 표정은 순수한 영혼을 가지고 날마다 즐겁게 생활하는 데는 남들의 이목이나 평가가 필요치 않다는 사실을 보여주는 듯하다.

『선불기종仙佛奇踪』에 나타난 그의 도상을 살펴보면, 그는 몸에 해진 남색 옷을 걸치고, 나무에 검은 칠을 해서 만든 허리띠를 둘렀다. 한쪽 발은 관원들이 신는 신발을 신었지만, 한쪽은 맨발이다. 그리고 한 손에는 박판을 들고 있다.

박판은 타악기의 일종으로 여섯 개의 얇고 긴 나무판을 모아 한쪽 끝을 끈으로 꿰어 폈다 접었다 하며 소리를 내는데, 춤을 시작할 때나 마칠 때 또는 곡조의 빠르고 더딤을 이끄는 데 쓴다.

그런데 이 박판은 오원태吳元泰의 『동유기東游記』에서 팔선이 사해四海의 용왕龍王들과 싸움을 벌이게 되는 빌미를 제공하기도 했다. 팔선이 서왕모西王母의 초대를 받아 연회에서 취하도록 즐긴 뒤, 동해東海를 유람하다가 남채화의 박판이 바다에 떨어졌다. 동해 용왕의 태자 마게가 박판을 탐내 빼앗고 남채화를 수정궁에 감금하자, 팔선이 힘을 합쳐 마게를 죽이고 사해의 용왕들에게 대항하여 커다란 싸움으로 번지지만, 결국 태상노군太上老君과 석가여래釋迦如來, 관음보살觀音菩薩의 중재로 다시금 평화를 찾게 된다는 내용이다.

남채화의 특이한 점은 외모뿐만이 아니었다. 그는 찌는 듯한 더위에도 옷 안에 솜을 가득 채워 넣었고, 한겨울에는 오히려 솜을 전부 빼버리고 오로지 낡은 남색 옷만 입고 살을 에는 추위를 견딘다는 점이다. 심지어 한겨울에도 그의 몸에서는 후끈후끈한 열기가 뿜어져 나왔다고 한다. 이와 관련된 시가 한 수 전한다.

> 술 취해 얼음 위에 누웠는데
> 추워도 기운은 찌는 듯하네
> 퉁소는 어디에서 연주하는지
> 학을 타고 흰 구름에 올랐네
> — 숙종 〈남채화〉[1]

사실 우리나라 문헌에 남채화에 관한 시문이나 기록이 거의 남아 있지 않은 가운데 숙종肅宗이 쓴 어제시 〈남채화藍采和〉는 보기 드문 경우이다.

남채화가 길거리에 나타나면 그는 언제나 손에 세 자 길이의 커다란 박판을 들고 마치 술에 취한 듯이 노래를 불렀다. 그럴 때면 어른이나 아이 할 것 없이 모두가 그를 따라다니며, 도대체 무엇을 하는지 호기심 어린 눈빛으로 쳐다보았다.

얼핏 보면 남채화가 미치광이 같지만 사실은 그렇지 않았다. 그의 노래 가사에는 신선들의 오묘한 이치가 담겨져 있어 평범한 사람들이 이해하기 어려웠을 뿐이다.

---

1 숙종肅宗, 『열성어제列聖御製』 9권, 〈남채화藍采和〉. 醉臥六棱裏, 當寒氣似蒸. 笙簫何處奏, 駕鶴白雲昇.

때때로 사람들이 동전을 시주하면 새끼줄에 꿰어 끌고 다녔다. 간혹 동전이 새끼줄에서 빠져나가더라도 전혀 신경 쓰지 않았다. 때론 얻은 동전을 가난한 사람들에게 나누어 주기도 하고, 음식을 사먹는 데 쓰기도 했다.

사람들은 백발이 희끗희끗할 때 본 남채화가 자신들의 어릴 적 기억 속에 남아 있던 모습과 전혀 다르지 않았다고 했다. 훗날 남채화가 호양루濠梁樓에서 술을 마실 때였다. 퉁소와 생황에서 울려나는 아름다운 음악 소리가 들려왔다. 그때 하늘에서 백학 한 마리가 내려오더니, 남채화를 태워 하늘로 향했다.

한참을 오르던 남채화는 자신이 입고 있던 옷을 비롯하여 박판과 허리띠, 신발을 벗어 던지더니, 곧바로 천상으로 들어가 신선이 되었다고 전한다.

그런데 잡극 〈한종리도남채화〉에 등장하는 남채화는 『속선전』의 내용과는 다소 차이를 보인다. 잡극에 따르면 금릉金陵 사람 허견이 남당의 중주中主인 이경李璟에게 간언했다가 받아들여지지 않자, 화를 당할까 두려워 금릉을 도망쳐 남채화라는 예명을 가지고 배우로 활동했다고 한다. 그때 신선 종리권이 우연히 남채화의 자질을 발견하고 직접 인간 세상으로 내려와 그를 출가시키려 하지만 남채화는 듣지 않았다. 그래서 여동빈呂洞賓을 현지의 수령으로 변신시켜 남채화에게 술자리 시중을 들게 했다. 거절하면 엄중한 벌을 받는다는 사실을 알고 어쩔 수 없이 관가로 달려갔지만, 여동빈은 남채화가 지각했다는 핑계로 곤장 40대를 치라고 명했다. 바로 그때 종리권鍾離權이 나타나 출가를 조건으로 남채화를 구해낸다.

그로부터 30년이 지난 어느 날, 남채화는 극단劇團을 따라 각지를 전전하던 늙은 아내와 동료들을 만나고, 오랜만에 옛날 추억을 더듬으며 자신이 무대에서 입던 옷을 만지고 있을 때였다. 그때 갑자기 들이닥친 종리

〈요지연도(부분)〉 국립중앙박물관

권과 여동빈의 훈계에 깨달음을 얻어 그들을 따라 하늘에 올라 신선이 되었다는 내용이다.

국립중앙박물관 소장 〈요지연도瑤池宴圖〉는 남채화가 팔선과 함께 서왕모의 초대를 받아 요지瑤池로 가면서 바다를 건너는 모습이다.

도상에서 남채화는 오른손에는 연꽃을 들고, 왼손에는 꽃바구니를 들고 출렁이는 파도위에 서 있다. 원래 남채화를 상징하는 지물은 박판과 허리띠, 그리고 한쪽만 신은 신발이다.

그러나 조선 시대에 등장하는 남채화의 도상에는 박판을 쥐고 있는 형태보다는 대나무로 짠 꽃바구니를 들고 있는 모습이 압도적으로 많다. 국립중앙박물관과 경기대학교 소성박물관에서 소장하고 있는 필자미상의 〈해상군선도海上群仙圖〉를 보아도 그 사실을 확인할 수 있다.

사실 〈요지연도〉는 이상향으로서의 곤륜산崑崙山을 그린 작품으로 서왕모와 주周나라 목왕穆王을 중심으로 한 연회 장면과 요지를 건너오는 신선들의 모습이 그려져 있다. 그러나 점차로 연회 장면은 줄어들고, 요지를 건너는 신선들의 비중이 커지면서 신선들만 따로 독립적으로 그려진다. 그것이 바로 해상군선도海上群仙圖이다.

해상군선도는 연회 장면을 생략한 채 여러 명의 신선들이 각각 자신을 상징하는 기물을 들거나 자세를 취하고 세차게 출렁이는 파도 위에 서 있는 모습을 그린 도상이다.

〈해상군선도(부분)〉 국립중앙박물관

먼저 국립중앙박물관 소장 〈해상군선도海上群仙圖〉에 표현된 남채화의 도상을 살펴보면 나귀를 거꾸로 타고 있는 장과로 앞에서 불로초와 불수감 같은 꽃이 담겨져 있는 바구니를 들고 있다. 치마에 가려 신발을 신었는지, 한쪽 신발만 신고 있는지 확인할 수는 없다. 다만 허리를 살펴보면 『선불기종』의 도상처럼 여섯 개의 혁대단추가 달린 나무로 만든 허리띠를 둘렀음을 확인할 수 있다. 아울러 남채화가 길거리에서 노래하며 받은 돈을 꿰었던 끈이 왼쪽 허리춤에서 아래로 늘어뜨려져 있다. 경기대학교 소장 〈해상군선도〉 역시 국립중앙박물관 소장의 그것과 구도나 인물 묘사에 있어서 매우 유사한 형태를 보인다.

다만 한 가지 특이한 점은 때때로 남채화가 여자 신선의 형태로 나타난다는 사실이다. 위의 두 〈해상군선도〉에서도 남채화는 여성 형상으로 등장한다.

이는 중국 원나라 때 잡극에서 남성으로 등장하던 남채화가 청나라 때 이르러 여성 형상으로 바뀐 것과 밀접한 관련이 있다. 즉 원나라 때 남성 형상이었던 남채화가 청나라 때 여성으로 변모한 것이다.

청나라 때 문인 조익趙翼은 『해여총고陔余叢考』에서 "세속에서 팔선이라고 전해지는 자는 한종리漢鍾離·장과로·한상자韓湘子·철괴리鐵拐李·조국구曹國舅·여동빈이다. 또 두 여자 신선이 있는데 남채화와 하선고何仙姑이다."[2]라고 하여 민간에서는 남채화를 여성 신선으로 보고 있음을 시사

〈해상군선도(부분)〉 경기대학교 소성박물관

했다. 하지만 조익 스스로는 남채화가 남성임을 강조하면서 "남채화는 남자이다. 오늘날 희본戱本에서는 억지로 여성으로 분장하는데, 참으로 우스운 일이다."라고 강조했다.

그러나 조익의 주장에도 불구하고 조선 시대 화가들이 그린 남채화의 도상은 대부분 한 손에 꽃바구니를 들고 치마를 입고 있는 아름다운 여성 형상으로 변용되어 중국의 『선불기종』에 나타나는 도상과는 판이하게 다른 차별성을 보여준다.

2 조익趙翼, 『해여총고陔余叢考』 34권, 〈팔선八仙〉. 世俗相傳有所謂八仙者, 曰漢鍾離, 張果老, 韓湘子, 鐵拐李, 曹國舅, 呂洞賓. 又女仙二人, 藍采和, 何仙姑.

황후의 동생

조국구曹國舅

조국구

조국구曹國舅는 성이 조曹이고, 이름은 일佾로서 송나라 자성광헌황후慈聖光獻皇后 조씨曹氏의 친동생이다. 그래서 사람들은 보통 그를 조국구라고 불렀다.

조일은 명문가문 출신으로서 할아버지 조빈曹彬은 송나라 때 명장이었다. 조빈에게는 일곱 명의 자식이 있었는데, 그 가운데 조기曹玘가 조국구와 조 황후의 아버지로서 상서우부원외랑尙書虞部員外郎을 거쳐 나중에 오왕吳王에 봉해졌다.

조국구의 누나인 조 황후는 인종仁宗에게 손찌검을 했다는 이유로 폐위된 곽 황후郭皇后를 이어 18세의 나이로 황후가 되었다. 『송사宋史』에 따르면 그녀는 성품이 온화하고 소박하며 인자하고 검소했으며, 황후가 된 뒤에도 농사를 중시하여 궁 안에서 곡식을 심고 누에를 쳤다고 전한다. 인종 때인 1048년 정월에 궁중에서 반란이 일어나자, 궁중에 있던 사람들을 다독여 인종을 지키고 반란자들을 침착하게 제압했다.

그녀의 동생인 조국구는 체구가 당당하고, 성정이 온화하며, 음률에 정통하고, 바둑과 활쏘기를 잘하며, 시 짓기를 즐겼다고 한다. 그는 일처리를 분명하게 하고 처신에도 능하여 공공장소에서는 공적인 일을 얘기하지 않았고, 뒤에서 다른 사람의 단점과 과실을 말하지 않았다. 때문에 신종神宗은 신하들에게 조국구가 정직하고 진실한 신하라고 평했다. 그래서 그런지 조국구는 관작이 계속 올라 제양군왕濟陽郡王에 봉해졌고, 72세로 세상을 떠난 뒤에는 기왕沂王에 봉해지기도 했다.

그러나 정사正史에는 조국구가 도를 닦고 신선이 되었다는 기록을 찾아볼 수 없다. 청나라 때 조익趙翼의 『해여총고陔余叢考』에 따르면, "조국구는 조 태후의 동생이라고 전해진다. 『송사』를 살펴보면 자성광헌태후慈聖光獻太后로 기록되어 있는 조 태후의 동생인 조일은 72세의 나이에 죽었는데, 일찍이 신선이 되었다는 내용은 보이지 않는다. 그 밖에 별도로 국척國戚이면서 신선술을 배웠다는 사람도 없으니, 곧 전해오는 이야기는 허황된 것이다."[1]라고 했다.

이처럼 정사에는 조국구가 신선이 된 과정에 대한 기록이 전혀 나타나지 않는다. 하지만 『선불기종仙佛奇踪』에는 그가 어떻게 신선이 되어 팔선

1 조익趙翼, 『해여총고陔余叢考』 34권.

의 반열에 올랐는지에 대한 단서가 보인다.

> 조국구는 송나라 태후의 동생이다. 그의 동생이 매번 불법을 저지르며 사람을 죽이자 깊이 부끄러움을 느껴 마침내 산으로 은거하여 현학玄學의 이치를 깊이 생각했다. 시골사람의 복장에 갈건葛巾을 쓰고 다녔으며, 열흘 동안 아무것도 먹지 않았다. 하루는 종리권鍾離權과 순양純陽 여동빈呂洞賓 두 신선을 만났는데, 그들이 "듣자하니 그대가 수양을 하고 있다고 하는데, 무엇을 수양하는가?"라고 묻자, 조국구가 "도를 닦고 있습니다."라고 대답했다. 다시 "도는 어디에 있는가?"라고 묻자, 조국구는 하늘을 가리켰다. 두 신선이 "하늘은 어디에 있는가?"라고 묻자, 조국구는 가슴을 가리켰다. 두 신선이 웃으며 말하기를, "마음이 곧 하늘이고, 하늘이 곧 도이다. 그대는 진면목을 직접 보았구나."라고 말했다. 마침내 두 신선은 그에게 『환진비지還眞秘旨』를 전해 주고, 이를 통해 조국구는 신선의 반열에 들었다.[2]

이 내용을 바탕으로 숙종肅宗은 〈조국구曹國舅〉라는 어제시를 지었다.

> 자취 감춰 암혈로 돌아가고
> 널리 구해 세상을 초탈했네
> 과연 마음으로 자득하여
> 대낮에 순양자를 만났네
> — 숙종 〈조국구〉[3]

명말 청초 사람인 왕건장王建章의 『역대신선사歷代神仙史』에는 조국구의 신상에 대한 기록이 좀 더 자세하게 제시된다.

그에 따르면 조국구는 인종 때 조 황후의 첫째 동생인 조경휴曹景休로

---

2 홍응명洪應明, 『선불기종仙佛奇踪』, 〈조국구曹國舅〉.

3 숙종肅宗, 『열성어제列聖御製』 9권, 〈조국구曹國舅〉. 遯跡歸巖穴, 遍求度世方. 果然心自得, 白日遇純陽.

서, 국구國舅는 이름이 아니라 황후의 동생이기에 부르는 칭호라고 했다.

> 조경휴는 타고난 성품이 순수하고 선하며, 부귀를 기뻐하지 않고, 청허淸虛를 매우 동경했다.…… 조국구에게는 교만하고 방자하며 제멋대로인 동생이 있었는데, 후에 죄를 짓고 도주했다. 조국구가 이를 매우 부끄러워하여, 마침내 산속으로 들어가 은거했다.[4]

〈요지연도(부분)〉 조국구
국립중앙박물관

청나라 때 서도徐道는 『역대신선통감歷代神仙通鑑』에서 조국구의 동생이 조경식曹景植이라고 구체적으로 명시했다.

> 당시 황후에게는 동생이 둘 있었다. 형의 이름은 조경휴로서 세상일을 가까이 하지 않았고, 동생은 조경식인데 권세를 믿고 경거망동했다. 황제가 매번 경계시켰으나 고치지 않고 늘 불법적으로 사람을 죽였다. 이에 포증包拯이 그를 체포하여 사건을 심리하자 곧바로 죄를 인정했다. 조경휴는 이를 매우 부끄러워하여 세상을 떠나 마침내 산속에 은거하며 정심으로 도를 닦는 데 뜻을 두었다.[5]

팔선은 대부분 당나라 때 인물인데, 오직 조국구만은 송나라 때 사람으로서 팔선 가운데서도 가장 늦게 신선의 반열에 올랐다. 따라서 팔선 가운데 차지하는 존재감이 비교적 낮은 편이고, 『동유기東游記』에서도 그의

4 왕건장王建章, 『역대신선사歷代神仙史』 4권, 〈송선열전宋仙列傳〉.

5 서도徐道, 『역대신선통감歷代神仙通鑑』 18권, 〈조국구이조전경曹國舅二祖傳經〉.

김홍도 〈신선도(부분)〉 국립중앙박물관

활약은 아주 미미한 편이다.

그러나 인간 세상에서의 신분은 조국구가 가장 높아 머리에 오사모烏紗帽를 쓰고, 몸에 붉은 관포官袍를 입었으며, 허리에는 옥대를 두른 전형적인 관리 형상으로 표현된다. 그리고 손에는 남채화가 들고 있는 것과 같은 운양판雲陽板이라는 박판을 들고 있다.

김홍도가 그린 〈신선도〉의 조국구 도상은 박판을 두드리는 조국구를 중심으로 피리와 생황을 불고 있는 두 명의 선동과 등에 복숭아를 짊어진 동자가 비스듬하게 사선을 이루며 서 있다.

도상의 상단 왼쪽에는 "생황과 피리소리 구름을 두드리고 박판 소리가 귓전에 가득하여 홀연히 그림임을 잊었구나. 화가의 정신이 우주의 밖을 노닐어 보지 않고서는 이러한 경지를 갖출 수 없다."[6]라고 한 표암豹菴 강세황姜世晃의 화평畵評이 쓰여 있다.

6 笙簫戛雲, 檀拍問之, 洋乎盈耳, 忽覺無丹靑. 操毫者, 非神游八極之表, 無以辨此. 豹菴評.

두꺼비와 장난치는

유해섬劉海蟾

조세걸 〈신선〉 국립중앙박물관

중국 민간신앙에는 여러 재신財神이 있다. 그러나 유해섬劉海蟾은 정식으로 재신에 봉해지지는 않았지만, 재운財運을 가져다주기도 하여 사람들은 그를 재신으로 간주하며 숭배의 마음을 품는다.

먼저 원나라 때 조도일趙道一의 『역세진선체도통감歷世眞仙體道通鑑』에 묘사된 유해섬의 기록을 살펴보자.

> 유현영劉玄英은 자가 종성宗成이고, 호는 해섬자海蟾子이다. 처음에는 이름이 조操이고, 자는 소원昭遠이었는데 도를 깨우친 뒤에 바꾸었다. 연燕나라 광릉廣陵 사람이다.—일설에는 요遼나라 사람이라고도 한다.—경전에 밝아 과거시험에 합격했고, 연왕 유수광劉守光 때 승상이 되었다. 평소 성명性命의 학설과 황노黃老의 가르침을 숭상했다. 하루는 홀연히 한 도인이 찾아와 만나길 청했다. 이에 유해섬은 그를 불러 당상에 앉히고 빈객의 예로써 대우했다. 유해섬이 그에게 성씨와 이름을 물었으나 그는 대답하지 않고 다만 스스로 정양자正陽子라고 불렀다. 유해섬이 도움이 될 만한 가르침을 청하자, 도사가 청정무위淸淨無爲의 종지宗旨를 가르치고 나서 금액환단金液還丹이 필요하다고 했다. 말을 마치자, 달걀 10개와 동전 10문을 달라고 하더니, 동전을 탁자 위에 올려놓고 10개의 달걀을 동전 사이에 각각 포개어 쌓았는데 마치 불탑의 형상이었다. 유해섬이 놀라 위험하다고 탄식하자, 도인이 대답하기를, "사람이 복록에 머물면 우환이 따르니, 그 위험은 이것보다 더 심합니다."라고 했다. 그러고는 다시 동전을 쪼개 두 쪽으로 만들어 던져버리고는 마침내 인사를 하고 떠났다. 그 일로 유해섬은 크게 깨닫는 바가 있었다. 마침내 그날 밤 연회를 베풀고 식구들에게 금은보화를 다 버리게 했다. 다음날 아침 인끈을 풀고 조정에서 물러나 옷을 바꾸어 입고 도를 추구했다.……나중에 우연히 여동빈呂洞賓을 만나 금단金丹의 비지秘旨를 얻게 되었다.[1]

사실 유해섬은 도교의 한 유파인 전진파全眞派 북오조北五祖 가운데 한 명으로서 중국 민간에서는 재신으로 숭배된다. 이름은 조操인데 나중에 현영玄英으로 바꾸었다. 자는 종성宗成, 호는 해섬자海蟾子 또는 소원昭遠으로 오대五代 연산燕山 사람이다.

성씨를 따서 흔히 유해섬 혹은 줄여서 유해劉海라고 부른다. 또한 두꺼비를 한자로 하마蝦蟆라고도 하므로 하마선인蝦蟆仙人이라고도 부른다. 나중에 원나라 세조世祖가 그를 해섬명오홍도진군海蟾明悟弘道眞君에 봉하고,

---

1 조도일趙道一, 『역세진선체도통감歷世眞仙體道通鑑』 49권, 〈유현영劉玄英〉.

무종武宗이 해섬명오홍도순우제군海蟾明悟弘道純佑帝君을 더하여 주었다.

요遼나라 때 과거에 응시하여 진사가 되고, 연왕燕王 유수광劉守光을 섬겨 벼슬이 승상에까지 이르렀다. 평소 성명性命의 학문을 좋아하고 황로黃老의 도를 숭상했다.

유해섬이 연왕의 승상으로 있던 어느 날, 정양자正陽子라는 도인이 찾아와서 동전과 달걀 열 개를 서로 엇갈려 쌓아놓고 유해섬에게 보여주었다. 수많은 봉록을 받는 승상으로서 우환을 무릅쓰고 사는 일은 동전 위에 쌓은 달걀보다 훨씬 더 위태롭다는 사실을 넌지시 암시한 것이다.

마침내 유해섬은 크게 깨우친 바가 있어 그 다음날 곧바로 승상 직을 헌신짝처럼 버린 채 도복으로 갈아입고 미친 척하며 연나라에서 도망쳤다. 도중에 그는 길에서 어떤 도사를 만나 신선이 되는 구결을 얻게 되었다. 그 도사는 바로 정양자 종리권鍾離權이었다.

2년 뒤 연왕 유수광은 대연大燕 황제를 참칭했다가 얼마 안 되어 조정에 의해 토벌되어 9족이 멸하는 화를 입는다. 당시 유해섬은 천하를 떠돌며 도를 구하고 있었던 터라, 참화에서 벗어날 수 있었다. 나중에 우연히 여동빈呂洞賓을 만나 비법을 전수받고 도를 얻어 신선이 되었다. 그때부터 유해섬은 종리권과 여동빈을 스승으로 모시고 그들을 따라 종남산終南山과 태화산太華山 사이에 은거했다고 한다.

조선 시대 허균許筠은 이러한 내용을 다음과 같은 시로 써내려갔다.

오직 해섬옹은
정양자를 스승 삼았네
환단법을 가르치고
달걀을 쌓아 위험을 보였네
백학이 되어 하늘에 뜨니
붉은 노을 바야흐로 사라지네

이정 〈기섬도〉 이화여대박물관

천지는 무너진다 해도
자신의 일월 따로 갖고 있다네
— 허균 〈유해섬〉[2]

조선 시대 유해섬의 도상은 주로 앞머리를 동자처럼 짧게 자른 채 손에는 돈 꾸러미를 들고 춤을 추는 모습을 하기도 하며, 종종 물속으로 도망친 두꺼비를 엽전에 매단 줄로 유인하여 다시 낚아 올리는 천진한 모습으로 묘사된다. 또한 두꺼비를 타고 바다를 건너거나 두꺼비를 등에 메고 길을 가는 도상들도 보인다.

조선 중기에 활동한 이정李楨의 〈기섬도騎蟾圖〉는 유해섬이 두꺼비를

2 허균許筠, 『성소부부고惺所覆瓿藁』 14권, 〈유해섬劉海蟾〉. 惟海蟾翁, 正陽是師. 還丹演教, 累卵示危. 白鶴沖空, 絳霞方滅. 雖毀乾坤, 自有日月.

〈선인승운도〉 경기대학교 소성박물관

타고 세상을 돌아다니는 모습을 그리고 있다. 세 발 달린 거대한 두꺼비가 유해섬을 등에 태운 채 입으로 신령스러운 입김을 내뿜으면서 천천히 걸어가는 모습이다. 원래 이 두꺼비는 유해섬이 원하는 곳이라면 어디든지 데려다 줄 수 있는 영물이라고 전해진다. 두꺼비 등에 자신을 온전히 맡긴 채 편안하게 걸터앉아 세상을 관조하는 유해섬의 얼굴이 마치 두꺼비와 닮은 듯하다.

유해섬이 두꺼비와 함께 세상을 돌아다니는 모습은 김홍도金弘道의 〈해상군선도海上群仙圖〉에서도 발견된다. 팔선을 비롯한 여러 신선들과 함께 일렁이는 파도를 건너는 유해섬이 엽전을 꿰맨 줄을 가지고 두꺼비를 희롱하는 모습이 해학적으로 묘사되어 있다.

경기대학교 소장 〈선인승운도仙人乘雲圖〉에서는 유해섬이 구름 위에서 두꺼비의 등에 탄 채 오른손에 엽전을 들고 하늘을 나는 모습을 묘사하고 있다.

이렇게 볼 때 두꺼비는 지상과 바다, 그리고 하늘을 자유롭게 다닐 수 있어서 유해섬이 가고자 하는 곳이라면 어디든지 갈 수 있는 신령한 능력을 가지고 있음을 알 수 있다.

하지만 두꺼비는 회갈색 몸에 커다란 입과 툭 튀어나온 눈, 부스럼이 있는 것처럼 흉물스러운 피부와 끈적이는 진액을 가져 사람들이 혐오하는 동물이다. 특히 두꺼비의 분비물에 있는 독은 인체에 치명적이어서 전갈·뱀·지네·도마뱀과 함께 오독五毒의 하나로 불린다.

심사정 〈하마선인도〉 간송미술관

그럼에도 불구하고 중국 고대인들은 두꺼비가 사람들에게 유익한 면도 있어, 오병五兵을 피하게 한다고 여겼다. 오병은 다섯 가지 무기, 곧 과戈·수殳·극戟·추모酋矛·이모夷矛를 가리키는데, 두꺼비를 지니고 있으면 이 다섯 가지 병장기에 사람이 다치지 않는다고 전한다. 또한 두꺼비가 흉사凶邪를 제압하고, 장생을 도와주며, 부귀를 주관하는 길상물로도 여겼다.

진晉나라 때 갈홍葛洪은 『포박자抱朴子』에서 "육지肉芝는 1만 년 된 두꺼비인데, 머리 위에 뿔이 있고 턱 밑에 단서丹書 여덟 자가 겹으로 쓰여 있다. 5월 5일 일중日中에 잡아서 그늘에서 100일 동안 말려 왼쪽 발로 땅에 그으면 물이 흐르고, 왼쪽 손을 몸에 지니고 있으면 군사를 막을 때 적이 화살을 쏘아도 제 몸으로 되돌아간다.……이것을 잡아 그늘에서 말려 가루로 만들어 먹으면 4만 년을 장수하게 된다."[3]고 했다.

이외에도 『송사宋史』에는 장수張收가 미친개에게 물렸으나 두꺼비 회膾를 먹고서 나았다[4]는 기록이 있고, 이규경李圭景의 『오주연문장전산고五洲衍文長箋散稿』에는 노준의魯俊儀가 두꺼비를 사용하여 죽은 사람을 살려냈다[5]는 기록도 있다. 그래서 사람들은 두꺼비가 선궁仙宮의 영물로서 두꺼비를 잡으면 건강하게 오래 산다고 믿었다.

특히 세 발 달린 두꺼비는 매우 희귀한 경우이기 때문에 청나라 때 중국 사람들은 연말과 정초에 유해섬이 줄에 꿴 동전으로 두꺼비를 희롱하는 장면을 담은 길상화, '유해희섬도劉海戲蟾圖'를 집안에 걸어두고 재물 복이 들어오기를 기원했다.

그래서 '유해섬이 금 두꺼비와 장난치며 놀고, 걸음을 뗄 때마다 금전을 낚는다.劉海戲金蟾 步步釣金錢'는 속어가 생기기도 했다.

조선 후기의 화가 심사정沈師正이 그린 〈하마선인도蝦蟆仙人圖〉는 유해섬이 줄에 꿴 엽전으로 세 발 달린 두꺼비를 유인하는 모습을 그린 도상이다. 유해섬을 태우고 다니던 두꺼비는 가끔 우물 속으로

안중식 〈하마선인〉
서울대박물관

3 갈홍葛洪, 『포박자抱朴子』 내편內篇 11편, 〈선약仙藥〉.

4 이덕무李德懋, 『청장관전서靑莊館全書』 52권, 〈이목구심서5耳目口心書五〉.

5 이규경李圭景, 『오주연문장전산고五洲衍文長箋散稿』, 인사편1 괴상乖常 〈죽은 자를 다시 회생시키고 절단된 근골을 다시 접속시킬 수 있다는 데 대한 변증설甦死續斷辨證說〉.

백은배 〈하마선인도〉
국립중앙박물관

도망쳐 유해섬을 골탕 먹이곤 했다고 한다. 그럴 때면 유해섬은 돈을 좋아하는 두꺼비의 심리를 이용해 긴 끈에 엽전을 매달아 두꺼비를 유인했다. 도상은 맨발에 짧은 머리를 하고 허름한 옷을 입은 유해섬이 엽전을 이용하여 우물 속에서 두꺼비를 끌어올리고 난 뒤에 호되게 꾸짖는 장면인데, 엽전을 본 두꺼비가 한 다리로 땅에 디딘 채 좋아하는 모습과 묘한 대조를 이루어 해학적인 분위기를 연출하고 있다.

조선 말기에 활동했던 화가 안중식安中植은 〈하마선인蝦蟆仙人〉에서 유해섬이 표주박을 타고 물속에 있는 두꺼비를 희롱하는 광경을 섬세한 필치로 묘사했다. 쑥대머리처럼 풀어 헤친 짧은 머리와 잔잔하게 미소를 머금은 선인의 표정에서 천진난만한 소년의 장난기가 물씬 느껴진다.

그림 상단의 제시에는 '맨발에 쑥대머리 나이 따져 무엇 하리오. 십주十洲와 삼도三島의 선경을 마음대로 유람하네.'[6]라고 쓰여 있다. 도상에 나타난 유해섬의 얼굴이 소년처럼 보이지만, 그의 나이를 헤아리는 일은 전혀 무의미하다. 사람들은 그의 나이가 얼마인지에 대해서는 그다지 관심이 없다. 오로지 세상 여기저기를 데려다 주는 세 발 달린 두꺼비에게 자신을 맡긴 채 선경을 유

6 赤脚蓬頭不計年, 十洲三島任蹁躚.

심사정 〈선인도해도〉 국립중앙박물관

람하며 복을 가져다주는 유해섬과 두꺼비의 길상적 이미지만 사람들의 마음속에 깊이 각인될 뿐이다.

백은배白殷培 역시 배경만 다를 뿐 그림 속 의취는 안중식과 같다. 매화 핀 따스한 봄날, 한 팔로 나뭇가지를 붙잡은 채 엽전을 매단 줄을 늘어뜨려 물속으로 달아난 두꺼비를 유인하고 있다. 상단의 제시에는 '풍모는 맑고 깨끗하여 무심한 달의 경지요, 기상은 온화하여 걸어 다니는 봄이다.'[7]고 쓰여 있다.

제화시 원문의 '각춘脚春'은 이르는 곳마다 덕화德化가 여러 사람에게 미치는 것이 봄볕이 만물에 비치는 것과 같다는 의미이다. 가난한 사람들에

7 風恣瀟灑無心月, 氣度融和有脚春.

게 재물과 복을 아낌없이 나누어주는 유해섬이 가는 곳이라면 거기가 비록 북풍이 세차게 몰아치고 차가운 눈이 수북이 쌓인 한겨울일지라도 이미 따스한 봄기운에 매화가 피어나는 특별한 공간으로 변모하는 것이다.

심사정의 〈선인도해도仙人渡海圖〉는 두꺼비를 어깨에 멘 신선이 바다를 건너는 도석인물화이다. 도상의 상단 오른쪽에는 '현재가 오 소선을 모방하여 그리다玄齋倣吳小僊筆'는 관지가 있다.

소선小僊은 명나라 때 활동한 궁정화가 오위吳偉의 호이다. 오위는 불우한 어린 시절을 보냈으나 그림을 잘 그려 궁정으로 들어갔으며, 명나라 헌종憲宗으로부터 '선필仙筆'이라는 찬사를 받기도 했다. 조정 생활의 구속에 익숙지 않았던 그는 대부분의 시간을 궁정화원 밖에서 활동하며 그림을 팔아 생계를 유지했다. 자유분방하며 자신의 자유를 구속받지 않으면서 가난한 사람들과 스스럼없이 어울렸던 그의 성격이 작품 속에 잘 스며 있다.

대진戴進과 함께 창시한 절파浙派는 중국뿐만 아니라 조선에까지 그 영향을 끼쳤는데, 심사정 역시 절파의 영향을 받은 화가 가운데 한 명이었다.

다시 도상으로 눈을 돌리면, 한 선인이 일렁이는 파도 위에서 한 손으로 거대한 두꺼비를 어깨에 들쳐 메고 가느다란 갈대 위에 몸을 겨우 의지한 채 먼 곳을 응시하며 바다를 건너고 있다. 아마도 두꺼비의 한쪽 발이 안 보이고, 맨발에 짧은 쑥대머리를 한 것으로 보아 이 선인은 유해섬으로 보인다. 그가 어디로 가고 있는지는 알 수 없지만, 분명한 사실은 자신의 도움을 필요로 하는 가난한 누군가를 향해 찾아가고 있다는 점일 것이다.

파도치는 바다 위에서 유해섬과 또 다른 한 명의 신선이 세 발 달린 두꺼비를 잡으려는 광경을 그린 그림도 있다. 조선 후기 화가인 초원蕉園 이수민李壽民의 〈해섬자海蟾子〉이다.

이수민 〈해섬자〉 간송미술관

화원 출신이었던 그는 산수화와 도석인물화를 잘 그렸다. 산수화는 남종화풍을 따라 깔끔한 필치로 그렸고, 도석인물화는 자유분방한 필치로 다루었다. 도상에서 달아나는 두꺼비를 향해 달려가는 두 선인이 누구인지는 명확하지 않다. 다만 둘 중에 한 명은 유해섬일 것으로 짐작될 뿐이다.

윤덕희尹德熙의 〈하마선인蝦蟆仙人〉은 도복을 입은 유해섬이 두꺼비를 왼쪽 어깨에 올린 채 마치 연인처럼 다정한 표정으로 바라보고 있는 듯한 도상이다.

중국 민간전설에 따르면 유해섬과 동행하는 세 발 달린 두꺼비는 사실 남해南海 용왕의 딸 교고巧姑라고 한다. 교고는 아버지의 눈을 피해 바깥 세상을 구경하러 나올 때면 늘 금 두꺼비로 변신하여 도화계桃花溪 백룡담

윤덕희 〈하마선인〉 국립중앙박물관

白龍潭에서 놀았다.

그러던 어느 날 흉악한 이무기가 두꺼비를 향해 달려들었는데, 마침 도화봉桃花峰에서 나무를 하던 유해섬이 그 장면을 목격하고 구해주었다. 위기에서 목숨을 건진 두꺼비는 유해섬에게 감사의 뜻으로 여의주 하나를 선물로 주고 황급히 용궁으로 돌아갔다.

그때부터 교고는 유해섬을 마음에 담게 되었다. 그녀는 다시 한 번 그를 보기 위해 백룡담으로 나갔는데, 마침 유해섬도 거기에서 나무를 하고 있었다. 잠시 후 목이 말랐던 유해섬이 물을 마시려고 하는데, 홀연히 자신의 곁에 놓인 엽전꾸러미를 발견한다. 하지만 돈에 욕심이 없었던 유해섬이 돈을 그냥 그 자리에 놓고 집으로 돌아가려고 했다.

그때 지난번에 마주친 적이 있던 이무기가 뒤에서 갑자기 유해섬을 향해 달려들었다. 위기를 느낀 교고는 황급히 물속에서 나와 유해섬의 눈앞에서 그의 등 뒤로 뛰어 올랐다. 그제야 위험을 감지한 유해섬이 이무기를 공격하여 죽였다. 자신의 목숨을 구해준 두꺼비를 보고 감격한 유해섬은 만약 두꺼비가 여인이었다면 그녀와 혼인을 할 것이라고 혼잣말로 중얼거렸다.

그러고는 엽전을 매단 줄을 두꺼비의 목에 감고는 집으로 향했다. 그런데 걸을수록 줄이 점점 무거워짐을 느껴 고개를 돌려 뒤를 바라보았다.

그때 자신이 끌고 오던 금 두꺼비는 온데간데없고, 한 아름다운 처녀가 그를 향해 미소 짓고 있는 것이 아닌가. 그 뒤로 둘은 부부의 인연을 맺게 되었다고 한다.

귀신을 잡는 신

종규鍾馗

김덕성 〈종규도〉 국립중앙박물관

조선 시대에는 매년 정초正初가 되면 도화서圖畵署에서 수성선녀도水星仙女圖와 직일신장도直日神將圖 등을 그려 임금에게 올리거나 서로에게 선물을 하기도 했다. 질병이나 재난 등 불행을 사전에 예방하고 한 해 동안 행운이 깃들기를 기원하는 성격을 띤 이러한 풍습은 주로 궁중을 중심으로 새해 첫날 세화를 그려 문이나 창에 붙이는 세시풍속으로 굳어졌다. 일반적으로 새해를 송축하고 재앙을 막기 위해 그린 세화歲畵를 대문에 붙이기 때문에 문배門排라고도 한다.

중국의 연화年畵에서 영향을 받은 이러한 풍습은 우리나라에서는 조선 초기 궁중에서 시작하여 점차 민간으로 확산되어 20세기 초반까지 지속되었다.

세화의 소재로는 당나라 때 장수인 진숙보秦叔寶와 위지공尉遲恭, 신도神荼와 울루鬱壘 같은 신상神像을 비롯하여 닭과 호랑이 같은 동물에 이르기까지 아주 다양하다. 조선 초기 학자 성현成俔의 『용재총화慵齋叢話』에서는 "이른 새벽에는 그림을 대문간에 붙이는데, 그림에는 처용處容·각귀角鬼·종규鍾馗, 복두를 쓴 관인幞頭官人, 갑주를 갖춘 장군介胄將軍, 보물을 받은 부인繁珍寶婦人, 닭과 호랑이 그림 따위가 있다."[1]라고 했다.

그 가운데서도 구레나룻 수염에 큰 눈을 부라리며 흉악한 얼굴을 하고 있는 종규가 가장 눈에 띈다. 종규는 민간에서 귀신 잡는 신으로 알려져 있다. 인간 세상에 미련을 가지고 떠도는 원귀들은 누구라도 그의 손바닥에서 벗어날 수 없었다고 한다.

종규에 대한 최초 기록은 『전당문全唐文』에 수록된 장열張說의 글에 보인다. 장열은 당나라 현종 때 재상인데, "신에게 종규 그림 및 새로운 책력 한 축을 하사했다."[2]라고 한 것으로 보아 아마도 당나라 때 이미 종규 그림이 유행하고 있었음을 알 수 있다. 그러나 이 기록만으로는 종규가 어떤 인물인지 설명하기에는 부족해 보인다.

종규에 대한 구체적인 전기가 기록된 글은 당나라 이후 북송 때 심괄沈括의 『몽계필담夢溪筆談』이다.

> 궁중에 오도자吳道子가 그린 〈종규도鍾馗圖〉가 있는데, 그 첫머리에 당나라 사람이 쓴 다음과 같은 제기가 있다. 당나라 명황明皇 개원開元 연간에 현종이 여산驪山에서 강무講武를 하고 나서 어가를 타고 궁으로 돌아왔다. 현종은 곧바로 몸 상태가 나빠지더니 학질에 걸리고 말았다. 한 달이 지나도록 무당이나 의원들이 온갖 방법을 다 사용했지만 나아지지 않았다. 어느 날 밤 꿈속에

1 성현成俔, 『용재총화慵齋叢話』 2권.

2 장열張說, 『전당문全唐文』 223권, 〈종규 및 책력을 내려주신 것에 감사하는 표謝賜鍾馗及曆日表〉.

홀연히 두 귀신이 보였는데, 하나는 크고 하나는 작았다. 작은 귀신은 붉은 옷을 입었는데 코가 소처럼 생겼다. 한 발은 짚신을 신고, 한 발은 벗은 채 신발이 다른 신발에 매달려 있었고, 커다란 대나무로 만든 부채를 꼽고, 양귀비가 수놓은 향주머니와 현종의 옥피리를 훔쳐 궁전을 빙빙 돌며 뛰어다녔다. 커다란 귀신은 모자를 쓰고, 남색 옷을 입었으며, 한쪽 팔뚝을 드러낸 채 짐승 가죽으로 작은 귀신의 두 발을 싸서 잡고 눈을 파낸 다음에 손으로 쪼개서 씹어 먹었다. 현종이 커다란 귀신에게 누구냐고 묻자 고개를 돌려 말하기를, "저는 무과에 급제하지 못한 종규라고 하는데, 폐하를 위해 요괴들을 제거하기로 맹세했었습니다."라고 했다. 현종이 꿈에서 깨어나자 병이 금세 낫고, 건강도 이전보다 더 좋아졌다. 그래서 화공 오도자를 불러 꿈 이야기를 해주고 나서 꿈속에서 본 상황을 그림으로 그리게 했다. 오도자가 명을 받고 눈으로 직접 목격한 듯이 그려 바치니, 현종이 한참을 쳐다보며 몇 번이고 어루만져보더니 말하기를, "경이 나와 같은 꿈을 꾼 모양이다."라고 했다.[3]

심괄의 『몽계필담』에는 당나라 때 화가 오도자가 현종의 명을 받아 종규의 형상을 그리게 한 정황이 나타난다. 하지만 여기에서는 종규가 무과에 급제하지 못했고, 황제를 위해 죽기로 맹세했다는 내용만 나온다. 그가 왜 황제를 위해 죽기로 맹세했는지에 대한 이유는 『역대신선통감歷代神仙通鑑』에 자세하게 나타난다.

당나라 현종玄宗 황제가 병으로 환궁하여 낮에 꿈을 꾸었다. 꿈속에 붉은 옷을 입고 코는 소처럼 생긴 작은 귀신이 보였다. 맨발을 한 한쪽 발로 뛰어다니다가 양귀비가 수놓은 향낭과 황제의 옥피리를 빼앗아 대전 안을 마구 달리면서 놀았다. 황제가 큰 소리로 꾸짖자, 귀신이 말하기를, "나는 허모虛耗라고 한다. 공허한 가운데서 사람들의 물건을 훔치고, 사람들의 즐거운 일을 없앤다."라고 했다. 황제가 화가 나서 무사를 부르려고 하는데, 홀연히 검은 얼굴에 수염이 달려 있고, 찢어진 관에 짙은 남색 옷을 입은 한 커다란 귀신이

3 심괄沈括, 『몽계필담夢溪筆談』 3권, 〈보필담補筆談〉.

나타나 홀을 꽂고 칼을 들어 작은 귀신의 눈을 도려내더니 다시 사지를 찢어 씹어 먹었다. 황제가 무슨 신이냐고 묻자, 대답하기를, "신은 종남산의 거자擧子 종규라고 하는데, 과거 시험에 응시했으나 합격하지 못했습니다. 고향으로 돌아가기가 수치스러워 대전 앞 돌계단에 머리를 찧어 자결했는데, 폐하께서 저에게 진사進士를 내려주고, 녹포를 입혀 성대하게 장례를 치러주었으며, 세시에 제사를 지내주었습니다. 이에 신은 천하의 허모와 같은 요괴들을 모조리 없애버리겠다고 맹세했습니다."라고 했다. 말을 마치자 춤을 추며 자리를 떠났다. 현종이 꿈에서 깨어나자, 병은 마침내 완쾌되었다. 그래서 화가 오도자를 불러 그의 상을 그려 대문에 붙이게 했다.[4]

청나라 때 서도徐道의 『역대신선통감』에는 종규가 현종을 위해 귀신이나 요괴들을 잡아 죽이게 된 사연이 구체적으로 등장한다. 현종이 과거시험에 낙방하여 대궐에서 자결한 종규를 위해 진사進士를 하사하고, 그를 위해 관복을 입혀 성대한 제사를 지내주었다는 내용이다.

억울하게 죽은 종규의 한을 현종이 위로해 주었기 때문에 그 은혜에 감격한 종규가 요귀를 잡아 없애겠다고 맹세를 했고, 이에 현종은 종규의 초상화를 그려 섣달 그믐날이 되면 집집마다 대문에 붙여 악귀들을 쫓게 하라고 명을 내렸다고 한다. 종규의 도상이 세상에 유포하게 된 구체적인 단서가 되는 셈이다.

청나라 때 연하산인煙霞散人 유장劉璋의 소설 『종규참귀전鐘馗斬鬼傳』에는 종규에 대한 또 다른 이야기가 전한다.

종남산終南山의 수재秀才였던 종규는 태어날 때부터 추남이었으나 재주가 많았다고 한다. 당나라 덕종德宗 때 장안長安에 가서 과거에 응시했는데 당시 문장가인 한유韓愈와 육지陸贄는 그의 답안을 보고 감탄하여 장원급제 시켰다. 그러나 사람의 얼굴을 보고 인재를 등용하던 덕종

---

4 서도徐道, 『역대신선통감歷代神仙通鑑』 14권.

이 간신 노기盧紀의 참언으로 얼굴이 추남이었던 종규의 장원급제를 박탈했다. 분노를 참지 못한 종규는 자결했고, 덕종도 자신의 경솔함을 후회했다. 그래서 노기를 귀양 보내고, 종규를 구마대신驅魔大神에 봉하여 각지를 돌며 잡귀들을 죽여 백성들을 편안하게 해달라고 부탁했다는 내용이다.[5]

이렇게 해서 종규는 인간을 괴롭히는 잡귀들을 물리치게 되었고, 민간에서는 종규의 초상을 그려 악귀를 쫓아내는 풍습이 유행했다. 이러한 풍습은 시대와 나라를 달리해서 계속되었고, 우리나라도 예외는 아니었다.

> 도화서에서는 수성선녀도와 직일신장도를 그려 관청에 바치고 서로 주기도 하는데 세화라고 한다. 송축하는 뜻을 담는다. 또 금갑옷을 입은 두 장군을 그리는데, 길이는 한 길 남짓이다. 한 사람은 도끼를 들고 한 사람은 부절을 들었다. 궐문 양쪽에 거는데 문배門排라고 한다. 또 강사포絳紗袍를 입고 오사모烏紗帽를 쓴 사람 그림을 중합문重閤門에 붙인다. 또 중국 전설에서 악귀를 쫓는 신 종규가 귀신을 잡는 그림을 그려 문에 붙이거나, 귀신 머리를 그려 문미에 붙여 전염병을 물리친다. 종친과 외척의 문에도 모두 걸었는데, 민간에서도 많이 따라했다.[6]

홍석모洪錫謨의 『동국세시기東國歲時記』에 따르면 조선 시대에는 세시歲時가 되면 악귀를 물리치거나 전염병을 예방할 목적으로 궁궐 문에 귀신을 잡는 종규상을 붙였고, 이러한 풍습은 종친과 외척뿐만 아니라 민간에까지 전파되었음을 알 수 있다.

우리나라 문헌에서 종규에 대한 초기 기록은 성현의 글에서 발견된다.

---

5 유장劉璋, 『종규참귀전鐘馗斬鬼傳』.

6 홍석모洪錫謨, 『동국세시기東國歲時記』 설날.

한 해의 명절에 거행하는 일이 한 가지뿐이 아니나, 섣달 그믐날에 어린애 수십 명을 모아 진자侲子로 삼아 붉은 옷에 붉은 두건을 씌워 궁중宮中으로 들여보내면 관상감觀象監이 북과 피리를 갖추어 소리를 내고 새벽이 되면 방상씨方相氏가 쫓아낸다. 민간에서도 이 일을 모방하되 진자는 없으나 녹색 죽엽竹葉·붉은 형지荊枝·익모초益母草 줄기·도동지桃東枝를 한데 합하여 빗자루를 만들어 대문櫺戶을 막 두드리고, 북과 방울을 울리면서 문 밖으로 몰아내는 흉내를 내는데, 이를 방매귀放枚鬼라 한다. 이른 새벽에는 그림을 대문간과 창문에 붙이는데, 그림에는 처용·각귀·종규·복두관인·개주장군·경진보부인 및 닭과 호랑이 그림 따위였다.[7]

성현은 『용재총화』에서 새해가 되면 대궐은 물론 민간의 대문과 창문에 종규를 비롯한 각종 그림을 붙여 귀신이나 사악한 기운이 집안으로 들어오지 못하게 했다고 기록하고 있다. 또한 자신의 시문집인 『허백당집虛白堂集』에서는 〈무공이 종규를 그리다無功畵鍾馗〉라는 시를 남겼다.

묘년의 그림 품격은 너 만한 사람 드물고
정밀한 천기는 사소한 것도 안 빠뜨렸네
흡사 쑥대강이같이 헝클어진 짧은 머리에
남색 적삼은 어깨에 드리워 반쯤 감겼고
낙타처럼 굽은 등엔 칠보반을 짊어졌는데
산호 옥수의 알록달록한 문양이 교차하네
나에게 가난 귀신 물리치길 바랐겠지만
금옥 많이 쌓는 일엔 늘 등한시 한다네
너의 필력은 이미 오도자를 본받았으니
나의 눈 또한 황금으로 그려 구경한다네
다만 기괴한 자태로 놀래어 낮잠을 깨워
나를 끌고 종남산으로 들어갈까 두렵구나
— 성현 〈무공이 종규를 그리다〉[8]

---

7 성현, 『용재총화』 2권.

무공無功은 성현의 둘째 형인 성간成侃의 아들 성세적成世勣의 자字로서 어려서부터 매우 영민하고 서법書法이 신묘했다고 하는데, 그에 대한 기록은 자세하지 않다. 이 시를 통해 보면 성세적이 삼촌인 성현의 가난 귀신을 물리치게 하려고 종규의 도상을 그려주었음을 알 수 있다. 이러한 사실은 종규의 도상을 그려 악귀를 물리치려는 풍습이 당시 민간에서 빈번하게 이루어지고 있음을 짐작하게 해준다.

> —상략—
> 재앙 쫓고 복 맞이하는 민간 풍속 많아라
> 도삭산에서 호랑이 기르는 신도와 울루 세우고
> 집집마다 복숭아부적 꽂고 닭 그림 대문에 붙였네
> 산조는 폭죽 소리에 놀라 자취 감추고
> 등잔은 밤새 꺼지지 않아 허모를 비추네
> 꿈에 나타난 종규는 은혜에 감사해서이고
> 화장실엔 여원이란 귀신 정말 있을까
> —하략—
> — 윤기 〈설날〉[9]

윤기尹愭의 〈설날元日〉은 신도神荼와 울루鬱壘, 복숭아·닭 그림 부적과 폭죽, 종규와 여원如願 등 재액을 막는 민간의 세시풍속을 소개하고 있다. 신도와 울루는 형제로서 도삭산度朔山에서 악귀를 잡는 신인神人인데, 그

---

8 성현, 『허백당집虛白堂集』 1권, 〈무공이 종규를 그리다無功畵鍾馗〉. 妙年畵格似汝少, 精機不漏秋毫小. 短髮蒙鬆如飛蓬, 藍衫垂肩半纏繞. 駝躬擔負七寶盤, 珊瑚玉樹交斑斕. 意欲使我鬪貧鬼, 長金積玉常等閒. 汝筆已倣吳道子, 我眼亦作黃金看. 只恐奇姿驚晝寢, 携我去入終南山.

9 윤기尹愭, 『무명자집無名子集』 3책, 〈설날元日〉. ……禳凶迎吉俗方繁. 度山飼虎羅荼壘, 桃梗畵雞遍戶門. 迹遁山臊驚爆竹, 火燃虛耗繼燒盆. 鍾馗夢寐應御感, 如願糞堆倘有魂…….

들의 형상을 대문 앞에 세워 악귀를 쫓았다고 한다.

여원은 스스로 청호군清湖君이라고 부르는 자가 어떤 상인의 초대에 답례로 보내준 계집종이다. 그녀의 이름은 '소원대로'라는 뜻의 '여원如願'이었는데, 상인이 소원하는 것이 있으면 무엇이든 구하여 바쳤다. 훗날 정월 초하루에 여원이 늦잠을 자자, 상인이 그녀의 종아리를 때렸다. 그녀는 그대로 도망쳐서 측간에 숨어 모습을 드러내지 않았다. 그 후로 사람들은 정월 초하루가 되면 가는 새끼로 나무인형을 만들어 측간에 던지며 "소원을 들어주소서."라고 빌었다고 한다.[10]

> 북소리는 둥둥둥 징소리는 쾅쾅쾅
> 장구는 떵기떵기 뿔피리는 삘리리삘리리
> 깃발은 펄럭펄럭 춤사위는 사뿐사뿐
> 짐승 얼굴 사납고 호랑이 모자 드높네
> 마당 우물과 부뚜막에 우렛소리 진동하고
> 나아갔다 물러났다 바닷물처럼 분주하네
> 문호의 신령께 새로 치성을 더하니
> 숲과 시내 도깨비들 도망가기 바쁘네
> 종규가 눈동자를 움켜쥐고 서서 먹고
> 피를 뿜어 불 만들어 온몸을 태우네
> 귀신도 간 있다면 떨어지고 말 것이니
> 살려 달라 애걸하며 머리를 조아리다
> 후다닥 정신없이 문밖으로 도망쳤나
> 천지가 말끔하고 달과 별이 찬란하네
> —하략—
> — 황현 〈뒤풀이굿〉[11]

---

10 『고금사문유취古今事文類聚』 6권, 〈원일元日〉.

11 황현黃玹, 『매천집梅泉集』 4권, 〈상원의 잡영上元雜咏 뒤풀이굿罷儺〉. 鼓淵淵鉦洸洸, 缶坎坎角嘈嘈. 旗獵獵舞躚躚, 獸面獰獰虎冠嶢. 園場井竈雷殷地, 捲進擁退奔驚

김덕성 〈종규도〉 국립중앙박물관

〈뒤풀이굿罷儺〉은 조선 후기의 시인이자 문인인 황현黃玹이 음력 정월 보름날인 상원上元을 전후한 무렵, 세시의 감회를 지울 수가 없어 향촌의 옛 풍습을 엮어서 쓴 장가長歌 10편 가운데 한 수이다. 북과 징, 장구 등이 요란하게 울리고, 수많은 깃발이 펄럭이는 가운데 신령에게 바치는 무당의 치성과 함께 귀신의 눈동자를 움켜쥐고 먹는 종규의 모습이 보인다. 아마도 굿을 하면서 악귀를 쫓기 위해 종규의 도상을 함께 걸어놓았을 것으로 생각된다.

그런데 이러한 종규의 도상들은 대부분 길상吉祥과 벽사闢邪라는 실용적인 기능을 목적으로 하여 대문이나 창문에 붙였던 까닭에 현재까지 온전하게 남아 있는 것이 많지 않다. 특히 작자가 밝혀진 작품은 현은玄隱 김덕성金德成이 그린 〈종규도鐘馗圖〉 및 근대 시기 평양平壤에서 활동했던 화가 김윤보金允補의 〈꿈에 본 장수, 종규도〉가 남아 있는데, 거의 손가락

潮. 門靈戶神增新敬, 林魈澗倶忙遁逃. 鍾馗手攫立啖睛, 噴血作火全身燒. 鬼也有膽亦應破, 剡剡乞命高其尻. 急急嚴嚴驅出門, 天地遼廓月星昭…….

으로 꼽을 정도이다.

김덕성의 〈종규도〉는 덥수룩한 수염에 관모를 쓰고, 소처럼 생긴 코에 상대방을 향해 눈알을 부라리는 듯한 모습이 매우 인상적이다. 오래된 소나무를 배경으로 펄럭이는 관복을 입고 있고, 손에는 기다란 칼을 뒤로 한껏 젖히고 금방이라도 잡귀를 향해 힘차게 휘두르려는 듯한 자세를 취하고 있다. 그림 오른쪽 하단에는 '현은玄隱'이라는 그의 호가 작은 글씨로 쓰여 있다.

〈종규도〉 국립중앙박물관

필자미상의 〈종규도〉는 모자를 쓰고, 무관의 복장을 한 늠름한 종규가 칼을 비스듬히 들고 몸을 뒤로 재낀 채 날아오는 박쥐에게 시선을 향하고 있다. 종규의 도상에 종종 등장하는 박쥐는 복을 상징하는 길상물로 여겨진다. 따라서 박쥐를 향해 노려보는 듯한 표정은 사람들에게 늦게 복을 가져다주는 박쥐를 책망하고 있는 것이다.

종규와 박쥐와 관련해서는 또 다른 전설이 전한다. 종규가 구마대신이 된 뒤에 음병陰兵 3백 명을 거느리고 왕사성枉死城을 지나는데 다리 위에서 박쥐 한 마리가 길을 막았다. 그 박쥐는 종규에게 자신은 원래 두더지였는데 물을 잘못 마신 뒤로 등에 날개가 돋아 박쥐가 되었다고 하면서 잡귀들이 있는 소굴을 잘 알고 있으니 자신을 길잡이로 삼아달라고 부탁했다. 그 이후 종규는 박쥐를 앞세워 각종 잡귀들을 제거했다고 한다.[12]

앞서 김덕성의 〈종규도〉가 문인 같은 풍모가 느껴진다면, 필자미상의 국립중앙박물관 소장 〈종규도〉는 장수의 기운이 물씬 풍기는 그림이다. 그런데 이 그림들은 당나라 때 오도자가 처음 그린 종규의 도상과는 다소 차이가 있어 보인다.

> 옛날에 오도자가 종규 그림을 그렸는데……어떤 사람이 그것을 얻어 촉주蜀主에게 바쳤다. 촉주는 그 그림을 매우 아껴 항상 침실에 걸어 두었다. 하루는 황전黃筌을 불러 그림을 보게 하니, 황전이 한 번 보고 그 뛰어난 솜씨를 칭찬했다. 촉주가 황전에게 말하기를, "이 종규가 만약 엄지손가락을 사용해서 저 눈을 뽑는다면 더 힘차 보일 것이다. 나를 위해 그것을 고쳐 그려보라."고 했다. 황전이 집으로 돌아가서 그리겠다고 청하고, 여러 날 그림을 바라보았지만 도저히 고칠 수가 없어서 따로 무늬 없는 비단을 펼쳐 종규가 엄지손가락으로 귀신의 눈을 뽑는 그림을 그렸다. 다음날 자신이 그린 그림을 오도자의 그림과 함께 촉주에게 바쳤다. 그러자 촉주가 묻기를, "지난번에 경에게 그림을 고치라고 명했는데, 어째서 다른 그림을 그려서 가져왔는가?"라고 했다. 황전이 대답하기를, "오도자가 그린 종규는 일신의 힘과 기색, 눈과 생김새가 모두 둘째손가락에 있지, 엄지손가락에 있지 않습니다. 그런 까닭에 감히 고쳐 그릴수가 없었습니다. 신이 지금 그린 그림이 비록 옛사람에게 미치지는 못하지만 일신의 힘이 엄지손가락에 있습니다. 그래서 감히 따로 그림을 그렸습니다."라고 했다. 촉주가 그 그림을 보고 감탄하여 비단과 은그릇을 주고, 그의 남다른 식견을 세상에 밝혔다.[13]

위의 글에서는 중국 오대五代 때 궁정 화가인 황전黃筌이 종규와 얽힌 일화를 소개하고 있다. 당나라가 멸망한 뒤 궁정에 보관 중이던 오도자의 종규 그림이 민간으로 흘러들어갔는데, 나중에 어떤 사람이 그 그림을 후촉後蜀 임금에게 바쳤다. 후촉 임금은 황전에게 둘째손가락으로 귀신의

12 유장, 『종규참귀전』.

13 곽약허郭若虛, 『도화견문지圖畵見聞志』 6권, 〈종규양鍾馗樣〉.

김윤보 〈꿈에 본 장수, 종규도〉
평양 조선미술박물관

눈을 뽑고 있는 종규의 모습을 엄지손가락으로 뽑는 모습으로 고쳐 그리게 했지만, 종규의 힘과 기가 모두 둘째손가락에 있어 감히 고쳐 그리지 못했다는 내용이다.

이 일화를 통해 보면 처음 오도자가 그렸던 종규상은 손에 칼을 들고 있는 형태가 아니라 손가락으로 귀신의 눈을 후벼 파는 모습이었을 것으로 짐작된다. 종규가 귀신들을 잡아들인다는 이야기는 집집마다 잘 알려져 있지만, 그에게 여동생이 한 명 있다는 사실을 아는 사람은 그다지 많지 않다. 종규는 생전에 여동생을 결혼시키지 못한 채 세상을 떠났다. 때문에 여동생이 죽게 되면 그녀를 위해 제사지내 줄 사람이 없음을 안타깝게 여긴 종규가 그녀를 위해 남편을 찾아주기로 마음먹는다. 여자가 시집을 가지 못한 채 세상을 떠나면 친정집에서 그녀를 위해 제사를 지낼 수가 없으며, 당연히 시댁도 있을 수 없다는 것이 당시의 관념이었다. 종규가 여동생을 시집보냈다는 전설도 이러한 관념의 영향을 받은 것이다.

청나라 때 그림인 〈종규가매도鍾馗嫁妹圖〉에는 종규가 말을 타고 시집가는 여동생의 가마 뒤를 따르고, 귀졸鬼卒들이 앞에서 악기를 불고 있는 장면이 자세하게 묘사되어 있다.

조선 중기의 문신 박승임朴承任은 자신의 『소고문집嘯皐文集』에서 종규의 일화를 매우 소상하게 한 편의 시로 풀어냈다.

아침에 궁문에서 과거시험 치렀는데
서생이 섬돌에 머리 받고 죽었구나
지하에서도 장사지내준 은혜를 알아
보답하려는 일념 하늘도 알아주었다
화청궁에서 목욕하니 한열을 느끼고
옥궤에 기대어 자니 정신이 혼미하다
허모라는 작은 귀신 함부로 날뛰며
옥적을 훔쳐 제 마음대로 불어대네
꿈속에서 진노한 황제 쳐내려하는데
호위하는 무사는 왜 이리 더디오나
충성의 간담 아직 썩지 아니했으니
옛날 맹세 시험함이 여기에 있도다
푸른 도포 찢어진 모자로 수레 오르니
찬바람이 전각 휘장에 붊을 깨달았다
순식간에 요귀 잡으니 담이 파열되고
손이 묶여 시키는 대로 끌려 다닌다
두 눈을 부릅뜨고 좇으며 들추어내니
두개골이 박살나서 자취도 없어졌네
송골매가 공중에서 내려오는 것같이
번개처럼 날아 호리狐狸를 잡아챈다
군센 발톱 야문 치아로 씹어 먹으니
교활하게 마음껏 놀리던 짓 못하였네
모습과 소리 끊어지니 황제 마음 상쾌하여
진심으로 급히 물으니 정성으로 말했도다
온화한 얼굴에 즐거움 띠고 또 기뻐하니
아! 조그만 성심이 여기에까지 이르렀다
눈앞의 간사한 짓 처단하여 만족하거늘
하물며 악귀 만나 말끔히 다스렸음이라
받은 은총이 돈독함을 더욱 깨달아
그 모습을 그려 신기함을 남기려 하네

붓 휘두를 때 하늘도 충심으로 가르쳐서
정신이 교감하니 마치 직접 본 것 같네
명주에 그린 얼굴 조금도 어긋나지 않고
정령은 사람이 하는 데서 못 벗어나네
세상에서 기이한 일이 이와 같으니
남긴 모습 본 사람들 당시에 슬퍼하네
황제의 병이 완쾌됨을 깨달았으니
큰 도량은 끝내 종규를 감동시켰네
조정에서 곧은 충성과 총애 받았으니
바라건대 손수 국가의 위태함 붙들기를
천제께서 일에 앞서 깨달음 보이어
꿈으로 핑계하여 경계함을 나타냈네
저승에서는 사직의 계책 살피지 않으니
한갓 화상만 마주하여 끝내 어찌 할건가
민가까지 전해져 푸닥거리 일삼게 하여
해마다 정초에 문미에다 화상을 붙인다
천추에 길이 많은 귀신의 영웅 되었으니
종이에서 종규상 빨리 없애기 바란다네
— 박승임 〈종규착귀도〉[14]

14 박승임朴承任, 『소고문집嘯皐文集』 2권, 〈종규착귀도鐘馗捉鬼圖〉.

조선에 모셔진

관성제군關聖帝君

〈관우도〉 국립중앙박물관

관우關羽는 삼국 시대 사람으로서 자字는 운장雲長이고, 신호神號는 관성제군關聖帝君이다. 그러나 사람들은 보통 그를 관공關公 또는 관제關帝로 부른다. 유비劉備·장비張飛와 함께 도원결의로 의형제를 맺고, 유비를 보좌하여 손권孫權의 연합군과 함께 적벽대전赤壁大戰에서 조조曹操의 백만 대군을 격파했다.

특히 자신의 주군主君이자 형님인 유비에게 죽을 때까지 충성을 다하여 충의의 화신으로 여겨지며, 문성文聖으로 불리는 공자孔子와 더불어 '문무

이성文武二聖'으로 일컬어진다.

그러나 관우에 대한 이야기는 정사正史와 소설 사이에 커다란 간격이 존재한다. 먼저 정사인 진수陳壽의 『삼국지三國志』를 살펴보자.

『삼국지』 촉서蜀書 〈관장마황조전關張馬黃趙傳〉에 따르면 그는 자가 운장이고 하동군河東郡 해현解縣 사람으로 망명하여 탁군涿郡으로 달아났다가, 유비가 고향에서 병사들을 모을 때 장비와 함께 그를 호위한 이후 평생 유비의 곁에서 전쟁터를 돌아다니며 고난과 험난함을 피하지 않았다고 한다.

유비가 원소袁紹에게 달려가 잠시 몸을 의탁했을 때, 조조는 관우를 사로잡아 편장군偏將軍으로 삼고 후하게 예우했다. 잠시 조조 밑에 있던 관우는 원소의 대장군 안량顔良의 머리를 베었고, 그 공으로 조조로부터 한수정후漢壽亭侯에 봉해졌다. 조조의 후한 대접에도 관우는 유비를 따라 유표劉表에게 몸을 의탁한다.

유비가 한중왕漢中王이 되자, 관우는 전장군前將軍이 되었다. 그 해 관우는 조인曹仁을 치면서 우금于禁이 통솔하는 칠군七軍을 물에 빠뜨려 몰살시키고, 방덕龐德을 참수하는 등 그 위세가 중원을 진동시켰다.

그러나 손권의 계략으로 관우의 군사들과 처자식이 모두 포로가 되어, 결국 관우는 손권에 의해 아들 관평關平과 함께 참수 당한다. 유비는 관우의 시호를 장무후壯繆侯라고 했다.[1]

이처럼 진수는 관우가 유비와 장비를 만난 시점에서부터 죽을 때까지의 생애를 서술하고 있다. 생전 관우의 최고 직함은 전장군이고, 작위는 한수정후였다. 진수는 관우가 강직하지만 자만했기 때문에 실패했다고 평가했다.

---

1 진수陳壽, 『삼국지三國志』 36권, 촉서蜀書 〈관장마황조전關張馬黃趙傳〉.

평하자면, 관우와 장비는 모두 만 명을 대적할 만한 당대의 용맹한 신하이다. 관우는 조조의 은혜를 갚았고, 장비는 의리로 엄안嚴顔을 풀어주었다. 두 사람에게는 모두 국사國士의 기풍이 있었다. 그러나 관우는 강직하고 자만했으며, 장비는 흉폭하고 은혜를 베푸는 일이 없었다. 그러한 단점 때문에 실패했으니, 이치가 본래 그러하다.[2]

실제로 『삼국지』에는 관우의 강직한 면과 더불어 자만심으로 가득 찬 성격이 고스란히 노출되어 있다. 즉, 마초馬超가 투항하자, 제갈량諸葛亮에게 편지로 마초의 인품과 재능이 누구와 비교할 만한지 물었다. 그러자 관우의 속마음을 눈치 챈 제갈량은 다음과 같이 답장한다.

맹기孟起는 문무를 고루 갖추었으며 용맹함이 보통 사람을 뛰어넘는 당대의 걸출한 인물로서 한나라의 경포黥布나 팽월彭越 같은 부류로 익덕益德과 나란히 선두를 다툴 수 있지만, 미염공美髥公의 걸출함에는 미치지 못합니다.[3]

편지에서 맹기孟起는 마초의 자이고, 미염공美髥公은 관우를 가리킨다. 관우의 턱수염이 아름다우므로 제갈량이 그를 미염공이라고 부른 것이다. 제갈량의 답장에 우쭐해진 관우는 그 편지를 좌우 사람들에게 보여주며 자랑하는 등 상대방을 얕보는 그의 성격을 그대로 드러냈다.

결국 관우는 상대방을 얕보는 어이없는 실수로 자신의 생명조차 지키지 못했다. 이러한 점은 당나라 때까지 그대로 이어져, 그가 사후에 민간에서 지혜와 용기를 겸비한 충의의 화신으로 숭배되던 것과는 많은 차이를 보인다.

그러나 북송 때를 기점으로 관우에 대한 인식이 크게 변하기 시작한다.

---

2 위의 책.

3 위의 책.

관우는 휘종徽宗 때 숭녕진군崇寧眞君으로 봉해져 도교의 신이 되고, 다시 무안왕武安王으로 봉해져 그 지위가 한 단계 높아진다. 이는 당시 북송이 북방의 유목민인 몽고족의 침입으로 고난을 겪는 과정에서 무장인 관우에 대한 존숭의식이 강해졌기 때문이다.

관우에 대한 존숭의식은 원나라를 이어 명나라 때도 지속된다. 특히 명나라 때 장편소설 『삼국지연의三國志演義』가 세상에 유포되면서 관우의 명성은 크게 요동친다. 역사적 인물로서의 관우는 소설을 통해 모든 면에서 완벽한 인물로 재탄생했다. 관우가 적토마를 타고 청룡언월도를 휘두르면 적들은 추풍낙엽처럼 나가떨어지는가 하면, 『춘추春秋』의 이상을 체현한 충의의 인물로서 문무를 겸비한 역대 최고의 명장으로 변모한 것이다.

명나라 신종神宗 때는 관우가 삼계복마대제신위원진천존관성제군三界伏魔大帝神威遠震天尊關聖帝君으로 봉해지고, 청나라 순치제順治帝 때는 충의신무관성대제忠義神武關聖大帝로 봉해져 그의 지위가 황제로까지 격상된다.

이처럼 관우는 중국 역사상 매우 특이한 인물이었다. 살아서는 장수와 후작侯爵, 죽어서는 공公·왕王·제군帝君·대제大帝로 지위가 높아졌다. 그래서 중국뿐만 아니라 이웃 조선과 일본에까지 관우를 모신 사당이 곳곳에 세워졌다. 이때부터 관우는 무묘武廟의 주신主神이 되어 공자의 문묘文廟와 마찬가지로 국가적 차원의 제사를 받는 동시에 기복祈福을 추구하는 민간신앙의 절대적 숭배 대상으로 자리 잡게 되었다.

관우의 존재가 언제 우리나라에 전해졌는지는 분명하지 않지만, 신라新羅 말기의 문장가 최치원崔致遠의 시문집 『계원필경桂苑筆耕』에 관우의 이름이 등장한다.

> 역적 황소는 이미 많은 죄악을 범하여 형벌을 받아 죽을 날이 머지않았는데, 감히 오합지졸을 몰아 송골매처럼 날아오르는 군대에 누차 대항했습니다. 탁발拓拔 상공은 탁발역미拓拔力微의 후예이고 동방東方 상서는 만천曼倩의 후손으로서, 모두 신비한 계략을 발휘하여 다함께 흉악한 도적을 무찌르면서 주벌하려는 하늘의 뜻을 따라 마침내 월첩月捷의 보고를 올렸습니다. 그 군대의 이름을 정난定難이라 했으니 관·장關張의 명성에 걸맞다고 하겠습니다.[4]

『계원필경』은 최치원이 당나라에서 유학을 마치고 돌아온 다음해인 886년(정강왕定康王 원년)에 당나라에 있을 때 쓴 작품을 간추려 정강왕定康王에게 바친 문집이다. 그런데 『계원필경』은 최치원이 고변高駢의 종사관從事官으로 재직할 때의 작품이기 때문에 우리나라와는 별로 관계가 없는 시문이 대부분이다.

그 안에 실려 있는 〈적도 황소를 죽인 일을 하례하는 장문賀殺黃巢賊徒狀〉은 최치원이 황소의 난을 평정하는 데 큰 공을 거둔 정난군절도사定難軍節度使 탁발사공拓跋思恭과 봉상절도사鳳翔節度使 이창언李昌言을 축하하는 글이다. 여기에서 '관·장關張'이란 글자가 나오는데, 바로 관우와 장비를 함께 부른 명칭인 것이다.

조선 시대 세종世宗 때 김종서金宗瑞와 정인지鄭麟趾 등이 편찬한 『고려사高麗史』에도 관우의 이름이 보인다.

> 경은 영민한 자질과 웅위한 기량으로 항상 곽자의郭子儀와 이광필李光弼 같은 충성을 마음에 품었으며, 관우와 장비 같은 용맹을 겸했다.[5]

---

4 최치원崔致遠, 『계원필경桂苑筆耕』 6권, 당장堂狀 〈적도 황소를 죽인 일을 하례하는 장문賀殺黃巢賊徒狀〉.

5 정인지鄭麟趾, 『고려사高麗史』 114권, 〈지용기열전池湧奇列傳〉.

> 경은 넓은 도량과 통창한 자질로 때를 만나 재능을 펼치고 분주한 나라 일에 몸을 바쳤다.……재주는 경감耿弇과 가복賈復의 무리보다 뛰어나고, 용맹은 관우와 장비보다 높다.[6]

첫 번째 인용문은 고려高麗 공양왕恭讓王이 지용기池湧奇에게 내린 교서이고, 두 번째 인용문은 박위朴葳에게 내린 교서이다. 교서 원문을 보면 두 사람을 모두 '관·장關張'에 비유하고 있는데, 관장은 역시 관우와 장비를 의미한다.

세종의 명으로 정인지 등이 편찬한 『치평요람治平要覽』에는 관우에 관한 기록이 본격적으로 등장한다. 기존의 기록에서는 단지 관우의 이름만 등장했던 반면, 『치평요람』에서는 관우의 파란만장한 활약상이 펼쳐진다.

> 유비는 젊었을 때 하동河東 사람 관우와 탁군涿郡 사람 장비를 서로 벗으로 삼아 잘 사귀었는데, 관우와 장비를 별부사마別部司馬로 삼아서 부곡部曲을 나누어 다스리게 했다. 유비는 두 사람과 잠을 잘 때는 같은 침상을 써서 서로의 정이 형제와 같았다. 여럿이 모이는 자리에서 관우와 장비는 늘 유비 곁에 서 있었고, 험난한 것을 피하지 않았다.[7]

『치평요람』은 우리나라와 중국의 역대 사적 중에서 정치의 귀감이 될 만한 사실을 간추려 편찬한 조선 유일의 관찬 중국 역사서이다. 중국 주周나라에서부터 원元나라까지의 역사와 우리나라 기자조선으로부터 고려에 이르기까지의 역사를 간략하게 하여 1445년(세종 27) 150권으로 완성했다.

『치평요람』은 그 내용의 대부분을 중국 역사서인 사마광司馬光의 『자

---

6 위의 책 116권, 〈박위열전朴葳列傳〉.

7 정인지鄭麟趾, 『치평요람治平要覽』 33권, 〈한漢〉.

치통감資治通鑑』에서 발췌했고, 『자치통감』에는 진수가 『삼국지』에서 관우에 대하여 평가한 인물평이 그대로 반영되어 있다. 이러한 점으로 보아 조선 전기에는 주로 중국 역사책을 통해 역사적 인물로서의 관우에 대한 인식 접근이 이루어졌다고 볼 수 있다.

그러다가 임진왜란과 정유재란이라는 국가적 재난을 겪으면서 조선에서는 관우에 대한 인식의 전환기를 맞는다.

> 만력萬曆 임진년에 우리나라가 왜적의 침범을 받아 거의 망할 즈음에 중국이 군병을 발동하여 6, 7년을 도왔으나 끝나지 않았다. 정유년 겨울에 명나라 장수가 모든 군영을 합하여 울산에 웅거한 적을 공격했으나, 불리하여 무술년 1월 4일에 물러났다.
>
> 그들 중에 유격장군 진인陳寅이 있었는데 힘써 싸우는 도중에 적의 탄환을 맞고 실려 서울에 돌아와 병을 조리했다. 그는 머물고 있던 숭례문 밖 산기슭에 묘당 한 채를 창건하고 가운데에 관왕關王과 여러 장수의 신상神像을 봉안했다.
>
> 경리經理 양호楊鎬 이하가 각기 은냥을 갹출하여 그 비용을 돕고, 우리나라도 은냥으로 도와서 묘당을 완성시켰다. 임금께서 몸소 그곳에 가셨을 때, 내가 비변사備邊司 여러 막료들과 더불어 수행하여 묘정에 나가 그 상에 두 번 절했다. 상은 흙으로 빚어 만들었는데 얼굴이 붉어 잘 익은 대추 같고 봉鳳의 눈에다 수염을 길게 드리웠는데 배 밑까지 닿았다. 좌우의 소상塑像 2인은 큰 칼을 짚고 서서 모시고 있는데 관평關平과 주창周倉이라고 한다. 엄연히 마치 살아 있는 것 같았다. 이로부터 모든 장수들이 출입할 때마다 참배하며 우리 동국을 위해 신의 도움으로 적을 물리쳐 달라고 빌었다.
>
> 5월 13일 묘우에 크게 제사를 드렸는데, 그날이 관왕의 생신이라고 했다. 만약 뇌풍雷風의 이변이 있으면 신이 이른 징조라고 했다. 이날 날씨가 청명했는데, 오후에는 검은 구름이 사방으로 일어나 큰 바람이 서북쪽으로부터 불어오고 뇌우가 함께 오다가 잠시 후에 그쳤다. 사람들이 모두 기뻐하면서 "왕신王神이 강림했다."고 했다.
>
> 얼마 뒤 또 영남의 안동·성주 두 읍에 묘우를 건립했는데 안동의 것은

돌을 깎아 상을 새겼고, 성주의 것은 흙으로 빚었다. 그런데 성주의 상이 심히 신령하고도 기이한 자취를 나타냈다고 한다.

얼마 지나지 않아 왜추 관백 평수길平秀吉이 죽자 모든 왜군이 다 귀환했으니, 이 역시 이치로써는 측량하기 어려운 일이나 어찌 우연한 일이라고만 하겠는가.[8]

유성룡柳成龍의 『서애집西厓集』에서 보듯이 조선에서 관우의 신상을 모신 관왕묘는 1598년(명종 13) 명나라 유격장 진인陳寅에 의해 숭례문崇禮門 밖에 처음 건립되었다. 이는 역사적 인물 관우가 신격화된 존재로서 조선 사람들에게 그 첫 모습을 드러낸 것이다.

4년 뒤에는 흥인문興仁門 밖에 또 하나의 관왕묘를 건립했는데, 명나라 만력제萬曆帝가 4천 금을 하사하고 조선에서도 인력을 제공했다. 숭례문 밖의 관왕묘를 남관왕묘南關王廟, 흥인문 밖의 관왕묘를 동관왕묘東關王廟라 불렀다.

관왕묘의 건립은 조선의 의지와는 관계없이 명나라에 의해 일방적으로 진행되었기 때문에 관우에 대한 조선 사람들의 인식은 부정적일 수밖에 없었다. 더구나 관우의 생일에 명나라 장수들의 강요로 선조가 몸소 남관왕묘에 나아가 제사를 거행하는[9] 일이 벌어지는 등 조선 조정에서는 관왕묘에 대한 비판적인 목소리가 나왔다.

그런데 숙종肅宗 때 이르러 관왕묘에 대한 인식은 기존과는 완전히 다른 방향으로 흘러갔다. 1689년(숙종 15)에 단행된 기사환국己巳換局을 계기로 숙종은 정국의 주도권을 획득하기 위해 관우를 충의의 화신으로 해석하기 시작한다.

---

8 유성룡柳成龍, 『서애집西厓集』 16권, 〈관왕묘에 대하여 적다記關王廟〉.

9 『선조실록宣祖實錄』 100권, 선조 31년 5월 14일 무술戊戌.

〈관우초상〉 국립중앙박물관

아, 무안왕의 충의는 실로 천고에 드문 바이다. 내가 일찍이 〈관왕도關王圖〉에 절구 한 수를 써서 항상 감탄하고 흠모하는 뜻을 표했고, 매번 동쪽으로 능에 가는 길에 한번 들어가 엄숙한 유상을 바라보고자 했다. 지금 지나치면서 들른 것은 실로 시공을 초월하여 서로 감동한 뜻에서 나왔고 또 무사들을 격려하려는 것이었지, 본래 한때의 유람을 유쾌하게 하기 위한 것만은 아니었다. 아, 여러 장수들은 나의 이런 뜻을 본받아서 더욱 충의에 분발하여 왕실을 보위하도록 하라. 이것이 그대들에게 바라는 바이다.[10]

---

10 『숙종실록肅宗實錄』 23권, 숙종 17년 2월 27일 계미癸未.

숙종은 1691년(숙종 17) 정릉貞陵에 행차했다가 궁궐로 돌아가면서 관왕묘에 들러 무안왕, 즉 관우의 유상遺像을 볼 생각이었다. 그래서 관련 절차를 물어보자, 삼사三司에서는 지나가다가 들르는 일은 국조에 전례가 없다는 이유로 중지할 것을 청했다.

그럼에도 불구하고 숙종은 "평소 무안왕의 만고에 빛나는 충의를 감탄하고 있었다. 이미 사당 문 앞을 지나면서 자연스럽게 감흥이 있었는데, 들어가 유상을 보는 것이 무슨 해가 되겠는가?"[11]라고 하면서 비망기備忘記를 내려 무사들에게 관우의 충의를 본받을 것을 강조했다. 관우가 자신의 주군인 유비를 위해 충성을 바친 것처럼 신하들에게도 숙종과 왕실을 위해 충성을 다하도록 독려하려는 의도였다.

그래서 그런지 숙종은 관우를 흠모하는 시 여러 편을 짓기도 했다.

> 장군의 절의는 멀리까지 명성 남겼으며
> 한나라 도운 정충은 서리처럼 늠름하네
> 중흥의 뜻 간절하나 몸이 먼저 죽어서
> 천년토록 열사의 눈물이 옷깃을 적시네
> — 숙종 〈수정후 관운장의 그림을 보고 짓다〉[12]

평소 그림에 관심이 많았던 숙종은 〈관운장도〉에 직접 어제시를 지었다. 그림에는 관우가 녹포綠袍를 입은 채 절벽 끝에 앉아 있고, 그 뒤로 관우의 심복이었던 주창周倉이 청룡언월도를 들고 서 있다. 눈을 부릅뜨고 서 있는 모습이 매우 용맹스러워 보인다.

그림의 상단 오른쪽에는 숙종이 쓴 7언 절구 〈수정후 관운장의 그림을

---

11 『국조보감國朝寶鑑』 49권, 숙종조9 17년.

12 숙종肅宗, 『열성어제列聖御製』 9권, 〈수정후 관운장의 그림을 보고 짓다題壽亭侯關雲長圖〉, 將軍節義遠流芳, 扶漢精忠凜若霜. 志切中興身便死, 千秋烈士淚霑裳.

〈관운장도〉 개인 소장

보고 짓다題壽亭侯關雲長圖〉가 쓰여 있다. 유비에게 보여 준 관우의 변함없는 충절이 이제는 그가 죽고 없어 아쉽다는 내용이다.

당시 조선 조정은 당쟁으로 매우 혼란스러운 시기였기 때문에 숙종은 항상 이 그림을 바라보면서 왕실의 안정을 도모하고자 관우처럼 주군에게 변함없는 충성을 다하는 인물을 간절히 원했을지도 모른다.

이 외에도 숙종의 어제시 몇 편을 더 소개한다.

나는 평소에 수정공을 사모하니
절의와 정충이 만고에 우뚝하네
광복에 애쓰다가 몸이 먼저 죽어서
열사가 천년토록 눈물을 흘리네
— 숙종 〈관왕의 그림을 보고 짓다〉[13]

동쪽 교외에 일이 있어 옛 사당에 들렀는데
들어가 유상을 보니 숙연히 정신이 맑아지네
오늘 공경함을 드리니 생각이 더욱 절실한데
우리나라가 만세토록 편안하게 도와주소서
— 숙종 〈동관왕묘에서 짓다〉[14]

지난해 사당을 수리하고
오늘 가마 타고 지나네
황홀히 관우 상을 바라보니
공경하는 마음이 자연히 많네
— 숙종 〈관왕묘를 바라보다〉[15]

숙종 이후 영조英祖와 정조正祖를 비롯하여 순조純祖에서 고종高宗에 이르기까지 조선 후기의 임금들은 모두 관왕묘를 방문했다. 특히 영조는 관우가 평소 『춘추』를 읽었다는 점을 통해 관우를 유교적 이상형을 구현한 인물로 평가했다. 공자가 『춘추』를 지은 목적이 바로 백성들의 교화에 있고, 관우는 바로 그러한 『춘추』의 대의를 체현한 인물인 셈이다. 관우

---

13 위의 책 9권, 〈관왕의 그림을 보고 짓다題關王圖〉, 生平我愛壽亭公, 節義精忠萬古崇. 志勞匡復身先逝, 烈士千秋涕滿胸.

14 위의 책 9권, 〈동관왕묘에서 짓다題東關王廟〉, 有事春郊歷古廟, 入瞻遺像肅然淸. 今辰致敬思逾切, 願佑吾東萬世寧.

15 위의 책 10권, 〈관왕묘를 바라보다望關王廟〉, 去歲修神宇, 今辰步輦過. 怳如瞻塑像, 敬意自然多.

도상을 보면 그가 한 손에 책을 들고 있는 모습인데, 그 책이 바로 『춘추』이다.

이처럼 관우가 충절과 『춘추』의 대의를 체현한 인물이라는 인식과는 달리 민간에서는 기복祈福을 바탕으로 하는 신앙의 숭배 대상으로 자리 잡는다. 임진왜란 때 명나라 군사들 사이에 퍼졌던 관우 숭배 풍조가 조선에 전해지고, 『임진록壬辰錄』 같은 군담소설과 관우의 신령함을 기록한 야사野史들이 널리 유포되면서 관우는 민간신앙에서 신격화된 숭배 대상으로 격상된 것이다.

> 남관왕묘의 소상塑像에 물기가 젖어 흘러내린 자국이 있었다. 서울 백성들은 피눈물이 흘러내렸다고 앞 다투어 전했다.[16]

미신적 요소가 짙은 민간의 관우 신앙은 남관왕묘의 소상에 물기가 젖어 흘러내린 자국을 관우가 흘린 피눈물이라고 믿게 했다. 이러한 관우의 영험함은 사람들의 입을 통해 전국 각지로 퍼져나갔다.

조선 후기 실학자 이긍익李肯翊의 『연려실기술練藜室記述』에는 임진왜란 때 평양성平壤城 전투와 정유재란 때 울산 도산성島山城 전투, 그리고 조선에서 왜병을 축출할 때 관우의 신령이 조선을 은밀히 도왔다는 내용이 있다.

> 일찍이 임진년과 정유년의 왜란 때에 관우의 신령이 여러 번 나타나 신병神兵으로써 싸움을 도와주니 명나라 장수와 군사들이 모두 말하기를, "평양의 싸움에서 이긴 것과 도산島山에서의 싸움, 그리고 삼도三道에서 왜병을 축출할 때 관우의 신령이 늘 나타나 몰래 도와주었다."라고 했다.[17]

16 『현종실록顯宗實錄』 19권, 현종 12년 10월 17일 을미乙未.

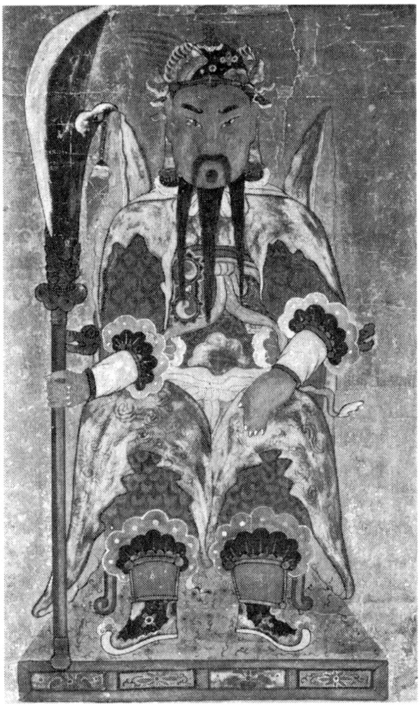

〈관우장군〉 가회민화박물관

조선이 절체절명의 위기에 처했을 때 관우의 신령이 조선을 구원했다는 소문이 광범위하게 퍼지면서 민간에서는 마치 실제로 그랬다는 맹목적인 믿음을 가지게 되었다.

임진왜란을 소재로 한 군담소설 『임진록』의 출현은 관우에 대한 신앙을 더욱 확산시켰다.

『임진록』은 조선 중기 7년간의 왜란을 소재로 쓴 작품으로 관운장은 소설 속에 여러 차례 등장한다. 비록 판본마다 관운장이 현몽하는 내용이 조금씩 다르기는 하지만, 기본적으로는 선조宣祖의 꿈에 나타나 왜란의

17 이긍익李肯翊, 『연려실기술練藜室記述』 별집 4권, 사전전고祀典典故 〈여러 사당諸祠〉.

조짐을 알려주어 대비하게 하고, 선조가 궁궐로 돌아갈 수 있도록 선봉의 역할을 수행하며, 명나라 장수 이여송李如松에게 현몽하여 해전海戰에 능한 이순신李純信을 발탁하도록 알려주었다는 내용이다.

> 대명大明 만력 임진년 7월 15일 밤중에 선조의 꿈에 어떤 장군이 칼을 잡고 갑옷을 입고서 남쪽으로부터 와서는 문을 두드리며 "임금께서는 주무십니까?"라고 외쳤다. 임금이 말하기를, "그대는 누구인가?"라고 하니, "나는 옛날 한나라의 관운장입니다. 내일 그대의 나라에 반드시 큰 근심이 있을 것입니다. 비바람이 조상의 무덤에 불어오고 한강 동쪽으로 인가의 연기가 끊어졌는데 어찌하여 코를 골며 누워 자고 있습니까?"라고 했다.
>
> 임금이 베개를 밀치며 일어났는데, 사방에 아무도 없고 다만 큰 별만 환히 비칠 뿐이었다. 모발이 곤두서자 머리를 웅크리고 베갯머리로 나아갔다. 한참 뒤에 관운장이 또 외치기를, "그대가 나의 말을 믿지 않는다면 곧 나라에 혼란이 닥치게 될 것입니다."라고 했다.
>
> 임금이 두 번 절하며 말하기를, "무엇 때문에 그러한가? 나의 신하가 재앙을 만들어서 그러한 것이 아니겠는가?"라고 하니, "아닙니다. 지금 왜국의 승려 숙주叔州가 나무를 깎아 만고의 명장을 만들어 죽롱竹籠 안에 갈무리해 두었다가, 내일 오후에 남문 밖으로부터 죽롱을 실어 올 것입니다. 여기에 병사를 숨겨 두었다가 그 중을 잡아 곧바로 죽이소서. 그렇게 하지 않으면 죽롱 안의 각목들이 자연스럽게 사람이 되어 각각 그 병사를 거느림이 무궁하여 비록 억만 병사의 형세라도 어찌 감당할 수 있겠습니까? 임금은 의심하지 마십시오."라고 했다. 임금이 깜짝 놀라 일어나 보니 한바탕 꿈이었다.[18]

그러나 어떤 판본에서는 관운장이 명나라 만력제萬曆帝의 꿈에 나타나 조선으로의 파병을 종용하면서 만력제와 선조가 삼국 시대 유비와 장비의 환생임을 밝히는 점은 매우 흥미롭다.

---

18 김광순金光淳 소장본, 『임진록壬辰錄』.

이날 명나라 황제가 구원병을 요청하는 사신을 그냥 보내고 밤낮으로 염려했다. 하루는 밤에 동쪽 누대에서 한 장수가 내려와 황제의 앞에서 엎드려 말하기를, "형님은 어찌하여 구원병을 보내지 않으십니까?"라고 하자, 황제가 묻기를, "그대는 귀신인가, 사람인가? 어째서 나를 형님이라고 하는가?"라고 했다. 장수가 대답하기를, "저는 삼국 때 관운장이고, 형님은 유 현덕劉玄德이 환생하여 황제가 되고, 장비張飛는 환생하여 조선의 왕이 되었습니다. 저는 미 부인糜夫人을 모시고 조조曹操에게 잠시 의탁했다가 죄 없는 사람을 죽여 환생하지 못하고 조선을 지키고 있는데, 지금 왜적이 조선을 덮어 거의 땅을 다 빼앗아 종묘사직이 조석 간에 망하게 되었습니다. 조선 왕의 운명이 경각에 달려있는데 어째서 구원병을 보내지 않으십니까?"라고 했다.

황제가 그 말을 듣고 마음이 슬퍼 크게 통곡하고, 그 장수를 살펴보니 신장은 9척이고, 손에 청룡언월도를 빗겨 들고 있으며, 봉鳳의 눈을 부릅뜨고 삼각수염을 한 것을 보니 분명 관운장이었다.[19]

19세기에 이르러 『관제영첨關帝靈籤』·『경신록敬信錄』·『삼성훈경三聖訓經』 등 관우 신앙과 관련된 책들이 중국에서 유입된다. 특히 관우의 신의神意를 담은 『관제영첨』은 점술을 통해 한 해의 운수를 점치는 기복적인 요소가 짙은 책이다.

'영첨靈籤'은 '신령스러운 제비'라는 뜻이다. 1첨에서 100첨까지 천간天干으로 엮인 대나무 제비를 뽑아 점을 치는데, 뽑힌 첨에 쓰인 천간에 의해 사람의 길흉화복을 예측하는 방식이다. 각 첨엔 제목에 해당하는 첨의 운運이 나오고, 이어 제목을 부연하여 설명한 7언 절구의 시가 나온다. 그 다음에는 첨의 뜻을 풀이한 해왈解曰, 시에 대한 뜻풀이인 석의釋義가 붙는다. 마지막으로 점을 쳐서 실제로 응험한 사례를 적은 점험占驗이 붙는다.

그런데 『하재일기荷齋日記』에는 구한말舊韓末에 사옹원司饔院 양근楊根 분원分院에서 만든 그릇을 왕실과 관청에 납품하던 공인貢人 지규식池圭植

---

19 이경선李慶善 가장본家藏本, 『흑룡록黑龍錄』.

이 약 15년 동안 내곡內谷에 있던 관성묘關聖廟에 찾아가서 관우를 참배하고 영첨을 통해 한 해의 길흉을 점쳤다는 기록이 자주 보인다.

> 1일 갑진. 맑음.
>
> 차례를 마친 뒤 내동內洞에 가서 관성묘를 배알하고 제비를 뽑아 70첨簽을 얻었다. 제비의 내용은 경계庚癸 중평中平이고, 〈왕증이 기도하다王曾祈禱〉라는 시였다. 시의 내용은 다음과 같았다.
>
> 우레와 비, 바람과 구름 각자 맡음 있으니
> 지극한 정성으로 빌고 의심을 하지 말라
> 그대와 장마 될 날을 정하여 언약하니
> 바로 날씨가 무더운 중복 때라네[20]

위 인용문은 1900년(고종 광무 4년) 1월 1일자 일기 내용으로 지규식이 관성묘에 방문하여 참배하고 제비를 뽑아 운세를 점친 뒤 그 시를 기록한 것이다. 『하재일기』를 살펴보면 지규식은 매년 정월 초하루가 되면 관성묘에 방문하여 점을 쳤고, 경우에 따라서는 수시로 방문했던 것으로 나타난다.

구한말에서 일제 강점기에 이르는 동안 관우 신앙은 재물과 건강을 비는 등 주로 기복적인 성격이 짙게 드리워졌고, 무속에서는 관우를 영험이 있는 장군신으로 여겨 무당들이 많이 모시기도 했다.

국립민속박물관에 소장된 필자미상의 〈무신도巫神圖〉는 적토마를 타고 청룡언월도를 휘두르는 관우의 신상을 그린 도상이다. 얼굴은 붉은 색으로 칠했는데, 나관중은 『삼국지연의』에서 "얼굴은 무르익은 대추처럼 붉고, 입술은 연지를 칠한 듯 빨갛다. 봉황의 눈에 누에 모양의 눈썹을 지녔

---

20 지규식池圭植, 『하재일기荷齋日記』, 경자년(1900) 1월 1일. 雷雨風雲各有司, 至誠禱告莫生疑. 與君定約爲霖日, 正是溫隆中伏時.

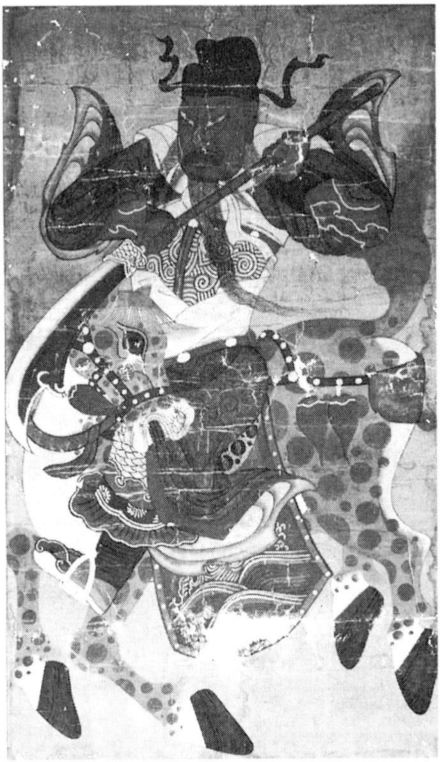

〈무신도〉 국립민속박물관

다. 모습이 늠름하고 위풍당당하다."라고 묘사하고 있다. 때문에 현재 남아 있는 관우의 초상화는 대부분 얼굴이 붉은 색이다.

경극京劇에서도 관우는 붉은색을 칠한 얼굴로 분장하는데, 경극에서 붉은색은 충의의 인물을 상징한다. 자신의 주군을 향한 관우의 한없는 충심과 의리를 붉은색이라는 색채로 상징하여 표현하고 있는 것이다.

이처럼 관우는 살아서는 충의의 화신이요, 죽어서는 신격화된 절대적 숭배 대상으로 변모하여 중국뿐만 아니라 조선에서까지 그의 영향을 미쳤다고 하겠다.

정수국鄭守國

경북 문경에서 태어나 건국대학교 중문과와 단국대학교 대학원을 거쳐 성균관대학교에서 문학박사 학위를 취득했다. 건국대, 홍익대, 성균관대 등에서 강의하다가, 현재는 세종대왕기념사업회 한국학연구원 국역부장 및 백석예술대학교 겸임교수로 있다. 저서 및 번역서로는 『중국현대문학개론』, 『새천년의 중국현대문학』, 『중국현대문예사조사』(대한민국학술원 2003년 우수학술도서), 『난세를 이긴 중국인의 100가지 지혜』, 『중국 문화예술의 이해』, 『도설 삼국지』, 『사랑이 사람을 밀고 간다』, 『아직 네 차례가 되지 않았을 뿐』, 『중국 신화의 즐거움』, 『세종이 들려주는 역사이야기』 등이 있다.

겨레문화32

조선 시화에 피어난 신선 이야기

2019년 6월 7일 초판 1쇄 펴냄

지은이 정수국
펴낸이 이은경
펴낸곳 이회

등록 2001년 9월 21일 제307-2006-55호
주소 경기도 파주시 회동길 337-15 보고사 2층
전화 031-955-9797(대표)
02-922-5120~1(편집), 02-922-2246(영업)
팩스 02-922-6990
메일 kanapub3@naver.com / bogosabooks@naver.com
http://www.bogosabooks.co.kr

ISBN 978-89-8107-613-9 93810

정가 25,000원